KB274513

The Forever Dream

불꽃의 발레리나

THE FOREVER DREAM

by
Iris Johansen

Copyright © 1985 by Iris Johansen
All rights reserved.

Korean Translation Copyright © 2002 by Big Tree Publishing Co.
Korean edition is published by arrangement with Bantam Books,
a division of Bantam Doubleday Dell Publishing Group
through Imprima Korea Agency.

불꽃의 발레리나

아이리스 요한슨 | 오현수 옮김

큰나무

오 현 수

한국외국어대학교 서양어대학 스페인어과를 졸업했다.
역서로 『달빛 소네트』, 『청혼』,
『오직 당신 사랑만으로』, 『황금빛 사막』,
『미녀와 야수』, 『내 가슴에 사랑이 내린다』 등
다수의 책이 있으며 현재 전문 번역가로 활동중이다.

불꽃의 발레리나

초판 인쇄 / 2002년 3월 25일
초판 발행 / 2002년 4월 10일

지은이 / 아이리스 요한슨
옮긴이 / 오현수
펴낸이 / 한익수
펴낸곳 / 도서출판 큰나무

등록 / 1993년 11월 30일(제5-396호)
주소 / 120-837 서울시 서대문구 충정로 3가 3-95 2층
전화 / 02) 365-1845 · 1846 팩스 / 02) 365-1847
e-mail / btreepub@chollian.net
홈페이지 / www.bigtreepub.co.kr

값 8,500원

ISBN 89-7891-126-9 03840

특별한 컨셉…… 역동적인 러브 스토리.
이 책은 파이퍼처럼 독자들을 매혹시켜 포로로 만든다.
— *Johanna Lindsey*

프롤로그

얼음 채찍인양 뺨을 매섭게 후려갈기던 눈보라가 이제는 연인의 다정한 애무로 잦아들었다.

눈(雪)이 아니라 하얀 꽃잎들이 바람에 실려 휘리리 윤무를 추었다가 살포시 내려앉는 듯한 설경 속에서 남의 수족처럼 둔하던 팔다리에 서서히 체온과 감각이 돌아오는 듯했다. 발을 내딛을 때마다 눈물이 쏙 빠질 만치 전신을 가르던 힘겨움도 한결 줄어들었다. 하지만 이게……동사(凍死)의 징후는 아닐까?

죽음에 대한 공포.

그게 뼛속까지 사무치는 추위와 피로보다 더한 탈진을 가져왔다. 갑자기 온몸에서 힘이 사라졌다. 발 아래에서 땅이 꺼지는 것 같았다. 스산한 바람소리는 사이렌의 달콤한 노래가 되어 다가왔으며 징글징글했던 눈밭은 순백의 포근한 담요처럼 보였다.

'아냐!'

그녀는 아이처럼 도리질을 쳐 죽음의 유혹에 저항했다.

'죽긴 왜 죽어. 그런 생각을 하는 것조차 어리석어. 거진 다 왔어. 저

산기슭에서 깜박거리는 불빛들은 진짜야. 피로가 자아낸 공상의 산물이 아냐. 저 빛이 있는 곳에 마을이 있어. 지금까지 찾아헤맸던 마을이, 모든 산세와 비탈까지 머릿속에 새겨질 만큼 보고 또 봤던 지도상의 그 마을이.'

이제 와서 포기할 순 없다. 처음부터 쉽지 않으리라 각오하지 않았던가. 게다가 다닐로프를 따돌리려면 다른 방법도 없었고. 그녀가 편한 도로를 놔두고 이 험준한 산길을 택하리라고는 상상조차 못했을 그의 허를 찌른 것이다. 그러나 정상을 앞둔 지점부터 눈보라를 만나게 될 줄은 그녀 또한 상상 못했다.

이 악천후 덕분에 다닐로프의 추적에서 영원히 벗어나긴 했지만.

아무리 그 인간이라 해도 도망간 수석 발레리나를 잡기 위해 눈보라 치는 안데스 산맥으로까지 뛰어들진 않았으리라. 다닐로프는 자유를 꿈꾸는 다른 불순불자들에게 본보기로 삼기 위해 그녀를 체포하여 러시아로 송환하고 싶겠지만, 그녀가 수용소에서 평생을 썩든 이 산에서 얼어죽든 그의 입장에서는 매일반이다.

해외 공연을 앞두고 발레단의 모든 무용수들은 망명 시도에 따른 처벌이 무엇인지에 관하여 몇 번씩이나 경고를 들어야 했다. 서방세계로 망명해 문화부의 얼굴에 먹칠할 또 다른 바리슈니코프*나 고두노프** 의 출현을 결코 용납하지 않겠다는 내용의 경고였다.

이제 피가 질퍽거리며 왼쪽 신발의 고무 밑창 틈으로 새어나와 하얀 눈을 예쁜 핑크색으로 물들였다.

발레단이 다음 공연지인 산티아고로의 이동을 앞두고 피로와 긴장을 풀었던 호숫가 휴양지에서 그곳 직원을 뇌물로 포섭해 등산화를 입수할 수만 있었어도 지금 이 지경까진 이르지 않았겠지만 그런 시도 자체

---

* 미하일 바리슈니코프. 74년 미국으로 망명한 러시아 무용수. <백야>, <지젤>, <터닝포인트> 등의 영화에도 출연.

** 알렉산더 고두노프. 79년 미국으로 망명한 러시아 무용수. 망명 후 미국 발레 극단에 가입했지만 바리슈니코프와의 불화로 탈퇴했다. <목격자>, <다이 하드> 등의 영화에서 주목할 만한 연기를 선보였다.

가 다닐로프에게 들킬까 두려웠다. 그래서 납작한 평상화로 산행에 나섰고 정상의 절반도 이르지 못해 각진 바위들과 험한 지형으로 신발이 다 헤어졌다. 상처투성이가 된 발의 아픔이 다리를 거쳐 복부와 척추까지 뒤흔들어놓은 터였다. 등산화를 손에 넣다 발각되는 위험 대신 이 고생을 자초한 게 과연 올바른 선택이었을까?

'부질없는 생각은 그만해.'

그녀는 자신의 어리석음에 초조해졌다. 지나버린 일을 아쉬워하는 건 바보짓이다. 만약이란 있을 수 없다. 오직 이 순간만이 존재할 뿐. 목숨을 걸고 눈보라 치는 산의 잔인한 은세계를 가로질러야 하는 현실만이 존재한다. 그러니 한 발씩 내딛는 데 집중하자. 비록 걸음을 옮길 때마다 비수로 찔리는 듯한 고통이 가슴에서 인다 해도. 눈먼 여인처럼 비틀거리는 게 아니라 전력질주를 해온 사람의 것처럼 두 폐가 힘겨운 호흡을 한다 할지라도.

어금니를 지그시 물고 한 걸음을 무겁게 뗐다.

'이 빌어먹을 산에 무릎 꿇을 순 없어. 난 튼튼해. 무용으로 단련된 내 육체는 강해. 고통은 사라지게 되어 있어…… 결국에는. 제 아무리 심한 고통도 언젠간 사라지기 마련이야. 난 그걸 경험으로 알아.'

순간, 발이 꼬였다.

그녀는 무너지듯 눈밭에 주저앉았다. 갑자기 고통은 사라지고 대신 나른함이 몰려왔다. 지친 눈으로 뒤를 돌아보았다. 어지러이 끌려진 비틀걸음의 자취가 복잡하고도 아름다운 문양을 그리고 있는 하얀 눈밭. 온몸을 훈훈하게 달구어놓는 따뜻함과 함께 수마(睡魔)가 덮쳐 왔다.

온기 그리고 졸음.

이곳에서의 따뜻함은 죽음이다. 자고 싶은 욕망도 죽음이다. 두 팔을 내밀어 그녀를 보듬어 안으려는 그것들은 삶이 아니라 죽음인 것이다.

그녀는 억지로 걸음을 옮기기 시작했다.

'삶에 대해 생각해, 삶의 기쁨에 대하여…… 어머니의 정원에 메아리치던 풍경(風磬) 소리…… 해맑은 웃음…… 무대의 마지막을 장식하는 그랑즈떼……. 또, 또 뭐가 있을까? 아…… 육체만큼이나 녹녹해진 머리를 더 이상 쥐어짜지 말자. 이것만으로도 충분해.'

풍경 소리에 집중하자 가냘프게 짤랑거리는 그 음악이 머릿속에서 울려퍼지기 시작했다.

한 발자국 더. 그리고 다시 한 발.

'그랑즈떼는 언제나 기쁨이었어.'

창공을 향해 비상하는 새처럼 수축된 근육을 폭발시켜 도약하던 그 때를 상상하자 걸음이 좀더 빨라지고 거의 일직선에 가까워졌다. 조금만 더 가면 졸음을 참지 않아도 된다. 조금만 더 가면 지금껏 참아 왔던 전부를 다 할 수 있다. 저 아래 도로에 들어서면.

도, 도로?

드디어 도로가 나온 것이다. 올망졸망하게 고개를 맞대고 있는 집들도 저만치 보였다. 생명의 저 빛들을 향해 마구 달려가고 싶은 마음과 달리 무릎이 한층 후들거려 왔다. 산자락과 산자락이 만나는 이곳에는 눈이 소복하게 쌓여 험준한 산길보다 오히려 더 걷기 힘들었다. 발이 눈 아래의 땅에 닿기까지가 영원처럼 길게 느껴졌으며 당장 이 푹신푹신한 눈 위에 고꾸라지고만 싶었다. 하지만 그래도 걸었다. 감히 멈출 수 없었다.

그녀는 첫번째 집의 투박한 나무문을 꽝꽝 두들겼다. 절박함으로 미친 광인처럼 힘차게.

문이 너무도 갑자기 열리는 바람에 나뒹굴지 않기 위해 문틀을 잡아야 했다. 후덕하게 생긴 검은머리의 부인이 깜짝 놀라 문을 더 활짝 열고선 집 밖의 찬 공기에 부르르 떨며 외쳤다.

"마드레 데 디오스!"

그녀는 수없이 연습하고 암기해 왔던 스페인어를 내뱉으려 했지만 하얀 공백 같은 머릿속에선 아무런 단어도 떠오르지 않았다. 아…… 그래…….

"메 랴모 타냐 오를리노프(내 이름은 타냐 오를리노프입니다)."

　겨우 말문을 떼는 데는 성공했지만 깊이 잠긴 목소리는 거친 숨소리보다 나을 것이 없었다. 이 부인이 알아들었을까? 타냐는 장갑 낀 손을 외투 안으로 집어넣어 한참을 부시럭거린 다음 전대를 풀어 내밀었다. 부인이 경악한 얼굴로 그녀와 전대를 번갈아 보았다.

　"포르파보르. 엠바하다 아메리카나. 산티아고(제발. 미국대사관. 산티아고)."

　왜 이 부인은 아무 말도 하지 않을까? 나에게는 아가리를 벌리고 달려드는 무의식의 어둠과 더 이상 싸울 힘이 없는데.

　그때 작은 사내아이가 문가로 나와 엄마와 똑같이 거의 두려움에 질려 눈을 동그랗게 뜨고 그녀를 응시했다.

　"메 랴모 타냐……(내 이름은 타냐예요)."

　이 말은 이미 했던가?

　"… 엠바하다 데 로스 에스따도스 우니도스, 포르파보르……(미합중국 대사관에 연락해 주세요, 부탁입니다)."

　무의식의 어둠이 검은 벨벳의 무대막처럼 좌르르 내려앉는 것 같았다. 타냐는 털썩 두 무릎을 꿇고 자리에 주저앉았다. 그녀는 질질 끌려 집 안으로 옮겨지고 있음을 어렴풋이 느꼈다. 검은 장막의 너머에서 소곤거리는 듯한 여자의 말소리가 풍경 소리처럼 음율적으로 들렸다.

　"포브레시따, 모리르 딴 호벤."

　호벤. 그건 어리다는 뜻의 스페인어야. 하지만 난 어리지 않아, 곧 21살이 되는걸. 그리고 모리르는…… 죽음이란 단어. 이 여자는 내가 죽을 거라고 생각하는구나!

　분노가 불끈 치솟아 가물가물한 의식을 갈랐다. 이 타냐 오를리노프가 죽기 위해 지금까지 고생했다고 생각한다면 오산이야! 그녀는 사력을 다해 눈을 떴다.

　"노 무에르떼."

　비록 기어 들어가는 목소리지만 단호하게 선언했다. 부인의 동정과 걱정으로 얼룩진 얼굴을 똑바로 바라보며 덧붙였다.

　"노 무에르떼. 난 죽지 않아요. 난 포기하지 않아……."

의식이 깜박거리는 머릿속에서 스페인어를 찾으려는 노력을 포기하
자 어린 시절에 쓰던 헝가리어 단어가 튀어나왔다.

"왜냐하면 나에게는 *에뢰*가 있으니까."

타냐의 검은 눈이 일순 생명력에 찬 안광을 내뿜었지만 무의식의 검
은 장막이 또 한 번 내려앉으며 그녀의 눈꺼풀도 감겼다.

1

"그만하세요, 제러드."

여자는 미소를 담뿍 지으며 남자를 달랬다.

"지루해도 참아요. 우리 위원회에서 오늘밤을 성공시키기 위해 갖은 애를 썼는데 내가 얼굴만 비죽 내밀고 떠나면 그 원한이 하늘을 찌를 거예요."

"얼굴만 비죽 내밀었다고는 못하지."

그 남자, 제러드 라이커가 반박했다. 그는 비아냥거리는 시선을 아래층의 혼잡한 객석으로 던지며 뒷말을 이었다.

"맨 앞줄의 이 박스보다 더 눈에 띄는 자리도 있소? 무대 쪽으로 몸을 내밀었다간 우리가 극의 배경인물처럼 보일 거요."

"난 이 자선공연의 조직위원장이에요. 어디서든 특등석을 차지하고 과시하는 걸 즐기기도 하구요."

니나 바틀렛은 뿌듯함을 감추지 못했다.

"그리고 당신이 불평할 위치든가요? 내가 이렇게 만나 준 것도 감사히 아셔야지요. 하루아침에 휙 사라져 감감무소식이었던 남자를 나 말고 어떤 여자가 두 팔 벌려 환영하겠어요?”

“내가 오늘 아침 당신에게 전화 걸 때 기대했던 환영은 이 따위 자선 공연이 아니었소. 뭐랄까……, 좀더 은밀한 자선이었지.”

제러드는 니나와 똑바로 눈을 맞추고 실크드레스로 감싸인 허벅지를 의미심장하게 쓰다듬으며 상대의 반응을 관찰했다. 거의 모르모트를 대하는 듯한 객관적인 관찰이었다. 그녀의 푸른 눈동자가 까맣게 짙어져 서서히 불붙고 있는 욕망을 보여주자 그는 슬며시 미소를 지었다. 니나는 언제나 솔직했다. 섹스를 즐기는 여자였다. 그녀를 흥분시켜 흔쾌히 둘만의 공간으로 가게 만드는 건 일도 아니라고 자신하며 제러드는 그녀의 허벅지를 깃털처럼 가볍게 계속 지분거렸다.

“그 자선은 우리 모두에게 만족감을 줄 거요. 약속하리다.”

니나가 숨을 크게 들이켰다. 순간, 그녀의 얼굴에 솔깃한 표정이 스쳤고 제러드는 자신의 성공을 확신했다. 하지만 그녀는 매몰차게 그의 손을 떼어냈다.

“나중에.”

고개를 내저으며 약속하는 그녀의 은빛 도는 금발머리가 반짝거리면시 양옆으로 흔들리는 종처럼 보였다.

“나를 이곳에서 유혹해 내려는 시도는 관두세요, 제러드. 결국 당신은, 아니 우리는 서로 원하는 걸 갖게 될 테니까.”

잘 가꿔진 얼굴에서 찌푸림이 사라지고 대신 미소가 어렸다.

“내가 거절할 거란 생각조차 못해 봤죠? 사실이 아무리 그렇다 해도”

제러드의 속에서 니나에 대한 애정이 얼추 솟았다. 그 동안 변하지 않았군. 여전히 솔직담백한 여자야.

“당신은 항상 나에게 친절했으니까. 그 애틋한 친절을 오늘밤에도 누릴 수 있길 희망했을 뿐이오.”

“여자에게 기대하는 게 아직도 친절뿐이군요. 우리 여자들은 기꺼이 전부를 줄 텐데.”

안타까운 갈망의 빛을 얼굴에서 재빨리 지우고 그녀는 도도하며 세련된 여자로 되돌아갔다.

"하지만 난 분별을 지키겠어요."

그는 어깨를 으쓱거렸다.

"당신 마음대로."

끈질기게 매달릴 가치가 없어, 하고 제러드는 자존심을 세웠다. 마음만 먹으면 니나의 결정을 바꿔놓을 수도 있지만 그런 노력을 기울이기가 성가시게 느껴졌다. 배가 부를 대로 부른 것이다. 그게 아니라면 생각보다 버릇이 나빠졌거나. 그의 손짓 한번 눈짓 한번에 열렬하게 응해온 여자들이 쌔고쌨으니까.

하지만 바로 그 때문에 샤또(성을 가리키는 프랑스어)에서 탈출하지 않았던가? 제러드는 비굴하리만치 굽실거리며 그의 모든 욕구를 충족시켜 주는 환경에 신물이 났다. 엎어지면 코 닿을 곳인 여기 뉴욕에는 니나처럼 독립적이며 솔직한 여자가 있기 때문에 샤또에서 빠져나온 것이다. 그럼에도 니나의 희미한 저항을 접하자 욱 하는 기분부터 솟았다. 자신도 모르는 사이에 언제 이렇게 오만해졌는지 내심 반성하며 그는 니나에게 미소를 던졌다.

"얼마든지 당신 마음대로 해도 좋소. 단, 그 분별이 나중에 우리 둘만의 자선공연까지 미치지 않으리란 조건으로."

니나도 미소를 되돌렸지만 그 전에 얼핏 스친 안도의 표정을 제러드는 놓치지 않았다. 그녀의 입에서 사근사근한 목소리가 흘러나왔다.

"우리의 공연에 실망하지 않을 거예요."

한결 부드러워진 눈초리로 그를 찬찬히 살폈다.

"전보다 구릿빛이 강해졌군요. 어디서 그리 멋지게 일광욕을 했는지 물어 봤자 소용이 없겠죠? 아…… 또 입을 다물고 고개만 끄덕일 줄 알았어요. 차라리 까만 안대를 하고 다니며 흑란(黑蘭) 한 송이를 표식으로 남기세요, 완벽한 미궁의 사나이답게."

그녀는 곱게 이맛살을 찌푸렸다.

"무슨 비밀이 그렇게 많아요? 언제나 뜬금 없이 나타났다간 뜬끔 없이 사라지잖아요. 혹시 정부에서 일하고 있어요?”

“이를테면.”

그는 포도주빛 벨벳의 쿠션 좌석에 똑바로 앉아 고개를 앞으로 돌렸다.

“그럼 안 되나?”

“호기심이 약간 솟았을 뿐이에요.”

건조한 목소리가 이어졌다.

“4년 전까지 당신과 우리 아버지는 동부에서 가장 성장속도가 빠른 제약회사의 공동소유자였잖아요. 그러던 어느 날 당신은 회사의 지분을 팔아버렸죠. 나중에는 아예 종적을 감추었구요. 그게 좀…… 이례적인 경우라고 생각하지 않아요?”

“전혀. 회사의 핵심두뇌는 처음부터 당신 아버님이셨으니까.”

“지나친 겸손이군요, 회사가 예전 같지 않다는 걸 알면서. 당신은 환상적인 두뇌의 소유자예요. 백년에 한 번 나올까 말까 한 천재지요. 정부의 제의 가운데 우리로선 역부족인 게 대체 뭐죠?”

“우리? 요즘에는 자선단체보다 회사 일에 시간을 더 많이 쓰는 모양이군.”

“바틀렛 제약회사의 인사부 부장이 되었어요. 지루했거든요. 삶에 활력을 일으킬 뭔가 다른 게 필요했어요.”

“그거야 다들 마찬가지지.”

제러드는 고개를 돌려 그녀의 얼굴에 시선을 꽂았다.

“그 뭔가를 찾았소?”

니나는 활짝 웃었다.

“예. 그리고 당신을 꾀어 도로 회사로 데려오면 내 경력의 찬란한 훈장이 될 거예요.”

“꼬신다…… 섹시한 표현이로군.”

그는 맑은 회색 눈을 빛내며 말꼬리를 끌었다.

“난 이미 당신에게 내 호텔 방으로 꾀어 데려가 달라고 눈치코치를 다 주었잖소. 지금이라도 그걸 알아차린 척해 주지 않겠소?”

"나중에, 이 공연이 끝난 다음에."

그녀는 프로그램을 손톱으로 톡톡 쳤다.

"오늘밤에는 타냐 오를리노프가 <파이퍼(피리 부는 사람)>를 추기로 되어 있어요."

"그래서 내가 감탄사라도 연발해야 하나? 미안하게 됐군. 난 처음 듣는 이름이오."

"타냐 오를리노프를 모른다니! 맙소사, 지금까지 어디 틀어박혀 있었기에? 망망대해의 외딴 섬에라도?"

비슷하게 맞추었군. 아주 엇비슷해. 그는 슬쩍 미소를 지었다.

"고립된 지역에 있었다고 할 수 있지. 그래, 그 타냐라는 발레리나가 요즘 한창 뜨는 샛별이오?"

"샛별 이상이에요. 화제의 인물이죠. 특히, 3년 전 소련에서 망명해 왔을 때는 언론매체가 온통 그 이야기로 도배되었어요."

"난 좀 바빠서 예술계의 동향까지 신경 쓸 겨를이 없었소."

"파이퍼를 모르는 사람은 세상에 당신밖에 없을 거예요."

제러드의 입술이 냉소적으로 꼬여 올라갔다.

"그녀의 별칭도 파이퍼란 말이오? 사람들을 호리는 여자라. 자화자찬이 지나치군."

"일단 공연을 보면 그게 얼마나 어울리는 별칭인지 알게 될 거예요. 타냐 오를리노프는 색깔이 강한 여자예요. 이 프로그램에 박힌 사진을 보세요, 매력적이지 않아요?"

지면상에서 그를 올려다보는 얼굴은 아름답진 않지만 첫눈에 미녀냐 아니냐를 따지는 것조차 잊게 만드는 그런 얼굴이었다. 금방이라도 까르르 웃어대며 밋밋한 흑백사진 밖으로 뛰어나올 듯한 생동감이 압도적이었기 때문이다. 그만큼 타냐 오를리노프는…… 터질 듯한 생명력을 발했다. 큼지막하고 까만 눈은 긴 속눈썹으로 풍성하게 둘러싸였는데 그 안광이 어찌나 또릿또릿한지 한 대 치는 힘과 맞먹었다. 도톰한 입술을 한껏 그리고 활짝 잡아늘인 시원한 미소는 인생의 모든 기쁨을 만끽하는 꼬마 요정의 그것이었다.

제러드는 왈칵 짜증이 났다.

왜 이따위 사진 쪼가리에 마음이 흔들리지? 이보다 매력적인 여자는 수백 명쯤 꼽을 수 있고 어떤 미모 앞에서도 필요 이상으로 동요해 본 적이 없는 그였다. 하지만 지금은 언제나 불변이었던 서늘한 자제력의 온도가 불온하게 치솟았다.

그는 억지로 내적인 거리감을 두고 사진 속의 이목구비를 정밀하게 뜯어보기 시작했다. 광대뼈가 지나치게 높은 데다 얼굴은 또 지나치게 홀쭉해서 자칫하면 초라해 보이기 쉬운 인상이었다. 턱은 강하다 싶을 만큼 각진 터였다. 눈 위에 걸린 까만 날개 같은 눈썹은 장난꾸러기 요정의 분위기만 더해 주었다. 흑발을 땋아 올려 반짝이는 왕관처럼 얼굴 주위에 둘둘 말은 이런 머리형이라면 의젓한 분위기를 연출해야 할 텐데 이 여자는 오히려 공주 놀이를 하는 꼬마 아가씨처럼 보였다.

어른으로 분장한 듯한 어린 소녀형은 내 취향이 아냐. 제러드는 초조하게 혼잣말을 했다. 그는 초연한 세련미와 풍만한 관능미를 두루 겸비한 성인 여자들을 선호해 왔다. 하지만 타냐 오를리노프는 그 어떤 특질도 갖추지 못한 만큼 이 얼굴을 보면 볼수록 육체적인 끌림이 폭발적으로 강해지는 건 극도로 부조리하다.

그는 프로그램을 니나의 무릎으로 던져버렸다.

"이런 유형을 좋아하는 사람들에게는 꽤나 인기 있을 것 같군."

"예상보다 반응이 싱겁네요. 타냐가 꼭 당신 취향이라고 생각했는데. 그녀는 비범하거든요."

"비범?"

"자유를 찾아 눈보라 치는 안데스 산맥으로 뛰어드는 여자는 보기 드물죠. 생명을 건 그런 도박에는 엄청난 용기뿐만 아니라 끝까지 포기하지 않는 저력도 필요해요."

니나는 어깨를 으쓱거렸다.

"사실 그녀는 그 판에서 전부를 잃을 뻔했어요. 산기슭에 간신히 도착했을 때는 심한 저체온과 동상에 걸려 있었죠. 그곳 마을 사람들은 병원이나 산티아고의 미국대사관에서 담당자가 나오기 전에 송장을 치우게 될 거라고 확신했대요.”

“하지만 빗나간 확신이었지.”

제러드는 부드럽게 말했다. 죽음과 맞서 이겨낸 타냐 오를리노프에게 왠지 자부심마저 느껴졌다. 아마도 사진을 본 순간 직감했던 그녀의 강인함이 증명되었기 때문이리라.

니나는 만족스런 웃음소리를 나직하게 흘렸다.

“이제야 흥미를 보이는군요. 그럴 줄 알았어요. 당신과 타냐는 닮은 꼴이니까.”

그의 눈썹이 치켜 올라갔다.

“덜 자란 발레리나와의 비교는 달갑지 않군. 우리는 닮은 구석이 없소”

“아니, 당신 둘은 가슴에 불을 품은 사람들이에요.”

생각에 잠겨 곱씹는 듯한 뒷말이 느릿느릿하게 흘러나왔다.

“타냐의 불꽃이 자유롭고 거침없이 활활 들판을 사르는 것이라면 당신은…… 어둠의 명부 저 밑바닥에서 조용히 이글거리는 불덩어리에요. 그게 유일한 차이점이죠. 당신의 세련된 태도와 능란한 말솜씨는 단지 위장에 불과해요. 그 저변에 존재하는 격함을 감추기 위한 교묘한 위장.”

“이런! 당신에게 멜로 드라마적인 성향이 있는 줄은 미처 몰랐소. 상상력이 대단해.”

그는 만면에 조소를 지었다.

“하지만 내가 고드름덩어리라는 평가에는 가슴이 좀 아프군.”

니나는 당장 반격에 나섰다.

“난 그런 말은 하지 않았어요. 그리고 내가 무슨 생각을 하든 당신이 신경이나 쓰는 사람이든가요?”

진한 유감이 겉으로 드러났다 싶었지만 다음 순간에는 가벼운 미소와 함께 그녀가 농을 걸었다.

"당신이 고드름덩어리라뇨? 그 반대예요. 호색적인 사티로스*라는 편이 어울려요. 당신의 정력에는 감히 이견을 제기하지 않겠어요. 그랬다간 오늘밤 호텔로 돌아가는 택시 안에서 본때를 톡톡히 보게 될 테니까."

그녀의 표정이 호기심어린 것으로 바뀌었다.

"공연 후 타냐 오를리로프를 소개해 줄까요?"

제러드는 고개를 설레설레 흔들었다.

"이러다간 우리 둘을 중신하겠다는 말까지 나오겠군. 다른 여자에게 질투심의 흔적조차 보이지 않는 당신 태도는 상당히 모욕적이오."

"질투? 난 내 위치를 잘 알고 있어요. 게다가 이 경우에는 당신을 빼앗길까 봐 마음 졸일 필요도 없고요. 소문에 의하면 타냐는 이 년 전부터 타일러 윈들로의 정부로 지낸대요. 그러니 당신도 그녀를 어떻게 해보려는 생각은 아예 버리세요."

"타일러 윈들로라. 그 이름은 친숙하게 들리는군. 정확하게 뭐 하는 친구요?"

"철강 재벌이에요. 어느 날부터인가 예술에 심취하더니 지금은 아메리칸 레퍼터리 발레단의 첫손 꼽히는 후원자가 되었어요. <우리>의 꼬마 파이퍼는 물론, 그곳의 빛나는 스타구요. 이민하면 막간에 무대 뒤로 가서 그녀를 만나고 싶어지지 않아요?"

"<당신>의 꼬마 러시아인 발레리나가 얼마나 빛나는 스타인지 확인한 다음에 결정하리다."

"타냐는 순수 러시아인이 아니에요. 혼혈이죠. 어머니가 헝가리인이래요."

그때 극장 안의 조명이 차츰 어두워지며 공연의 시작을 예고했다. 니나가 소곤소곤 덧붙였다.

"그녀의 빛나는 스타성을 직접 경험해 보세요."

그 경험은 무대의 막이 올라가기도 전에 시작되었다. 플루트 독주가

---

* 그리스 신화에 등장하는 반인반수로서 일반적으로 정욕이 강한 남자를 의미. 로마 시대의 목신(牧神)인 판과 동일.

경쾌하지만 애달픈 여운으로 어두운 극장 안에서 메아리 치며 마술을 자아내는 가운데 막이 서서히 올라갔다. 그리고 무대가 드러났다. 아주 단순한 무대였다. 달빛을 표현한 스포트라이트의 흐릿한 원 안에 피리 부는 사람, 즉 파이퍼의 실루엣이 언덕 꼭대기와 밤하늘을 배경으로 도드라졌다.

파이퍼는 타이츠만 걸쳤는지 우람한 상체의 근육이 울퉁불퉁하게 그대로 보였다. 그는 목신(牧神)인 판이라기보다 태양의 신 아폴로에 가까웠지만 그런 파격이 장면의 아름다움을 가슴 두근거리도록 강조했다.

그 목가적인 분위기가 돌연 바뀌었다. 혹성 하나가 찬란한 빛과 장관을 연출하며 폭발하듯, 또 다른 스포트라이트의 원이 강하게 생김과 동시에 한 여자가 무대 중앙으로 펄쩍 뛰어나온 것이다. 그 가냘픈 체구의 도약은 너무도 우아해 관객의 심장을 일순 멈추게 했다.

붉은 시폰 발레복의 긴 자락을 휘날리는 타냐 오를리노프는 너울거리는 불꽃이었다.

그녀는 파이퍼와 그의 음악에 사로잡혔으나 그 마력에 격렬하게 저항하는 아가씨의 역할에 동화되어 아주 쉬워 보이지만 고도의 기량 없이는 불가능한 정교한 동작들을 연거푸 해냈다. 그렇게 한참을 내적인 갈등으로 몸부림치다 갑자기 모든 몸짓을 포기하고 가만히 섰다. 파이퍼의 압도적인 매력에 투지를 잃은 것이다. 그녀는 싸울 힘을 달라고 신들에게 간청하듯 애절하게 두 팔을 높이 들어올렸다.

다음 순간, 그녀의 온몸이 마치 번개에 맞은 사람처럼 강한 충격으로 부들부들 떨렸다. 아가씨는 큰 숨을 들이켰다. 그리고는 두 팔을 내려 자신의 올린 머리를 어루만지는가 싶더니…… 눈 깜짝할 사이에 그 윤기 흐르는 흑발이 관능적인 망토인양 허리까지 치렁치렁하게 흘러내리고 아가씨는 언덕 위의 파이퍼를 향해 도전적으로 돌아섰다.

이어서 펼쳐진 건 유혹의 춤이었다. 그 고혹적인 몸짓에 담긴 정열은 자신의 전부를 불사르는 여인의 것이었다. 이제 그녀는 삼손을 망친 데릴라와 세례자 요한의 목을 원한 살로메를 하나로 합쳐놓은 요녀가 되어, 파이퍼에게 이리 오라고 유혹했다.

결국 파이퍼는 언덕에서 내려와 아가씨와 어울린다. 그들의 느리며 우아한 파드되(이인무)가 펼쳐졌다. 그녀가 여자만의 마술로 파이퍼를 사로잡고 길들인 것이다. 하지만 파이퍼가 금세 그녀의 힘에 저항하고 나서면서 둘의 갈등이 첨예화된다. 그들은 서로를 압도하려는 듯 각자 최고의 기량을 다해 번갈아 독무를 추었다.

마침내 음악이 종결부에 이르러 그녀의 승리가 확실해졌을 때 아가씨가 우뚝 섰다. 그녀는 탈진한 듯 털썩 무릎을 꿇었다.

다음은 결코 잊지 못할 불후의 장면이었다.

파이퍼가 거친 숨을 헐떡거리고 전신의 근육이 터져버릴 듯한 환희를 발산하며 자신의 포로를 오만하게 내려다본 것이다. 마치 시간조차 얼어붙은 순간이었다. 이어 그는 천천히 피리를 입으로 가져가 다시 한 번 사이렌의 음악을 연주하기 시작했다. 파이퍼가 돌아서 언덕으로 향하자 아가씨는 보이지 않는 실로 조종당하는 꼭두각시처럼 비틀비틀 따라갔다. 파이퍼는 언덕 정상에서 뒤를 돌아봐, 그의 포로가 여전히 자신에게 사로잡혀 있음을 확인했다. 플루트 소리가 의기양양한 선율로 높아졌다. 곧이어 그는 언덕 너머로 사라졌지만 음악의 마력으로 계속 아가씨를 묶어놓았다.

무대에는 아가씨 혼자 덩그러니 남았다. 붉은 드레스조차 풀죽은 듯 축축 늘어졌다. 그녀는 절망한 채 언덕 정상에 이르러선 고개를 떨구고 파이퍼의 희미해진 피리소리에 귀를 기울였다. 그리고는 천천히 고개를 들어…… 모든 관객을 충격의 도가니로 밀어넣었다.

그녀의 얼굴이 장난기 가득한 함박웃음으로 빛났던 것이다!

아가씨는 경쾌하게 반복적으로 회전해 은밀한 승리를 자축했다. 그 승리감의 절정은 화려하고 폭발적인 그랑즈떼였다. 날아오를 듯 도약하여 완벽한 포즈로 공중에 떠 있다간 가벼운 착지. 이어 그녀는 기쁨과 짓궂음으로 반짝거리는 미소를 관객에게 던진 후 자신을 신이라고 생각하는 파이퍼를 따라 언덕 너머로 사라졌다.

극장 안에는 일체의 소리가 죽고 정적이 흘렀다. 하지만 그 진공상태는 거의 발작적인 박수소리로 깨어졌으며, 타냐 오를리노프가 파트너와 손을 맞잡고 다시 무대로 나오자 관객들은 기립하여 우레와 같은 갈채를 보냈다.

"어때요?"

니나는 옆좌석 사내의 홀린 얼굴을 고소하게 살폈다.

"이제 타냐를 만나고 싶어졌어요?"

제러드의 귀에는 아무 소리도 들어오지 않았다. 그의 시선은 발레리나에게 못 박혀 있었다. 얄팍한 붉은 드레스 위로 작지만 볼록하게 솟아오른 채 급하게 오르내리는 젖가슴…… 관객을 향해 허리를 깊이 숙일 때마다 이마에서 다이아몬드처럼 반짝거리는 땀방울……. 그는 저 작은 몸을 왈칵 끌어안고 이마를 닦아주고 싶었다. 어떤 여자를 향해서도 이토록 절대적인 보호욕을 느껴보진 못했다. 이 압도적인 충동은 그녀의 공연 내내 경험했던 사나운 욕망만큼이나 달갑지 않고 비논리적이었지만, 자제력이 통하지 않는 막무가내의 것들이었다.

니나가 그의 팔에 손을 얹었다.

"제러드, 무대 뒤로 가보지 않겠어요?"

"못 갈 것도 없지."

그는 가까스로 태연한 목소리를 냈다.

"당신 말대로 그녀는 비범한 발레리나니까."

타냐는 진저리를 쳤다.

복도 저쪽의 뒷문이 활짝 열려 시월의 찬 공기가 여기 프리마돈나의 전용 탈의실 앞까지 서슴없이 몰려왔다. 타냐는 엄격한 표정과 면도날처럼 매서운 눈매를 한 노부인의 질문에 공손하게 답했다. 이 부인의 이름이 뭐였더라? 기억이 나지 않았다. 하지만 그녀가 무슨 문화 재단의 이사장이니 예쁘게 보여야 한다고 타일러 윈들로가 일찍이 귀띔했다.

그건 그다지 어려운 주문이 아니었다. 싫은 사람이 별로 없는 타냐였으니까. 이 노부인도 알고 보면 상당히 박력 넘치는 개성의 소유자일 것 같았지만, 오늘밤은 저 오한나도록 냉랭한 겉모습 아래로 파고들고 픈 마음이 우러나지 않았다.

오한. 냉랭함.

떠올리지조차 말았어야 했을 단어들이다. 그 단어들과 함께 현재의 처지―하늘하늘한 무대의상 차림으로 외풍이 심한 복도에 서 있는 처지가 새삼스레 상기되었기 때문이다. 하지만 이까짓 불편쯤이야 문젯거리도 되지 않는다. 지금 그녀를 에워싼 소규모 인파의 찬사와 축하를 몇 분만 더 받아주면 피로를 내세워 전용 탈의실 안으로 도피할 수 있으니까. 탈의실 밖에서 진을 친 발레광의 자진해산을 기다리느니 이 편이 낫다는 걸 그녀는 이 세계에 뛰어든 초기에 터득했다.

"타냐, 최고의 무대였어요. 당신의 압도적인 승리예요."

어디선가 많이 들어 본 목소리가 칭찬을 퍼붓자 타냐는 어깨 너머를 돌아보았다. 니나 바틀렛이 그녀 특유의 솔직한 미소를 짓고 있었다.

"진심이시죠?"

타냐도 방긋 웃어 보였다.

"실은 나도 그렇게 생각해요."

그녀의 까만 눈이 익살스러운 빛으로 반짝거렸다.

"왜냐하면 오늘밤에는 혼신의 힘을 다할 수밖에 없었거든요. 당신의 조직위원회가 입장권에 이백 달러씩이나 붙였는데 대충 춤을 추었다간 성난 관객들에게 돌팔매질을 당할 테니까요."

타냐는 무슨 문화 재단의 이사장이라는 노부인이 조용히 물러나는 기색을 알아차리고 작별 인사를 하기 위해 얼른 돌아섰다. 바로 그 순간, 남성용 턱시도 재킷이 갑자기 그녀의 어깨로 내려앉았다. 그녀는 깜짝 놀라 눈이 휘둥그레졌다. 뒤에서 이는 니나 바틀렛의 호호거리는 웃음소리를 들으며 타냐는 다시 돌아서 니나의 옆에 나타난 남자에게 시선을 주었다.

"엄청난 기사도군요, 제러드."

니나 바틀렛이 말꼬리를 질질 늘여 촌평했다.

"당신이 이 정도의 신사인 줄은 미처 몰랐어요."

농담조의 흥거운 목소리였지만, 제러드라는 남자를 노려보는 날선 표정은 다른 말을 하고 있었다.

불쌍하기도 하지. 타냐의 마음속에 연민이 퍼져갔다. 니나 바틀렛과 잘 아는 사이는 아니지만 호감을 품고 있었던 만큼 그녀가 감정적으로 얽히기엔 결코 안전해 보이지 않는 남자에게 반한 모습을 접하자 동정부터 앞선 것이다.

니나가 계속 가벼운 어조로 말을 이었다.

"이쪽은 제러드 라이커 박사예요, 타냐. 제러드는 우리 모두처럼 당신의 공연에 매료당했어요."

"즐거운 시간이 되셨다니 다행입니다, 라이커 박사님."

타냐는 예의 바르게 중얼거렸다. 그녀는 박사와 시선이 얽히자 아직 그의 체온이 훈훈하게 남아 있는 재킷을 무의식적으로 바싹 여몄다.

박사의 눈빛은 싸늘하고 꿰뚫는 듯했다.

수정처럼 투명해서 거의 은색에 가까운 잿빛 눈은 가무잡잡하니 잘 그을린 얼굴 때문에 마치 한 쌍의 비수처럼 더 예리해 보였다. 사물을 꿰뚫는 듯한 눈빛이긴 하지만 싸늘하다는 건…… 그래, 그 표현은 적당하지 않다. 박사의 눈에는 드라이아이스 같은 강렬함이 도사리고 있었다. 표면을 살짝 스치기만 해도 손을 다치게 하는 드라이아이스의 뜨거움이.

그 오묘한 눈동자에 사로잡힌 타냐는 라이커 박사의 넓은 이마, 슬라브 계의 두드러진 광대뼈, 딱딱한 턱선을 어렴풋하게 의식했다. 그의 입술은 피부를 뚫고 나올 듯이 강한 골격과 비교해 놀라우리만치 관능적이었지만 다시 놀라우리만치 냉소적인 선을 그리며 꽉 다물어진 터였다. 숱 많은 머리칼과 얼굴의 경계에는 은빛의 새치가 희끗희끗하니 검은 모발을 물들이고 있었다.

"<파이퍼>는 제가 가장 좋아하는 작품이랍니다."

“그 이유를 알 만하오.”

얼음 같은 눈에 순간적으로 별이 뜬 것 같았다.

“무용수로서나 여자로서나 모든 기량을 마음껏 펼칠 수 있는 작품이더군. 작품의 충격적인 결말은, 진짜 파이퍼가 당신이라는 관객의 착각을 유도하고.”

타냐는 얼굴을 찌푸렸다.

“관객의 착각이 아니에요. 아무래도 제가 역할 소화를 제대로 못한 모양이군요.”

박사의 조롱에 발끈한 나머지 목소리가 날카로워졌다.

“진짜 파이퍼는 물론 저예요. 처음부터 끝까지 관계의 주도권을 쥐고 있었던 쪽은 제가 분한 아가씨니까.”

“그럴까?”

가느다랗게 좁혀진 은빛 눈의 초점이 그녀에게 집중되어 숨막히는 감각을 불러일으켰다.

“그렇다면 당신은 왜 남자를 따라간 거요?”

“속임수예요, 그건.”

타냐는 초조하게 대답했다.

“아가씨는 패배한 척한 거예요. 파이퍼의 경계심을 누그러뜨려 나중에 그를 사로잡기 위해. 최후의 승리를 확보하기 위해서.”

이렇게 작품 설명을 해보긴 처음이었다. 왜 이 박사는 다른 모두에게 자명한 복선을 알아차리지 못할까?

“그럴지도 모르지.”

라이커 박사가 부드럽게 인정했다.

“하지만 이런 해석도 가능하오. 파이퍼는 지금까지의 손쉬운 승리에 질린 나머지 불꽃의 아가씨가 끝까지 저항해 주어 그의 권태를 막아주길 내심 바랐다는 해석. 그처럼 강력한 마력의 소유자라면 좀비로 변해버린 포로 따위에게 눈길을 두 번 주지 않을 거요. 어떤 아가씨든 사로잡아 자발적으로 따라오게 만들 힘을 지녔으니까.”

그녀를 조각내어 분석하는 듯한 시선은 타냐에게 더한 짜증만 불러
일으켰다.

"내 해석에 대해 어떻게 생각하오?"

"지나친 억측이라고 생각해요."

매섭게 쏘아붙였다. 그녀는 그의 재킷을 벗어 내밀었다. 더 이상 춥
지 않았다. 오히려 온몸이 달아올라 후끈거렸다.

"제가 파이퍼라는 데는 의문의 여지가 없습니다."

박사가 재킷을 받아 아무렇게나 팔에 걸쳤다.

"그렇게 확신하는 근거는?"

"왜냐하면……."

타냐는 탈의실 문을 열며 승리감과 장난기가 뒤섞인 시선을 그에게
비스듬히 던졌다.

"이 작품의 안무가도 저니까요."

박사의 얼굴에 대고 문을 살짝 닫은 후 타냐는 그 문에 등을 기댄 채
움직이지 못했다. 들뜬 흥분이 시시각각 고조되고 머리가 붕 뜨는 기분
이 좀처럼 가라앉지 않았다.

전기에 감전된 것처럼 이렇듯 오감이 예민해진 건 순전히 분노와 유
감 때문이라고 자신을 합리화해 보았다. 겨우 몇 마디 말을 나눈 남자
때문일 리 없어. 라이커 박사 같은 남자에게 끌렸을 리 없어. 하지만 육
체적인 끌림만이라면…… 그건 가능하다. 박사의 넘쳐흐르는 남성적인
힘은 첫눈에도 놓칠 수 없었다.

그녀는 숨을 크게 들이쉬어 긴장된 복부 근육을 의식적으로 풀었다.
박사에게 십대 소녀처럼 반응하는 자신이 웃겼다. 섹시한 남자를 처음
만난 것도 아닌데. 하지만 제러드 라이커는 단순히 섹시한 남자가 아니
었다. 그의 강함과 지배력에 필적하지 못하는 모든 여자들에게는 파괴
적이며 위험한 존재다.

그런 남자와 반쯤 사랑에 빠진 니나 바틀렛을 다시 한 번 동정하며
타냐는 재빨리 탈의실을 가로질러 화장대 앞에 앉았다. 그녀는 라이커

박사를 열두 명쯤 데려와도 감당해 낼 자신이 있지만 정말 그러고 싶진
않았다. 아니, 그런 남자와는 상종조차 피하고 싶었다. 왜냐하면 지금
이대로의 삶이 좋으니까. 남의 박자에 따라 춤추어야 했던 구속에서
풀려나 이제는 자신의 인생을 통제하는 파이퍼의 희열을 느끼고 있으
니까.

타냐는 클렌징 크림을 듬뿍 발라 무대 화장을 지우기 시작했다. 위험
과 거기에 따른 흥분이라면 평생의 몫을 다 맛보았어. 더 이상은 사양
이야. 저런 남자와 불장난을 하다 화상을 입는 건 세상의 니나 바틀렛
부류에게 맡겨두자.

"실수했군요."

니나는 승강기 문이 호텔의 구 층에서 열리자 제러드에게 밀려 밖으
로 나가며 뇌까렸다. 그는 아무 말도 하지 않고 객실을 향해 푹신푹신
한 카펫 복도를 가로지르기만 했다. 니나는 앞을 똑바로 응시하며 좀
더 큰 소리로 말을 이었다.

"내 실수예요. 난 당신 둘을 소개시켜 주고픈 충동에 저항할 수 없
었어요. 잃는 것보다 얻는 게 많다고 계산했기든요. 하지만 인이한 생
각이었어요. 호기심에 발등 찍힌 셈이죠. 특히, 당신이 극장을 나선
후에 세 마디도 하지 않는 걸 보면."

"내가 그랬던가?"

제러드는 자신만의 생각에서 탈피해 그녀에게 미소를 지었다.

"하지만 우리 사이에 언제부터 말이 필요했지?"

그는 그녀의 매끄러운 팔을 애무하며 따라 내려가 가느다란 손목을 엄
지손가락으로 자극했다. 손목이 니나의 가장 예민한 성감대 가운데 한 곳
임을 염두에 둔 것이다. 그가 계산했던 대로 그녀의 맥박이 빨라졌다.

"이미 말했지만 당신은 상상력이 좀 지나쳐."

니나는 깜짝 놀랄 만큼 거칠게 그의 손을 뿌리쳤다.

"유혹은 필요 없어요, 제러드. 그런 거 없어도 때가 되면 난 당신의

품에 안길 거예요.”

그녀의 푸른 눈은 단도직입적이었다.

“하지만 다른 여자의 대역은 내키지 않군요. 당신, 그녀에게 달아올랐죠?”

제러드는 못 알아들은 척하지 않았다.

“맞아, 난 그녀에게 달아올랐소. 그녀와 자고 싶은 것도 사실이오. 하지만 당신이 나에게 기대했던 반응이 그거였을 텐데? 우리 둘을 소개시켜 준 이유는 단순한 호기심 때문이 아니었어.”

“사실이에요.”

씁쓸한 미소를 지으며 니나는 퉁명스럽게 인정했다.

“난 한 여자에게 정말 흥분한 당신을 보고 싶었어요. 당신이 가질 수 없는 누군가를 혹은 뭔가를 열망하는 모습을 보고 싶었던 거예요. 하지만 이렇게…… 원초적인 수준으로 반응하리라곤 상상조차 못했어요.”

그는 조용히 물었다.

“그냥 집으로 가고 싶소?”

니나는 입술을 깨물고 아픈 망설임으로 갈팡질팡했지만 이내 밝은 미소를 지었다. 눈가까지 이르지 못하는 거짓된 미소였다.

“됐어요. 그 예쁘장한 발레리나에 대한 당신의 스쳐 지나가는 관심을 내 기교로 잊게 해드리죠.”

그는 객실 문을 따고 옆으로 비켜섰다. 니나는 안으로 들어가길 잠깐 망설이며 그의 시선을 찾았다.

“그녀를 다시 만날 거예요?”

“아니, 지금 내 삶에는 그런 여자에게 내줄 공간이 없소.”

그것만은 틀림없는 사실이었다. 앞으로 반년은 그렇지 않아도 어려운 시기가 될 텐데 그 작은 발레리나와 얽히면 감정적인 복잡함까지 피할 도리가 없어진다.

타냐 오를리노프는 처녀림으로 남아 있던 그의 마음을 건드렸다. 묘한 보호욕과 지금껏 느껴보지 못했던 고약하게 끈끈한 욕망을 자극했다. 그 짧은 만남에조차 손을 제자리에 두기 곤란했다. 하늘거리는 발레복을 끌어내리고 작은 젖가슴을 쥐고 싶었다, 그녀의 유두가 설전으로 달아오른 뺨처럼 고운 핑크색인지 확인하고 싶었다.

제러드는 초조하게 이맛살을 찌푸렸다. 이건 병적인 집착이야. 일종의 강박관념. 그 정열적인 검은 눈동자의 꼬마 요정과 한 번 뒹굴면 사라져버릴, 강하지만 허무한 육체적인 끌림에 불과해.

"그 여자와 다시 만나는 일은 없소."

전기 스위치를 찾아 자동적으로 벽을 더듬었지만 호텔 방의 응접실은 저쪽 탁자 옆에 놓인 스탠드의 은은한 상아빛 조명으로 이미 밝혀진 터였다. 제러드는 반사적으로 긴장했다. 전신의 근육이 공격에 대비해 단단하게 수축되었다. 하지만 금세 몸에서 힘이 빠지고 한숨이 흘러나왔다. 단어맞추기 잡지를 내려놓으며 스탠드 옆의 의자에서 천천히 일어난 사내와는 안면이 있었기 때문이다. 그 사내는 오늘도 쥐색 브룩스 브라더스 양복을 짜증나도록 깔끔하게 차려입고 있었다.

"잘 있었나, 버츠."

제러드는 등뒤로 문을 닫으며 인사를 건넸다.

"자네가 이 방에 어떻게 침입했는지 추측해 볼까? 보나마나 뇌물 아니면 무력을 썼겠지."

문의 자물쇠를 슬쩍 확인했다.

"이번에는 뇌물 쪽이군."

에드워드 버츠의 얼굴에는 책망하는 표정이 가득했다. 저 커다란 갈색 눈을 볼 때마다 제러드는 바셋 하운드가 연상되었다. 귀가 땅에 질질 끌리는 그 사냥개 종자의 우울한 눈망울이.

"샤또에서 벗어나시면 곤란합니다, 라이커 박사님. 상원의원께선 그분의 지시에 반하는 이런 행동에 심심한 유감을 표시하셨습니다."

"난 의원에게 아무 지시도 들은 바 없어."

제러드는 부드럽게 말했지만 그 비단 같은 어조에 내포된 강철 심지는 역력했다.

"정중한, 아주 정중한 제안이라면 몇 가지 들었지만."

그는 귀를 쫑긋 세우고 있는 니나에게 고개를 돌렸다.

"침실에서 기다려 주겠소? 금방 뒤따라가리다."

니나는 마지못해 고개를 끄덕이고 응접실을 가로질렀다. 침실 문이 닫히자 제러드는 버츠에게 다가갔다. 그는 발레 공연 프로그램을 탁자에 휙 내던진 후 초조하게 나비 넥타이를 풀렀다.

"좋아, 이제 시작해 봐. 뉴욕에 온 이유가 뭐지?"

"그건 제가 드려야 할 질문입니다, 라이커 박사님."

버츠는 덤덤하게 대답했다.

"뉴욕은 안전하지 않습니다. 우리로선 이런 환경에 적합한 경호를 박사님께 제공해 드릴 수 없습니다. 때문에 상원의원님의 심려가 이만저만이 아니십니다."

"안됐군."

제러드는 입술을 말아 올리고 비아냥거렸다.

"샘 코벳 의원이 워싱턴의 최고 실력자들과 막후 교섭을 벌이는 동안 내가 그의 거처 제공을 받아들이긴 했지. 하지만, 그렇다고 아우슈비츠 수용소의 캐나다 지부 같은 곳에서 감금 생활을 하겠다는 뜻은 아니었어. 난 자유롭게 오갈 생각이야. 누구의 간섭도 받지 않고. 당장 워싱턴으로 돌아가서 코벳 의원에게 그렇게 전해."

버츠가 고개를 젓자 대머리의 징후를 보이는 휑한 관자놀이께가 스탠드의 불빛을 반사하며 번쩍거렸다.

"저는 워싱턴으로 돌아갈 수 없습니다. 젠킨스를 대신해 샤또의 경비를 책임지게 되었으니까요. 그로써 상원의원의 측근에 경호 책임자의 자리가 비게 된 겁니다. 다시 말해, 박사님의 이번 행보로 말미암아 두루두루 막대한 지장이 초래되었지요. 그러니 샤또에만 머무르시겠다고 약속해 주십시오. 두 달 안으로 워싱턴에 안전한 거처가 마련될 겁니다."

"본의 아니게 자네의 인생을 복잡하게 꼬아놓았군. 유감천만이야. 하지만 안타깝게도 버츠 자네가 이 상황에 적응해 줘야겠어."

젠장, 버츠에게 필적하는 요지부동도 다시 없으리라.

제러드는 그를 처음 봤을 때 코벳 상원의원처럼 영리한 자가 왜 이런 머저리를 경호대장으로 고용했는지 의구심을 품었다. 버츠는 저능아에 가까우리만큼 머리회전이 느렸으며 상황 주도력이라고는 민달팽이 수준이었다. 하지만 오래지 않아 제러드도 상원의원이 높이 평가하는 버츠의 자질들이 무엇인지 깨닫기에 이르렀다. 에드워드 버츠는 고용주에게 절대적으로, 거의 맹신적으로 충성했으며 불독 같은 완고함과 끈질김까지 겸비했다.

이제 그 완고함이 바야흐로 활짝 꽃피려는 시점이었다.

"박사님께서 원하시는 것이라면 뭐든 제공해 왔잖습니까. 더 필요한 게 있으면 말씀만 하십시오."

"바로 그게 문제야. 난 지난 3주일의 첫 주가 다 가기도 전에 뭐든 척척 제공되는 환경에 질려버렸어. 눈물이 나도록 지루한 나머지, 자네가 편집증적으로 경계하는 그 중국인 집단에 나 자신을 표적으로 내던질 준비까지 되었다구. 그럼 다소의 흥분이나마 맛볼 수 있을 테니까."

"어처구니없는 말씀이십니다!"

버츠는 이어 애매하게 얼굴을 찡그렸다.

"설마…… 지금 농담하신 겁니까, 라이커 박사님?"

"당연히 농담이지. 난 행동의 제약을 받고 싶지도 않지만 납치나 죽음의 표적 또한 되고 싶지 않거든. 이만하면 내 뜻이 유리알처럼 투명하게 전달되었나? 그럼 사라져 주시지. 난 숙녀에게 가봐야 해."

사냥개를 연상시키는 우중충한 갈색 눈이 침실 문에 고정되었다. 버츠는 어떤 획기적인 생각이 떠올랐다는 듯이 갑자기 짖어대기 시작했다.

"여자 문제 때문이었군요? 박사님의 배경 조사를 통해 여자를 자주 필요로 하신다는 건 알고 있습니다. 우리가 제공해 드린 여자들이 마음에 안 드셨습니까?"

"마음에 안 들긴. 그 동안 샤또로 초대되었던 콜걸들만큼 아름답고 노련하며 자발적인 상대도 만나기 어렵지."

“그럼, 자발적이지 않은 상대를 원하십니까?”

버츠는 의아해하며 끈질기게 캐물었다.

“박사님께서 그 점을 여자들에게 설명하시면 다들 알아서…….”

“맙소사! 제발 좀 꺼져 줘, 버츠.”

버츠의 시선이 다시 한 번 침실 쪽을 맴돌았다.

“저분이 박사님을 더 즐겁게 해줍니까? 그렇다면 저분을 설득해서 샤또로 모셔오겠습니다.”

“안 돼!”

제러드는 인내력을 되찾기 위해 호흡을 가다듬었다. 화내 봤자 힘 낭비이다. 버츠와의 대화는 쇠귀에 경 읽기니까.

“이제부터 똑똑히 들어. 난 저 숙녀가 샤또에 오길 원하지 않아, 설령 그녀 쪽에서 선뜻 나선다 해도. 또한 그녀의 매력으로도 나를 그 산꼭대기에만 묶어놓을 순 없어. 세상의 어떤 여자를 데려와도 그건 불가능해.”

그의 시선이 저절로 프로그램에 닿았다. 타냐 오를리노프가 탁자 위에서 그를 올려다보며 ‘즈와 드 비브르(삶의 기쁨)’에 찬 웃음을 활짝 짓고 있었다. 그녀의 생명력에 사로잡힌 제러드는 자신이 지금 어디에 있는지, 무슨 말을 하고 있었는지조차 잊었다. 심지어 이쪽을 말끄러미 응시하고 있는 성가신 버츠의 존재마저 잊었다. 그는 얼른 정신을 차리고 서릿발처럼 냉정하게 말을 맺었다.

“알아들었겠지, 버츠?”

에드워드 버츠는 순순히 고개를 끄덕거렸다.

“박사님께서 그렇게 말씀하신다면. 샤또에는 언제 돌아오실 겁니까?”

“하루 이틀 후에.”

제러드는 침실로 향했다.

“나갈 때 문단속 잘하게.”

버츠는 굳게 닫힌 침실 문을 한참 바라보았다. 깊이 생각에 잠긴 표정이었다. 그리고 천천히 돌아서 탁자에서 단어맞추기 잡지와 함께 제러드 라이커 박사가 넋을 잃었던 프로그램을 챙겼다. 그는 흑백의 프로

그램을 가만히 응시한 다음 잡지의 갈피에 조심스럽게 끼우고 스탠드를 끈 후 문으로 향했다. 마지막으로 객실 문을 조용히 닫기 전에는 문고리의 꼭지를 빠뜨리지 않고 눌렀다, 박사의 주문대로.

"아름다워요, 당신은."

니나는 그의 어깨에서 흰 셔츠를 벗기며 감미롭게 속삭였다. 그녀의 손이 아래로 툭 떨어져 허리띠에 닿았다.

"볼 때마다 놀라게 돼요. 옷을 걸친 당신은 품위 있고 우아하고 날렵하지만 한 꺼풀씩 벗겨내면 완전히 다른 모습…… 강하며 힘찬 남자가 드러나죠."

근육질의 팔뚝에 입술을 눌러보았다.

"정말 단단해. 여기에 숨어 있는 힘의 전부를 느껴봤으면."

이어서 혀로 그의 작은 유두를 자극하며 바지와 속옷을 밑으로 밀어내고는 팽팽하게 조여진 엉덩이를 한 아름 쥐었다.

"나를 두 조각으로 내주세요."

제러드는 어금니를 악물었다. 폭발할 듯 흥분되어야 할 지금 아무것도 느껴지지 않았기 때문이다. 마음이 전혀 동하지 않았다!

"당신의 폭력성을 즐긴다는 생각만 해도 화끈 달아올라요."

"폭력?"

그는 이맛살을 찌푸렸다.

"내가 사드 백작*의 후예라는 식으로 들리는군. 난 당신이나 다른 여자에게 폭력을 써본 기억이 없는데."

"맞아요."

니나는 풍만한 젖가슴을 그의 체모로 뒤덮인 근육질 몸에 대고 살짝살짝 문질렀다.

---

* 1740-1814. 프랑스의 군인이자 작가. 타인에게 고통을 일으키며 얻어지는 성적인 즐거움에 관하여 일련의 희곡과 소설을 발표하여 투옥됨. 이런 가학적인 성욕은 그의 이름을 따 '새디즘'이라고 불림.

"당신은 좀처럼 자제력을 잃지 않죠. 내가 아무리 자극해도."

뭐든 떠올려 봐! 제러드는 자신에게 촉구했다. 이 빌어먹을 무감각의 상태에서 벗어나게 해줄 어떤 생각이든!

"완벽한 연인이에요, 제러드 당신은. 다정하고 사려 깊고 자지러지도록 능수능란한 연인."

그녀의 혀가 할짝거리며 그의 쇄골 오목한 곳을 핥았다.

가느다란 허리까지 치렁거리는 까만 머리칼…… 붉은 천 쪼가리로 간신히 가려진 작고 봉긋한 젖가슴…….

그 영상과 함께 사타구니에서 묵직하게 일어서는 친숙한 감각이 느껴지자 제러드는 무한한 안도감을 느꼈다. 다음 순간, 자신이 무슨 짓을 하고 있는지 깨닫고 본능적으로 거부감을 느꼈다. 니나를 작은 발레리나의 대역으로 삼아선 안 돼. 니나는 싸구려 논다니가 아냐. 그와 기꺼이 기쁨을 주고받길 원하는 관대하고 자유로운 여성이다.

제러드는 타냐 오를리노프에 대한 기억을 차단했다. 대신 현재의 행위에만, 침대에서 무릎 꿇고 그를 대하고 있는 여자에게만, 그녀가 가하는 관능적인 자극에만 집중하려고 노력했다.

"하지만 당신 안에는 폭력성이 도사리고 있어요. 그게 밖으로 나올 순간만 기다리고 있죠."

그녀의 뜨거운 속삭임이 계속 이어졌다.

"난 당신의 자제력을 깨뜨려 미쳐 날뛰게 만들고 싶어요."

니나는 언어 유희로 흥분의 수위를 높이곤 했고 그는 인내력을 발휘해 그런 전희를 허락해 왔다. 하지만 오늘밤은 사정이 달랐다. 니나를 만족시키기 위해선 다른 여자의 영상이 촉발시킨 이 다급함과 흥분이 꺼지기 전에 일을 해치워야 할 필요가 있었다.

"당신이 거친 환상을 은밀하게 즐기는 줄은 몰랐소, 니나."

제러드는 그녀를 밀어 침대에 눕혔다. 그는 남은 옷가지를 재빨리 벗어던진 후 그녀와 몸을 겹쳤다.

"최선을 다해 당신의 환상을 충족시켜 보리다."

니나의 푸른 눈이 커졌다. 그가 평소와 달리 다짜고짜 하얀 허벅지를 가르고 안으로 파고든 것이다. 힘찬 용트림이 시작되자 그녀는 놀람과 만족이 뒤섞인 숨을 가쁘게 헐떡거리며 그의 허리에 열렬하게 다리를 휘어 감았다.

언제나 그래 왔듯이 니나는 아무 문제 없이 그의 남성을 받아들였다. 하지만 그렇지 못한 여자—세심한 준비 단계를 거쳐야 겨우 그를 받아들일 수 있는 여자들이 태반이었다. 타냐 오를리노프도 그런 부류에 속할 것 같았다. 한 손에 들어올 듯 작고 섬세하며 가냘픈 그녀를 상대할 때는 다치지 않도록 특별히 다정하게, 극도로 부드럽게 다루어야 하리라. 그 꼬마 요정에게 빡빡하게 죄여지는 기분이 어떨까?

순간, 제러드는 격렬한 전율로 부르르 떨었다. 하지만 니나에게 또 죄스런 짓을 하고 있다는 자각이 뒤따랐다. 그는 타냐 오를리노프에 대한 생각을 단호하게 지워버리고 지금 자신과 한 몸이 된 여자에게만 초점을 맞추었다.

얼마 후 그는 어깨에 흐트러진 니나의 금발을 쓰다듬으며 거친 호흡을 가다듬고 있었다.

"거의 성공했어."

니나가 그의 품에서 고개를 들었다.

"내가 당신의 숨은 폭력성을 겉으로 끌어내고야 말았군요. 드디어. 오늘밤은 평소와 달랐어요, 제러드."

"그래, 오늘밤은 달랐소."

지나치게 다정한 목소리.

"이제 그만 자요, 니나."

그녀는 그의 품에 파고들어 흐뭇한 한숨과 함께 눈을 감았다.

제러드는 니나의 호흡이 깊어질 때까지 금발을 쓰다듬어 주었다. 그의 회색 눈이 가무잡잡한 얼굴에서 하얗게 번쩍거렸다.

사실이다, 오늘밤은 모든 노력에도 불구하고 정말 달랐다. 그가 생각했던 이상으로 타냐 오를리노프에게 사로잡힌 것이다. 그녀를 가져야 한다는 필연성에는 더 이상 의문의 여지가 없다. 그때가 언제냐는 것만이 문제일 뿐.

갑자기 십대 소년처럼 초조해졌다. 그는 현명하게 굴고 싶지 않았다. 신중한 처신도 싫었다. 손가락 하나를 까딱하는 것만으로 이 세상의 전부와 모두를 가질 수 있게 되는 반년 후가 영원처럼 길게 느껴졌다. 그때가 되면 신과 비슷한 정도의 전지전능한 권력이 손에 들어오리라. 구역질나게도, 그런 권력은 원해 본 적도 없었는데도, 혼자 조용히 일할 수 있기만을 바랐는데도. 하지만 그 막강한 권력에 따르는 고독은 두렵지 않았다. 고독이라면 익숙해졌으니까. 고독하지 않았던 순간이 기억나지 않을 만큼 늘 고독했기 때문에 이제 고독은 그의 일부가 되어버렸다. 그러나 권태는 두려웠다. 이성과 영혼을 자극하는 도전이 없다면 살아 있어도 사는 게 아니므로.

그는 니나의 머리 아래에서 슬그머니 팔을 빼고 그녀의 온기에서 저만큼 비켜 누웠다.

아무리 초조해도 사적인 작은 즐거움을 당장 취하는 건 상황이 허락하지 않았다. 그건 뒤로 미루어야 했다. 지금 타냐 오를리노프를 가지면 제러드 자신뿐 아니라 그녀의 생명까지 위험해질 수 있기 때문이다.

제러드는 그 꼬마 발레리나와 훗날을 약속하기로 결정했다. 냉정하고 이성적이고 분석적으로 삶에 접근해 왔던 특유의 방식에 따른 결정이었다. 하지만 그는 잠을 이루지 못한 채 어둠 속에서 잿빛 눈을 반짝거리며 파이퍼의 고혹적인 몸짓과 그 유혹적인 선율을 반복적으로 되새겼다. 너무나도 비이성적이게도.

2

"십만 달러."

타냐는 충격으로 숨이 막혔다.

"방금 10만 달러라고 하셨나요, 미스터……."

손에 든 명함의 이름을 재차 확인했다.

"… 미스터 버츠?"

그가 고개를 끄덕거렸다.

"우리는 아가씨의 시간이 얼마나 귀한지 잘 알고 있습니다. 그러니 거기에 상응하는 보상을 해야 한다고 믿습니다."

"아."

타냐는 화장대 의자에 주저앉았다. 흑요석처럼 까만 눈이 호기심으로 반짝거렸다. 그녀는 웃기게 생긴 작달막한 남자에게 전용 탈의실 저편의 안락의자를 권했다.

"흥미진진하군요. 그럼 제가 십만 달러를 받는 대가로 뭘 해야 할까요?"

에드워드 버츠는 안락의자에 앉아, 먼지 한 톨 묻지 않은 까만 구두 발을 똑바로 모았다.

"비교적 간단합니다. 아가씨께선 다음 6주 동안 한 신사의 벗이 되어 주시기만 하면 됩니다. 약속드린 금액의 절반은 선불로, 나머지는 후불로 수표를 끊어드리겠습니다."

"벗?"

그녀는 어깨에 걸쳤던 수건으로 뒷목을 닦으며 생각을 정리했다. 대화가 어째 수상쩍어지는걸. 그녀는 경계의 빛을 띠고 방문객의 보수적인 차림을 훑어봤다. 그의 외모도 그렇거니와, 처음에 대화를 청해 오던 태도에서도 정신이상자 같은 흔적은 없었다. 그래서 오늘 아침 리허설 후에 나타난 이 남자를 탈의실로 들인 것이다. 하지만 정신이 제대로 박힌 사람이라면 십만 달러나 되는 거금을 척척 제의하며 돌아다닐 리 없다.

"벗이라면 어떤 벗을 말씀하시는 거죠, 버츠 씨? 그리고 하필이면 왜 저를 고르셨나요?"

"그 신사가 아가씨에게 완전히 반했기 때문입니다…… 나름대로의 어떤 이유에서."

수수께끼 풀이에 나선 사람처럼 그의 이마에 주름이 잡혔다.

"다른 여자에게는 관심조차 없으신 눈치입니다. 2주 전에는 아가씨의 공연 실황 비디오테이프를 전부 주문하시는가 하면 지난 주말에는 공연을 직접 보기 위해 뉴욕으로 날아오셨습니다."

그는 입술을 오므려 잘라 말했다.

"우리는 그때 사태의 심각성을 깨닫고 대책 마련의 필요성을 절감했습니다."

타냐는 가볍게 말을 받았다.

"그렇게 열광적인 팬이 있다니 영광이군요. 그러나 저는 아무리 많은 보상이 따라도 개인을 위한 공연은 하지 않습니다. 죄송해요. 당신의 그 신사에게는 극장의 셋째 줄 좌석에서 제 공연을 관람하는 것으로 만족하라고 전해 주세요."

"그건 불가능합니다. 우리는 그분의 뉴욕행을 허락할 수 없습니다."

버츠가 딱딱 끊어지는 목소리로 선언했다.

"십만 달러가 과한 액수 이상이라는 건 알지만 그래도 협상의 여지는 있습니다. 액수를 올리면 재고해 주시겠습니까?"

"더 많이 주신다구요?"

타냐는 아랫입술을 꼭 깨물어 웃음을 참았다.

"그거 좋죠. 하지만 버츠 씨, 이런 경고를 미리 드리지 않을 수 없군요. 저는 물론 환상의 발레리나인 만큼 엄청나게 과한 경제적인 출혈을 각오하셔야 될 거예요."

그는 무표정했다.

"이 경우 돈은 부차적인 문제입니다, 오를리노프 양. 그리고 우리가 염두에 둔 건 아가씨의 발레 기술도 아닙니다."

"예?"

타냐는 어리둥절했다. 그러나 이쪽을 계속 무덤덤하게 응시하는 그와 시선을 맞추는 동안 깨달음이 찾아들었다.

"저보고 그 신사 양반과 잠자리를 하라는 건가요? 다음 육 주에 걸쳐 그의 정부가 되라는 소리예요?"

이세 대화가 수상쩍은 수준을 뛰어넘어 귀가 의심스러워지는 단계에 이르렀지만 저 웃기게 생긴 남자는 자못 진지하게 고개를 끄덕였다.

더 이상 못 참겠어! 타냐는 고개를 뒤로 젖히고 웃음을 터뜨렸다. 그녀의 얼굴은 안에서 불이 켜진 것처럼 환해졌으며 까만 눈에선 별들이 춤을 췄다. 저 엄숙한 에드워드 버츠의 대화 요청을 받아들이길 잘했구나. 설령 그가 맛이 좀 갔다 해도 이렇게 재미있어 보긴 진짜 오랜만이잖아?

그녀가 가까스로 폭소를 멈출 때까지 버츠는 여전히 무표정하게 기다렸다. 그의 강아지 같은 눈망울과 끈기를 대하자 웃음이 또다시 비실비실 새어나왔다.

"정말 죄송해요, 버츠 씨. 당신의 제의는 거절해야겠어요. 저는 부단한 연습을 통해 완벽하게 소화하지 못한 역할은 공연하지 않습니다."

속에서 보글거리는 웃음을 감추기 위해 그녀는 흠흠 하고 헛기침을 했다.

"하지만 이 경우에는 그 역할에 요구되는 연습을 했노라고 자신할 수 없군요. 저보다 뛰어난 자격조건을 지닌 사람을 수소문해 보시길 바래요. 아마 쉽게 찾으실 거예요."

버츠는 고개를 가로저었다.

"이미 시도해 봤습니다."

그의 어조는 침통하기 짝이 없었다.

"이건 순간적으로 내린 결정이 아닙니다, 오를리노프 양. 다른 가능성을 두루 모색한 끝에 아가씨가 아니면 안 된다는 결론에 이른 겁니다. 얼마를 드리면 마음을 바꾸시겠습니까? 일단 말씀해 보십시오."

급기야 그녀의 입에서 깔깔거림이 비집고 나왔다. 그녀는 자리에서 일어나 단호하게 고개를 저었지만 말은 다정하게 했다.

"제 마음은 바뀌지 않아요, 버츠 씨. 다른 데 가보세요."

그는 족히 일분쯤 그녀를 말끄러미 바라보았고 미적거리며 자리에서 일어난 후에도 찌푸린 얼굴로 거듭 확인했다.

"바뀔 가능성이 전혀 없는 겁니까? 돈이라면 얼마든지 드리겠습니다."

"돈이라면 지금도 필요한 만큼 있어요."

타냐는 정색을 했지만 까만 눈은 여전히 웃음기로 반짝거렸다.

"그리고 돈은 제 삶의 우선순위에서 첫번째가 아니에요. 이미 말씀드렸다시피 그런 일의 전문가를 찾아보세요."

"유감스럽군요."

그가 천천히 중얼거렸다.

"이로써 일이 한층 복잡해지게 되었습니다."

"안녕히 가세요, 버츠 씨."

그녀는 레오타드 차림을 가리켜 보였다.

"점심 약속이 있어서 샤워도 하고 옷도 갈아입어야 한답니다. 이렇게 방문해 주셔서 고마워요. 대역을 찾는 데 행운이 따르길 바래요."

"대역은 있을 수 없습니다."

그는 문 앞에서 완강하게 선언했다.

"반드시 아가씨여야 해요, 오를리노프 양."

타냐는 방을 가로질러 그의 등뒤로 문을 잠갔다. 다음에는 레오타드와 발레화, 캐러멜 색조의 레그워머를 훌훌 벗어던지고 탈의실에 딸린 욕실로 들어갔다. 맙소사, 저렇게 독특한 남자도 있다니. 진짜 사람이라기보다 만화 속의 등장인물에 가까워. 그러나 어제와 다를 바 없던 오전 나절에 빛을 던져준 재미있는 일화였어. 그녀는 수온을 확인한 후 따뜻한 물줄기 아래에 섰다. 살다보면 별별 일이 다 있구나. 이래서 현실은 소설보다 기구하다는 거겠지. 한치 앞을 내다볼 수 없는 게 인생살이라곤 하지만, 삶의 즐거움을 추구하면 항상 그 기쁨을 맛보게 되는 법. 예를 들자면 오늘의 점심 약속처럼.

사십 분 후, 탈의실을 나서기 직전에 마지막으로 거울을 들여다봤다. 낡은 청바지와 테니스화 차림이 마치 열여섯 살 소녀처럼 보였다. 허벅지 중간까지 내려오는 복실복실한 앙고라 스웨터는 따뜻하고 편하지만 관능적인 맛은 조금도 없었다. 허리 길이의 머리를 하나로 땋아내린 스타일도 어려 보이는 데 한몫 톡톡히 했다.

타냐는 거울 속의 자신을 향해 싱긋 웃었다. 에드워드 버츠의 신사양반이 지금의 나를 보면 두 말하지 않고 다른 데 가서 정부를 찾아볼걸! 깔깔거리며 그녀는 문으로 향했다. 이런 모습에 어느 비칠거리는 부호의 정욕은 수그러들지 몰라도 내 데이트 상대는 흡족해할 거야.

배리 몬트클레어가 문을 열고 홀쭉한 얼굴에 하나 가득 웃음을 지었다.

"안녕, 타냐 누나. 엄마는 지금 샤워하고 있어요. 그래서 엄마가 내려올 때까지 내가 우리 집 대표로 누나랑 놀아주어야 해요."

아이는 다섯 살배기에게 어울리지 않는 굵은 목소리를 꾸며 어른 흉내를 내고는 뒤늦게 예의범절을 떠올렸는지 제깐에는 정중하게 덧붙였다.

"들어올래요?"

"고맙다."

타냐도 똑같이 정중하게 대답한 후 천장이 높고 마호가니 책장이 즐비하게 늘어선 집 안으로 들어섰다.

이 오래된 집에는 언제 와봐도 원숙한 훈훈함이 느껴졌다. 그녀는 미색 카펫이 깔린 계단과 이어진 이층을 초조하게 올려다봤다. 마거릿은 서글서글한 인품도 그만이고 가장 좋은 친구이기도 하지만 시간 관념이 부족했다. 그러나 일주일에 한 번씩 타냐와 아들 배리가 놀러나가는 그 황금 같은 몇 시간을 발레단의 수석 안무가인 남편과 오붓하게 지내고 싶은 마음은 이해할 만했다. 그녀는 지금도 남편을 위해 때 빼고 광내는 데 여념이 없으리라.

타냐는 어린 소년을 내려다봤다.

"나랑 뭐 하고 놀아줄 거니?"

배리는 문을 닫고 꼼꼼하게 자물쇠를 건 다음 고개를 갸웃 기울여 생각에 잠겼다.

"음. 어제 아빠에게 받은 그림책을 보여줄게요. 난 오늘 누나와 자연사 박물관에 가기로 되어 있으니까 공부를 조금 해두는 편이 좋대요. 아빠가 그랬어요."

"공부, 아주 좋지."

그녀는 엄숙하게 동의했다. 배리는 일흔 살 먹은 애늙은이마냥 조숙한 구석이 있지만 그 외에는 너무너무 사랑스런 다섯 살배기였다. 스타워즈 제3탄인 '제다이의 귀환' 사진이 인쇄된 스웨터와 청바지를 걸친 짜리몽땅한 체구가 알차 보이는 한편 묘하게 연약한 분위기를 풍겼다. 밤색 머리칼에는 어린애 특유의 반질반질한 윤기가 흘러, 보는 이에게 쓰다듬고 싶은 충동을 일으켰다. 하지만 타냐는 꾹 참았다. 머리를 쓰다듬어주면 배리가 굉장히 자존심 상해할 테니까.

"이 누나가 선물을 가져왔어. 공부도 좋지만 그거부터 보고 싶지 않니?"

연갈색 눈을 빛내며 배리가 열렬하게 고개를 끄덕거렸다.

타냐는 '좋아' 하고 말하고 성큼성큼 실내를 가로질러 주계단에 털털하게 주저앉았다. 그녀는 옆자리를 톡톡 쳐보였다.

"이리 와. 우리 같이 선물을 보자."

그리고는 큼지막한 흰색 가방에서 작은 상자를 꺼냈다.

"너 주려고 저번에 차이나타운에서 산 거야."

아이가 쪼르르 달려와 계단에 앉더니 단단하며 따뜻한 몸을 그녀에게 착 붙여 왔다. 타냐는 어린 소년이 선물 포장지를 열심히 뜯는 틈을 타 슬쩍 껴안았다. 아이들의 묵직한 무게에는 놀랍도록 좋고 멋진 뭔가가 있어.

배리의 이마에 의아해하는 주름이 길게 잡혔다.

"이게 뭐예요?"

소년은 반짝거리는 은줄에 주렁주렁 매달린 크리스털 프리즘 가운데 하나를 조심스럽게 만지작거렸다. 각각의 프리즘마다 보라색 제비꽃이 섬세하게 그려져 있었다.

"어떻게 가지고 노는 거예요?"

"이건 풍경이야."

타냐도 프리즘 하나를 어루만지며 설명했다.

"너희 집 뒤뜰에 있는 나무에 매달아 놓으면 바람이 불 때마다 이게 너를 위해서 예쁜 소리를 내줄 거야. 풍경에는 아주 특별한 힘이 있단다. 배리 너에게 기쁨을 주고 아픔은 사라지게 해. 어떨 때는 네 목숨을 구하는 데 도움을 주기도 해. 풍경은 *마지아야.*"

배리가 갑자기 서먹한 표정이 됐다.

"마지아…… 그건 외국어죠? 누나는 외국인이래요, 제이미가 그랬어요. 마지아가 무슨 뜻이에요?"

제이미는 이웃집 소년으로 배리보다 두어 살 위였다.

타냐가 대답했다.

"마법이란 뜻의 헝가리어야. 그리고 이 누나는 외국인이 아냐. 난 헝가리 사람이야. 하지만 조금만 있으면 내 친구 배리와 똑같은 미국 시민이 될 거야.”

“제이미가 그러는데 누나는 러시아 사람이래요. 누나네 아빠는 러시아 군대의 대령이고 아프가니스탄에서 죽었…….”

“제이미가 틀렸어.”

성마르게 쏘아붙이는 그녀의 얼굴엔 먹구름이 끼어 있었다.

“우리 아버지는 러시아인이었을지 몰라도 난 헝가리인이야.”

타냐는 억지미소를 지었다.

“왜 그런지는 나중에 설명해 줄게. 지금은 이 풍경을 나무에 매달러 가자, 응?”

잠시 후 마거릿 몬트클레어가 후원에 나타났을 때, 타냐는 떡갈나무에서 내려오는 중이었고 배리는 땅바닥에 책상다리를 하고 앉아 타냐의 일거수 일투족을 지켜보며 발 디딜 가지가 어디에 있는지 큰 소리로 알려주고 있었다.

배리는 엄마에게 힐끗 시선을 던지고 도로 자신의 임무에 전념했다.

“엄마, 타냐 누나가 나에게 저 풍경을 줬어요.”

“그랬니?”

마거릿이 걱정스럽게 지켜보는 가운데 타냐가 마지막 가지에서 땅으로 가볍게 뛰어내렸다.

“저 망할 물건을 반드시 나무 꼭대기에 매달아 놓을 필요는 없잖아. 그러다 다치면 어쩌려고 그래, 타냐?”

“공연한 걱정 말아요.”

타냐는 청바지에 대고 양손을 문질렀다.

“난 세계 정상급의 나무 타기 선수인 걸요. 게다가 내 모든 동작을 안무해 주는 배리 선생님이 여기 있잖아요. 얘는 자라서 아버지의 막강한 경쟁자가 될 거예요.”

그녀는 아이와 마주 보며 미소를 교환했다.

“우리는 무적의 한 팀이에요. 그렇지, 배리?”

어린 소년이 만족스럽게 고개를 주억거린 후 나뭇가지에서 햇살을 반사하며 조금씩 흔들리는 프리즘들을 넋 놓고 구경했다.

"그리고 풍경을 높이 걸어놔야 배리가 침실 창문으로 예쁜 소리를 들을 수 있죠."

"그게 참 중요한 일이기도 하겠다."

마거릿의 비아냥거림에는 타냐를 향한 애정이 묻어났다.

"가끔 자기는 배리와 동갑처럼 보인다니까."

그리고 손을 뻗어 아들을 일으켜 세웠다.

"자, 중요한 볼일이 다 끝나셨으면 가서 씻고 오시죠, 미래의 안무가 선생님. 네가 돌아올 때까지 타냐 누나가 여기에서 기다려 줄 거야."

그녀는 떡갈나무 근처의 벤치에 앉아, 아들이 통통거리며 집 안으로 뛰어 들어가는 뒷모습을 지켜보았다.

"타냐 자기도 여기 앉아. 나중에는 쉴 틈이 없을 테니 미리미리 쉬어 둬. 아이들이란 괴력의 소유자들이라구. 특히 집 밖으로 나갔다 하면 펄 펄 날아."

마거릿은 얼굴을 찡그렸다.

"자기 때문에 배리의 버릇이 나빠진 거 알지? 그렇게 무조건 오냐오 냐하면 안 돼."

"안 그럴 수가 없어요."

타냐는 벤치에 앉아 두 다리를 느긋하게 쭉 뻗었다.

"난 배리와 사랑에 빠져버렸거든요."

"자기에게 그런 반응을 일으키는 남자가 이 지구상에 한 명이라도 있다니 듣던 중 반갑군. 맨날 헛물켜는 타일러만 불쌍하게 됐어."

"헛물만 켜는 게 타일러 윈들로에게는 행복이에요. 내가 진지하게 덤 벼들어 옭아매면 그는 죽도록 불행해질 걸요."

그녀는 태연하게 미소를 지었다.

"타일러는 지금 이대로의 삶을 즐기고 있어요. 난 그의 생활에 색깔 을 더해 줄 뿐이죠. 하지만 그런 강렬한 맛은 가끔이니까 좋은 거예요. 일상적으로 매일 느낀다면 타일러는 금방 나가떨어지고 말 거예요."

"그럼 다른 남자를 찾아봐. 자기는 아이라면 깜박 죽잖아. 이제 슬슬 친자식을 가져야 할 때도 되지 않았어?"

"굳이 왜 그래야 하죠? 모성적인 충동이 치솟을 때마다 깜찍한 배리를 빌릴 수 있는데. 내 아이는 나중에 가져도 충분해요. 지금은 일만으로도 정신없이 바빠요."

타냐는 돌연 생각에 잠긴 표정으로 머뭇거렸다.

"… 지금 생활에 만족해요, 마거릿? 당신은 결혼 전에 촉망받던 무용수였다고 들었어요. 임신 때문에 무용을 포기했던 걸 후회한 적 없어요?"

"후회라면 골백번도 더 했지."

마거릿은 어깨를 으쓱거렸다.

"하지만 선택의 여지가 없었어. 프로 무용수에게 요구되는 연습량이 얼마나 혹독한지는 자기도 알잖아. 더군다나 난 출산 후 몇 년간은 아이 옆에 있어 주고 싶었어. 두 가지를 동시에 해내는 건 나에게 벅찼어."

그녀의 입술이 씁쓸하게 비틀렸다.

"무용수의 육체적인 절정기는 불행하리만치 짧아. 배리가 조금 커서 지금처럼 엄마를 항상 필요로 하지 않을 때 무용계로 복귀하긴 글렀어. 무엇보다 체력이 허락하지 않지. 정말 유감이야."

그 솔직한 고백에 질리고 참담해하는 타냐의 표정을 알아차리고 마거릿이 생긋 웃었다.

"오해하지 마, 가정을 포기할 만큼 유감스럽진 않으니까. 남편과 자식의 존재는 나에게 축복이야."

"그렇겠죠."

타냐는 부드럽게 수긍했다.

"나도 배리 같은 귀염둥이라면 지금 당장 갖고 싶어요."

마거릿이 웃음을 터뜨렸다.

"우물가에서 숭늉 찾는군! 요즘이 아무리 시험관 아기 시대라고 하지만 그래도 우선은 남자가 있어야지. 주변에 누구 괜찮은 사람 없어?"

구릿빛 얼굴에서 서늘하게 이글거리는 은색 눈동자.

한 남자의 영상이 기억 속에서 튀어나오자 타냐는 화들짝 놀랐다. 왜 그 얼굴이 난데없이 떠오르지? 바보같이……. 그녀는 초조하게 자신을 나무랐다. 겨우 몇 분, 그것도 벌써 이 주 전에 한 번 본 제러드 라이커를 가슴에 담아두고 있는 자신이 어리석게 느껴졌다. 타냐는 짐짓 가벼운 목소리를 냈다.

"전혀 없어요, 한 명도. 난 임신 및 출산과는 인연이 없나 봐요. 아 참……."

갑자기 환해진 얼굴이 되어 그녀가 까불거렸다.

"생각해 보니 완전히 남자가 없는 것만도 아니네요. 그 늙은 부호가 죽은 거 확실해요?"

마거릿이 고개를 갸웃거렸다.

"늙은 부호? 누구?"

"전에 당신이 말했잖아요. 세상을 등지고 칩거해서 손톱과 머리를 절대 자르지 않았다던가 하는 그 부호요."

"하워드 휴즈? 그 사람이야 확실히 죽었지. 그렇지 않고 어딘가에 아직 살아 있다면 상속인들과 변호사들이 굉장히 실망할걸. 그런데 왜?"

"이 작고 볼품없는 몸에 거금을 제의할 만한 괴짜로는 하워드 휴즈밖에 없을 것 같아서요."

타냐는 스웨터의 편평한 가슴께를 유감스럽게 내려다보았다.

"하긴 그 사람도 그렇게까지 괴짜일 순 없겠지만."

마거릿이 혼란스러워하며 머리를 설레설레 흔들었다.

"도대체 무슨 소리를 하는 건지 통 모르겠네. 처음부터 차근차근 설명해 봐. 누가 자기의 몸에 거금을 제의했다는 거야?"

눈을 반짝거리며 타냐는 에드워드 버츠와의 대화를 신나게 털어놓고 깔깔거렸다.

"그런 제의는 두 번 다시 받지 못할 거예요. 내가 괜히 퇴짜를 놨다고 생각해요?"

"그 자식의 코에 한 방 먹여 주었어야 했다고 생각해."

마거릿이 분개했다.

"이건 재미있어할 일이 아냐. 모욕감을 느껴야 해."

타냐는 어깨를 으쓱거렸다.

"왜 모욕감을 느껴야 하죠? 사람마다 가치관이 다르잖아요. 그 신사 양반은 돈을 제일로 치는 눈치였어요. 자신에게 중요한 걸 그렇게 많이 내놓았으니 나에 대한 칭찬이죠."

마거릿이 한숨을 푹 내쉬었다.

"자기는 진짜 구제불능이야. 어떤 반응을 보일지 종잡을 수가 없어. 그 늙은 변태의 기를 살려줄 요량으로 정부가 되겠다고 나서지 않은 게 오히려 놀라워."

"정부로 나섰을지도 모르죠, 그 노인의 신체 일부가 생생하다는 인상만 못 받았다면."

타냐는 키득거리며 자리에서 일어났다.

"그리고 다른 남자와 사랑에 빠지지 않았다면. 이제 내 사랑과 데이트하러 가야겠어요."

손목시계를 확인했다.

"벌써 한 시가 다 되었네. 배리를 다섯 시까지 데려다 줄게요. 사진촬영반의 수업이 여섯 시에 시작되거든요."

"맙소사, 쉴 틈이 없군."

마거릿은 이맛살을 찌푸린 채 타냐의 가냘픈 체구를 비판적으로 훑어보았다.

"바람만 세게 불어도 날아갈 판이잖아. 살이 또 빠졌지?"

"아주 조금."

타냐는 반항적으로 눈썹을 치켜세웠다.

"하지만 피곤하지도 않은데 왜 쉬어야 하죠?"

"왜냐하면 자기는 철인이 아니니까. 거의 매일 리허설이다 공연이다 강행군하는 것으로 모자라 노상 뭘 배운다고 쫓아다니면 피곤해야 정상이라구. 제발 스스로에게 숨쉴 틈을 줘."

“난 새로운 걸 배우는 게 좋아요. 짜릿짜릿할 만치 신나요.”

“그러다 흐물흐물할 만치 녹초가 될걸.”

마거릿이 엄하게 충고했다. 그리고 재빨리 손을 들어 타냐의 반박을 막았다.

“됐어, 말하지 마. 듣지 않아도 다 알아. 내가 자기 대신 읊어볼까? <걱정하지 마세요. 마라톤 같은 생활에 지칠 내가 아니에요. 왜냐하면 나에게는 에뢰가 있거든요> 맞지?”

“맞아요.”

타냐는 애정어린 미소를 지었다.

“게다가 오늘 공연을 끝으로 휴가예요. 새 공연의 리허설은 이 주 후부터 시작이에요. 그때까지 난 마음만 내키면 손가락 하나 까딱하지 않고 내내 뒹굴 수 있죠.”

“어림없지.”

“내가 완전히 미치지 않는 한, 하루 종일 뒹굴 가능성이 없는 건 사실이에요. 하지만 오늘밤 공연을 마치고 타일러의 코네티컷 저택으로 갈 거예요. 주말 파티에서 노닥거리며 푹 쉴 거라구요. 이 정도면 근사한 휴가 계획이죠?”

“아예 쉬지 않겠다는 소리보다는 조금 낫군.”

마거릿도 자리에서 일어나 타냐의 머리를 살짝 잡아당겼다.

“배리를 어서 데려가. 다섯 살배기의 괴력에 네 시간쯤 시달리면 코네티컷에서의 그 휴가를 연장하게 될 거야. 어쩌면 집중 휴양 치료까지 받아야 할걸.”

열쇠를 찾고 있는데 집 안에서 전화가 울리기 시작하자 타냐는 정중한 것과 거리가 먼 표현들을 숨죽여 중얼거렸다. 당장 전화를 받을 수 없을 때 애타게 울부짖는 따르릉 소리를 듣는 것처럼 성질나는 일이 또 있을까? 그런 전화는 꼭 받으려는 찰나에 끊어지기 일쑤여서 왕짜증이다. 타냐는 집 안으로 들어와 뒷발질로 문을 닫고 응접실 탁자에 놓인 크림색 무선 전화기를 향해 달려갔다.

"여보세요."

"타냐?"

마거릿의 걱정스런 목소리가 들려왔다.

"한 시간 전에 귀가했어야 했을 사람이 왜 이렇게 전화를 안 받아? 무슨 일이 생긴 줄 알았잖아."

타냐는 푹신푹신한 의자에 쓰러지듯 주저앉아 청바지에 감싸인 다리를 쭉 폈다.

"팬들에게 사인 몇 장 해주느라 늦었어요."

"몇 장 정도가 아니겠지. 오늘 공연이 대단했다고 남편에게 다 들었어. 커튼콜의 횟수가 정확하게 어떻게 돼?"

"열두 번."

타냐는 지극히 만족스러워하며 대답했다.

"아, 오늘밤은 진짜 환상적이었어요."

수화기 저편에서 마거릿이 킥킥거렸다.

"최정상의 발레리나가 되겠다는 자기 목표에 바짝 다가섰구나."

"옳은 방향으로 일보 전진한 셈이죠. 이 년만 기다려 주세요, 반드시 정상에 서보일 테니까."

"그러려면 몸 관리를 잘해야지."

마거릿이 우려와 비난을 뒤섞어 경고했다.

"자기가 그 주말 파티에서 여주인 노릇을 하기로 되어 있다는 소리는 쏙 빼먹었더군. 그것도 조촐한 파티가 아니라 본격적인 파티라며? 발레단 관계자가 전부 초대되었다고 남편에게 들었어. 이런 식으로 나가다간 세계 정상에 서기도 전에 쓰러질 거야."

"본격적인 파티는 오늘 하룻밤만이에요. 내일부터는 진짜 느긋한 주말 파티라구요."

그녀는 마거릿을 안심시키기 위해 일부러 종알거렸다.

"타일러가 갑자기 흥이 돋아 일을 크게 벌였지 뭐예요. 우리 발레단

의 가장 성공적인 공연 시즌 폐막을 자축하자며 모두를 코네티컷으로
초대했어요. 그러니 내가 뭐라고 하겠어요? 전부 나 잘되라고 마음 써
주는 건데. 당신도 파티에 올 거죠?”
　“아이 봐줄 사람을 한밤중에 급하게 구해 본 적 있어?”
　마거릿은 건조하게 반문했다.
　“우리 부부는 이번에 그냥 통과하기로 했어. 난 충고하려고 전화한
거야. 촛불 근처에는 얼씬도 하지 마. 자기는 타일러의 모자를 장식한
깃털처럼 과시될 거잖아. 촛불 근처에 갔다가 타버릴까 겁나.”
　타냐의 마음이 따뜻해졌다.
　“그럴 위험은 없어요. 어떤 누구도, 무슨 이유에서든 나를 이용하진
못해요. 제 아무리 타일러라 해도.”
　“배리만 제외하고.”
　“배리는 당연히 제외하고.”
　타냐가 웃으며 인정했다.
　“하지만 그건 상황이 달라요.”
　그녀는 자리에서 일어났다.
　“염려해 주어서 고마워요, 마거릿. 하지만 난 괜찮아요. 하나도 피곤
하지 않아요. 이만 가봐야겠어요. 코네티컷으로 출발하기 전에 옷 갈아
입으려고 집에 들른 거예요. 돌아와서 전화할게요.”
　전화기를 내려놓으며 타냐는 시계를 확인하고 미간을 찌푸렸다. 그녀
는 현관 문의 자물쇠를 건 다음 초현대적으로 꾸며진 공간을 종종걸음
으로 가로질렀다. 시간이 빠듯했다. 서두르지 않으면 파티의 마지막 등
장인물이 되어버릴 텐데, 그건 그녀를 명예의 주빈이자 파티의 여주인
으로 내세우려는 타일러 윈들로의 포석과 맞아떨어지기 때문에 더 지
각하기가 싫었다. 그녀는 쓸데없이 앞에 나서는 역할을 싫어했지만 타
일러는 아직도 그걸 눈치채지 못했다.
　게다가 이 파티가 발레단을 위한 순수한 자축행사에 그칠 리 만무하
다. 타일러는 그걸 빙자해 예술 관계자를 모아놓고 그녀의 경계심을 풀

어놓는 한편, 그 문화적인 분위기와 주가 상승중인 스타의 휘광으로 사업계 지인들을 압도하려는 속셈이 분명하다. 일과 즐거움이라는 두 마리의 토끼를 한번에 잡으려는 것이다. 타일러 윈들로는 대부분의 자수성가한 부자들이 그러하듯 공과 사를 완전히 분리하지 못했다.

사십 분 후, 타냐는 화장솔로 여분의 파우더를 콧잔등에서 털어냈다. 그리고 거울을 향해 얼굴을 찡그렸다. 머리는 은색의 디아망테이(반짝거리는 직물) 리본과 함께 길게 땋아 한쪽 어깨에 늘어뜨리고 별 모양의 다이아몬드 브로치를 달았다. 하나의 장식물로 머리도 고정하고 까만 벨벳 드레스의 가슴께가 심심하지 않도록 액센트도 준 것이다. 전반적으로 심플하고 우아해 보였다. 이만하면 타일러도 흠잡지 못하리라. 그는 만날 때마다 소탈하다 못해 선머슴아 같은 그녀의 차림에 불평 따윈 일언반구도 하지 않았지만 실은 화려한 여성미를 선호하는 전형적인 남자였다.

타냐는 옷장에서 벨벳 망토를 꺼내 어깨에 둘렀다. 이번 주말에는 그간 맺힌 타일러의 섭섭함을 말끔하게 풀어줄 결심이었다. 그가 내심 바라는 대로 매력적이며 세련된 여주인이 되어 방실거려야지. 내 지루함은 작은 하품 한번으로도 내색하지 말아야지. 지난 2년 동안 그에게 진 신세를 생각하면 그 정도는 해야 공정하다. 타일러 윈들로는 따뜻하고 이해심 많은데다 그녀를 정상으로 끌어올리기 위해 관대한 뒷받침을 아끼지 않았다. 그렇게 좋은 친구이자 후원자에게 너무 미진하게 대한 것 같아 마음 한구석이 꺼림칙했었다.

그녀가 작은 여행용 가방을 챙겨 침실에서 막 거실로 나갔을 때 귀에 거슬리는 신호음이 정적을 깼다. 또 마거릿의 전화일까? 아니, 이번의 다급한 기계음은 아파트 내선용 전화기에서 나고 있었다. 대체 이런 한밤중에 누가 찾아왔지?

"오를리노프 양? 배달업체에서 왔습니다."

남자의 경쾌한 목소리였다.

"타일러 윈들로 씨께서 선물을 보내셨어요. 이걸 가지고 위로 올라가도 될까요?”

“선물이요?”

타냐는 의아해하며 이맛살을 찌푸렸다.

“하지만 우리는 오늘밤 만나기로 되어 있어요. 왜 그가 조금 기다렸다 직접 전해주지 않고 이리로 보냈죠?”

“그분 속을 누가 알겠습니까.”

배달업체 직원이 공손하게 대답했다.

“제가 아는 것이라곤, 윈들로 씨의 장원에서 이곳으로 선물을 배달하라는 주문 전화가 우리에게 접수되었다는 것뿐이에요. 아가씨가 집을 나서기 전에 전달하라고 그분이 신신당부를 하셨대요.”

“그랬군요.”

타냐는 다시 고개를 갸웃거렸다. 장원(莊園)? 타일러의 농장 저택을 그렇게 지칭하는 말은 처음 들어봤지만 그녀는 표현상의 옳고 그름을 따질 주제가 못되었다. 아마 미국에서는 생계 목적이 아닌 도락용 농장을 장원이라고 부르나보지. 3년이나 영어 공부에 매진하고 외국인 억양을 죽이기 위해 노력해 왔지만 현지에서 통용되는 표현이나 일상적인 속이와 맞딕뜨릴 때마다 찔끔 움츠러들었다.

“그럼, 올라오세요.”

아파트 중앙 로비의 문과 연결된 단추를 눌러 안전 장치를 해제한 다음 여행용 가방을 내려놓고 잠깐 의자에 앉아 기다렸다.

타일러가 지난 여덟 시간 동안 벌써 두 번이나 충동적으로 행동한 셈이라고 반추하며 타냐는 작은 미소를 지었다. 그가 충동적인 그녀에게 전염되었거나, 아니면 파티를 크게 만들어 놓은 것에 대해 그녀의 짜증을 달래려면 사전에 기름을 쳐야 할 필요가 있다고 느낀 모양이다.

타냐는 한숨을 쉬며 의자 등받이에 편히 기댔다. 솔직히 좀 피곤하긴 했다. 그녀는 어떤 상황에서든 흥미진진한 요소를 찾아내는 데 어려움을 느껴 본 적이 없었지만 다음 며칠에 대해서는 평소의 열정을 일으킬 수 없었다. 타일러의 작은 전리품으로 과시된다는 전망은 상상력을 조금도 자극하지 못했다.

하지만 이삼 일만 참으면 뉴욕으로 돌아와 마음껏 즐길 수 있어. 그녀는 자신을 위로했다. 뭘 하면서 즐기면 좋을까? 아, 메트로폴리탄 박물관에서 주관하는 투탕카멘 시대에 관한 이집트 고고학 강의가 있었지! 그 생각에 타냐는 기운이 솟아 본능적으로 허리를 쭉 폈다. 저도 모르게 까만 눈동자가 열렬하게 반짝거렸다.

마침 초인종이 울렸다. 그녀는 휴가 계획으로 고무된 밝은 미소를 띠고 문을 열었지만 체인 자물쇠는 남겨둔 채 얼굴만 빠끔 내밀었다. 배달업체 직원은 깔끔하게 생긴 젊은 남자였다. 군청색 바지에 흰 셔츠, 오른쪽 가슴 주머니에 회사명이 금색으로 박힌 허리 길이의 상의 차림을 하고 기다란 꽃상자를 들고 있었다.

"오를리노프 양 되세요?"

금발의 청년은 하늘색 눈을 빛내며 소년처럼 구김살 없는 미소를 지어 보였다.

"아가씨의 좋은 얼굴을 대하니 기분 좋네요. 한밤중에 배달 나오면 푸대접받기 일쑤거든요. 우리 회사명이 <언제나 준비 완료>라고 고객들까지 <언제든 준비 완료>인 건 아니더라구요."

타냐는 까르르 웃었다.

"직업상의 고충이 크시겠어요."

체인 자물쇠를 풀고 문을 활짝 열어주었다.

"잠깐 기다리세요, 안에서 가져올 게 있어요."

그녀는 드레스와 한 쌍인 벨벳 손지갑을 찾아 거실로 돌아갔다.

"이야, 점점 죽여주는데요."

청년이 사려 깊게 문을 활짝 열어놓고 현관으로 들어섰다.

"팁을 받는 일은 거의 없지만 주시면 감사히 받겠습니다. 다음 학기의 수강료 마련에 도움이 될 거예요."

"대학생이세요?"

그녀는 손지갑을 열며 어깨 너머로 물었다.

그가 고개를 끄덕거렸다.

"법대에 다니고 있어요."

청년이 갑자기 손가락을 딱 튕겼다.

"깜빡 잊을 뻔했네. 이 상자 안에 또 다른 선물이 들어 있어요. 아가씨에게 그 선물까지 제대로 전달하라는 지시를 받았습니다."

"또 다른 선물?"

타냐는 지폐를 건네며 모호하게 이맛살을 찌푸렸다.

그는 커다란 상자를 한 손으로 어렵게 다루며 팁을 바지 뒷주머니에 구겨 넣은 후 상자의 리본과 악전고투하기 시작했다.

"저기, 좀 도와주세요."

줄기가 긴 장미꽃이 상자 안에 가득 들어 있었다. 흑장미의 색감이 어찌나 풍부하고 짙던지 타냐는 그 아름다움에 숨이 막히는 듯했다. 그리고 진초록의 이끼가 깔린 상자의 바닥 아래쪽에는 알루미늄 호일로 포장된 네모난 물체가 우아하게 누워 있었다.

그녀는 화려한 꽃송이를 살짝 어루만지며 나직하게 속삭였다.

"아름다워요."

"예?"

청년의 날카로운 대꾸에 타냐는 고개를 들었다. 그가 눈을 가늘게 뜨고 이상하리만치 강렬하게 그녀를 주시하고 있었다.

"그 작은 선물을 어서 수령해 주세요. 아가씨가 그걸 손에 드는 모습까지 확인해야 다른 배달처로 갈 수 있어요."

"아, 그럴게요."

타냐는 따뜻한 미소를 던지고 선물을 향해 손을 뻗었다.

"장미꽃에 잠시 정신이 팔렸어요. 색깔이 참 곱죠?"

"윈들로 씨의 장원 온실에서 갓 꺾었대요."

그녀의 시선이 청년의 것과 마주쳤다. 선물을 쥔 손에 힘이 들어갔다. 온실이라니? 타일러의 농장에는 온실이 없다. 청년의 푸른 눈은 더 이상 명랑해 보이지 않았다. 그는 나이 먹고 세파에 거칠어진 낯선 남자로 돌변해 있었다.

"지금 무슨 이야기인지 모르……."

뒷말이 중단되었다. 그녀가 든 은빛 물체에서 차가운 안개 같은 연기가 소리 없이 뿜어져 나온 것이다. 타냐는 고운 빛깔의 흑장미들이 슬로모션으로 떨어지는 장면, 청년이 꽃상자를 버리고 얼른 뒤로 물러서 손수건으로 코와 입을 가리는 모습을 동시다발적으로 언뜻 포착했다. 하지만 다음 순간에 의식을 잃고 아름다운 장미의 뒤를 이어 카펫 바닥으로 쓰러졌다.

3

그는 대자로 누워 상대를 올려다보았다.

"두고 보자, 제러드. 두고 봐."

협박투의 어조와 달리 케빈은 머쓱한 미소를 짓고 있었다. 그는 짐짓 신음을 흘리며 엉거주춤 매트에서 일어났다.

"언젠가는 이 망할 도전을 포기하고야 말겠어. 젠장, 내가 왜 연약한 노구에 엄청나게 무리가 가고 자존심까지 왕창 깨지는 짓을 반복하는지 모르겠다니까."

제러드는 수건을 던져준 다음 케빈 맥커드가 그 '연약한 노구'에 맺힌 땀방울을 닦는 모습을 싱글거리며 지켜보았다. 불끈거리는 근육질 가슴이 온통 땀투성이인 케빈은 원형 경기장에 나선 검투사처럼 보였다. 이렇게 주먹으로 먹고살게 생긴 남자가 상원의원의 머리나 다름없는 보좌관이라고는 상상조차 되지 않았다. 하지만 그의 우락부락한 생김새에 반항하는 듯한 붉은 곱슬머리, 콧등에 솔솔 뿌려진 주근깨, 선량하게 빛나는 푸른 눈동자와 꾸밈없는 표정은 이 남자에게 악의라곤 하나도 없으며 두려워해야 할 상대가 아님을 은연중에 말해 주었다.

"한두 번은 거의 성공할 뻔했잖아."

제러드 라이커가 위로삼아 말을 건넸다.

"다음을 기대해 봐."

"거의 성공할 뻔했지만 결국 실패했지. 제러드, 자네는 과학자야. 과학자라면 모름지기 고양이등을 하고 비실거려야 한다구. 대체 가라데는 어디에서 배운 거야?"

"베트남에서. 하지만 그 정도는 내 서류에 다 나와 있을 텐데."

제러드는 픽픽거리며 비웃음을 흘렸다.

"그 서류를 작성한 사람이 바로 자네 아냐?"

케빈 맥커드는 이마의 땀을 훔쳤다.

"그거 하나만은 자신 있게 부인할 수 있지. 코벳 상원의원은 자네의 뒷배경 조사에 기관을 동원했거든. 물론 나도 그 서류를 보긴 봤어. 하지만 난 누구처럼 뭐든 한번 보면 사진을 찍듯 다 기억하는 기억력의 소유자가 아냐. 유감스럽게도 가끔은 놓치고 흘리는 것도 있다 이 말씀이야."

그는 별도의 사우나실이 딸린 샤워장으로 향했다.

"이제 슬슬 전신의 피멍을 풀러 가볼까. 자네는 진짜 무자비한 불한당이야. 나처럼 척 보기에도 연약한 사람을 인정사정보지 않고 내다 꽂는 게 어디 있나?"

케빈은 하늘이 꺼져라 한숨을 내뱉었다.

"아, 자네를 돌보라는 상원의원의 지령을 받고 이 샤또로 급파될 때는 이런 폭력의 희생양이 될 줄이야 꿈에도 몰랐어. 세상을 뒤흔들어 놓는 연구서나 다루면서 자네를 살살 달래어 하룻밤 사이에 또 다른 핵폭탄급 발견을 하도록 비위나 맞추는 역할인 줄 알았지. 하지만 이게 뭐야? 얻어터지고 평평 패대기질이나 당하는 대전 상대라니."

그는 제러드를 찌릿 노려봤다.

"자네는 심지어 체스도 못 두잖아. 천재들은 거의 대부분이 체스의 명인이라는 것도 몰라?"

“미안하게 됐어.”

제러드는 엄숙하게 사과했지만 그의 입술은 웃음을 참느라 잔뜩 힘이 들어간 채 비스듬한 일자를 그리고 있었다.

“체스는 내 고향인 웨스트버지니아의 탄광촌에선 그다지 인기 있는 게임이 아니어서. 빠른 시일 내로 그 결점을 시정해 보지.”

체육실의 겁나게 반질거리는 바닥을 얼른 가로질러 케빈과 보조를 맞추었다.

“하지만 우리는 대신 포커를 즐겨 왔잖아, 안 그래?”

“쳇. 포커는 가라데보다 더 가혹한 형벌이야. 난 상원의원에게 워싱턴으로 불러달라고 구원요청을 보낼까 말까 목하 고민중이라구. 이런 식으로 자네 곁에서 내 다른 재능들을 썩일 순 없어. 이봐 제러드, 몸이 꼬일 정도로 지루하지? 일하고 싶지 않아? 제발 말만 해, 내가 이 샤또에 실험실을 근사하게 차려 줄게. 코벳 의원도 좋아서 춤을 출 거야.”

“어련하시겠어.”

제러드는 비아냥거렸다.

“샘 코벳 의원은 지나치게 영리해. 손 안에 든 패를 어느 것 하나 버리지 않고 다 써먹는 위인이야. 상원의원 입장에선 내가 연구의 핵심 내용을 문서화해 어느 안전금고에 꼭꼭 숨겨놓았으면 좋았을 거야. 그런데 내 머릿속에만 담아놓고 있으니 애간장 꽤나 타겠지.”

“난 의원님 입장을 이해해.”

케빈의 푸른 눈이 진지하게 가라앉았다.

“자네 발견은 우리 인류의 역사를 뒤바꿔놓을 획기적인 거잖아. 그런 지식을 머릿속에만 담아놓겠다고 고집 피우는 자네가 비이성적이야. 전 사회적인 차원에서 안전하게 보호해야 해.”

“안전보호, 그게 바로 내가 하고자 하는 일이야. 난 연구의 핵심을 계속 쥐고 있겠어. 그게 없으면 내 모든 짜투리 메모와 관련 서류, 시제품, 컴퓨터 저장 내용은 무용지물이지. 그 지식의 마지막 조각을 쥐고 있는 한은 나 혼자 전부를 통제할 수 있어.”

안면근육이 부싯돌처럼 딱딱하게 굳었다.

"그리고 난 전부 통제할 거야, 케빈. 관료주의에 젖은 밥통들에게 내주느니 차라리 죽고 말지!"

"알았어, 알았다구."

케빈이 양손을 번쩍 들어올려 항복했다.

"실험실 이야기는 두 번 다시 꺼내지 않을게."

한숨을 푹 내리쉬었다.

"난 짝꿍 노릇에나 전념하지."

그는 아픈 시늉을 하며 등을 문질렀다.

"내 근육이 그런 스트레스 속에서 살아남는다면."

제러드는 껄껄 웃어댔다.

케빈 맥커드가 이곳을 철통같이 수비하고 있는 코벳 의원의 측근들 가운데 한 명인만큼 경계해야 하겠지만 아무리 그래도 이 친구를 싫어한다는 건 불가능했다. 케빈은 머리가 기민하게 돌아갔으며 사람들을 알게 모르게 조용히 끌어당기는 매력까지 지녔다. 그가 이곳에 없었더라면 제러드는 지루해서 미쳐버렸으리라. 뭐, 지금도 미치기 일보 직전이지만. 지루함은 둘째치고 이도 저도 못하는 처지가 답답했다. 연구를 재개하고픈 욕구로 몸살이 날 지경이었다. 그의 이런 심적 상태를 케빈이 꿰뚫어보고 연구실을 마련해 주겠다며 사탄처럼 달콤하게 유혹해 온 것이다.

"자네는 살아남을 거야, 케빈."

그는 문을 열고 샤워실로 들어갔다.

"살아남을 뿐더러 집중적인 휴양까지 누리게 될걸. 난 이틀쯤 뉴욕에 다녀올 계획이거든."

케빈 맥커드의 얼굴에 장난꾸러기 같은 미소가 피어났다.

"버츠가 입에 게거품을 물겠군. 자네가 저번에 샤또를 벗어났을 때 그 친구, 좌절감으로 벽을 긁을 뻔했다구."

제러드는 어깨를 으쓱거렸다.

“그때 내 발에 채일 만큼 자기 요원들을 뉴욕에 풀어놨으면 됐지 더이상 뭘 바래? 그렇게 하고도 부족하다면 입에 게거품을 물든 말든 마음대로 하라지.”

“버츠는 자신의 소중한 보안 조치에 구멍이 뚫릴까 봐 노심초사야. 반쯤 실성했어. 자네에게 무슨 일이 생기면 당장 모가지라고 상원의원이 공언했거든.”

잠시 머뭇거리며 뒷말을 이었다.

“이봐, 육 주만 더 참아. 공연히 위험을 자초할 거 없잖아.”

“잔소리는 관둬.”

제러드는 냉정하게 잘라 말했다.

“자네든 버츠든 내 일에 간섭하는 건 용납하지 않겠어.”

그는 샤워 공간으로 들어가 버렸다.

“누군 잔소리하고 싶어서 하는 줄 알아? 이게 다 제러드 자네 좋으라고 하는 소리라구.”

케빈이 꽝 닫힌 반투명 유리문에 대고 소리친 다음 어슬렁거리며 걸음을 옮겼다.

“어쨌거나 내가 이 전신타박상을 사우나로 한바탕 푼 다음 아침이나 같이 먹자구.”

전신타박상을 입은 사람은 케빈만이 아니었다. 그 사실을 제러드는 온몸에 비누질을 하며 통렬하게 깨달았다. 케빈은 부족한 기술을 무지막지한 힘으로 보완했기 때문에 오늘 아침의 대련은 지금까지의 어느 때보다 치열한 일전이었다.

“라이커 박사님.”

듣기만 해도 숨통이 막혀 오는 음색하며 반투명 유리문 너머에서 얼씬거리는 작달막한 사각형 실루엣의 주인은 의심할 나위 없이 에드워드 버츠였다.

“잠시 뵐 수 있을까요?”

제러드는 벽에 부착된 곽이 떨어져라 비누를 힘껏 내동댕이치고 쏟아지는 물살에 비누거품이 씻겨나가도록 몸을 맡겼다. 거품. 그의 이번 주말 계획을 알면 버츠가 어떤 반응을 보일지 예측한 케빈 맥커드의 묘사가 떠오르자 슬며시 미소가 새어나왔다.

"곧 나가겠네, 버츠."

그는 정중하게 대답했다.

"급한 용무라면 자네가 이쪽으로 들어와도 괜찮고."

"아닙니다. 여기에서 기다리겠습니다, 라이커 박사님."

농담을 모르는 버츠답게 진지하기 이를 데 없는 대답이었다.

제러드는 쓴웃음을 지으며 고개를 설레설레 흔들었다. 정말 긴급한 용무였다면 버츠는 안으로 들어오란 초대를 냉큼 받아들였을 것이다. 제기랄, 샤워조차 자유로이 못하는 신세라니. 인간의 형상을 한 저 사냥개를 완전히 피할 수 없다면 버츠의 달팽이 같은 머릿속에 무슨 꿍꿍이가 숨어 있는지 빨리 알아내고 벗어나자. 그는 온수 꼭지를 잠그고 문을 열었다.

버츠가 바로 문 밖에서 기다리고 있었다. 오늘도 어두운 색 정장을 단정하게 차려입은 채 그는 기계를 연상시키는 몰개성적이며 군더더기 없는 몸짓으로 수건을 내밀었다.

"빨리 시간을 내주셔서 감사합니다."

정중하게 말문을 뗐다.

"샤또를 떠나기 전에 박사님 문제를 정리하고 싶었습니다. 저에게 정오까지 워싱턴으로 와서 다음 주 캘리포니아 여행의 경호팀에 합류하라는 상원의원님의 지시가 떨어졌습니다."

"내 문제를 정리하다니?"

제러드는 수건으로 물기를 대충 닦았다.

"걱정해 줘서 고맙지만 자네 도움은 됐어. 마음 편히 워싱턴으로 달려가 봐."

"그렇지 않아도 당장 출발할 겁니다, 박사님의…… 쾌적한 안위를 확인한 다음에. 어제 같았으면 감히 떠날 생각조차 못했겠지만 이제는 더 이상 걱정할 필요가 없어졌습니다.”

버츠의 득의양양한 미소는 거드름의 경계를 넘나들었다.

“두 시간 전에 도착한 깜짝 선물을 보시면 박사님께서도 이곳 체류를 흡족해하시리라 확신하는 바입니다.”

제러드는 청바지의 지퍼를 올리고 초조하게 고개를 들었다.

“무슨 말을 하고 싶어서 빙빙 돌리는 거지, 버츠?”

크림색 스웨터도 마저 입은 후 세면대 위에서 빗을 집어 머리를 빗기 시작했다.

“그런 식으로 호기심을 유발하려는 거라면 사람 잘못 짚었어.”

버츠는 거울을 통해 제러드와 눈을 맞추며 슬쩍 미소를 지었다.

“호기심을 유발하려는 게 아닙니다. 사실 저는 일초라도 빨리 그 깜짝 선물을 보여드리고 싶은 마음뿐입니다, 박사님께서 허락만 하신다면.”

“허락하지.”

제러드는 빗을 내려놓으며 심드렁하니 대꾸했다.

“자네가 뉴욕타임스의 단어맞추기를 제외하고 뭔가에 이렇게 흥분한 모습은 처음이니까.”

그는 조롱 섞인 몸짓을 해보였다.

“어서 앞장서 보시게나, 버츠.”

경호대장을 뒤따라 샤또의 일층과 연결된 지하 계단을 오르며 제러드는 경미한 호기심을 느꼈다. 그들은 뚜벅뚜벅 크게 울리는 발소리를 내며 쪽모이 세공 바닥의 복도를 가로질러 주계단으로 향했다.

버츠는 이 층 침실 앞에서 걸음을 멈추었다. 샤또의 이쪽은 평소에 사용되지 않는 구역이었다. 버츠의 무표정한 얼굴에 의기양양한 빛이 스친 다음 순간 그가 침실 문을 열고 옆으로 비켜섰다.

“들어가십시오, 라이커 박사님.”

제러드는 그에게 비웃음에 찬 시선을 던졌다. 깜짝 선물이 뭔지는 모르겠지만 어깨에 꽤나 힘주는군.

방에 들어선 순간 제러드는 어둠과 맞닥뜨렸다. 시야가 조금씩 밝아지면서 샤또의 다른 공간처럼 이 방을 통일감 있게 채운 루이 16세 풍 가구들의 윤곽이 대충 들어오기 시작했다. 그리고 눈이 어둠에 완전히 익자 이른 아침의 햇살을 차단하고 있는 두툼한 초록색의 커튼들이 제일 먼저 포착되었다. 다음은 방 중앙의 닫개 달린 침대였다. 정확하게는 누군가 누워 있는 침대.

그의 입에서 초조한 한숨이 새어나왔다. 호기심은 사라지고 짜증이 치솟았다.

"또 콜걸을 공수해 왔나, 버츠? 이런 수배가 힘과 돈의 낭비라는 걸 아직도 깨닫지 못했군."

"조금 더 자세히 보십시오, 라이커 박사님."

제러드는 침대로 몇 발자국 다가가 여자를 향해 힐끗 시선을 던졌고…… 그 자리에서 완전히 얼어붙었다. 전기에 감전된 것처럼 그의 온몸이 찌릿거리며 되살아났다.

여자는 침대의 거대함 때문에 어린애처럼 작아 보였다. 어깨까지 덮은 순백의 비단 이불 밑으로 그 작은 몸은 나신임이 분명했으며, 까만 머리채는 은색 띠와 함께 땋이고 반짝거리는 별 장식으로 묶여 한쪽 어깨에 드리워진 터였다. 길고 풍성한 속눈썹이 내려앉아 바로 뺨과 연결된 모습은 얼굴 전체를 지배해 왔던 까만 눈망울의 부재로 인하여 묘하게 연약한 느낌을 주었다. 호흡을 할 때마다 이불이 보일락 말락 미세하게 오르내려 여자가 깊이 잠들었음을, 지나치게 깊이 잠들어 있음을 암시했다.

"박사님께서 좋아하실 줄 알았습니다."

버츠의 목소리에는 희색이 완연했다.

제러드는 타냐 오를리노프를 넋 잃고 바라보던 무아경지에서 소스라치며 깨어났다. 그는 경호대장을 향해 거칠게 돌아섰다. 폭력적인 분노로 작렬하는 잿빛 눈동자와 마주치자 버츠가 부지불식중에 뒷걸음질을 쳤다.

"이 오만방자한 자식."

나직한 노성이 잇새로 터져나왔다.

"감히 이런 짓을 저지르다니!"

그는 한걸음에 달려가 타냐의 손목을 잡았다. 맥박이 느리지만 규칙적으로 뛰고 있었다.

"도대체 이 여자에게 무슨 짓을 했나?"

"곧 괜찮아질 겁니다."

버츠가 박사의 등뒤로 쭈뼛거리며 다가와 달래듯이 설명했다.

"우리는 인체에 무해한 수면 가스를 썼습니다. 아가씨를 이곳으로 모셔오는 동안에는 면허를 소지한 진짜 의사를 동반 탑승시켜 대단히 안전한 안정제를 주입하기도 했습니다. 그러니 두어 시간 후에는 두통의 기미조차 느끼지 못하고 가뿐하게 잠에서 깨어날 겁니다."

"맙소사, 납치해 왔다는 소리로군."

제러드는 분노를 초월해 살의마저 느꼈다.

"이 여자는 스스로 결정 내릴 권리를 지닌 독립적인 주체야. 이런 식으로 함부로 다루어선 안 되는 존재. 그런 생각들이 자네 머리통 속엔 떠오르지도 않던가?"

"이건 필요불가결한 조치였습니다."

버츠의 대답은 한 점 흐트러짐 없이 차분하기만 했다.

"우리가 막대한 액수를 제의해 봤지만 저 아가씨는 거절했습니다. 재고할 뜻조차 없음을 분명히 밝혔죠. 그래서 무력 사용이 불가피했습니다. 혹시…… 이런 강제적인 조치로 인하여 두 분의 관계에 흥이 깨질까 우려하시는 거라면 마음놓으십시오. 그런 경우를 대비해 별도의 예방조치를 취해 놨습니다."

"당장 뉴욕으로 돌려보내!"

버츠가 깜짝 놀라 눈을 동그랗게 떴다. 입만 벙긋거리며 제러드의 굳은 얼굴과 지글거리는 눈을 한참 살피는 동안 모종의 결론에 도달했는지 그는 입을 꾹 다물고…… 고개를 저었다.

"안 됩니다, 라이커 박사님. 우리의 아녀자 유괴 행각이 알려지면 상원의원님께 막대한 누를 끼치게 됩니다. 게다가 오를리노프 양을 모셔오게 된 근본적인 이유도 그대로 남아 있구요."

잠시 침묵을 두어 뒷말을 강조했다.

"박사님께서는 저 아가씨를 원하시잖습니까."

그건 사실이었다. 화가 머리끝까지 난 이 마당에도 타냐 오를리노프를 향한 욕구로 청바지의 앞섶이 터지도록 부풀어올랐다. 그녀가 하얀 어깨를 드러내고 바로 눈앞에 누워 있는 것만으로도 온몸의 피가 쿵쾅거리며 거칠게 휘몰아쳤다. 비단 이불과 함께 가늘게 오르내리는 젖가슴의 융기는 마치 애정에 찬 애무처럼 자극적이었다.

제러드는 맥박을 확인한다는 명목으로 잡은 그녀의 손목을 어루만지고 있는 자신을 문득 깨달았다. 그는 숨을 한 번 크게 들이쉬고는 아주 조심스럽게 그녀의 손을 내려놓았다.

"진화된 문명인과 네안데르탈인의 차이가 뭔지 아나, 버츠? 그건 능력이 닿는다 해도 원하는 것을 매번 취하지 않는 거야. 이 여자를 뉴욕으로 돌려보내."

"안 됩니다. 상황이 아무것도 변하지 않은 이 시점에서 우리의 노력을 허사로 만들 순 없습니다. 그건 비이성적입니다."

버츠는 자신의 논리를 고집스럽게 주장했다.

"문제가 뭔지 도통 모르겠군요. 박사님께서는 오를리노프 양 때문에 뉴욕행을 감행하셨잖습니까. 더 이상은 그런 위험을 감수하시지 않아도 됩니다. 저 아가씨가 이곳에 있으니까요."

"코벳 의원도 알고 있겠지?"

제러드가 거칠게 따졌다.

"자네 혼자 이런 해결책을 고안해 냈을 리 없어. 의원이 나서서 자네의 그 작은 문제를…… 뭐랄까, 단순화시켜 주었겠지."

버츠는 고개를 저었다.

"의원님께서는 아직 모르고 계십니다. 그러나 크게 반대하진 않으실 겁니다. 박사님을 보호하라고 지시하셨으니까요, 어떤 대가를 치러서라도."

한번 더 부언 강조했다.

"수단과 방법을 가리지 말고."

"감개무량한 소리로군."

제러드는 씁쓸함을 금치 못했다.

"하지만 자네의 이번 조치는 좀 무모하다고 생각하지 않나?"

"박사님이야말로 상황에 따라 좀 무모하다는 평판의 소유자인 만큼 우리의 입장을 이해하시는 데 별다른 어려움이 없으리라 생각합니다."

그는 점잖은 무늬의 넥타이를 꼼꼼하게 바로잡았다.

"이만 저는 갈 길을 가봐야겠습니다. 2주 내로 돌아오겠지만, 그 동안 뭐든 필요한 게 생기시면 맥커드 씨에게 말씀하십시오."

"당연히 그래야지."

제러드는 냉소적으로 비꼬았다.

"내가 또 다른 아녀자를 유괴하거나 누구를 죽이고 싶어지면 즉시 케빈에게 말하지."

"농담하시는 거 다 압니다."

버츠는 으스대며 어깨를 들었다 놓았다.

"이번 조치는 상호 이익을 위한 것입니다. 일단 진정되시면 그 점을 깨닫게 되실 겁니다. 박사님의 사고 흐름이 좀더 논리적인 방향으로 돌아설 때까지 오를리노프 양을 샤또 밖으로 내보내지 말라고 부하들에게 지시해 두었습니다."

그는 방을 가로질렀지만 문 앞에서 다시 돌아섰다.

"아, 한 가지 더 있습니다. 지금까지 우리가 제공한 일부 여성들의 자발적인 교태가 역겹다고 하셨지요? 하지만 제 생각에는 오를리노프 양의 반항 혹은 저항을 박사님께서 좋아하실 것 같지 않았습니다. 그래서……."

이 부분에서 의미심장한 미소를 지었다.

"의사를 시켜 파라디놀린 주사를 놨습니다. 박사님과 오를리노프 양의 올바른 출발을 도모하기 위한 저의 작은 배려입니다."

파라디놀린. 강력한 성적 흥분을 일으키는 불법 약제.

"자네는 진짜 개자식이야, 버츠."

제러드가 입술을 일그러뜨리며 내뱉었다. 미약을 썼다는 정보가 그에게 어떤 영향을 미칠지 저 녀석은 정확하게 알고 귀띔한 것이다. 타냐가 깨어나 그를 원하리란 생각만 해도 순수한 욕망이 불기둥처럼 치솟아 복부의 근육이 단단하게 수축되었다.

"저는 필요하다고 여겨지는 일을 한 겁니다."

"버츠!"

경호대장이 의아해하며 어깨 너머로 돌아보았다.

제러드의 시선이 타냐의 잠든 얼굴과 약간 벌어진 핑크색 입술에서 떨어질 줄 몰랐다. 그녀는 빌어먹도록 순수하고 어려 보였다, 아이처럼 해맑아 보였다.

"이 여자의 옷을 누가 벗겼지?"

"의사와 제가 했습니다만⋯⋯?"

제러드는 한 손을 내밀어 타냐의 광대뼈를 쓰다듬었다.

"다시는 손대지 마."

깊이 잠긴 목소리의 경고였다.

"어느 누구도 그녀에게 손대지 못하게 해둬."

이루 말할 수 없이 만족스런 미소를 지으며 에드워드 버츠는 등뒤로 조용히 문을 닫았다.

타냐는 몽환적인 나른함 속에서 서서히 깨어났다. 완전히 의식을 되찾기도 전에 타는 듯한 열기가 파도처럼 끊임없이 밀려와 강도를 더해 갔다. 그녀는 새틴 베개에 대고 고개를 산란하게 뒤척이며 무어라 정체를 꼬집을 수 없는 분노의 힘을 빌려 그 펄펄 끓는 감각에 저항했다.

"저항하지 마."

어두운 벨벳 같은 중얼거림이 들려왔다.

"그 감각에 몸을 맡겨, 꼬마 파이퍼."

무거운 눈꺼풀을 들어올리자 은빛 눈이 기다리고 있었다. 차가운 색깔에도 불구하고 따뜻해 보이는 눈동자였다. 그늘진 얼굴에서 유난히 반짝거리기 때문에 그렇게 느껴진 모양이다. 안광만 불꽃 같은 게 아니라, 그의 날렵한 체구에서 발산되는 활력이 이 어두운 방 안에서 섬광처럼 일렁거리고 있었다. 그는 침대 옆 우아한 의자에 앉아 있었다. 왜인지는 모르겠지만 눈을 떠서 저 남자를 발견한 게 아주 자연스런 일처럼 여겨졌다. 잠들면 꿈을 꾸는 것만큼이나 당연하게.

아……, 꿈이어서 그렇구나. 전부가 환상이야. 그녀는 매끄러운 이불에 손바닥을 문질렀다. 감촉까지 느껴지는 이상한 환상.

그가 눈을 가늘게 좁혀 떴다.

"내가 누군지 알겠소, 타냐?"

물론 알고 있지. 하지만 대답하기가 이렇게 힘들 때 다그치는 질문을 해오다니 환상 속의 등장인물치고는 아주 몰지각하네.

"라이커 박사."

가까스로 대답은 했지만 그녀의 귀에도 어눌하고 흐릿하게 들리는 소리였다.

박사는 험하게 비틀린 미소를 지었다.

"고무적인 내답이로군. 그럼 기분은 어떻소?"

그녀는 나른하게 미소지었다.

"근사해요."

이어 뜨거운 전기파 같은 감각이 전신을 관통했다. 그녀는 혼란스러워하며 고개를 가로저었다.

"아냐, 잘 모르겠어. 이상해요."

욕설이 중얼중얼 들려왔다. 그리고 다음 장면은, 분명히 의자를 차지하고 있던 박사가 침대 가장자리에 걸터앉아 그녀의 양손을 모아 쥔 것이었다. 훈훈하고 위안을 주는 손길이었다.

굉장히 생생한 꿈인걸. 그녀는 흡족한 마음으로 그의 손을 맞잡았다.

"잘 들어봐요, 타냐. 이 감각은 진정제의 약효가 떨어지면 한층 극심해질 거요."

잿빛 눈이 그녀의 시선을 옭아매었다. 마치 눈빛으로 그녀를 겹겹이 둘러싸고 있는 장막을 뚫으려는 듯했다.

"내가 다시 진정제를 놔줄 수도 있소. 하지만 이전에 정확하게 어떤 약이 사용되었는지 모르는 지금으로선 그건 대단히 위험한 처치요. 알겠소?"

라이커 박사의 얼굴이 묘한 긴장감으로 잡아 늘어뜨려진 가운데 엄한 선을 그리고 있는 입술의 힘과 관능이 안개 속에 갇힌 듯한 그녀의 의식을 잡아끌었다. 참 아름다운 입술이야.

그때, 박사가 그녀의 맨 어깨를 잡고 흔들었다.

"알아들었소?"

뭘 알았냐는 걸까? 이해가 되지 않았다. 하지만 대답하지 않으면 그가 놔주지 않을 눈치였다.

"예."

이번에는 발음이 덜 어눌하게 흘러나왔으므로 그녀는 어렴풋하게나마 자부심을 느꼈다.

"알아들었을 리 없지."

한숨을 길게 내쉬며 그가 중얼거렸다. 한 손이 그녀의 어깨를 떠나 박사의 검은 머리칼을 심란하게 긁어 올렸다.

"당신을 도울 수 있는 방법은 하나뿐이오. 하지만 그러려면 당신의 신뢰가 필요해. 나를 믿어주겠소?"

그녀는 기꺼이 고개를 끄덕거렸다. 검은 눈동자가 몽롱한 만족감으로 빛났다. 내가 왜 첫 만남에서 그를 경계했을까? 이 어둡고 강한 얼굴을 한 남자에게는 두려워할 게 아무것도 없는데.

바로 그때 뜨거운 물결이 다시 몰려왔다. 그녀는 그 물결이 헤집고 떠난 고통스런 갈망으로 숨을 헐떡거렸다. 허벅지 안쪽에서 텅 빈 공허감이 쥐어짜듯이 고동쳤으며 유두는 갑자기 민감해져 비단 이불과 닿는 것조차 아파 왔다.

라이커 박사가 충격적이리만치 험한 욕설을 내뱉었지만 그녀는 온몸을 쪼개놓는 감각에 사로잡혀 언어 폭력에 따른 충격 따윈 느끼지 못했다.

"신에게 맹세코 버츠 자식의 목을 졸라버리겠어."

잿빛 눈을 거칠게 빛내며 살벌하게 으르렁거리는 박사. 하지만 몸을 내밀어 그녀의 관자놀이를 스치는 입술은 부드럽기만 했다.

"참아요, 스위트, 곧 괜찮아질 테니까. 내가 도와주겠소."

그리고 자리에서 일어나 크림색 스웨터를 머리 위로 벗어 의자에 던져버렸다. 박사는 그녀와 눈을 맞춘 채 허리띠를 재빨리 풀기 시작했다.

"이런 순간을 수백 수천 번 상상해 왔다는 거 알고 있소?"

허스키한 음성의 고백이었다.

"그 사랑스런 몸이 나신이 되어 나를 받아주는 환상, 그게 뇌리에서 떠나지 않았소. 당신의 비디오 테이프가 닳아 늘어지도록 되풀이해서 봤소. 그 몸이 이제는 내 몸보다 더 친숙해질 만큼."

발그레하니 상기되고 풀어진 그녀의 얼굴에 시선을 못박은 채 청바지와 속옷을 아래로 밀어냈다.

"난 알아, 당신의 움직임이 얼마나 탄력적인지를. 표정은 또 얼마나 빠르게 변하는지를. 그 날개 같은 눈썹을 이 손으로 만져보고 싶었소. 헤아릴 수조차 없이 낳이 원했소."

라이커 박사가 미소를 짓자 날카롭기만 한 얼굴이 누그러지며 가슴 떨릴 만큼 다정해졌다.

"당신은 언제나 웃고 있었어. 역할상 아무리 슬프고 비탄에 잠긴 표정을 지어도 그 웃음이 숨어서 자유롭게 폭발될 때를 기다리고 있더군. 그게 당신의 그 무엇보다 내 마음에 와닿았소."

신발까지 마저 벗고 침대로 다가오는 그. 실오라기 하나 걸치지 않은 채찍처럼 날렵한 육체가 어슴푸레한 방 안에서 잘 정제된 황금마냥 빛났다. 박사가 돌연 고개를 가로저었다.

"아니, 그게 아냐. 실은 당신의 전부에 사로잡혔소. 당신이 나에게 특별한 존재가 되었다는 걸 버츠처럼 둔감한 자식도 알아차릴 정도로."

버츠? 왠지 귀에 익은 이름이었다. 하지만 그녀는 중요하지 않은 생각을 떨쳐버리고 감탄의 눈으로 라이커 박사의 나신을 훑어보았다. 남성 무용수들의 육체적인 아름다움에 익숙해진 그녀는 아무리 근사한 파트너의 반나체를 접해도 한 편의 예쁜 그림을 보듯 객관적인 태도를 견지해 왔다. 하지만 박사의 몸 앞에서는 담담해질 수 없었다. 그는 남자 발레리나처럼 우아하며 완벽하게 균형 잡히진 않았지만 군살 없이 꽉 조여진 근육질의 마른 육체가 억제된 힘을 내뿜어 그녀의 흥분을 자극했다. 저 검은 체모로 뒤덮인 가슴, 단단한 복부, 부드러운 음모의 둥지, 거기에서 힘차게 일어나 있는 남성까지 전부가 마음에 들었다.

"마음에 드오, 꼬마 파이퍼?"

그의 목소리는 코냑처럼 깊은 여운을 남겼다.

"내가 원하듯이 당신도 나를 몸으로 느끼고 싶소?"

박사가 침대에 앉자 그녀는 순간적으로 몸을 굳혔다. 이 환상이 시시각각 진짜처럼 느껴졌기 때문이다. 그러나 바로 어깨를 으쓱거렸다. 아무려면 어때? 어차피 환상인데. 그것도 대단히 만족스런 환상. 이건 마치 그가 자아낸 황금빛 관능의 거미줄에 걸려든 것 같아.

"당신은 아마 내 말의 절반도 이해하지 못하고 있겠지."

그는 좌절감에 사무친 한숨을 무겁게 내뱉고선 그녀의 관자놀이께 머리칼을 다정하게 쓸어주었다.

"이런 시작이 되어선 안 되었는데. 내가 다가가도 당신에게 해가 되지 않을 때까지 기다리려고 했소. 그때 당신도 나를 원하게 만들고 싶었소. 하지만 버츠가 다 망쳐버렸으니 별 도리가 없지. 이런 시작이라도 하는 수밖에."

얇은 이불을 사이에 둔 박사의 체온이 허벅지 사이의 타는 격통을 가속화시켜 용암과도 같은 욕망이 군가에 맞춰 거침없이 흘렀다. 그녀는 그의 부드러운 체모를 쓸어보았다. 손바닥 아래에서 뜀박질을 하는 심장과 거칠어진 숨소리. 그녀는 흐뭇한 미소를 지었다. 예민하게 반응하는 환상 속의 남자라, 아주 좋아.

"그렇게 계속 나를 느껴 줘."

허스키한 목소리가 한층 그윽하게 애원했고 눈을 감은 그의 안면근육이 고통에 가까운 환희로 경미하게 실룩거렸다.

"내가 견딜 수 있을지는 모르겠지만 제발 멈추지 마……."

눈꺼풀이 번쩍 올라가고 그녀를 불타는 정염으로 내려다보는 잿빛 눈동자는 신선한 충격이었다. 박사는 가슴털을 가지고 장난치는 그녀의 손을 눌렀다.

"진퇴양난이란 이런 거였어. 내가 지금 욕심을 채우면 나중에 당신은 무섭게 화를 내겠지. 자신의 무력한 상태를 악용했다고. 하지만 이대로 놔두면 당신이 지옥과도 같은 욕망으로 힘들어져."

그녀의 손을 들어올려 손바닥에 입술을 가만가만히 눌러대고는 이어 뜨거운 혀로 철저하게 핥아 그녀의 맥박을 정신없이 요동치게 만들었다.

"맛있군…… 아주."

박사는 묘한 표정을 하고 있었다. 성적인 갈망과 거기에 반하는 자제력이 뒤엉킨 표정이었다.

"당신을 편하게 해주리다. 당신이 원하는 걸 주겠소. 나중에 어떤 일이 벌어지든 지금 당신이 힘들어하는 건 볼 수 없어. 대신 내 숨이 당신의 것처럼 느껴질 때까지 나에 대해서도 잘 알게 해주겠소. 이제 당신은 알게 될 거요, 그 손길이 나를 얼마나 흥분시키는지를…… 그 입술이 매번 나를 뒤흔들어 놓아 첫키스하는 소년으로 돌아가게 한다는 걸."

예민한 손가락 끝을 하나씩 정성스레 빨아 촉촉하며 따뜻한 입으로 그녀의 오감을 일깨우고 드디어 손을 놓아주었다.

"아주 확실하게 알게 해주겠소. 그 기억만이 나의 유일한 무기가 될 테니까. 격분한 당신에게 다시 다가갈 수 있는 무기."

그의 입술이 씁쓸달콤한 곡선으로 일그러졌다.

"당신은 준비됐소, 꼬마 파이퍼?"

그녀는 느리게 고개를 끄덕거렸다. 몽롱하게 풀어진 까만 눈을 대하는 박사의 얼굴에 아픔 같은 것이 스치고 지나갔다.

"입으로 대답해."

박사가 다그쳤다.

"당신과 사랑을 나누려는 남자가 누군지 정도는 알고 있다는 걸 증명해 봐."

짜증스럽게 그녀는 미간을 찌푸렸다. 생각하는 것조차 귀찮은데 당연한 사실을 다그치고 요구하는 환상 속의 남자가 갑자기 피곤하게 느껴졌다. 하지만 그를 만족시켜 주지 않으면 이 관능적인 꿈이 중단될까 봐 뻣뻣한 혀를 놀려 초조하게 말했다.

"라이커. 당신은…… 라이커 박사."

전신이 모호한 무엇인가를 갈구하며 달아올라 그녀는 산란하게 몸을 비틀었다. 이 남자, 도와주겠다고 해놓고 왜 가만히 있지?

"도와줘요, 라이커."

"곧."

가까이 다가오며 약속했다.

"지금 곧."

입술을 겹치는 박사의 너무도 다정한 몸짓에 기쁨의 흐느낌이 가느다랗게 흘러나왔다. 정말 달콤했다, 아주 따뜻한 입술이었다. 살며시 그녀에게 파고들어 입 속의 촉촉한 어둠을 탐색하는 혀도 따뜻했다. 그는 서두르지 않았다. 세상의 모든 시간을 가진 사람처럼 그녀의 이, 올록볼록한 입 천장, 매끄러운 안쪽 벽까지 빠짐없이 느껴보고는 혀와 혀를 꼬아 오직 그만이 아는 에로틱한 게임으로 이끌었다.

그가 고개를 들자 뜨거운 숨결이 또 다른 애무가 되어 와닿는 걸 그녀는 느낄 수 있었다.

"꿀보다 더 달아……. 더 맛보게 해주겠소?"

다시 한 번 입술이 다가왔지만, 이번에는 그녀의 혀를 자기 입 속으로 끌어당겨 힘차게 빠는가 하면 살짝살짝 깨물기를 반복했다. 그녀는 신음을 내뱉었다. 열에 들뜬 두 손이 강철같이 단단하고도 매끄러운 그의 어깨를 더듬고 목의 곡선을 따라 뻣뻣한 머리카락 속에서 제자리를 찾았다.

박사는 여전히 입술을 놔주지 않고 천천히 이불을 내리며 그녀의 상반신을 쓸어내렸다. 그 비단 이불이 젖꼭지를 자극하자 흑 하는 숨이 포개진 두 입술 사이로 터져나왔다. 이미 딱딱하게 성나 있던 유두였다. 박사도 마침내 입술을 떼고는 가쁜 숨을 헉헉거렸다.

"조심하리다."

정적 속에서 숨소리가 점점 거칠어졌다. 그의 눈은 하얀 목덜미와 가녀린 어깨를 느릿하게 탐한 후 봉긋해진 젖가슴의 핑크빛 꽃망울에서 한참을 쉬었다.

"예민한 당신이 다치지 않도록 조심하겠소."

그리고 젖꼭지를 사알짝 건드리는 혀의 감촉!

그녀는 진저리를 치며 박사의 머리칼을 움켜쥐었다. 그는 입술과 혀로 가볍게, 감질나게, 부드럽게 젖가슴을 핥고 빨았다. 감각의 회오리에 말려든 그녀의 입에서 끊어진 호흡이 격하게 터져나왔다. 박사가 이로 젖꼭지를 한 번 지분거린 후 얼른 고개를 들었다. 너무 거칠지 않았는지 확인하려는 듯이.

"좋은가? 나만큼 당신도 좋소? 그날 밤 무대에서 관객들에게 인사하는 당신의 가슴이 붉은 천 아래에서 지금처럼 가늘게 헐떡이고 있었소. 땀방울이 송글송글 맺힌 채 말이야. 거기에 고개를 묻고 그걸 일일이 핥아주고 싶어서 미칠 뻔했지."

박사는 그녀의 가슴팍에 혀를 굴리며 두 손으로는 그 봉긋함을 움켜잡았다. 느린 박자로 쥐었다 놓기를 거듭하는 길고 강한 손이 그녀의 파리한 피부 위에서 한층 가무잡잡하며 힘차게 도드라졌다. 한 덩어리가 된 감각이 급박하게 부풀어올랐다. 젖꼭지를 가지고 노는 다정한 입술과 혀의 농탕질을 멈추게 하고 싶었다. 그렇지 않으면 허벅지 사이에서 작은 번개처럼 이는 떨림이 터져버릴 것만 같았다.

"라이커."

이건 숨을 쉬는 게 아니었다. 산소를 흡입하기 위한 투쟁이었다. 흥분과 열기의 거미줄에서 벗어나려고 그녀는 버둥거렸다.

"라이커 그만……."

“저항하지 말고 느껴요, 타냐, 그냥 느껴.”

이어 느낌이 왔다. 그게 열전도 미사일처럼 안에서 폭발하자 해방의 세기로 전신이 부들부들 떨렸다. 젖가슴에서 박사의 손이 떠나 그녀를 안전하게 보듬어 안는 게 어렴풋하니 느껴졌다. 그는 맨등을 다독거리며 가만히 안아주었다. 추운 겨울날의 벽난로만큼이나 훈훈하고 마음이 놓이는 포옹이었다.

“좀 나아졌소?”

그의 입술이 그녀의 관자놀이에서 뛰는 맥박 위를 스쳤다. 그녀는 긴장이 물밀 듯이 빠져나가자 쓰러지듯 라이커 박사에게 기댔다. 장거리 경주를 막 끝낸 사람처럼 얕은 호흡을 하면서.

박사는 사랑스런 어린애를 달래듯이 한 손으로 그녀의 머리를 받치고 몸을 앞뒤로 흔들어 주었다.

“몇 분은 괜찮을 거요. 그리고 다시 시작될 거야.”

걸쭉한 목소리로 소곤거리며 그녀의 귓불에 입술을 맞추었다.

“하지만 걱정할 것 없소, 한 걸음씩 나아가면 돼.”

걱정 따윈 되지 않았다. 이 낯선 남자의 품속에 안긴 지금보다 만족스럽고 보호받는 기분을 느껴 본 적이 없으니까. 아니, 그건 틀린 말이야. 그녀는 속으로 정정했다. 환상 속의 인물은 낯선 사람이 될 수 없어. 내 상상이 창조해 낸 나의 일부야. 라이커 박사는 내가 바라는 어떤 존재든 될 수 있고 뭐든 해줄 거야. 하지만 지금은 아무 바람도 품지 말자. 만족스런 이 기분 그대로 잠에서 깨어나고 싶어.

“난 당신이 보고 싶소.”

박사가 그녀를 당겨 일으켰다.

순간, 현기증이 핑 돌았다. 무릎을 꿇고 앉은 그녀의 몸이 앞으로 비틀 쏠렸지만 어지럼증이 금세 가시자 고개를 들어올렸다. 박사는 걱정스런 얼굴을 하고 있었다.

“괜찮소?”

그녀는 방긋 웃으며 고개를 끄덕거렸다. 기분 최고였다. 그의 강렬한 보호욕을 접하자 속 깊은 곳에서 어떤 감정이 반짝 눈을 뜨고 기지개를 켜는 기분이었다. 훈훈함이 차올랐다. 그녀를 잡아먹을 듯이 몸의 모든 곡선을 성급하게 맴도는 저 뜨거운 시선도 마음에 들었다. 진짜 여자, 부족함이 없는 여자가 된 것 같아서 뿌듯했다.

"… 아름다워."

그의 손이 허리선을 어루만졌다. 지극히 조심스런 손길이었다. 작은 압력만 가해도 그녀가 깨어져 버리는 아주 연약한 생물체인양 스칠 듯 말 듯 만져보는 손길.

"작고 섬세해. 당신의 전부가 이 양손에 쏙 들어올 것 같아. 이럴 줄 진작 알고 있었소."

납작한 복부를 지나 아래의 까만 음모를 문질렀다.

"이 감촉을 얼마나 열망해 왔는데……."

박사의 눈빛이 야릇해졌다. 금빛으로 그을린 얼굴이 벌겋게 달아오르기 시작했다.

"이리 와요."

순순히 무릎걸음으로 다가갔다. 그러자 박사가 갑자기 그녀를 번쩍 안아 올려 자신의 무릎에 태웠다. 얼굴을 마주 보고 그에게 걸터앉은 자세. 그녀는 충격에 찬 소리를 작게 내질렀다. 여성의 은밀한 부위를 마구 눌러대는 굵고 힘찬 그것이 인두처럼 뜨겁게 느껴졌다. 게다가 진한 신음과 함께 그녀를 와락 당겨안은 박사의 억센 힘 때문에 숨이 턱 막혔다.

"잠깐만, 러브."

그가 가쁘게 헐떡거렸다. 가슴의 벽을 뚫고 나올 듯이 쿵쾅거리는 심장의 고동이 고스란히 느껴졌다.

"이대로 가만히 있어 줘. 숨도 쉬지 말고. 내 욕심이 지나쳤어. 이 환상은 채우려 들지 말았어야 했소."

그러면서도 유혹에 저항할 수 없는지 하체를 딱 한 번 발작적으로 그녀에게 내밀어 친밀하고도 자극적으로 접촉했다.

"진짜, 하지만, 진짜 환상적이야."

환상적. 턱없이 부족한 표현이다. 뜨거운 액체가 그녀의 전신 구석구석까지 관통했으며 숨막힌 폐에서 불이 일었다. 박사도 뻣뻣하게 앉아 있었다. 허벅지와 엉덩이의 근육을 있는 힘껏 조이고 자신과 싸우는 힘겨운 고투가 피부로 느껴졌다. 힘겨운 숨소리, 그녀의 손 아래에서 차오르는 그의 땀방울. 그녀는 그에게 다가가려고 바지작거렸다.

"안 돼!"

폭발하듯 잇새로 터져나온 외침이었다. 박사는 그녀를 무릎에서 내려 놓고 허둥지둥 뒤로 물러났다.

"지금은 안 돼. 이번에는 안 돼."

공기에 목마른 사람처럼 가슴까지 크게 들썩거리며 헉헉거렸다.

"고문이야, 이건. 고문……."

그녀는 어리둥절한 눈으로 그를 응시했다. 아까 경험했던 절정에 도달하려는데 어떻게 환상 속의 남자가 나를 밀어낼 수 있지? 그의 표정도 마음에 안 들었다. 다정함과 연약함이 완전히 사라져버린 것이다. 아까 그 표정을 다시 불러오고 싶었다.

"그런 갈망으로 나를 보지 마!"

박사가 격렬하게 쏘아붙였다. 입술을 깨물며 머리칼을 쥐어뜯듯 뒤로 헤집는 몸짓에는 좌절감 그리고 어떤 분노가 담겨 있었다.

"아무것도 모르면서, 뭐가 어떻게 돌아가는지도 모르면서, 내가 누군 지조차 모르면서! 제기랄."

이 남자는 강박관념에 사로잡힌 것 같아. 그녀는 앵 돌아져 생각했다. 왜 자꾸 내가 자기를 모른다는 거지? 다 알고 있는데. 세상의 그 누구보다 잘 아는 사람처럼 느껴지는데.

"난 당신이 누군지 알아요."

꼬인 혀로 최대한 위엄을 살려 또박또박 선언했다.

"아까도 그렇게 말했잖아요."

그의 입술을 만져 보았다.

"당신은 제러드 라이커예요."

손을 그의 가슴에 대고 심장박동을 확인했다. 일순 멈추었다가 미친 듯이 뛰는 심장. 대단히 만족스러운 반응이야, 그녀는 키득거렸다. 장난기가 슬그머니 돌아 이번에는 손을 툭 떨어뜨려 남성을 꼬옥 쥐었다. 박사가 경악한 표정으로 그녀의 작은 손 안에서 펄쩍 뛰어올랐다. 아주 좋았어. 그녀는 까만 눈을 빛내며 의기양양하게 되풀이 말했다.

"라이커 박사예요, 당신은."

"진정제의 약효가 좀 떨어진 게 분명하군."

그가 얼굴을 실룩거리며 말했다.

"또 시작된 거야."

마지못해하며, 하지만 어쩔 수 없다는 듯이 박사는 그녀의 손을 자신에게서 떼어내고는 미소 띤 붉은 입술을 두 손가락으로 따라 그렸다.

"웃어요…… 소리내어 웃어 봐…… 한 번만 더, 오직 나만을 위해서. 아까 그 웃음소리는 영원히 내 거요. 누구도 뺏어갈 수 없는 나만의 당신 일부."

그녀는 고개를 갸웃거렸다. 다시는 못 볼 것처럼 조금은 슬프게 중얼거리는 그의 말이 이해되지 않았다. 손닿지 않는 저 세상 사람을 대하는 듯한 태도였다. 이 남자, 왜 이럴까? 난 지금 어느 때보다 살아 숨쉬는 기분인데.

그때, 속에서 용암이 터진 듯 아찔한 열기가 덮쳐 왔다. 갑자기 목이 타고 생각이 뒤엉켰다. 고개를 털어 보았지만 머리가 밝아지지 않았다.

"기분이 이상해……."

"쉿."

박사는 절망적인 몸짓으로 그녀를 다정하게 껴안고 베개에 눕히며 벨벳처럼 그윽하게 속삭였다.

"이제 내 음악에 맞추어 춤을 춰봐요, 꼬마 파이퍼."

나란히 누운 그가 정열에 몰린 다급함으로 입술을 찾자 고분고분하게 입을 열어주었다. 처음에는 기꺼운 복종으로, 다음에는 동적인 진취성으로 그의 입 속을 탐험해 보았다. 짜릿한 탐험이었다. 촉촉한 온기, 치아의 청결한 매끄러움, 예쁘도록 노련한 혀……. 그녀가 침입한 즉시 관능의 노예로 만들어버린 그 남자를 향해 등을 휘며 가르릉거리는 신음을 흘렸다.

"아, 안 돼."

박사가 고개를 들어 짓궂게 씨익 웃었다.

"유혹하지 말아요. 더 머물고 싶지만 탐사해 볼 정원들이 너무 많으니까. 난 당신의 전부를 알고 싶소, 타냐 오를리노프."

그리고 한 팔로 그녀의 상체를 들어올려 하얀 복부에 화인처럼 입술을 찍으며 아래로, 더 아래로 내려갔다. 그는 오목한 배꼽을 정성껏 핥고 빨고 깨물며 다른 손으로는 아래의 젖은 실크 같은 은밀함을 탐했다.

어느 틈엔가 단단한 다리 한쪽이 그녀의 사이에 끼어 있었다. 그 근육의 미묘한 꿈틀거림, 피부를 덮은 체모의 꺼끄러움이 보들보들한 허벅지 안쪽을 달콤하게 자극했지만 몸을 다 내맡긴 이런 자세에 와락 겁이 치밀었다. 그녀는 본능적으로 다리를 바지락거려 하나로 모으려 했다.

"나를 내쫓지 마, 러브."

불타오르는 잿빛 눈으로 그녀를 생포한 채 그의 손가락이 신경 끝에서 끝까지 울리는 음률을 연주하기 시작했다.

그녀는 맹목적으로 박사에게 매달렸다. 그의 거칠고 힘겨운 호흡이 들려왔지만 그가 창조한 욕망의 미로에 갇혀 자신의 속에서 이는 감각 이외에는 어떤 것에도 신경 쓸 수 없었다.

"그래…… 이런 당신을 보는 것만으로도 좋아. 내가 당신을 이렇게 만들었다는 앎만으로도 좋소. 난 행복해."

한 번의 기교적인 손짓. 그리고 그녀는 폭등한 욕망에 펄쩍 감전되었다. 박사의 목소리가 귀에 거슬리도록 잠겼다.

"아름다워, 정말 아름다워."

하얀 복부에 단단한 뺨을 대고 기쁨에 젖어 천천히 부볐다.

"부드럽고 달콤해."

이번에는 혀로 나른하게 핥았다.

"지상의 좋은 것을 전부 합한 맛이야."

손을 느릿느릿 이동시켜 엉덩이를 한 아름 쥐었다.

"당신 정원의 꽃들도 이렇게 농염한 맛이오, 꼬마 파이퍼?"

그녀를 들어올리곤 직접 맛을 확인했다.

이렇게 강한 감각이 존재하다니! 그녀는 도저히 믿을 수 없었다. 혀와 입술이 맹렬하게 퍼붓는 애무로 몸부림치며 그녀는 그의 까만 머리칼을 움켜잡고 매달렸다. 이 화려한 굶주림을 당장 채워야만 했다. 빨리, 어서! 그리고…… 폭발. 이번 폭발은 예상한 것이었지만 그 뒤에 천상의 환희가 물결처럼 이어질 줄은 미처 몰랐다.

박사가 옆에 눕는 기척이 일었다. 그에게 끌려 품에 안기고 그의 목덜미에 얼굴을 묻는 게 무엇보다 자연스럽게 느껴졌다. 지금껏 매일 밤 그래 왔던 것처럼 당연하게. 그녀는 만족에 겨운 한숨을 포옥 내쉬었다. 전신의 근육이 녹신녹신하게 풀어지면서 갑자기 잠이 몰려왔다.

"푹 자요."

그가 중얼거렸다.

"더 이상은 내가 못 견디겠소. 미쳐버리겠어."

말 잘 듣는 착한 아이처럼 꾸벅꾸벅 졸다 말고 화들짝 깨어났다. 이 남자가 팽팽하게 긴장되어 있었기 때문이다. 그녀는 힘줄이 일어선 팔뚝에 안겨 있었고 귓전에선 그의 고동소리가 요란했다. 조용한 자리를 찾아 그의 어깨에서 이리저리 헤매자 길게 땋은 머리채가 애무의 손길처럼 그의 가슴을 쓸었다. 그러자 덜컹거리는 박사의 심장. 그녀는 폐에서 일시에 빠져나가는 숨소리도 포착하고 좀 짜증이 났다. 이제 자신의 수족처럼 느껴지는 이 남자가 그녀와 똑같이 만족스러운 상태가 아니라는 게 왠지 속상했던 것이다.

망상은 이제 그만! 그녀는 자신을 꾸짖으며 미소를 지었다. 이 전부가 환상이야. 현실이 아냐. 곧 깨어나 환상의 생생함에 유감스럽게 고개를 내젓게 될 거야.

"우리 둘 가운데 하나라도 흡족해하니 다행이군."

박사가 중얼거렸다. 그는 흑조의 까만 날개 같은 눈썹을 입술로 따라 그렸다. 요정이 키스하는 듯한 애무였다. 그리고 이어서 그녀의 손을 잡아 자신의 뛰는 심장에 대고 꾹 눌렀다.

"느껴지오? 이게 내가 당신을 위해 치른 대가요."

다음에는 근육이 아프도록 뭉친 복부로 그녀의 손을 가져갔다.

"이것도."

마지막으로 그녀의 손을 입술로 가져가 파란 정맥이 내비치는 손목에 잔잔히 키스했다.

"나중에 깨어나 내가 밉고 또 미워지기 시작하면 상기해 줘요, 꼬마 파이퍼. 이용당한 쪽은 바로 나라는 걸. 당신이 아니라는 걸. 난 당신에게서 아무것도 취하지 않았소. 그 사랑스런 몸을 안 대가로 기쁨과 위안을 줬음을 잊지 말아 줘."

그는 떨리는 숨을 한숨처럼 길게 내쉬었다.

"꼭 기억해 주기 바래."

하지만 그녀의 눈이 감기고 평화로운 수면에 빠지자마자 모든 기억이 의식과 함께 사라져갔다.

4

두툼한 벨벳 커튼이 젖혀진 창문으로 쏟아져 들어온 오후의 햇살이 반질거리는 고가구의 표면에 윤기를 더했다. 타냐는 눈을 떴다. 그리고 낯설지만 왠지 친근하게 다가오는 주변을 훑어보았다.

머리 위의 에메랄드빛 벨벳 카노피…… 침대 옆에 오도카니 있는 안락의자…… 바닥에는 크림색과 연두색의 고풍스런 러그…… 머리자국이 우묵하게 나 있는 옆의 베개…… 잠깐만, 베개? 머리자국이 난 베개? 그녀의 속에서 아드레날린이 분출하는 가운데 진실이 머리를 쳤다.

맙소사, 모두 사실이었어!

그녀가 잠들 때까지 안아주었던 남자는 환상 속의 인물이 아니었다. 제러드 라이커의 강한 두 손이 정말로 그녀를 구석구석 어루만졌으며 그의 입술은…….

"아냐!"

타냐는 비단 이불을 젖히고 침대에서 뛰어나갔다. 그녀는 알몸, 완전히 벗겨지고 드러난 나체였다. 분노가 일었다. 내가 당했구나!

그녀는 이불을 끌어당겨 대충 몸에 둘렀다. 이건 있을 수 없는 일이야. 서방세계, 그것도 미합중국에서 이런 일이 그냥 벌어졌다는 건 말도 안 돼. 그리고 대체 여기는 어디지? 초조한 걸음으로 방을 재빨리 가로질러 프렌치 문을 활짝 열고 발코니로 나갔다.

산.

지평선을 찾아 급하게 사방을 두리번거렸지만 정상에 눈 덮인 산들이 이 집을 중심으로 원을 그리고 있었다. 전신에 소름이 쫙 끼쳤다. 부인하고 싶어도, 눈을 씻고 다시 봐도 이곳은 망할 산들이 엄호하는 또 다른 산 정상의 망루 달린 석조성이 분명했다. 찬바람이 몸에 두른 이불 틈으로 파고들었으며 영혼까지 뒤흔들어놓는 냉기가 엄습했다.

산이라면 끔찍한 그녀였다. 안데스 산맥에서 죽을 고비를 넘긴 이후 산에는 발도 들여놓지 않으리라 맹세까지 했는데 또 산이라니! 이 전부가 오만한 제러드 라이커 때문에!

불순물이 섞이지 않은 분노가 치솟았다. 못된 자식, 배짱 좋게 감히 이런 짓을 저질러? 박사의 품에 안겼던 지난 몇 시간의 기억이 하필이면 지금 생생하고도 세세하게 되돌아와 농밀한 영상들이 주마등처럼 펼쳐지자 얼굴이 화끈거렸다. 타냐는 그쪽 기억에서 서둘러 생각을 거둬들이고 아직 얼떨떨한 머릿속에 빛을 던져줄 만한 것을 찾아 박사의 말을 하나씩 되새겨보았다.

버츠.

박사는 버츠에 대해 이러쿵저러쿵 했다. 그녀에게 어떤 신사의 정부가 되어 달라며 거액을 제의했던 웃기게 생긴 작은 남자의 이름도 버츠였다. 그렇다면……? 흥, 그랬군.

타냐는 동명이인이나 우연의 일치 같은 가능성은 아예 고려조차 하지 않고 심증을 굳혔다. 그 신사 양반의 정체가 바로 제러드 라이커였구나. 그것도 모르고 세상을 등진 어느 불쌍한 늙은 변태려니 내심 동정까지 한 것이다. 라이커 박사가 변태일지는 몰라도 늙거나 불쌍한 구석이라곤 전혀 없다. 하지만, 하지만 내 손을 거친 다음에는 평생 남에게 동정받으며 살게 될걸!

"오를리노프 양?"

타냐는 획 돌아섰다. 바로 앞에 훤칠하고 건장한 남자가 서 있었다. 황갈색 바지와 갈색 스웨터 차림이었다. 그의 얼굴에 매력적인 미소가 더해지자 우락부락한 이목구비가 붉은 머리칼만큼이나 훤해 보였다.

"침실 문을 두들겼지만 대답이 없길래 그냥 들어왔어요."

그가 사과하듯 설명했다.

"난 케빈 맥커드라고 하는 사람으로…… 에, 입 한번 잘못 놀린 죄로 이 자리에 서게 됐습니다. 일다운 일을 달라고 투덜거렸더니 제러드 왈, 아가씨의 심기를 누그러뜨리라더군요. 그게 UN 안전보장이사회의 일원이 되는 것과 똑같이 막중한 일이라나요."

푸른 눈에 유감천만이라는 표정이 어렸다.

"언젠가는 나도 침묵하는 법을 배우는 날이 오겠지요."

"라이커 그 사람 어디 있죠? 지금 어디 있어요?"

타냐의 목소리가 분노로 바들바들 떨려나왔다.

맥커드는 움찔 뒤로 물러섰다. 일단 그렇게 안전거리를 확보한 다음 웅얼거리며 날래기 시작했다.

"저기…… 박사의 전갈을 가져오긴 했지만, 우선 이쪽으로 와서 내 이야기부터 들어보시는 게 어떨지……."

이불을 휘감은 그녀의 눈치를 보며 덧붙였다.

"된바람이 쌩쌩 부는데 그런 차림으로 계시면 되겠습니까."

"걱정해 주니 아주 고맙군요."

타냐는 매섭게 쏘아붙이고 성큼성큼 방 안으로 돌아갔다. 살기어린 까만 눈을 하고 케빈 맥커드를 향해 진군하는 그녀의 모습은 원한에 찬 발키리*의 축소판이었다.

"당신 고용주의 범죄 행각 때문에 난 이 산 꼭대기에서 이런 옷차

---

* 전쟁터에서 목숨을 잃은 전사들을 신들의 궁전인 발할라로 인도하는 북구 신화의 젊고 아름다운 여인들.

림……."

치를 떨며 크게 숨을 들이키고 정정했다.

"아니, 이런 벗은 꼴이 되었다구욧! 리이키가 어디 있는지 빨리 대지 못하겠어요!"

"이불보다 좀더 옷다운 옷을 차려입고 박사를 박살내는 편이 좋지 않을까요?"

케빈은 자신의 발치에 놓여 있는 작은 여행용 가방을 가리켰다.

"아무래도 그럴 것 같아서 이렇게 아가씨의 가방을 가지고 왔어요. 아가씨의 의상 일체를 이틀 내로 갖춰놓으라는 제러드의 지시가 있었지만 며칠은 자기 옷을 입는 게 마음 든든할 것 같아서."

"라이커 박사와 그 의상 일체의 활용도에 대해 내가 몇 가지 제안을 꼭 해야 되겠어요?"

케빈 맥커드가 푸른 눈에 웃음을 담뿍 담고 고개를 저었다.

"그 제안은 제러드 본인에게 직접 하셔도 됩니다. 난 원래 상상력이 왕성한데다 육두문자 방면으로는 아가씨보다 어휘력이 풍부하지 않을까 싶군요. 하지만 사전 경고를 해드리죠. 라이커 박사는 절대로 만만한 사람이 아닙니다."

이어 체리목으로 된 문을 가리켰다.

"저기가 화장실이에요. 아마 없는 것 없이 다 있을 겁니다. 자, 샤워하고 호전적인 기분과 어울리는 복장을 하고 나오세요. 아가씨처럼 아리따우신 분이 비단 이불만 달랑 두르고 계시면 정신머리가 사나워져서 심각한 대화를 하기 어렵거든요."

"심각한 대화, 그거 좋죠."

살벌하게 쏘아붙인 후 가방을 들고 화장실로 행진했다.

"지금 내 기분에 맞는 의상이 없는 게 천추의 한이군요. 갑옷과 전투용 도끼는 벌써 몇 세기 전에 구닥다리가 되어버렸잖아요."

타냐는 도끼눈을 부릅뜨고 그를 노려봤다.

"라이커 박사뿐 아니라 당신에게도 할말이 있어요, 맥커드 씨. 십오 분 내로 돌아올 테니 거기서 꼼짝 말고 기다리세요."

그리고 문을 정확히 쾅 닫지는 않았지만 상당히 무시무시하게 닫아 케빈을 움찔거리게 만들었다.

애처로운 한숨과 함께 그는 안락의자에 앉아 황갈색 바지를 걸친 다리를 쭉 펴며 기다릴 준비를 갖췄다.

약속했던 십오 분도 채 못 되어 그녀가 침실로 돌아왔다. 오렌지색과 흰색이 섞인 화려한 스키용 스웨터에 청바지를 받쳐입은 모습이었다. 일찍이 머리를 장식했던 은빛 리본과 다이아몬드 브로치는 치워두고 그냥 땋아 간단하게 얼굴 주변에 빙빙 두르는 것으로 정리했다. 이런 머리형의 사진을 보고 제러드가 공주놀이하는 어린 소녀를 연상했던 걸 몰랐기에 망정이지, 만일 타냐가 그런 비교를 알았더라면 분노에 울화까지 겹쳤을 것이다.

"이제 심각한 대화를 시작해 볼까요?"

타냐는 케빈의 의자 앞에 버티고 서서 냉정하게 말문을 뗐다.

"제러드 라이커의 현 소재지를 밝히세요."

그는 자리에서 예의 바르게 일어났다.

"그 대답을 하기에 앞서 내 임무부터 완수할 기회를 주십시오."

"무슨 임무죠?"

케빈이 넉살 좋게 미소지었다.

"이른바 해명과 보장. 하지만 그건 명목에 불과하고 진짜 임무는 제러드의 방패막이예요. 아가씨가 나에게 분노를 터뜨리고 좀 진정되면 제러드 본인이 나서겠다는 각본이죠. 아시겠지만 그 친구가 괜히 천재 소리를 듣는 게 아니라구요."

"천재인지 아닌지 난 몰랐어요."

타냐는 톡 쏘아붙였다.

"내가 그 사람에 대해 아는 것이라곤, 오직 자기밖에 모르는 오만한 쾌락주의자라는 거뿐이에요. 당신 고용주는 이 산정상의 자기 성에서 떵떵거리며 왕 노릇을 하는 갑부인가 본데 내가 문명세계로 돌아가 고소하면 그 위치가 많이 바뀔 거예요. 아녀자 납치 행각이 재미있는 놀이가 아니라는 걸 보여주겠어요.”

두 주먹을 불끈 쥐고 그녀는 이치를 따졌다.

“라이커라는 그 인간, 어떻게 되어먹었길래 이런 짓을 버젓이 저지를 수가 있죠? 내 실종에 대해 친구들과 우리 발레단이 가만히 있을 것 같아요?”

“버츠는 철저한 프로예요. 게다가…….”

그의 입술이 씁쓸하게 비틀렸다.

“돈이면 안 되는 게 없는 세상이죠. 아가씨의 필체를 위조한 가짜 쪽지에서 친어머니조차 깜박 속아넘어갈 전화에 이르기까지 모든 형태의 은폐가 가능해요. 아, 그리고 난 제러드의 고용인이 아닙니다. 여긴 제러드의 집도 아니구요. 나라는 존재와 이 성은 이를테면 대여된 셈이에요. 샤또의 진짜 주인은 코벳 상원의원입니다.”

케빈이 한쪽 눈썹을 치켜세우며 물었다.

“그분에 대해서는 들어보셨겠지요?”

미합중국에서 그 이름을 못 들어본 사람이 누가 있으랴. 샘 코벳 의원이라면 백악관의 주인이 되는 게 시간문제라고 자타가 공인하는 강력한 대권주자였다. 아버지는 대법원장이며 할아버지는 외교관이라는 든든한 정치적인 배경에, 본인은 알토란 같은 기업체의 사장이라 경제적인 뒷받침까지 되고, 덧붙여 명쾌한 지성과 소년처럼 풋풋한 매력을 십분 발휘해 최고 권력을 향해 발빠른 행보를 해왔다. 그런 사람이 정치적으로나 개인적으로 파멸을 불러올 아녀자 납치 행각에 연루되었다는 건 어불성설이다.

케빈 맥커드는 그녀의 표정에서 놀람과 의심을 바로 읽었다.

“내 말은 전부 사실이에요.”

차분하게 설명하기 시작했다.

“일반적으로 의원님께선 이런 고약한 일에 개입하시지 않습니다. 그분을 옆에서 2년이나 모신 사람으로서 단언하건대, 샘 코벳 의원은 주

차딱지를 떼려는 교통순경을 말로 회유하는 이상의 범법 행위는 해보신 적도 없어요. 이번 납치를 사주한 사람은 제러드도 의원님도 아닙니다, 제발 믿어주십시오. 이건 전적으로 버츠의 단독행동이에요. 상원의원의 경호대장인 그가 혼자 계획하고 실행한 일입니다."

그는 어깨를 으쓱거렸다.

"불행하게도 이제는 어떻게 손쓸 도리가 없는 일이죠."

"손쓸 도리는 굉장히 많아요."

타냐가 눈을 번뜩이며 반박했다.

"그 첫번째가 나를 뉴욕으로 보내주는 거예요."

케빈은 유감스런 표정으로 고개를 저었다.

"그게 말처럼 쉬우면 얼마나 좋겠습니까. 안됐지만, 아가씨는 워싱턴에 제러드의 거처가 마련될 때까지 이곳에 머물러야 해요. 의원님께서도 이 일을 아시면 그렇게 동의하실 겁니다. 대신 아가씨의 이곳 체류가 쾌적해지도록 최선을 다하겠어요. 그리고 때가 되면 뉴욕으로 돌려보내는 동시에 응분의 보상도 해드릴게요."

"응분의 보상……."

분노로 말문이 막혔다.

"납치에 대한 보상이 존재한다고 생각해요? 그 응분의 보상이라는 게 대체 뭐죠? 홍, 당신의 그 매력적인 한패 버츠 씨가 제의한 금액에 수만 달러쯤 더 얹어 줘 내가 감사의 눈물을 흘리며 라이커 박사의 침대로 뛰어들게 하는 거?"

그녀의 목소리가 높아졌다.

"도대체 말도 안 돼. 샘 코벳 같은 권력자가 라이커 박사의 농간에 놀아난다는 것도 그렇고, 배울 만큼 배운 사람들이 작당을 해서 이런 망나니 짓거리를 벌였다는 것도 그렇고, 전부 다 말이 안 돼요."

"거듭 말씀드리겠는데, 이 일은 제러드 라이커가 사주한 게 아닙니다만……."

말꼬리를 늘여 다음을 강조했다.

"제러드는 코벳 의원과 비교조차 되지 않는 엄청난 권력을 지녔어요. 내가 당신이라면 그의 심기를 건드리지 않을 겁니다, 오를리노프 양."

"난 독재 정권에서 탈출하기 위해 목숨을 걸었던 사람입니다, 맥커드 씨. 독재자들의 생리라면 골수까지 알아요. 그리고 난 이길 수 있는 싸움만 해요. 아는 적과 맞서는 데 물러서 본 적이 없습니다."

"이번에 당신의 승률은 소수점 이하도 안 돼요."

케빈의 부드러운 어조가 왠지 동정조로 들려 몹시 귀에 거슬렸다.

"제러드가 새끼손가락만 세워도 미국 정부는 아가씨를 그 독재자들에게 되돌려보낼 거예요."

타냐의 눈이 휘둥그레졌다.

"그런 일은 불가능해요. 난 망명을 인정받았고 앞으로 이 년만 있으면 미국 시민권이 나오는데 어떻게 라이커 박사가……."

"그는 뭐든 할 수 있어요. 뭐든 한다는 게 아니라, 할 수 있다는 겁니다. 제러드 라이커를 자기 편으로 끌어들이기 위한 권력 투쟁이 역사상 유례없는 수준으로 치열하게 첨예화되고 있는 마당이에요. 소련도 미국도 그에게 눈살조차 찌푸리지 못해요."

"제러드 라이커가 도대체 누구죠? 뭐 하는 사람이기에? 슈퍼폭탄이나 뭐 그런 걸 발명하기라도 했나요?"

"비슷해요."

케빈 맥커드의 입가에 애매한 쓴웃음이 어렸다.

"그 연구의 파장이 슈퍼폭탄 투하에 버금간다는 정도만 알고 계세요. 난 제러드의 일에 대해 왈가왈부할 위치가 아니에요. 당신에게는 프로젝트 이야기를 꺼내지 말라고 제러드가 주문했거든요. 그 편이 아가씨에게 안전하다고 생각한 모양입니다."

"라이커 박사가 내 걱정을 한다? 좀 늦은 감이 있군요."

타냐는 비아냥거렸다.

"이미 납치와 수면가스 흡입, 박사의 비위를 맞추어 줘야 집으로 돌아갈 수 있다는 당신의 협박성 충고까지 당했는데 그가 내 걱정을 한다는 소리가 곧이 들릴 거란 기대는 마세요."

케빈은 어깨를 들었다 놨다.

"믿기 어렵겠죠. 그러나 아가씨만 협조해 주면 이곳의 어떤 누구도 두려워할 필요가 없어요."

"그 <어떤 누구>에는 제러드 라이커도 포함되나요?"

"제러드는 좀처럼 속을 드러내지 않아요."

그는 천천히 말을 골라했다.

"자신의 생각과 감정을 철저하게 숨기죠. 내가 그 입장이어도 그럴 수밖에는 없을 겁니다. 하지만 이건 분명해요. 제러드는 친해지기 어려운 사람이지만 한번 마음을 준 상대에게는 끝까지 신의를 지킬 거예요. 친구를 위해서라면 지옥까지 다녀올걸요."

"댁의 성격 분석에 라이커 박사는 좋아할지 몰라도 난 아니에요. 이런 취급을 당하고 순순히 무릎 꿇진 않겠어요."

타냐는 똑 부러지게 선언했다.

"이만큼 들어줬으면 당신의 임무 완수를 위해 충분히 협조해 드렸다고 생각해요. 그 대단하신 분과의 알현을 허락해 주시죠."

"물론 허락해 드려야지요."

케빈은 바지 뒷주머니에서 접힌 종이조각을 꺼냈다.

"난 할 만큼 했으니까 나머지 분노의 화살은 제러드보고 받으라죠. 그러나 마지막으로 한마디만 더 하겠습니다."

푸른 눈이 갑자기 심각해졌다.

"버츠의 부하들이 쫙 깔렸어요. 그들은 우수하고 상관에게 절대적으로 충성해요. 사실 이곳에 배치된 하인과 경호원 가운데 버츠의 충복이 아닌 자가 없어요. 그들이 괜한 시비를 걸진 않겠지만, 아가씨가 탈출을 시도하면 치명적인 적으로 돌변할 겁니다."

그는 너무 부드러워서 오싹해지는 목소리로 덧붙였다.

"우리의 진지한 의도를 시험하지 마십시오, 오를리노프 양."

타냐는 케빈 맥커드의 차분한 눈길에서 한기를 느꼈다. 그의 표현 자

체는 더할 나위 없이 정중했지만 위협은 위협이었다. 하지만 그녀는 고
개를 오똑 들었다. 위협이라면 전에도 당해 봤고 그 악랄함을 이겨내기
도 했어. 이건 단지 또 다른 도전에 불과해. 그녀는 종이조각을 펴 내용
을 살폈다. 내용이라고 해봤자 대담한 필체로 몇 자 끄적거린 정도였다.

   자작나무 숲에 있겠소.
   나를 만나고 싶으면 그곳으로 와요—라이커

자기를 만나고 싶으면? 하! 난 제러드 라이커 박사를 만나고 싶어 죽
을 지경이야. 타냐는 고개를 들었다.
"자작나무 숲이 어디죠?"
"정원 너머에 있어요. 제러드는 가장 좋아하는 곳을 장지로 선택했군
요."
케빈은 이미 돌아서 문으로 향하는 그녀의 등에 대고 외쳤다.
"겉옷을 챙겨 입으세요! 이맘 때 로렌티안의 기온은 그리 우호적이지
않습니다."
타냐는 흠칫 걸음을 멈추고 어깨 너머를 돌아봤다.
"로렌티안. 그럼 여기가 캐나다라는 소리예요? 나를 심지어는 미국
밖으로 납치해 왔다구요?"
"자자, 고정하세요. 뉴욕과는 비행기로 겨우 두 시간 거리밖에 안 돼
요. 이 샤또의 험한 지세가 제러드의 안전을 도모할 거라며 상원의원이
결정한 은신처입니다. 이곳이 그분 소유라는 건 거의 극비에 속하거든
요. 증조모님에게 물려받은 곳인데, 그 선조께선 프랑스계 캐나다인이
셨는지라 미국인다움을 내세우는 의원님의 정치 전략에 그닥 도움이
되지 않을 거라고 판단하신 거죠."
"이곳이 코벳 의원의 생각만큼 안전하진 않을걸요."
험한 목소리가 절로 흘러나왔다.
"그리고 감기 걱정은 접어두세요, 맥커드 씨. 내 체온으로 저 빌어먹

을 산꼭대기에 쌓인 눈조차 녹일 만큼 열받았으니까.”

이번에는 방문이 문자 그대로 꽝 닫혔다.

안뜰과 다양한 풍으로 아기자기하게 꾸며진 정원들을 가로지를 즈음 타냐의 분노는 수위가 한층 높아져 있었다. 성의 내부 지도를 제공하지 않은 케빈 맥커드의 지각없음이 괘씸했다. 샤또의 미로 같은 복도에서 두 번이나 길을 잃고 헤맨 끝에 간신히 주계단을 찾아냈는데 그 계단이라는 것은 여기가 제정 러시아 시대의 왕궁과 비슷한 규모가 아니고서야 그렇게 끝없이 이어질 순 없었다. 그에 비하면 정원으로 난 길은 정형적이라고 할 만했다.

자작나무들은 하늘의 푸르름을 경배하듯 그 헐벗고 하이얀 팔을 꼿꼿하게 들어올리고 있었다. 작은 규모의 이 숲은 산 정상의 아슬아슬한 가장자리에 위치한 터라 산세가 한눈에 들어왔다. 웅장한 전망에 고즈넉한 아름다움까지 두루 갖춘 숲이었다.

그러나 타냐의 시야에는 아무것도 들어오지 않았다. 그녀는 전적으로 한 남자, 저기 자작나무에 우아하게 기대어 앉아 있는 남자에게만 초점을 맞추었다.

제러드 라이키는 아래의 계곡을 응시하고 있었다. 이마에서 콧날과 턱에 이르는 선이 너무 강한데다 풍경에만 몰입한 표정까지 더해진 그의 옆얼굴은 파워 그 자체였다.

세상을 지배하는 남성적인 힘의 정수를 접한 듯한 충격으로 그녀는 가늘게 전율했다. 아까 의식을 되찾은 이래 스스로에게 생각할 말미조차 허락하지 않았던 라이커 박사의 육체에 대한 기억이 봉인을 깨고 밖으로 튀어나왔다. 뜨겁게 불타오르는 잿빛 눈, 관능적인 표정, 갈망과 자제력 사이에서 무섭게 굳어진 얼굴, 전신에서 욕망의 냄새를 풍기는 근육질의 몸…… 하지만 그 기억 속의 남자와 눈앞에 있는 저 사람은 무관해 보였다. 지금의 박사는 주변 환경만큼이나 초연하고 냉랭한 얼굴을 하고 있었다. 무릎을 끌어당겨 두 팔로 느슨하게 안은 모습은 인간이라기보다 차라리 바윗덩어리에 가까워 보였다. 허벅지의 단단한 선을 적나라하게 보여주는 청바지, 곤색의 플라이트 점퍼와 그 안에 크림색 스웨터를 받쳐입은 바위 덩어리.

그녀의 얼굴이 달아오르기 시작했다. 저 크림색 스웨터를 머리 위로 벗어 아무렇게나 내던지던 박사의 모습이 떠올랐기 때문이다. 그런 회상에 따른 심란함의 파동을 마치 요란한 천둥소리처럼 감지한 듯 라이커 박사가 갑자기 눈에 띄게 긴장하며 잿빛 크리스털 같은 시선을 이쪽으로 던졌다.

"안녕."

그게 그의 첫마디였다. 놀란 기색은 전혀 없었다.

"당신이 좀더 빨리 달려와 나에게 분노를 퍼부을 줄 알았소. 그런데 이리 지연된 걸 보면 케빈의 언변이 의외로 청산유수였군. 자, 여기 와서 앉아요."

아는 사람을 우연히 만나 차 한 잔 하자고 권하는 식의 차분한 태도였다. 박사의 뻔뻔스러움에 타냐는 경악했다. 몇 초 전까지 그녀를 뒤흔들어놓던 묘한 떨림은 사라지고 대신 분노가 자리잡았다. 그녀는 주먹을 움켜쥐고 뚜벅뚜벅 다가가 그의 앞에 섰다.

"나를 달래는 데 고작 케빈 맥커드의 <청산유수>에 의지했다구요? 사람 우습게 봤군요. 그딴 짓을 저지르고 여기에서 여유 부리며 앉아 있다니 당신도 사람인가요? 무엇이 옳고 그른지에 대한 최소한의 생각이라도 지녔다면 이렇게는 못해요."

라이커 박사는 깊이 가라앉은 눈빛과 얼굴로 그녀를 대했다.

"이미 들어서 알고 있겠지만 난 이번 일관 무관하오. 당신의 납치에 대해 사전에 아는 바가 전혀 없었소. 오늘 아침에 그 침대에서 당신을 발견하고 나 또한 대경실색했소."

"그래도 상황을 악용해 자기 욕심을 채워놓고선!"

타냐는 맹렬하게 쏘아붙였다. 하지만 그의 얼굴에 재미있다는 미소가 퍼지자 입술을 꼭 깨물었다. 이 남자에게 맹목적으로 안겼던 실수를 끄집어낼 뜻은 요만큼도 없었다. 그녀는 어디까지나 단도직입적으로 그리고 일방적으로 그를 추궁해 즉각 석방을 받아내려 했는데, 박사와 대면한지 2분도 안 되어 혀를 잘못 놀리고 정말 피하려던 상황을 자초한 것이다.

"난 상황을 악용하지 않았소, 꼬마 파이퍼."

말꼬리가 질질 늘어지는 어조.

"버츠의 표현을 빌자면…… 필요한 일을 했을 뿐이고, 그렇게 힘든 일은 되풀이하지 않길 바라오. 난 침실에서 나와 무려 십오 킬로미터나 걸어야 했소. 당신의 맛과 감촉을 잊기 위해서."

"필요한 일?"

육체적으로 친밀하게 뒤엉켰던 행위에 대한 박사의 몰인간적인 정의는 충격적이었다. 타냐는 전신의 피가 얼굴로 몰리는 듯했다.

"내 생각은 좀 달라요. 비자발적인 여자와 성적 관계를 맺는 걸 필요한 일이라고 여기는 사람이 몇이나 될지 의문이군요."

"앉기부터 해요."

제러드는 그녀의 손을 잡아끌어 억지로 옆에 앉혔다.

"이편이 훨씬 낫소. 방금전의 자세에서는 헐렁한 스웨터 위로 살짝 솟은 당신의 가슴밖에 보이지 않았거든. 그 스웨터는 내 정욕을 감퇴시키기 위한 포석이겠지? 헛수고였소. 난 여전히 어떤 도발에도 저항할 수 있는 상태가 아니오."

그의 시선이 봉긋한 가슴에서 맴돌다 그녀의 얼굴로 이동했다.

"여기에서 문제는, 당신이 비자발적이지 않았다는 거요. 그래서 더 문제요. 그 전부가 버츠와 파라디놀린 주사 때문이었소."

"파라디놀린?"

"일종의 미약이오."

그는 험악한 표정이 되어 쓰게 내뱉었다.

"버츠는 자기가 성을 비운 동안 우리 둘이 아늑한 둥지를 틀고 지고지순한 행복을 맛보리란 확신을 구하기 위해 약물까지 동원한 거요."

타냐는 분노는커녕 무한한 안도감을 느꼈다. 오로지 육체적인 욕구에 사로잡혀 첫인상이 별로였던 남자와 쾌락을 나눴다는 건 솔직히 뼈아팠다. 그보다는 차라리 약물 때문에 일시적으로 성의 노예가 되었다는 편이 받아들이기 쉬웠다. 심지어는 라이커 박사를 향한 분노마저 약간 수그러들 정도로 마음이 놓였다.

"그 버츠라는 사람, 발상이 재미있네요."

타냐는 내심과 달리 통렬하게 비꼬았다.

"당신을 위해 모든 여자들에게 그런 수단을 쓰나요?"

"아니. 그의 일반적인 수단은 돈이오. 돈이 가장 강력한 미약인 것 같더군. 당신에게도 그 미약을 쓰려 했다는 말을 들었소."

그녀는 고개를 끄덕거렸다.

"난 버츠의 신사 양반, 즉 당신이 세상을 등진 부유하고 늙은 변태인 줄 알았어요. 네 가지 가정 가운데 둘을 맞췄으면 내 추리실력도 쓸만하군요."

"실은 반타작을 넘었소."

제러드가 피식 웃으며 정정했다. 회색 얼음처럼 차갑기만 한 눈동자에 작은 별이 뜬 것처럼 반짝거림이 일었다.

"코벳 의원과 동급은 아니지만 나도 쓸만한 부자축에 속하오. 과학자들에게는 세상을 등지는 경향이 있는 것도 사실이고. 나머지 가정은……당신의 공연을 본 순간부터 내 머릿속이 외설적인 생각들로 가득했다는 걸 인정하지."

"내 공연이 갖가지 흥미진진한 영감을 일으킨다는 소리는 익히 들었지만 그 가운데 납치까지 포함되었으리라고는 상상조차 못했어요."

가볍게 대꾸하던 타냐는 문득 기막힌 사실을 깨달았다. 납치를 사주한 장본인은 아니지만 아무튼 그 원인을 제공했던 남자와 토닥토닥 말싸움을 즐기다니! 그녀는 호전적으로 어깨를 쫙 폈다.

"어쨌든, 지금까지의 상황이 당신의 뜻에 위배된다 이거로군요. 그럼 어떻게 수습할 건지 방안을 제시해 보세요. 온 세상이 머리를 조아리고 당신에게 굽실거린다고 그 <청산유수> 씨가 주장했어요. 그게 정말이라면 나를 뉴욕으로 보내라고 말 한마디하는 게 어때요?"

제러드는 어깨를 으쓱거렸다.

"그럴 순 없소. 왜냐하면 당신을 뉴욕으로 돌려보내는 것으로 일이 끝나는 게 아니니까. 어쩌면 그 때문에 당신이 더한 위험에 처할 수도 있소. 만일 보안에 구멍이 뚫려 어떤 집단이 당신의 존재를 알아낸다면 내가 막대한 관심을 보인 여자의 생명을 지렛대로 이용해 나를 움직이려 들지도 모르오."

그의 얼굴에 무서운 비장감이 감돌았다.

"당신에게 그런 일이 생기도록 놔두진 않겠어, 절대로."

살기어린 눈빛이란 저런 거였구나. 타냐는 부르르 진저리를 쳤다. 그러자 살기가 사라지고 박사의 눈빛이 걱정스러운 것으로 바뀌었다.

"추워서 부들부들 떨고 있군."

즉각적으로 곤색 점퍼의 지퍼를 내렸다.

"이런 차림으로 당신을 내보내다니 케빈은 정신이 나갔어."

박사는 타냐의 반항을 무시하고 억지로 점퍼를 입혔다. 그녀의 팔을 소매에 꿰어주고 지퍼를 올린 다음 조심스럽게 깃을 세워주는 내내 그는 어울리지 않게 다정한 미소를 짓고 있었다.

"당신이 병이라도 나면 큰일이오. 납치만으로도 중범죄인데 감기까지 걸리게 한다면 우리는 용서받지 못할 거요."

"절대로 용서 못 받죠."

타냐는 부드럽게 동의했다. 그녀의 시선은 라이커 박사에게 사로잡혀 있었다. 이 얼굴이 왜 이토록 호소력 있게 다가오는지는 모를 일이었다. 아마도 굵직굵직한 이목구비의 대담함 때문인가 보다. 어쩌면 속내를 알 수 없는 표정과 부조화를 이루는 강렬한 눈빛 때문인지도…… 아, 내가 지금 뭐 하는 거지? 그녀는 화들짝 머리를 작게 흔들어 잡생각을 털어버리고 그의 손길을 피했다.

"나를 놔주지 않겠다는 건가요, 지금?"

"놔줄 수 없다는 거요."

제러드는 정정하고 잠시 입을 다물었다.

"사실 당신의 안전이 문제되지 않는다 해도 놔주지 않았겠지만."

"지금까지 한 말과 틀리잖……."

"지금까지는 냉철한 이성의 소리였소."

성마른 초조함이 그의 얼굴에 떠올랐다 사라졌다.

"버츠는 총대를 메고 나선 것에 불과하오. 내가 당신을 찾아가는 건 시간 문제였으니까. 이번만은 버츠가 나를 제대로 읽었소."

어리둥절해하는 그녀를 가만히 응시하는 박사의 눈길이 부담스러웠다.

"… 난 당신에게 사로잡혔소."

타냐는 헉 하고 숨을 들이켰다. 열기의 파동이 퍼지는 가운데 힘이 빠지고 몇 시간 전 박사의 품에서 그랬듯 전신이 노곤해졌다. 그녀는 이 감각이 내 것일 리 없다고 격렬하게 부인했다. 이건 미약의 후유증이 틀림없어. 제러드 라이커 때문이 아냐.

"나와 자고 싶어요?"

애써 태연하게 물어 보았다.

라이커 박사의 입꼬리가 슬쩍 올라갔다.

"시도는 좋았지만 그런 두리뭉실한 표현은 이 경우에 들어맞지 않소. 우리는 이미 한 자리에서 잤잖소."

벨벳처럼 부드러운 목소리가 관능의 마술을 걸었다.

"난 당신에게 들어가고 싶소. 하나가 되어 몸을 움직일 때마다 당신이 내지르는 교성을 듣고 싶소. 나를 영원히 놔주지 않을 것처럼 세게 조이는 당신을 느끼고 싶소."

모직 스웨터 아래에서 젖꼭지가 단단해졌다. 불현듯 목이 타왔다. 그녀는 신경질적으로 입술을 축였다.

"정확한 표현, 아주 고마워요."

짜증스럽게도 목소리가 흔들려 나왔다.

"덕분에 사태가 바로 보이네요."

"과연 그럴까?"

제러드가 손을 내밀어 그녀의 날개 같은 눈썹을 스쳤다.

"그건 육체적인 면에 불과하오. 그뿐이라면 벌써 유혹에 넘어가 당신에게서 원하는 전부를 가졌겠지. 하지만 그게 전부가 아니오, 꼬마 파이퍼. 이건 당신을 향한 전면적인 집착이야."

타냐는 웃으려 했지만 숨막히는 소리만이 흘러나왔다.

"딱 한 번 만난 나에게 그런 감정을 품는 건 무리예요. 순간적인 열정이겠죠."

"나도 처음에는 그렇게 믿었소."

담담한 고백이었다.

"누군가에게 사로잡힐 수도 있다는 가능성은 불쾌했으니까. 그래서 이건 덧없는 열정이라고 생각했소. 당신과 몇 번 뒹구는 게 내가 원하는 전부라고 되뇌어 말했소."

그의 손끝이 다정함을 다하여 이제는 본격적으로 그녀의 눈썹을 세심하게 따라 그리기 시작했다.

"당신에 관한 모든 기사를 수집해 오라고 케빈에게 주문할 때는 호기심의 발로라고 나 자신을 설득했지. 비디오 테이프는 그저 당신의 예술성을 높이 샀기 때문에 원한 거였고. 웃기지 않소, 그런 씨알도 안 먹히는 변명들이?"

"기사 수집에 대한 소리는 처음 들어요."

그밖에 또 처음 깨달은 사실이라면, 눈썹을 만지는 행위도 강력한 애무가 될 수 있다는 것이다. 박사의 손길에는 성적인 의도가 결여되어 있었다. 그는 금방이라도 겁을 집어먹고 날아가 버릴 새의 깃털을 쓰다듬는 듯했다.

"하지만 그런 변명들조차 금세 바닥을 드러냈소."

박사는 그녀의 대꾸를 듣지 못한 사람처럼 뒷말을 이었다.

"오래지 않아 나는 당신의 전부를 알아야 할 필요에 몰렸소. 그래서 모든 자료를 분석하고 연구해 당신의 행동방식에 관한 목록까지 작성했소. 이 꼬마 요정 같은 얼굴 너머에 어떤 여자가 존재하는지 조각을 맞추어나간 거요. 그래도 성이 차지 않더군. 다음에는 이 샤또를 빠져나가 뉴욕으로 날아가기 시작했소, 당신을 직접 보기 위한 일념으로.”

그의 입술이 비틀렸다.

“그게 버츠의 신경을 더 곤두서게 했지.”

“말하고자 하는 결론이 뭐죠? 당신의 감정이 순간적인 욕망이 아니라면 대체 뭐라는 거예요?”

“나도 그걸 알았으면 좋겠소.”

묘하게 지친 표정이었다. 그리고 씁쓸달콤한 미소.

“확실하게 아는 건 하나뿐이오. 이게 곧 사라질 감정이 아니라는 것. 당신을 기꺼이 놔주는 건 아주 오랜 후가 될 것 같소.”

“안 돼요.”

타냐는 얼른 고개를 돌려 그의 애무를 피했다.

“날 억지로 이곳에 잡아둘 순 없어요.”

“일이 그렇게 정해진 눈치라 나도 대세에 따르는 수밖에 없소.”

제러드는 자조적으로 말한 후 손을 들어 그녀의 반박을 막았다.

“그렇다고 당신에게 어떤 압력을 가하겠다는 뜻은 아니오. 난 항상 강요보다는 설득이 유일하게 효과적인 권력 행사의 수단이라고 믿어 왔으니까.”

“신사적이기도 하셔라.”

타냐가 호되게 쏘아붙였다.

“그래서 나를 당신 침대에 뛰어들도록 <설득>하시겠다 이거군요.”

개구쟁이 소년처럼 씨익 웃자 그의 무겁게 가라앉아 있던 얼굴이 확 펴지면서 놀랍도록 따뜻해졌다. 하지만 그 미소는 조금씩 사라지고 진지한 결의가 자리잡았다.

“그래, 난 최선을 다해 설득할 거요. 불철주야 유혹하겠소. 아프도록 당신을 원하니까. 하지만 그 예쁜 몸이 탐나는 전부가 아냐. 다음 몇 주에 걸쳐 당신을 안팎으로 속속들이 알아낼 거요. 사고방식, 제일 좋아하는 음식, 어떤 기억과 경험들이 지금의 당신을 만들었는지에 대해 전부 다."
　박사가 돌연 이맛살을 찌푸렸다.
　"그 결과 당신에게 행운이 따를지 누가 알겠소? 내가 당신의 전부를
알면 집착이 사라져서 순순히 놔줄지도 모르지. 그건 우리 모두에게 다
행이 될 거요."
　"집착이 사라지지 않는다면?"
　"그때까지 당신이 내 곁에 있고 싶도록 만들겠소."
　타냐에게는 섬뜩하게 들리는 소리를 그는 차분하게 말했다.
　"당신의 육체는 나를 원하고 있소. 그런 신호들은 거짓으로 꾸며낼
수도 착각될 수도 없소. 난 거기에서부터 시작할 거요. 당신 스스로
내 곁에 남아 있고픈 마음이 들 때까지 멈추지 않겠소."
　잿빛 눈동자 깊은 곳에서 서글픔 같은 빛이 일렁거렸다.
　"내 매력이 부족해서 그게 실패하면 비장의 카드를 쓰지. 당신이
결코 거절하지 못할 제의를 하리다."
　"맙소사."
　그녀의 까만 눈이 불꽃을 내뿜었다.
　"내가 이딴 취급을 받고도 가만히 앉아서 당신의 유혹을 봐줄 것 같
아요? 나를 그렇게 호락호락하게 보다니 연구가 부족해도 한참 부족했
군요."
　"당신은 도전에 뒷걸음질치는 여자가 아닐 텐데?"
　박사는 가늘게 뜬 계산적인 시선을 그녀에게 못박은 채 자극적으로
도발했다.
　"성적인 교접만큼이나 은밀해질 내 유혹이 두렵소? 끈적끈적함이 도
사린 내 도전을 받아들여 정신적으로나 육체적으로 이와 손톱까지 동
원해 싸울 자신이 없는 거요? 그렇다면 내 연구가 정말 부족했군."
　타냐는 냉정한 자신감이 서린 그의 시선을 되돌리며 가느다란 전율
이 줄달음질치는 것을 느꼈다. 라이커 박사의 연구는 부족하지 않았다.
그가 방금 내던진 도전장을 집어들지 않기란 불가능했으니까. 솔직히

그와 동등하게 싸울 생각만으로도 아찔하리만치 흥분되었다. 아직 패배를 모르는 그녀에게 제러드 라이커는 가장 만만찮은 적수가 될 것이다. 하지만 무턱대고 응하기엔 아직 일렀다. 확인해야 될 게 남아있었다.

"그러니까……."

신중하게 말문을 뗐다.

"나를 순순히 놓아줄 뜻이 없는 거 맞죠?"

"맞소."

좋았어. 타냐의 속에서 만족감이라고 할 수 있는 감정이 치솟았다. 도전을 받아들일 결심을 거의 굳혔는데 박사가 물러섰다면 굉장히 실망했을 거야.

"결투의 무기는?"

제러드는 열렬함으로 반짝거리는 그녀의 얼굴을 살피며 노골적으로 즐거움을 드러내고 활짝 웃었다.

"유혹이오. 강요도 무력도 없는 순수한 유혹. 시간과 장소를 비롯한 그밖의 결투 조건은 당신에게 맡기지. 이만하면 공정하오?"

"공정한 것 이상이에요."

타냐는 고개까지 끄덕거려 강조했다.

"오늘의 이 관대함을 훗날 후회하게 될 거예요, 라이커 박사."

"그럴지도. 하지만 적을 무참하게 짓밟는 생각을 하면서 꼭 그렇게 희희낙락한 내색을 해야 되겠소? 항상 그런 식인가?"

"예. 그러나 꼭 당신을 짓밟는 생각 때문에 희희낙락한 건 아니에요. 난 어떤 환경에서든 도락을 찾거든요. 외부의 조건 때문에 언제까지고 부정적인 감정을 품는 것, 그게 진정한 패배니까."

그녀는 거의 정답다고 할 수 있는 미소를 그에게 던졌다.

"즐거운 여흥거리를 제공해 줘서 고마워요. 그 보답으로, 당신을 어떻게 박살낼지 들려드릴까요?"

"기다릴 수 없을 정도요."

"나의 최종병기는 탈출이 될 거예요."

차분하게 선언한 뒤 주위의 험준한 지세를 둘러보며 콧잔등에 주름을 잡았다.

"당신이 다른 환경을 골라주었으면 좋았을 텐데. 산은 벌써 겪어 봤어요."

"미안하게 됐소."

제러드는 엄숙하게 사과했지만 그의 입술이 미소로 실룩거렸다.

"그 점을 다음 번에는 염두에 두리다."

"그러세요."

타냐는 짓궂게 방긋거렸다.

"다음 기회가 생길 것 같지도 않지만. 나를 벗삼는 즐거움에 대해 이번에 생각이 바뀔 걸요."

"어떻게 내 생각을 바꾸어 놓을지 예를 들어주겠소?"

"글쎄……."

그녀는 짐짓 고개를 갸우뚱거렸다.

"당신, 아프도록 나를 원한다고 했죠? 그렇다면 성적인 자극을 가해 드리죠. 난 그런 수단의 공정성 여부를 평소 의심해 왔지만 이번에는 예외로 치고 당신을 갈망으로 끼무러치게 해드릴게요."

결의를 다하여 냉혹하게 선언했다.

"인생의 쓴맛을 보여주겠어요."

제러드의 눈에 감탄의 빛이 스치고 지나갔다. 그는 아주 부드럽게 말을 받았다.

"기대하리다, 꼬마 파이퍼. 하지만 이 무대의 안무가는 당신이 아니오. 내가 당신 뜻대로 춤추지 않을 수도 있소."

"그럼 더 짜릿한 무대가 되겠군요. 승리의 피날레는 한층 더 만족스러워지구요."

박사가 껄껄거리는 동안 그녀는 그의 얼굴에서 언뜻 자부심을 본 것 같았다. 그는 자리에서 일어나 손을 내밀었다.

"장미를 꺾으려면 가시에 찔리는 아픔은 감수해야지. 그 아픔으로 인해 당신은 나의 더한 기쁨이자 즐거움이 될 거요, 타냐 오를리노프."

다정한 몸짓으로 그녀의 허리에 팔을 두르고 이끌었다.

"안으로 들어가는 게 어떻소? 적에게 약점을 공개하는 건 약삭빠른 전술이 아니지만 추워서 엉덩이가 떨어져나갈 지경이오. 지난 몇 년을 카리브해의 섬에서 보냈더니 이곳의 가을 날씨가 장난이 아니군. 샤또로 돌아가서 뜨거운 커피나 마십시다."

타냐는 순순히 따라나섰다. 자작나무 숲을 가로질러 아기자기하게 꾸며진 정원들을 통과하는 그들 사이에 우호적인 침묵이 흘렀다. 하지만 샤또에 거진 도착해 박사가 갑자기 걸음을 멈추었다. 그녀가 의아해하며 고개를 들자 제러드 라이커의 험해진 얼굴이 눈에 들어왔다.

"타일러 윈들로."

박사가 버럭 내뱉었다.

"당신이 정말 그의 정부요?"

순간적으로 타냐는 깜짝 놀랐지만 그의 불온한 눈빛을 알아차리고 흡족함을 곱씹었다. 오호, 이 냉정한 과학도께서 질투를 하시는군. 점점 흥미진진해지는걸.

"그건 상상에 맡겨두겠어요."

새침한 대답에 그의 표정이 더 일그러지자 타냐는 부드럽게 덧붙였다.

"장미 가시를 잊지 마세요, 라이커 박사."

5

이튿날 타냐는 습관대로 여섯 시에 일어나 한바탕 몸풀기 체조를 한후 일곱 시경에는 샤워까지 마치고 짙은 색의 코듀로이 바지와 은은한복숭아 빛깔의 캐시미어 스웨터를 골라 입으며 콧노래를 흥얼거렸다.기분이 이례적으로 좋아서 놀랄 징도였다. 그 파라디어쩌고 하는 악물의 여파에서 완전히 회복해 평소의 생기를 되찾은 것이다.

사실 어제 오후에도 기분은 나쁘지 않았지만 라이커 박사가 도통 믿어 주질 않았다. 그는 서재에서 커피를 함께 마시기가 무섭게 타냐의등을 떠밀어 침실로 올려보냈으며 저녁식사도 그곳에서 먹게 했다. 거기에 대해 반대의사를 표명하자 박사는 누구 못지 않게 고집이 세다는걸 증명했다.

하지만 그건 어제 일이야. 타냐는 결의를 다졌다. 오늘도 자기 고집이 통할 거라고 생각한다면 박사의 오산이다. 그녀는 빈말로 선전포고를 한 게 아니었다. 전부 진심이었지. 그와 정정당당하게 싸울 것이며또 만반의 준비도 되어 있었다. 하지만 당장 전면공격에 나서겠다는 건아니었다. 무기를 앞으로 받들기 전에 전술상 적의 세력뿐 아니라 지형을 정찰하여 그들의 장단점을 파악하는 것, 그거야말로 백전백승의 보증수표이니까.

타냐는 침실을 벗어나 어제보다는 비교적 수월하게 주계단을 찾아냈고 그 작은 승리에 기운이 한층 고취되었다. 역시 지식과 낙천적인 태도가 최고야. 이 기막힌 상황에서도 그게 벌써 통하고 있잖아.

주계단의 발치에서 한 청년이 서성거리고 있었다. 떡 벌어진 어깨에 어두운 색조의 상의를 걸친 그는 어제 오후 서재로 커피를 가져왔던 남자와 동일인물이었다. 라이커 박사가 저 청년을 뭐라고 불렀더라? 아, 맞아, 조지였어.

활짝 웃으며 타냐가 쾌활하게 말을 붙였다.

"안녕, 조지? 우리는 아직 초면이라고 할 수 있으니까 내 소개부터 할게요. 난 타냐 오를리노프예요. 이곳에 잠시 머무르게 되었…… 참, 그건 벌써 알고 있겠군요. 나를 성 밖으로 나가지 못하게 하라는 말이 돌았을 테니까."

청년은 놀란 빛을 재빨리 거두고 예의를 차렸다.

"안녕히 주무셨습니까, 오를리노프 양. 저는 조지 브래디라고 합니다."

"만나서 반가워요, 조지. 난 금방 떠날 생각이지만 이곳에 머무는 동안에는 친하게 지내기로 해요. 서로 악감정은 품지 말자구요. 오케이?"

"오, 오케이."

조지는 쩔쩔매며 어찌할 바를 몰라하더니 가까스로 자신의 임무를 떠올렸다.

"아가씨가 내려오시면 모닝룸으로 모시라는 지시를 받았습니다. 맥커드 씨와 라이커 박사님께선 이미 식사를 마치셨습니다."

동트자마자 하루를 시작하는 사람은 그녀만이 아니었구나. 타냐는 속으로 혀를 찼다. 두 남자의 부지런함 때문에 벌써 계획에 차질이 생겼다. 케빈 맥커드와 아침을 먹으며 몇 가지 정보를 캐내고 싶었는데 그른 것이다.

"식사는 나중에 하겠어요."

타냐는 순발력 있게 계획을 수정했다.

"맥커드 씨는 지금 어디에 있죠? 그에게 부탁할 게 있어서요."

조지라는 청년이 층계참에 걸린 괘종시계를 건너다봤다.

"아침 이맘 때면 체육실이나 사우나실에 계시긴 하지만……."

"고마워요."

얼른 그의 말을 자르고 나서며 다시 한 번 아낌없이 함박웃음을 흩뿌렸다. 그녀는 일부러 수다를 떨었다.

"그쪽으로 가는 길 좀 가르쳐 주겠어요? 이 괴물딱지 같은 곳의 지도를 주면 더 좋구요. 어휴, 이렇게 넓은 곳은 처음인 거 있죠. 헤매다 볼일 다 보겠어요."

그는 잠깐 망설였지만 이내 어깨를 으쓱거리고 차근차근 방향을 일러주었을 뿐 아니라, 어디에 뭐가 있느냐는 그녀의 다른 질문에도 선선히 대답해 주었다.

넓은 체육실은 텅 비어 있었다. 망설임 없이 곧장 마루를 가로지르고 문을 넘자 유리 칸막이로 분리된 여러 개의 샤워부스들이 나왔다. 타냐는 넉넉한 양의 김과 수증기가 새어나오는 곳을 따라가 드디어 자작나무 문에 이르렀다. 여기가 사우나실이렷다? 아까 괜히 샤워했다고 속으로 투덜거리며 그녀는 옷가지를 훌훌 벗어버린 다음 문 옆의 선반에 차곡차곡 쌓인 큼지막한 수건들 가운데 하나로 몸을 감싸고 사우나실의 문을 벌컥 열어젖혔다.

"으악!"

케빈 맥커드가 기절초풍을 했다. 타냐를 보자마자 벤치에서 벌떡 일어나 앉은 그의 낯빛은 삶은 가재처럼 벌갰는데 그건 꼭 사우나실의 붉은 조명 때문만은 아닌 듯했다. 그리고 두 손으로 사타구니를 감싼 채 안절부절못하는 자세. 음, 알몸이 들키면 조신함을 찾게 되는건 여자에게만 국한된 본능이 아니었구나.

타냐는 웃음기가 물씬 묻어나는 목소리로 말문을 뗐다.

"방해해서 미안해요, 맥커드 씨. 심각한 대화 좀 할까 했는데 그 차림으로는 댁이 곤란한 것 같네요. 수건을 갖다드릴까요?"

"부탁합니다…… 제발."

그의 대답은 숨넘어가는 소리와 헐떡거림의 중간이라 더 웃겼다. 그녀는 입 속으로 키득거리며 밖에서 수건을 가져와 건넨 후 사우나실 중앙의 뜨거운 석탄통을 빙 돌아 벤치에 앉았다.

맥커드는 전광석화처럼 잽싸게 자리에서 일어나 수건을 허리에 둘렀다. 이어서 잔뜩 경계한 표정으로 슬금슬금 물러나 조심조심 벤치에 앉은 모양새. 그야말로 코미디 영화의 한 장면이었다.

"밖에서 기다리면 어디 덧나요? 심장마비를 일으킬 뻔했다구요."

"댁이 홀딱 벗고 있는 줄 알았어야 말이죠."

타냐는 방글거리며 천연덕스럽게 대꾸했다.

"하지만 걱정할 거 없어요. 난 하나도 부끄럽지 않으니까."

"쳇. 그거 아주 잘됐군요."

그는 볼멘소리로 투덜거렸다.

"항상 이렇게 급살이 나도록 서두릅니까?"

"대부분은. 마음에 걸리는 일은 그 즉시 처리하고 다음으로 넘어가는 게 좋잖아요."

뒷벽에 편안히 기대면서 슬쩍 질문을 던졌다.

"그런데 라이커 박사는 어디 있죠?"

케빈 맥커드가 어깨를 으쓱거렸다.

"장원 주변을 또 빙글빙글 돌고 있겠지요. 그 친구는 산책을 많이 해요. 그게 생각을 가다듬는 데 도움이 된다나 뭐라나. 헌데 내 사생활을 침입한 이유가 그 때문이에요? 제러드를 찾겠다고 나를 수줍은 열세 살 나이로 되돌아가게 했다는 거예요?"

"어머, 그러셨어요?"

까만 눈을 빛내며 타냐는 깔깔거렸다.

"내 생각에 댁은 13살 소년보다 훨씬 성숙하게 반응했다고 봐요. 그 발그레한 낯빛도 빨강머리와 아주 잘 어울리고요."

순간적으로 맥커드는 머리에 열이 올랐는지 붉으락푸르락거렸지만 곧이어 미소를 지으며 고개를 설레설레 저었다.

"진짜 보통내기가 아니군요. 아가씨 같은 사람은 처음입니다."

"당연하죠, 나 같은 사람은 이 세상에 다시 없으니까. 보통내기에서 벗어나기 위해 무진장 노력한 결과예요."

태연하게 받아쳐 그를 소리내 웃게 만들어 놓고 말을 이었다.

"그리고 라이커 박사는 됐어요. 내가 지금 이야기를 나누고 싶은 상대는 바로 댁이에요."

"이거 무진장 긴장되는데요. 쿠바의 독재자 카스트로와 우리 대통령의 밀담을 주선하라는 상원의원의 지시를 받았던 이래 최고로 진땀나는 순간이에요."

"긴장할 거 하나도 없어요. 내 질문에 대답만 하면 돼요."

케빈 맥커드는 단박에 얼굴을 굳히며 경계 태세로 돌아섰다.

"제러드의 프로젝트에 대해서는 묻지 마십시오. 난 말할 입장이 못 됩니다, 오를리노프 양."

"타냐라고 불러주세요, 케빈."

그녀는 가벼운 어조를 잃지 않고 콩알거렸다.

"그렇게 꼬박꼬박 오를리노프 양이라고 격식을 차리면 내가 어떻게 당신을 들들 볶아 정보를 쥐어짤 수 있겠어요? 그리고 라이커 박사의 프로젝트에는 관심 없어요. 알아봤자 내 상황에 하등의 보탬도 안 되니까."

그는 눈에 띄게 긴장을 풀고 느긋하게 벽에 기대앉았다.

"귀가 번쩍 뜨이는 소식이군요. 아가씨가 마음만 먹으면 악착같기로는 우리의 친구 버츠와 막상막하리란 감이 무럭무럭 들던 참이었거든요. 자, 어서 들들 볶아 정보를 쥐어짜 보세요, 타냐. 나 자신을 당신의 처분에 맡기렵니다."

"좋아요. 그럼, 제러드 라이커에 대해 얼마나 알고 있죠?"

"남들이 아는 정도."

케빈은 신중하게 천천히 대답했다.

"그 친구의 배경조사 자료를 훑어봤어요. 정확하게 뭘 알고 싶은 겁니까?"

"전부 다요."

무뚝뚝하다 싶을 만큼 똑 부러지는 대답이었다.

"박사의 고향과 가족관계부터 시작하세요."

"제러드는 웨스트버지니아의 작은 마을에서 태어났습니다. 광부였던 부친을 열여섯 살 때 진폐증으로 여의었어요. 모친은 그 육 년 전에 그와 어린 딸 리타를 떼어놓고 가출한 후 소식을 완전히 끊었죠. 여동생 리타도 아버지의 뒤를 따라 곧 목숨을 잃었습니다."

"그렇다면…… 라이커 박사는 천애고아나 다름없군요. 열여섯 살 때부터 혼자 힘으로 살아야 했을 테구요. 그런 사람이 무슨 수로 공부해서 박사 학위를 땄죠? 게다가 자신이 꽤 부자라고 밝히던데 그 돈은 어떻게 벌었을까요?"

"제러드 라이커라는 사람을 조금이라도 알면 그런 질문은 하지 않을 겁니다. 집중력이 초인적으로 강한 친구거든요. 뭔가에 뜻을 세우면 절대로 한눈 팔지 않아요. 아마 어느 날 갑자기 부자가 되겠다고 결심하고 그 목표를 향해 무섭게 매진했겠죠."

그는 불만스럽게 빤히 응시하는 타냐의 시선을 알아차리고 피식 웃었다.

"좀더 자세히 알고 싶어요?"

"아주 자세히."

그녀가 힘주어 강조하자 케빈은 어깨를 으쓱거렸다.

"제러드는 진짜 천재예요. 그의 IQ는 측정이 불가능할 뿐더러 기억력도 막강합니다. 하지만 독창적인 사고능력에 비하면 그건 아무것도 아니에요. 어떤 난제를 던져줘도 완전히 새로운 관점에서 그 해결법을 찾아내 버리죠. 그런 친구를 세상이 가만 놔뒀겠어요? 유수의 대학에서 장학금을 내걸고 서로 모셔가려고 아우성을 쳤죠. 심지어는 그리스의 로도스 섬에서도 유학 제의를 해왔어요."

그는 눈치를 살폈다.

"더 읊을까요?"

"계속하세요."

"박사 학위라면 의학을 포함해서 이루 열거할 수 없이 많이 받았지만 주 전공은 화학입니다. 베트남에서 삼 년을 보냈는데 그 시기에 대해서는 본인이 언급을 꺼려요. 그리고 돈 문제라면 이 년 가량 거대 제약회사에서 근무한 다음 필립 바틀렛과 손잡고 창업했죠. 그러다 몇 년 전에 회사 지분을 팔고 종적을 감추어선 어떤 독자적인 연구를 한 것으로 추정돼요. 현재 나이는 서른여덟, 체스에는 무취미, 가라데의 엄청난 고수라는 것으로 이야기 끝! 이제 만족해요?"

"아뇨. 여자 관계는 어떻게 되죠?"

케빈이 방어적으로 꽁무니를 뺐다.

"그 주제는 프로젝트와 같은 범위, 즉 금지된 화제에 속하지 않을까 싶군요. 제러드가 좋아하지 않을 겁니다."

"넌센스 같은 소리! 난 박사의 정부가 아니에요. 설령 그렇다 해도 질투심에 사로잡혀 바가지 긁진 않는다구요. 난 그저 순수한 차원에서 정보를 원하는 것뿐이에요."

좀더 정확하게 말하자면 정보라는 이름의 실탄이지.

하지만 경계심에 찬 케빈의 표정은 풀어지지 않았다.

"에……, 제러드는 결혼 경력은 없지만 성적으로 왕성한 활동력을 자랑해 왔고……, 음, 금발을 선호하는 것 같더군요. 자, 이것으로 우리의 짧은 질의문답을 마치겠습니다."

타냐는 케빈 맥커드를 다시 봤다. 푸른 눈에 어린 강철 같은 결의와 일자로 꾹 다물어진 입매. 이 남자가 허허실실 매력만으로 잘 나가는 상원의원의 측근이 된 건 아니구나. 그렇다면 우회 작전을 펴는 편이 현명하다.

"오케이, 제러드 라이커에 대한 질의문답은 이 정도로 끝내요."

깔끔하게 동의하고 나섰다.

“이제 당신에 관한 차례예요.”

그가 웃음을 터뜨렸다.

“맙소사, 포기라는 단어를 아예 모르는군요. 제러드가 슬슬 불쌍해지는데.”

타냐의 첫 반응은 장난꾸러기 요정 같은 미소였다. 그녀는 방긋거리며 말문을 열었다.

“맘껏 불쌍해하세요. 그러나 라이커 박사와 당신은 입장이 달라요. 내가 댁에게 어떤 위협을 가할 일은 거의 없을 테니까 순순히 신상명세를 털어놔도 무방해요.”

“여기에서 핵심어는 <거의>죠.”

케빈은 유감스레 한숨을 푹 내리쉬었다.

“나체의 남자를 들들 볶아 정보까지 벗겨내는 여자보다 더한 위협은 없다구요. 나에 대해 뭘 알고 싶다는 겁니까?”

질문을 던져놓고 재빨리 손을 들어 그녀의 입을 막았다.

“아, 됐어요. 보나마나 다 알고 싶겠죠.”

“정확해요.”

“제러드에 비하면 내 약력은 짧고 수수해요. 지루하기 짝이 없는 중산계급 출신, 캘리포니아에서 성장, 캘리포니아 대학 졸업, 평화봉사단에서 이 년간 활동. 그리고 오 년 전에 워싱턴으로 터를 옮겨 이런저런 일을 거친 후 코벳 상원의원의 진영에 몸담았습니다. 그게 벌써 이 년 전 일이에요.”

그는 인상을 잔뜩 써 보였다.

“성적 기호만은 절대로 밝히지 않으렵니다.”

“두고 볼까요?”

케빈의 표정이 갑자기 심각해졌다.

“당신이 뭘 꾀하고자 하는지는 알고 있습니다. 또한 그런 노력에 경의를 표하는 바예요. 그러나 포기하십시오, 탈출에 도움이 될 정보 따윈 내 입에서 절대 나오지 않을 테니까. 난 언론 종사자를 포함한 전문가들에게 다년간 시달리며 경험을 쌓은 몸이거든요.”

그리고는 씩 웃어 보였다.

“내가 지금까지 당신 질문에 응해 준 이유는 하나뿐이에요. 우리에 대해 좀 알면 이곳 생활이 한결 편해질 것 같아서죠. 난데없이 납치당해 생판 모르는 사람들에게 둘러싸이면 겁도 날 테니까요.”

타냐는 케빈 맥커드의 배려에 마음이 훈훈해졌다. 이 남자, 터프하긴 해도 상당히 호감 가는 면이 많은걸.

“내 걱정은 마세요, 케빈. 난 굉장히 적응력이 강해요.”

“그건 이미 알아봤어요. 하지만 누구에게나 약간의 도움은 필요하기 마련이죠. 내 힘이 닿는껏 최선을 다해 도와드리겠습니다.”

“이곳에 오래 있을 생각은 없지만 당신의 제안은 받아들이기로 하겠어요. 말이 나온 김에, 라이커 박사가 지시했던 의상 장만은 그냥 실행하세요. 옷은 많을 수록 좋으니까. 그리고 체육실에 거울과 바도 설치해 주시구요.”

그녀는 입술을 잡아늘여 당차게 선언했다.

“아무리 이곳 체류 기간이 짧다 해도 연습을 빼먹어 근육이 풀어지게 놔둘 생각은 추호도 없어요.”

“오늘 당장 시행하죠.”

케빈이 짐짓 쓰게 입맛을 다셨다.

“나 개인적으로는 거울 앞에서 운동하고 싶지 않지만. 이런 몸집의 남자는 임신한 황소만큼이나 매력적이라서요.”

타냐는 눈웃음을 치며 그를 위아래로 훑어보았다.

“그 무슨 겸손의 말씀을! 수줍어하는 타조만큼의 매력은 돼요.”

“으윽, 인생의 절정기에 이른 남자의 자존심을 팍팍 꺾어놓다니! 당신의 기습방문에 놀라서 그렇지, 난 평소에 당당한 위엄과 임기응변의 재치까지 풍긴다구요.”

“당당한 위엄과 임기응변의 재치라. 지금 내 몸에서 팍팍 풍기는 것과는 거리가 멀군요.”

그녀는 벤치에서 일어났다.

"난 땀이 나서 이만 실례하겠어요. 협조, 고마워요. 큰 도움이 됐어요."

"이런 도움이라면 언제든지요."

케빈이 정중하게 받아넘겼다.

"나도 당신 덕분에 좋은 경험을 했습니다, 타냐. 하지만 다음 번에는 사전 경고를 슬쩍 해주면 아주 고맙겠어요."

"명심하죠."

문을 열자 확 몰려든 서늘한 공기를 가슴 깊이 들이키며 그녀는 밖으로 나가 사우나실의 문을 등뒤로 단단히 닫았다.

타냐는 반시간만에 샤워와 옷 입기를 마치고 다음 임무에 착수했다. 이곳 거주인들 가운데 가장 중요한 두 명에 대해 알 만큼 알았으니 이제는 물리적인 환경에 관한 정보를 수집해야 할 단계가 된 것이다. 미로처럼 복잡한 복도에서 한참을 헤맸던 어제의 경험으로 미루어 이 임무가 간단하리라곤 예상하지 않았지만 직접 부딪치자 점점 더 난감해졌다.

확실히 샤또는 웅장했다. 성의 중심건물은 그 구조가 비교적 단순하고 좌우대칭의 균형이 잘 잡혀 있기 때문에 규모 자체는 그닥 문제가 되지 않았으나, 다양한 시대의 유행에 맞추어 덧붙여진 들쑥날쑥한 부속건물들이 혼란을 야기했다.

그녀의 침실이 배치된 쪽은 다른 사람들의 처소와 뚝 떨어진 부속관으로서 그 대부분이 사용되지 않았으며 아래층은 예전에 각종 보관실과 하인들 방으로 쓰인 듯했지만 지금은 텅텅 비어 있었다.

반면, 중심건물의 일층은 사정이 달랐다. 여기는 사람의 손길이 세심하게 닿아 있을 뿐더러 박물관급의 집기들로 멋지게 꾸며진 터였다. 홀 천장에서 역삼각형을 그리며 화려하게 달린 샹들리에부터 정식 식당의 벽을 장식한 17세기 풍의 태피스트리에 이르기까지 구 시대의 영화와 우아함이 구석구석에서 배어 나왔다.

여기저기를 기웃거리다 기억에 있는 방문을 살짝 열어보자 역시 서재로 판명되었다. 어제 라이커 박사와 커피를 마신 곳. 하지만 전날과 달리 오늘의 서재는 가죽장정본 도서들이 책장에 질서정연하게 꽂힌 채 한적함을 풍기는 가운데 19세기 풍의 시계만이 벽난로 위의 선반에서 유난히 또렷하게 똑딱거렸다. 저리 신경에 거슬리는 소음 속에서 어떻게 책에 집중하란 거야? 타냐는 속으로 구시렁거리며 독서는 자신의 방에서 하리라 결정했다.

남은 탐사 대상은 샤또의 외부였다. 그녀는 안뜰과 다양한 양식으로 꾸며진 정원들을 주도면밀하게 살폈다. 어제의 첫인상으로는 끝없이 막막한 넓이였는데 오늘 보니 그만큼 광활하진 않았다. 이곳 산정상의 삼면은 천길만길 깎아지는 듯한 절벽이었고 유일한 길이라면 성의 정문에서 이어지다가 한 굽이를 돌아 시야에서 사라져버린 꼬불꼬불한 도로가 전부였다. 만일 성의 보안에 대한 케빈 맥커드의 경고가 옳다면 산길의 어귀마다 경비원들이 배치되었으리라. 하지만 탈출의 초점을 굳이 저 길에 맞출 필요는 없으리라. 샤또의 후원에 헬리콥터용 이착륙대가 조성되어 있으니까. 따라서 철통 같은 보안조치를 뚫고 육로 탈출을 시도해 보고 그게 실패하면 항공 탈출을 차선책으로 삼으면 된다.

"옷을 든든하게 입는 법이 없군."

타냐는 거대한 구렁이처럼 길고 구불구불한 산길을 골똘히 연구하던 무아상태에서 흠칫 깨어났다. 라이커 박사가 겨우 몇 발자국 너머에서 음성과 똑같이 잔뜩 찌푸린 얼굴을 하고 있었다.

"박사한테 옷 벗어 달라는 소리는 안 할 테니 걱정 마시죠."

톡 쏘아붙이며 샤또를 향해 돌아섰다.

"난 아침을 먹으러 돌아가려던 참이에요."

"식욕이 날 만큼 운동을 했다는 소리요?"

라이커 박사가 그녀를 따라잡아 걸음의 보조를 맞추었다.

"저 길을 바라보던 당신의 머릿속에서 무슨 생각이 돌아가고 있는지 윙윙 소리마저 들리더군. 관둬요, 타냐, 탈출은 불가능하오."

"길은 항상 있어요. 문제는 그 길이 어디에 있는지 찾는 거죠."

그녀는 콧등에 주름을 잡았다.

"이곳의 보안조치에 대한 당신이나 케빈의 경고는 과장이 아니더군요. 산책도 아니라 여기까지 겨우 몇 걸음 떼는 동안 경비원들을 줄잡아 여덟 명쯤 만났어요. 다들 올림픽 국가대표 역도선수 출신인가요? 그렇게 엄청난 덩치들이 관목 사이를 민첩하다 못해 우아하게 누비는 광경은 볼 만하더군요."

"당신이 경계해야 할 대상은 그들이 아니오. 덩치로 위압감을 주지 못하는 치들은 화력에 의지하는 경향이 있거든."

"화력?"

타냐가 반문했다. 그녀의 눈이 충격으로 휘둥그레졌지만 이내 정상적인 크기로 돌아왔다. 놀랄 것도 없는 정보였다. 이곳의 경비원들은 당연히 무기를 소지하고 타인의 고통과 죽음을 유발하겠지. 수십만 달러를 뇌물로 턱턱 내놓거나 약물 사용 및 납치를 아무렇지 않게 행하는 자들이 아닌가.

라이커 박사가 재빨리 그녀의 팔에 손을 얹고 다독거렸다.

"두려워하지 말아요. 당신이 총구와 마주치는 일은 없소. 가능한 한 부드럽게 당신을 대하라고 이미 지시를 내려두었소."

"누가 두려워한다는 거예요?"

새침하게 잡아뗐다.

"당신의 보호 따윈 원하지도, 필요하지도 않아요. 내 한 몸은 얼마든지 돌볼 수 있다구요."

"물론이오. 눈보라 치는 산을 넘은 여자에게 스스로를 돌보지 못한다는 의심은 가당치 않지. 당신의 생존능력은 매우 우수하오."

그녀는 키득거렸다.

"눈보라가 치긴 했지만 그곳은 솔직히 작은 언덕에 불과했어요. 거기에 비하면 이곳은 진짜 본격적인 산이죠. 하지만 사람 잘 봤어요, 라이커 박사. 난 생존능력에 있어선 최고예요."

그는 타냐를 위해 현관문을 열어주고 옆으로 비켜섰다.

"포기해요. 경비원들이 당신을 해칠까 우려되는 것보다, 당신 자신이 어리석은 짓을 저질러 자해할까 봐 더 걱정이오."

"예를 들어 절벽에서 추락하거나 할 것 같은? 공연한 걱정이에요. 우리 발레리나들은 발딛기를 확실히 한다구요."

그녀는 고개를 번쩍 치켜세워 박사를 코 아래로 봤다.

"게다가 난 어리석은 짓은 해본 적이 없답니다. 바보짓은 하지 말자는 게 내 신조예요. 그런 사람으로서 단언하건대, 납치야말로 가장 어리석은 짓에 속해요."

"난 그 일과 상관없다고 했잖……."

라이커 박사는 어깨를 으쓱거리며 체념했다.

"당신이 하룻밤 사이에 누그러졌을 리 없지. 수면의 달콤한 회의*를 기대했던 내가 잘못이야."

"잘못까진 아니지만 박사의 기대가 너무 컸군요. 내 마음은 어젯밤과 한치도 다름이 없어요."

타냐는 홀을 가로지르며 어깨 너머로 박사에게 시선을 던졌다.

"그런데 좋아하는 색이 뭐예요?"

"응?"

"무슨 색을 제일 좋아하냐구요. 당신에게도 그런 기호쯤은 있을 거 아니에요, 다들 그러니까."

박사는 미간을 찌푸렸다.

"한 번도 생각해 본 적이 없지만 글쎄…… 밝은 계통을 좋아하는 것 같소. 왜 그런 걸 묻지?"

"그냥."

그녀는 발걸음도 가볍게 모닝룸으로 향했다.

"그냥 궁금해서요."

---

* Sweet council of sleep…. 트로이 전쟁을 배경으로 한 셰익스피어의 1602년 작품 <트로일로스와 크레시다> 2막 3장 중에서.

이건 단순히 밝은 색이 아니라 요란벅쩍한 오렌지색이었으며, 특히 이 오렌지색 드레스는 타냐의 평생에서 가장 유혹적인 무대 의상이었다. 시폰이 몸 위에서 흩날리는 거대한 꽃잎인양 걸음을 옮길 때마다, 숨을 쉴 때마다 살랑거렸다.

타냐는 아래를 내려다보며 유감을 금치 못했다. 목선이 주제를 망각하고 거의 허리까지 파였지만 같은 색의 굵은 장식 허리띠 덕분에 가까스로 반 나신을 모면한 것이다. 숨만 조금 크게 쉬어도 가슴뿐 아니라 온몸이 옷 밖으로 튀어나갈 판이었다. 머리는 평소처럼 땋아내려 별 모양의 다이아몬드 브로치를 달았다. 오늘 오후에 각양각색의 새 옷가지들이 구비되었지만 장식품은 일체 보이지 않았다. 그녀는 장난기로 눈을 빛내며 피식 웃었다. 여자를 유혹할 때 보석 세례는 빠지지 않는다던데 라이커 박사는 그것도 모르나 봐. 그 사실을 일깨워주리라 다짐하며 그녀는 침실에서 주계단으로 종종걸음을 옮겼다.

크리스털 샹들리에가 늦은 시간의 어둠을 은은하게 밝히고 있었다. 두서너 개의 계단을 마저 가로질러 넓은 홀로 내려설 때는 마치 옛날 옛적의 과거로 빨려 들어가 동화 속의 무도회로 향하는 기분이었다, 라이커 박사와 랑데부하러 가는 게 아니라.

아, 랑데부란 표현은 적절치 않다. 그 말에는 만남을 갖는 당사자들 사이에 어떤 약속이 오갔거나 쌍방의 동의가 이루어졌음을 내포하고 있지만 이 만남은 순전히 그녀 혼자만의 결정에 따른 것이기 때문이다.

저녁식사를 하며 케빈에게 은근슬쩍 떠본 결과, 라이커 박사는 밤 늦게까지 서재에 틀어박혀 베개 대용으로 쓰면 딱 좋을 두꺼운 책들을 읽는 것으로 밝혀졌다. 그래서 타냐는 식사를 마친 후 조신하게 침실로 올라가 꽃단장을 하고 때를 기다렸다. 자정이 되기를, 그래서 박사가 확실하게 혼자 있을 때를. 저간 사정이 이러므로 이건 '랑데부'가 결코 아니다. 차라리 '라이커 박사 스토킹하기'라는 묘사가 한층 정확하다.

타냐는 서재의 크림색 문 앞에서 호흡을 가다듬었다. 생전 처음 해

보는 행동의 개시를 앞두고 불안감으로 가슴이 조여들었다. 하지만 그녀는 자기 의심의 작은 싹을 결연하게 짓밟았다. 안달하지 말자. 이건 그저 또 하나의 역할에 불과해. 라이커 박사와 대적하는 전쟁의 신호탄. 타냐는 문을 확 열고 당당하게 입장해 등뒤로 서재 문을 닫았지만 손은 문고리에서 떼지 않았다. 그 상태로 작은 가슴을 앞으로 쭉 내밀고 고개를 바짝 치켜올린 채 관객의 반응을 기다렸다.

유일한 관객인 라이커 박사는 방 저편에 있었다. 앤 여왕 시대의 의자에 편히 앉아 두 발을 의자와 한 조인 받침대에 올려놓고 독서에 열중한 터였다. 여전히 저녁식사 때의 그 어두운 코듀로이 바지와 암녹색의 터틀넥 스웨터 차림이었다. 이제 책에서 고개를 들어 그녀를 대하는 표정은…… 놀람이 아니라 이상하게도 고즈넉한 관조에 가까웠다.

"아름답구려. 하지만 아쉽군. 당신이 미리 귀띔을 해주었더라면 나도 어울리는 의상으로 갈아입었을 텐데."

"케빈과 비슷한 말을 하시네요. 그 사람도 나의 깜짝 등장을 좋아하지 않더라구요."

그가 미소를 지었다.

"사우나실의 일화라면 이미 들었소. 케빈이 꽤나 약올라 하더군. 그러나……"

웃음기가 사라진 얼굴로 말을 한 박자 쉬었다.

"그러나 이 깜짝 등장은, 미안하지만, 실패요. 왜냐하면 난 이런 묘수를 예측했거든. 전쟁의 신호탄이 이 정도로 강력하고 전면적으로 터질 줄은 몰랐지만."

"내 등장을 기다리고 있었다는 뜻이에요?"

라이커 박사는 어깨를 으쓱거렸다.

"지난 이 주 동안 비디오 테이프를 연구했다고 했잖소. 아까 저녁 식사 때 당신의 안면근육이 흥분을 억누르려는 노력으로 미묘하게 떨리더군."

그는 빙긋 웃었다.

"무대에서 전혀 예상치 못한 순간에 도약하기 직전의 당신 표정이 그랬소. 그렇게 가볍게 날아올라 공중에 한참 떠 있는 기교를 정확하게 뭐라고 하오?"

타냐는 사뿐사뿐 그에게 다가갔다.

"발롱이라고 해요. 하지만 기교라기보다 선천적인 능력이죠. 무용수가 발롱을 지녔느냐 못 지녔느냐에 따라 매끄럽고도 민첩한 도약과 착지가 결정돼요."

박사의 앞에서 걸음을 멈추자 드레스의 시폰 자락이 요동쳤다.

"이 색상이 당신의 취향에 맞아요?"

그는 오렌지색 드레스의 목선에 시선을 못박고서 천천히 대답했다.

"딱 맞소. 내 취향에 맞는 것 이상이야. 저녁식사 때의 바지에 스웨터 차림과는 분위기가 완전히 다르군."

"이렇게 입고 저녁을 먹을까 말까 고민해 봤지만 미리 김이 빠질 것 같았어요. 이런 차림은 우리 둘이 있을 때가 당신에게 더 큰 효과를 미칠 테니까."

"그게 바로 이 옷차림의 목적이겠지."

"물론이에요."

타냐는 목에서 울리는 허스키한 웃음을 일부러 곁들였다.

"샤또의 보안 상태로는 탈출이 당초의 생각보다 지연될 듯해서 제2안을 발동하기로 했죠."

눈 깜짝할 사이에 박사의 무릎에 올라앉자 급한 숨소리와 함께 그의 온몸이 딱딱하게 굳어지는 게 느껴졌다.

"나에게 키스하고 싶지 않으세요, 라이커 박사님?"

"… 또 장미 가시 전술인가?"

"눈치도 빠르셔라."

흡사 몸을 내맡기는 듯한 자세였지만 실은 단련된 균형감각으로 닿을락말락 감질나는 거리를 유지하며 입술만 그의 살에 대고 사알짝 턱선을 따라 그렸다.

"이 향수 냄새, 어때요? 괜찮지 않아요? 이름은 기억나지 않지만 왠지 유혹적인 향 같아서 뿌려봤는데."

"대단히 유혹적이오."

그의 어깨에 대고 뺨을 문지르는 그녀에게서 문득문득 꽃내음이 아련하게 피어올랐다. 지상의 어떤 향수보다도 자극적인 냄새. 제러드 라이커는 순간 머리가 핑 도는 아찔함으로 눈을 질끈 감았다가 떴다. 진짜 고양이처럼 나긋나긋하게 파고드는 그녀의 감촉에 그는 최선을 다해 담담한 표정을 지켰지만 흥분한 육체의 증거까지 감출 순 없었다.

그 반응에 타냐는 싸악 웃었다. 의기양양한 미소였다. 그녀는 박사의 목에 팔을 걸고 입술을 맞추었다. 가벼운 키스, 장난기 어린 키스, 향수내처럼 감질나는 키스였다.

제러드는 저도 모르게 입술을 벌렸다. 포옹에 힘을 넣으며 게걸스레 그녀에게 매달린 순간…….

타냐가 발딱 일어났다.

"협정위반이에요, 라이커 박사. 지금 피리를 부는 쪽은 나라구요. 결투의 조건은 나에게 일임하기로 했잖아요. 기억나죠?"

그의 눈이 가늘어졌다.

"기억나오. 그럼 당신이 정한 결투의 조건이 뭔지 설명해 주겠소? 아니면 그것도 내가 눈치코치 실력을 발휘해서 스스로 알아내야 하는 건가?"

"기꺼이 설명해 드리죠."

이루 형용할 수 없이 달콤한 미소가 그녀의 얼굴에 떠올랐다.

"<난 자극한다, 당신은 반응한다> 그게 전부예요."

허리를 숙여 서로의 얼굴을 바짝 붙이고는 혀끝으로 박사의 아랫입술을 희롱했다.

"당신은 반응만 해야 해요. 움직여서도, 나를 만져서도, 심지어는 키스하려 해서도 안 돼요. 내 허락이 떨어지기 전에는 말이에요. 이만하면 상당한 도전욕을 불러일으킬 만한 결투 조건이죠?"

"나중에 당신을 차지하는 보람도 상당하겠어."

제러드는 살랑살랑 의자 뒤로 돌아가 그의 등과 어깨를 어루만지는 그녀를 향해 씁쓸한 시선을 던졌다.

"그 보람을 위해서라면 스페인 종교재판의 고문도 견디어 주지."

"역시 극기력이 강한 남자답군요."

봉긋한 젖가슴을 그의 팔뚝에 대고 부비적거리며 그녀는 거칠어진 숨소리를 만끽했다.

"눈이 달린 사람이라면 박사님이 얼마나 초연하고 냉정한지 알아볼 수 있을 거예요. 이따위 유혹에 저항하는 건 문제도 안 되겠죠."

"나를 지나치게 과대평가하는구려. 당신의 유혹은 시시각각 엄청나게 심각한 문제가 되어가고 있소."

가르랑대는 웃음소리와 그의 귓전을 데우는 따뜻한 숨결.

"저런저런. 이렇게 자꾸 약점을 선선히 인정하면 곤란해요, 라이커 박사님. 그럼 승리의 기쁨이 줄어든다구요."

그녀의 손이 주르르 흘러내려…… 스웨터를 당기기 시작했다.

"이제 당신을 한번 만져볼까요? 가만히, 아주 가만히 계셔야 해요. 그럴 수 있죠?"

근육이 딴딴하게 수축된 복부를 작은 두 손이 정밀하게 탐사하고는 가슴으로 기어올라가 체모를 가지고 장난쳤다.

"어머, 쿵쾅거리는 이 심장 고동! 내 손바닥을 때릴 듯이 세차요. 정말 이 정도로 흥분한 거예요?"

제러드는 대답하지 않았다. 하지만 상기된 얼굴과 욕망을 통제하려는 노력으로 굳어진 온몸이 이미 대답이었다.

타냐의 입가에 회심의 미소가 어렸다. 납작한 유두를 슬쩍 건드리고 살짝 잡아당기자 박사의 심장이 한층 격하게 뛰었다. 그리고 그의 척추를 타고 흐르는 전율. 이번에는 입술을 희롱해 보았다. 아주 약간의 압력에도 그의 입술이 스르르 벌어지자 타냐는 얼른 고개를 뒤로 빼고 박사를 말끄러미 응시했다. 커다란 손의 관절이 하얗게 도드라지고 팔뚝의 근육이 불끈거리도록 의자를 부여잡고 있는 그.

“잘하고 있어요, 라이커 박사. 나를 만지면 안 돼요. 그걸 어기면 당신이 지는 거예요.”

타냐는 다시 고개를 옆으로 기울여 입술을 맞추었다. 어제 그에게 배운 관능적인 혀놀림을 총동원한 느릿느릿한 키스였지만 폭력적이리만치 갑자기 끝나버렸다. 그녀는 그의 가슴에서 손도 떼고 거칠게 스웨터를 잡아내렸다. 이어 옆으로 완전히 물러서 승리감으로 눈을 반짝거리며 그를 내려다봤다.

“어차피 당신의 패배는 시간문제지만.”

박사의 관자놀이에선 맥박이 현저하게 펄떡거렸다. 그러나 목소리만은 차분했다.

“오늘밤의 고문은 이것으로 끝이오?”

그녀는 가빠진 호흡을 남몰래 조절하면서 고개를 주억거렸다.

“고맙소, 타냐. 이토록 가볍게 끝내 줘서.”

“감사인사는 됐어요. 이건 단지 시작에 불과하니까. 일종의 몸풀기. 다음을 기대하세요.”

빙그르 돌아서 딴청을 피웠지만 속으로는 드레스의 소재에 유감을 금치 못하는 중이었다. 오똑 일어선 젖꼭지의 모양새가 얄팍한 시폰 위로 적나라하게 드러났기 때문이다. 타냐는 열띤 숨을 돌리고 어깨 너머로 방긋 웃어 보였다.

“내 실력이 어땠는지 사후 평가를 해보세요. 아플 만큼 흥분되었나요?”

“터질 만큼 아프다면 만족하겠소, 꼬마 파이퍼? 당신의 피리 연주는 정말이지 악랄해.”

“앞으로는 더 악랄해질 거예요.”

타냐는 장담했다.

“지금도 늦지 않았으니 나를 뉴욕으로 돌려보내 주세요.”

“당신이 주는 건 뭐든 감사히 받을 자신이 있소, 온몸이 갈가리 찢기는 한이 있어도.”

“과신은 금물이에요.”

질색하는 어감이 희미하게 묻어나는 반박이었다. 박사를 좌절감어린 흥분 상태로 몰아넣긴 했지만 깨끗한 한판승이라고 하기엔 미진했던 것이다. 라이커 박사의 의지력은 상상외로 강했다.

"그 자신감은 일주일도 못 갈 걸요."

"속단 또한 금물이오."

흔들림 없는 박사의 시선에 그녀는 좀 심란해졌다.

"당신 덕분에 생각 외로 흥미진진한 시간이 전개될 것 같구려, 타냐 오를리노프."

"아, 물론이에요. 난 흥미진진한 시간을 보낼 결심이니까요. 하지만 당신에게도 그런 시간이 될까요? 안타깝게도 장담할 수가 없군요, 라이커 박사."

"그건 내가 장담할 수 있으니까 안타까워할 필요 없소. 한 예를 들어볼까? 난 당신을 잘 안다고 생각해 왔지만 오늘밤 새로운 사실을 발견해 냈소. 그 변덕스런 모습이 전부가 아니더군. 그 단단한 방패 뒤에 실은 흥미만점의 비밀들이 숨겨져 있었어. 내가 당신의 방패를 뚫을 수 있을지 여부는 기막힌 도전이 될 거요."

타냐는 공포의 밀물을 재빨리 진압했다. 의지에 예리한 직관력까지 갖춘 적수는 두려워해야 마땅해. 이쯤에서 일시후퇴하자. 그녀는 유혹적으로 몸을 흔들며 문으로 향했다.

"그럼 실망할 준비나 하세요."

문 앞에 이르러 어깨 너머로 가소롭다는 시선을 던졌다.

"내 방패는 무엇으로도 뚫을 수 없어요. 깨지는 쪽은 당신이에요. 왜냐하면 난 또다시 남자에게 지배당하지 않을 테니까. 절대로! 나에게는 에뢰가 있어요. 이제 난 파이퍼이고, 영원히 파이퍼로 남을 거예요."

그 선언을 강조하듯 문이 꽝 소리를 내며 닫혔다.

제러드는 참았던 숨을 한꺼번에 내뱉었다. 그는 억지로 몸을 일으켜 서재의 한쪽에 준비된 브랜디를 따랐다. 맙소사, 부들부들 떨리는 이 손하고는! 사력을 다해 떨림을 가라앉히고 술잔의 절반을 한 모금에 비웠다.

타냐 오를리노프, 지독한 요부 같으니.

그녀에게 달려들어 하마터면 카펫 위에서 억지로 욕심을 채울 뻔했다. 그토록 아슬아슬하게 몰렸으면서도, 그녀의 고문에 넋이 쏙 빠졌으면서도 그 투지와 매력적인 전략에는 존경을 표하지 않을 수 없었다. 다음 번에도 이러한 마지못한 존경심이 우러나올지는 의문이지만.

술을 도로 그득하게 채워 벽난로 가의 자리로 돌아갔다. 좌절감에 통째로 먹히는 듯했지만 완전한 패배는 아니었다. 중요한 정보를 얻었지 않은가. 그녀가 물러가며 흘린 말이 타냐 오를리노프라는 수수께끼의 핵심단서라는 감이 왔다.

저 섹시한 꼬마 요정은 어떤 남자한테 지배당한 적이 있구나. 철두철미하게 지배당한 나머지 그때를 떠올리는 것만으로도 저리 치를 떠는 것이다. 그놈이 누굴까?

제러드는 술잔을 입으로 가져갔다. 그녀가 흘린 단서에 집중하려 했지만 아직 활활 타오르는 열기로 생각이 흩어졌다. 그는 의자 등받이에 고개를 기댔다. 긴긴 밤이 되겠구나. 잠들긴 틀렸다. 시폰 자락을 날리며 치명적인 공격 기회를 노리는 암호랑이 같은 사이렌 생각으로 침대에서 엎치락뒤치락하느니, 망각을 도와주는 브랜디가 손닿는 곳에 있는 여기에서 욕망의 날카로운 발톱과 싸우는 편이 낫지.

그리고 대체 에뢰는 또 뭐지? 동이 트면 케빈을 깨워 그 말뜻을 알아오도록 해야겠다.

6

"또 저질렀어."

케빈이 프렌치 전화의 우아한 수화기를 내려놓고 벽난로 앞 의자의 제러드에게 돌아섰다. 넌더리나는 기색이 완연한 어조였다.

제러드는 숨죽여 킬킬거렸다.

"그럴 때도 되었잖아. 벌써 사흘째 잠잠했으니까. 그래, 이번에는 또 어떻게 저질렀지?"

"산마루의 초소에서 경비원들이 수하물 차량을 요식적으로 둘러볼 때 누구를 찾아냈는 줄 아나? 타냐야, 말하나마나. 비상용 예비물품들을 담는 큼지막한 골판지 상자 안에 숨어 있더래. 매주 월요일 오후마다 머피가 그 차를 몰고 산 아래의 마을로 일용품을 충원하러 가잖아."

"그 친구, 오늘은 꽤나 놀랐겠군."

제러드는 미소까지 곁들여 여유를 부렸다.

"타냐의 다음 탈출편은 헬리콥터가 될걸. 며칠 전 헬리콥터로 케빈, 자네의 우편물이 전달되었을 때 유심히 지켜보던 그녀의 표정이 예사롭지 않았어."

"이게 지금 남의 일인가? 웃을 때가 아니라구."

케빈이 사뭇 심각한 표정으로 서재를 가로질러 제러드의 맞은편 의자에 털썩 앉았다.

"오늘로써 그녀가 탈출을 시도한 게 지난 2주 동안 벌써 다섯 번째야. 보안요원들의 신경이 점점 날카로워지고 있어."

"자네가 누누이 강조한 바에 의하면 버츠의 부하들은 신경이 쇠심줄 같은데다 유능하기까지 할 텐데? 그런 전문가들한테 연약한 발레리나 한 명 지키는쯤은 일도 아니어야지."

"연약한 거 좋아하시네."

케빈은 얼굴을 있는 대로 구기며 툴툴거렸다.

"지상에서 족히 오 미터 높이의 침실 발코니에서 밧줄을 타고 내려간 발레리나가 연약해? 삼척동자가 코웃음을 칠 노릇이야. 그 밧줄은 어디에서 구했는지 원……."

좌절감에 사무쳐 애꿎은 붉은 머리칼을 긁어 올리다 못해 제러드를 찌릿 노려봤다.

"하긴 놀랄 것도 없지. 그녀가 온 성을 들쑤시고 돌아다녀도 자네는 허허거리잖아. 그러니 밧줄만 찾아냈겠어? 지금쯤 만능 열쇠에서 쇠지레까지 죄다 꼬불쳐 뒀을걸."

제러드는 여전히 웃음만 흘렸다. 그는 다리를 길게 뻗으며 심지어는 한 술 더 떴다.

"타냐가 신통하지 않아? 수화물 차량에는 어떻게 몰래 탔을까? 다른 건 몰라도 창의력 하나는 끝내준다니까. 그런데…… 지금 샤또로 돌아오는 중이겠지, 물론?"

케빈이 고개를 끄덕거렸다.

"몇 분 내로 도착할 거야. 그녀를 도로 <호위>해 오는 길이라고 머피가 카폰으로 알려왔어. 두 명의 초소 경비원들이 동승호위를 맡았다더군. 이봐 제러드, 어떻게 좀 해봐. 더 이상의 탈출 시도는 위험해. 이런 식으로 가다간 그녀와 보안요원들 사이에 심각한 마찰이 일어날지도 몰라."

느긋한 자세에는 변함이 없었지만 제러드의 전신에 미미하게 힘이 들어갔다.

"신경이 날카로워진 그 신사들에게 안정제를 먹여. 누구든 타냐의 몸에 작은 멍이라도 내놓는 날에는 나와 심각한 마찰을 빚게 될 줄 알라고 해."

"그녀가 다치면 난들 기분이 좋을 것 같나? 타냐가 자네를 미치고 팔짝 뛰게 한다 해서 그 꼬마 요정을 싫어하기란 불가능해."

한숨소리가 길게 이어졌다.

"아, 고집이 세기로는 황소인 아가씨야. 디즈니랜드에 놀러온 아이처럼 즐거워 죽겠다는 식으로 깔깔거리고 농담을 하다가도 다음 순간에는 이런 작당이나 하다니? 진짜 못 말려."

제러드의 긴장이 풀림과 동시에 자괴감이 피어올랐다. 케빈에게 으박지르는 건 공정하지 못하다. 그가 타냐의 안전을 걱정하듯 이 친구도 같은 맥락에서 경고한 거니까. 게다가 케빈은 그녀를 인간적으로 정말 좋아하게 된 눈치였다. 하긴 그녀의 싹싹함에 넘어가지 않은 사람이 없었지만. 그녀는 탈출에 실패해도 매번 서글서글한 태도를 잃지 않았기 때문에 경비원들은 낭패감어린 쓴웃음과 약오른 짜증 사이를 오락가락해야 했다.

"케빈, 자네의 시련도 오늘로서 끝이야. 우리의 매력 덩어리 버츠가 내일 일찍 돌아오면 보안에 대해서는 신경 꺼도 되잖아. 거기에서 위안을 찾아."

"하늘이여 감사하나이다!"

열렬하게 외치고 케빈은 다 안다는 눈빛을 제러드의 무심한 얼굴에 꽂았다.

"버츠를 쌍수 들어 환영하는 건 나뿐이 아닐걸. 그 친구에게 깜짝 선물을 받은 이래 자네는 바이올린 줄처럼 팽팽했잖아."

안성맞춤인 비유였다. 사실 제러드는 바이올린처럼 예민하게 조율되어 있었을 뿐더러, 샤또의 모두와 일상을 지배하는 듯한 꼬마 요정의 손에서 잘 연주되어 왔다. 타냐는 가시가 유난히 많은 장미였다. 가시를 뾰족하게 갈고 닦는 데 여념이 없으며 그의 무른 부위를 찾아내 찌르는 데도 비상한 재주를 지닌 장미. 그는 타일러 윈들로와 그녀의 관계를 물어 봤던 자신의 어리석음을 통탄하는 지경에 이르렀다. 최근 타일러의 이름을 일부러 자주 들먹여놓고 그의 반응을 빤히 지켜보는 그녀 때문에 죽을 맛이었다. 처음 몇 번은 그런 자극을 신중하게 받아 넘겼지만, 질투심이라는 원초적인 감정으로 점차 쇳소리가 나오기 시작했다.

질투심 따윈 그가 도모하고자 하는 미래에 발 디딜 여지조차 없다고 냉철하게 자가진단을 내리기가 수십 번이었다. 하지만 그 이성적인 판단을 타냐에게 적용하는 건 차원이 다른 문제였다. 타일러 윈들로가 그녀와 뒤엉킨 장면을 상상만 해도…….

이제 제러드의 앉은 자세가 흐트러지고 호흡이 거칠어졌다. 그 영상을 머릿속에서 차단하며 난 야만인이 아니라고 되뇌었다. 문명인답게 이 완전충전된 분노를 다스릴 수 있다고도 뇌까렸다. 그 까만머리의 님프와 만나기 전에는 한번도 질투를 느껴본 적이 없는지라 이토록 원시적으로 반응하는 것뿐이다. 새로운 경험에 맞닥뜨리면 누구나 쩔쩔매게 되어 있다. 그래서 타냐에게 사소한 승리를 안겨주는 거지.

문득, 그는 이쪽을 살피는 케빈 맥커드의 빈틈없는 시선을 알아차렸다. 제러드는 천천히 자리에 바로 앉았다. 본능적으로 표정 관리를 해 평소의 무심한 가면을 다시 쓰고 가볍게 말문을 열었다.

"타냐가 항상 천사는 아니니 성가실 때도 있는 게 사실이야. 그러나 지루하진 않잖아."

"백번 옳은 말이야."

케빈이 시원시원하게 동의했다.

"나도 그녀가 다음에는 어떤 탈출을 시도할지 궁리하느라 잠을 이루지 못하겠어."

"헬리콥터라니까. 그게 틀림없어."

"유념해 두지."

그때 서재 문이 벌컥 열렸다.

“또 만났네요, 신사 양반들.”

타냐의 씩씩한 등장.

“오늘 기온이 뚝 떨어진 거 있죠. 밖이 얼마나 추운지 몰라요. 커피나 한잔 마실까요?”

“책상에 있으니 직접 따라 마셔요.”

케빈이 신랄하게 대답했다. 그는 기를 써서 엄한 표정을 지었지만 타냐는 아랑곳하지 않고 연신 방실거리며 책상으로 향했다. 청바지에 홑겹의 방풍용 점퍼를 걸친 차림이 왠지 평소보다 작아 보였다. 광대뼈에 묻은 검댕이는 말괄량이 같은 인상을 더해 주었다. 케빈은 걱정 반, 짜증 반으로 한마디 안 할 수 없었다.

“좀더 든든한 옷가지는 없습니까? 아니면 차의 뒤쪽 짐칸에 히터 장치가 되어 있는 줄 알았어요?”

그녀는 어깨를 들었다 놓았다.

“뒷칸이 춥다는 건 알고 있었어요. 하지만 옷으로 몸의 부피를 늘릴 순 없었어요. 그 상자의 공간이 빠듯했거든요.”

커피 주전자를 들려는 순간, 양손에 묻은 기름과 먼지를 알아차리고 우뚝 멈추었다.

“미안하지만 누구 나 대신 커피 좀 따라줄래요?”

“내가 대접하지.”

제러드 라이커가 나섰다. 그는 책상으로 다가와 찻잔에 커피를 따르고 크림을 정확하게 딱 한 방울 넣은 다음 차받침까지 챙겨 그녀에게 건넸다.

“어디 다친 데는 없소?”

“상자 안에 잔뜩 몸을 구겨 넣느라 여기저기 쑤시는 것만 빼고는 말짱해요.”

커피를 한 모금 마시고 만족에 찬 한숨을 내쉬었다.

“추운 날에는 따뜻한 커피가 제격이라니까.”

“경비원들이 거칠게 굴진 않던가?”

“다들 영국 신사의 표준이었어요. 언제나처럼. 그래서 적잖이 즐거운 시간을 보냈죠."

"이제 그만 포기해, 타냐. 탈출은 불가능하오."

"불가능이란 없어요."

그녀는 낙천적인 미소를 지었다.

"오늘의 작은 패배는 내일의 성공을 향한 밑거름이에요. 예를 들어, 이번에 난 초소의 위치를 알게 된 걸요. 지긋지긋한 월요일 오후의 소득치고 나쁜 편이 아니에요."

박사의 입술이 마지못한 미소로 당겨졌다. 묘한 자부심이 어린 미소였다. 그는 타냐의 한쪽 어깨로 드리워진 땋은 머리채를 만지작거렸다.

"맞아, 얼굴만 더럽혀진 채 잡혀 왔으니까. 하지만 다음 번에는 나쁜 소득을 얻게 될지도 모르오."

"경비원들 때문에? 피이, 그들은 당신에게 찍힐까 봐 전전긍긍이에요. 나에게 찍 소리도 못해요. 그런데 내 얼굴도 더러워요?"

기름때 묻은 손을 본능적으로 뺨에 가져갔다.

"어디?"

"손때요. 내가 닦아주리다."

그가 뒷주머니에서 꺼낸 손수건으로 광대뼈의 검댕이를 닦아주는 동안 타냐는 순종적인 아이처럼 손을 내리고 가만히 서 있었다. 그녀에게선 찬 공기의 알싸함, 향수의 은은한 꽃내음, 자동차 오일 냄새가 풍겼다. 그리고 치켜 뜬 까만 눈동자는 대담하며 도전적인 빛으로 반짝거렸다. 지난 2주 동안 그가 익숙해진 그 눈빛이었다.

"오늘밤은 당신하고만 보내고 싶어요."

타냐는 박사에게만 들리도록 나지막하게 속삭였다.

그는 동요하지 않고 계속 다정하게 그녀의 뺨을 문질렀다.

"그럴 줄 이미 예상했소."

"오호? 천재라고 소문난 사람답군요. 그럼, 이따가 케빈을 물러가게 하고 나에게 포커 게임의 요령을 더 전수해 주는 거죠?"

"알았소, 우리끼리…… <게임>을 해봅시다, 꼬마 파이퍼."

“좋았어요.”

타냐는 뒤로 한 발자국 물러섰다. 커피를 훌쩍 마시고 찻잔과 차받침을 책상 위의 쟁반에 내려놓은 다음, 그녀는 코에 주름을 잡은 채 킁킁거렸다.

“이 자동차 오일 냄새! 얼른 침실로 올라가서 씻어내야지.”

“나에게는 섹시하게 느껴지는 냄새인걸.”

더러워진 손수건을 책상에 대충 내팽개치며 제러드가 말하자 그녀는 고개를 비딱하게 기울이고 박사를 살폈다.

“정말? 음. 기억해 두겠어요.”

“그런 문제에 관한 한 당신은 이례적으로 기억력이 비상해지더군.”

“어머머, 그 사실을 알아차리셨다니! 내가 생각보다 커다란 진전을 이룬 모양이군요.”

장난기 가득한 시선을 박사에게 마지막으로 던진 후 타냐는 종종걸음으로 서재를 가로질렀다. 그녀는 문 앞에서 두 남자를 향해 손을 팔랑팔랑 흔들었다.

“이따 봐요.”

몸치장하는 시간이 다른 때의 배가 들었다. 오늘밤에는 머리부터 발끝까지 철저하게 여자답고 탐나는 존재가 되어야 할 필요가 있었다. 제러드의 머릿속에서 오전 나절의 구질구질했던 인간 원숭이의 영상을 말끔하게 삭제해내기 위해서는. 그리고 잠시 후에 벌어질 게임을 위해서는.

타냐는 비판적으로 거울을 들여다보고 지극히 만족스럽게 고개를 끄덕거렸다. 몇 번이나 샴푸질을 한 덕분에 역한 오일 냄새는 이미 가신 지 오래였다. 고심한 끝에 선택한 차이니스 파자마의 효과도 그만이었다. 이 중국 민속의상 풍의 실내복은 몸매의 선을 날씬하게 살려주는 것이 깜찍하고 관능적인 데다, 톡톡한 질감의 노랑색 비단이 올리브빛 피부와도 잘 어울렸다. 그녀는 핑크색 립글로스로 입술에 촉

촉한 윤기를 더하고 파우더를 가볍게 두들겨 야간 전투에 나갈 준비
를 마쳤다.

지난 2주는 그 어느 때보다 역동적인 나날이었다. 라이커 박사와의
불꽃 튀는 격돌은 숨막히도록 짜릿한 생동감을 안겨주었다. 박사의
갑옷에 아주 작은 흠집이라도 내어 점수를 올리는 순간마다 희열에
찬 승리감이 솟구쳤으니까.

순간, 가슴이 아플 만큼 세게 조여들었다. 타냐는 이맛살을 찌푸리며
자문했다. 이 묘한 기분의 정체가 뭘까? 투쟁의 일분일초를 만끽해 오
지 않았던가. 라이커 박사가 방패를 내려 한 인간으로서의 알맹이를
보여주었으면 하는 생각은 스쳐 지나가는 충동이다. 박사가 단호하게
맞서는 한, 정복되지 않는 적수로 남아 있는 한은 얼마든지 타올라 불
꽃처럼 넘실거릴 수 있다. 하지만 불장난은 불장난, 그 선을 지켜야
한다. 제러드 라이커에 대해 속속들이 알고 싶은 갈망에 무릎 꿇는 건
바보짓이다.

그러한 갈망은 광기어린 호기심을 동반했다. 내가 무장을 해제하면
무슨 일이 벌어질까? 다행히 그녀는 매번 정신을 차리고 호기심에 저항
했다. 리이커 박사는 적수로선 그만이지만 다른 상대로는 위험천만하기
때문이다. 그의 건조한 유머감각은 즐거운 것 이상이었으며, 뛰어난 지
성은 의문의 여지도 없었고, 결연한 내적인 힘에서 뿜어져 나오는 광채
는 무지막지하게 매력적인 동시에 든든했다. 인정하고 싶지는 않지만,
아까 수송용 차량 안에서 어쩌면 탈출기도가 성공해 박사와 영영 이별
할지도 모른다는 생각에 아주, 아주 쬐끔 슬퍼지기까지 했다!

두어 시간 후 타냐는 카드판 너머의 라이커 박사를 한참 노려보았다.
저녁 먹을 때부터 지금까지 박사는 흠잡을 데 없이 정중하고 얄미우리
만큼 초연했다. 그녀의 질문에 예의 바르게 대답하는 것 이외에는 입도
떼지 않고 오롯이 손 안에 든 카드패에만 정신을 모았다. 서재의 정적
은 벽난로에서 장작이 타들어 가며 가끔씩 내는 우지끈 소리로 깨어질
뿐이었다. 아니, 그 소음과 벽난로 선반 위에서 째깍거리는 망할 시계의

초침소리만이 서재의 침묵을 깼다.

타냐는 시계를 향해 험악한 시선을 던졌다. 크리스털의 원형 뚜껑 안에 품위 있게 들어앉은 겉모습과 달리 시계는 그녀의 신경을 일사분란하게 사포질해대는 듯한 둔탁한 소음을 내고 있었다.

"상대의 관심을 카드에서 분산시키려고 저 시계를 모셔둔 거 맞죠? 다른 데 치워버리면 안 돼요?"

"시계가 마음에 들지 않소?"

그녀는 카드패를 내동댕이쳤다.

"너무 시끄럽잖아요. 신경에 거슬려요."

"난 만족스럽기만 한데."

"취향도 별나군요."

그는 카드를 탁자에 내려놓고 관조적인 미소를 지었다.

"언젠가는 당신도 만족하게 될지 누가 알겠소? 내 경험에 의하면 취향이란 상황에 따라 바뀌더군."

"죽었다 깨어나도 내 취향이 바뀌어 저 따위 사람 약올리는 시계를 좋아하게 되는 일은 없어요. 유일하게 환영할 만한 상황 변화라면 이 샤또에 해자가 생기는 거구요. 그럼 서슴지 않고 시계를 해자 속에 던져버릴 텐데."

"오늘밤에는 이상하게 안달복달이군."

맑은 잿빛 눈이 고즈넉한 빛을 띠고 그녀의 표정을 관찰했다.

"당신답지 않소, 타냐. 사소한 일에 목숨을 걸다니."

"사소한 일이 모이고 쌓여 우리의 인내심을 무너뜨리는 거예요."

그녀는 의자를 밀고 자리에서 일어나 벽난로로 다가갔다.

"저렇게 사소한 일에는 신경 쓸 가치조차 없다고 생각하기 일쑤죠. 그냥 참자고 말이에요. 하지만 그런 억지 노력을 하다 보면 기진맥진해지고 결국은 그게 사소한 일이 아니었음을 발견하게 되죠."

시계의 크리스털 원형 뚜껑을 조심스럽게 들어올렸다.

"그러므로 뭔가가 조금이라도 신경에 거슬리면 뿌리째 뽑아 없애는 게 최고예요."

초침 장치를 끄자 째깍거리는 소음이 단박에 죽고 환영해 마지않는 정적이 흘렀다.

"봐요, 훨씬 낫잖아요."

뒤에서 갑자기 웃음소리가 터져나왔다. 놀라 돌아선 타냐는 평소의 무심한 가면이 벗겨진 박사의 얼굴과 맞닥뜨렸다. 그는 진심으로 즐거워하는 기색이었다.

"꼬마 파이퍼, 당신은 나의 보석이자 기쁨이오."

그녀는 어리둥절함을 감추지 못했다.

"뭐가 그렇게 재미있다는 거죠?"

"아무것도 아니오."

박사가 여전히 웃음기가 매달린 입술을 하고 고개를 저었다.

"그저…… 우리가 닮은꼴이라는 생각이 들어서. 우리의 논리 추론 과정은 기막히게 유사해."

이 남자, 그 생각을 하느라 오늘따라 태도가 이상했던 걸까?

"어쨌거나 내가 당신의 빌어먹을 시계에 손댔다고 화내지 않으니 반갑네요."

"화를 내긴."

그의 미소가 한층 커졌다.

"나도 저 시계를 끈 적이 있소. 마음대로 시간을 정지할 수도 있다는 것, 거기에는 분명히 어떤 만족감이 있지."

이제 부드럽게 풀어진 그의 가무잡잡한 얼굴은 신바람난 소년처럼 젊고 티없어 보였다. 그녀를 가만히 응시하는 눈빛에서도 따뜻함과 다정함이 묻어났다. 타냐는 이상하게 가슴이 조여드는 아픔을 다시 느꼈다. 순식간에 온몸이 녹아나는 듯한 이 감각은 너무 달콤해서 얼핏 두렵기까지 했다.

두려움?

그 자각에 등을 곧추 세웠다. 난 하나도 겁나지 않아. 오늘밤에는 유난히 분위기를 타는 것뿐이야. 내일이면 다 잊고 원상복귀하게 될 거야.

타냐는 예쁜 미소를 곁들여 사근사근하게 입을 열었다.

"우리가 닮은꼴이라? 그런 착각은 내 의도 밖이군요. 난 오늘밤 당신에게 우리의 차이점을 절절히 깨닫게 해주려고 했는데."

라이커 박사의 미소가 사라지고 무표정한 가면이 되돌아오자 타냐는 가슴이 콕콕 아렸다. 그녀는 마음을 다잡고 입술을 삐죽거렸다.

"그 목적을 위해 몸치장에 정성을 들였건만, 좋다 나쁘다 말 한마디해 주시지 않다니."

"아주 사랑스럽소."

박사가 그녀를 눈으로 감식하면서 중얼거렸다.

"중국의 황녀 같소. 하지만 그쯤은 이미 알고 있을 텐데?"

"아는 사실도 말로 들으면 큰 도움이 돼요. 난 당신에게 매력적으로 보이고 싶거든요…… 당신을 흥분시키고 싶어요."

타냐는 무대에서처럼 의식적으로 유연하게 살랑거리며 다가갔다. 그리고 의자 옆에 멈추어 도발적인 웃음을 지었다.

"나를 갖고 싶으세요, 라이커 박사님?"

"말할 나위 없이."

불필요한 질문에 불필요한 대답이었다. 그의 안면근육이 욕망으로 수축된 나머지 높은 광대뼈 아래로 홀쭉해 보이는 뺨의 골이 한층 깊어졌고 까만 크루넥 스웨터 위로 불거지는 근육들이 확연했으니까. 하지만 육체적인 열망의 그런 증거들은 별다른 만족감을 주지 못했다. 왜일까?

"내가 우리끼리만 있고 싶다고 했던 이유, 알죠?"

"그것도 모를 만큼 둔하진 않소. 당신의 행동 양식에는 일정한 흐름이 있더군. 당신은 경미한 좌절감을 맛볼 때마다 쪼르르 달려와선 나에게도 같은 기분을 느끼게 해왔잖소."

그의 입술에 비틀린 미소가 일었다.

"난 그런 좌절감으로 당신보다 훨씬 격심한 육체적인 고통에 시달려왔다고 고백하리다. 우리의 작은 결투를 거친 후에는 잠을 이루지 못한 밤이 부지기수였소."

흡족하게 들려야 할 고백이 왠지 즐겁지 않았다. 그럼에도 타냐는 단호하게 고개를 끄덕이며 칭찬하듯 박사의 머리를 쓰다듬었다. 손가락에 착착 감기는 성긴 모발의 이 즐거운 감촉.

"아주 좋아요. 당신을 괴롭히자고 이런 수고를 하는 거니까. 나를 놔줄 마음이 우러날 만큼 비참하게 만들기 위해서."

"글쎄……? 처음에는 그랬을지 몰라도 지금은 상황이 좀 바뀐 것 같은데."

타냐는 무의식적으로 검은 머리카락을 움켜쥐었다.

"달라진 건 아무것도 없어요."

"그럼 증명해 봐."

잿빛 눈동자가 그녀를 뚫어지게 주시했다.

"난 지난 2주 동안 학대당하는 쾌감을 새로이 발견했소. 당신이 주는 고통을 즐기기에 이르렀소, 꼬마 파이퍼. 그 고통의 쾌감을 연인처럼 반갑게 맞이하고 힘껏 포옹하지. 자신의 성기를 물어뜯는 여우를 곁에 두었던 설화 속의 스파르타 소년처럼."

검은 머리칼을 쥔 손도 떨리고 그녀의 미소도 흔들렸다.

"그럼 관둘래요. 당신에게 즐거움을 주는 건 내 의도에 어긋나요."

손을 내리려 하자 박사가 재빨리 그녀의 손목을 잡았다.

"내 말을 곧이곧대로 믿고 관두겠다고? 그게 거짓말이라면 당신은 순진한 패배자, 난 교활한 승리자가 되는데도? 그러지 말고 이리 와요. 그 이를 날카롭게 갈아 나를 암팡지게 물어 봐."

타냐는 도전 앞에서 평소의 태도를 되찾았다.

"흥, 제의는 고맙지만 내 이는 지금도 충분히 날카로워요. 지난 전적을 놓고 봤을 때 박사는 꽤 물렁살이더군요."

라이커 박사는 그녀를 확 잡아당겨 자신의 무릎에 주저앉혔다.

"이미 말했다시피, 상황은 변화를 초래하지."

둘 사이를 가로막는 옷감 너머로 그녀에게 낙인을 찍어놓을 듯 뜨겁게 흥분된 남성이 느껴졌다. 타냐는 작은 승리감을 누리며 새침하게 눈을 내리깔고 그를 힐끔거렸다.

"그리 대단한 변화는 아니네요."

이어 봉긋한 젖가슴을 박사에게 대고 문질렀다.

"하지만 나에게 욕망을 느끼는 건 확실하군요."

"내 입에서 나오는 확실한 패배 선언을 원하는군. 그래, 난 당신에게 욕망을 느끼고 있소. 이제 기분이 좋아졌소?"

여린 등의 오목하게 들어간 척추를 따라 부드럽게 애무하며 차분하게 말을 이었다.

"당신에게 기쁨을 줄 수 있다면 얼마든지 작은 승리를 안겨주리다. 패배를 인정하긴 쉽지 않지만, 그건 나보다 당신에게 더 어려운 일에 속할 테니까."

작은 젖가슴을 덮는 커다란 손바닥. 그 순간, 고동치는 열기로 그녀의 심장이 미친 듯이 뛰기 시작했다.

"내 손 안에서 깨어나는 당신의 이런 감촉이 나를 어떻게 만드는지 말해 줄까? 그럼 당신도 패배를 인정하기가 쉬워질까? 난 중심에서 일어난 아픔으로 발바닥까지 얼얼하오."

그는 한 손으로 그녀의 등을 받치고 고개를 숙여…… 실크 위로 가슴에 입술을 댔다.

"결코 옷을 갖추어 입는 법이 없군. 속옷조차."

"나, 난 결코 풍만하다고 할 수 없으니까……."

따뜻한 혀가 유두를 건드렸다가 촉촉한 입 안으로 힘껏 빨아들였다. 타냐는 발작적으로 그의 어깨를 움켜잡았다. 자꾸 숨가쁜 소리가 터져 나왔다.

"… 그 속옷은 불필요해요."

"다행이오."

박사의 음성은 깊이 잠겨 있었다.

"당신이 준비되었는지, 나를 기다리고 있는지 알고 싶거든. 그 앎으로 말미암아 이렇게 미쳐버릴 것만 같다 해도."

타액으로 젖은 실크에 대고 호호 숨을 불고는 즉각적으로 이는 민감한 반응을 보면서 그는 미소를 지었다.

"그리고 당신은 나를 받아들일 준비가 되었어. 혹시 자기 도끼에 발등을 찍힌다는 소리, 못 들어봤소?"

"난 아무 준비도 되어 있지 않……."

"아무 보답도 없이 내가 자진해서 당신의 성적 노리개가 되었을 것 같소?"

제러드 라이커는 고개를 들어 시선을 맞추었다.

"천만에. 난 그런 종류의 세련된 고문 놀이를 탐닉할 나이는 넘었소. 지금까지 머리가 하얗게 세지 않은 게 놀라울 지경이오. 내가 제정신을 잃지 않고 견뎌 낸 건, 그 고통 뒤에 보답이 따르리란 믿음 하나 때문이었소."

"보답?"

태풍 직전의 바다처럼 그녀는 분해서 씩씩거렸다.

"무슨 보답이죠?"

"당신이 자발적으로 나에게 와주는 것."

그는 부드럽게 대답했다.

"당신이 내 품에 있는 느낌에 익숙해지고 내 손과 입술의 애무를 자연스럽게 받아들이는 때가 오기만을 기다려 왔소. 그 때문에 기꺼이 고문에 몸을 맡겼던 거요. 그리고 이제 그때가 되었소. 이제 나는 당신한테 집처럼 편한 존재가 되었으니까. 당신도 나만큼이나 그걸 원하게 되었으니까."

웃기지 말라고 반박하고 싶었지만 그럴 수가 없었다. 그의 품에 있으면 집으로 돌아온 듯한 묘한 기분이 들었으니까. 눈앞이 아찔해지도록 강렬한 욕망이 치솟았다.

타냐는 두 손을 박사의 어깨에 대고 힘차게 밀어냈다.

"아냐! 이거 놔요!"

바둥거리며 그의 무릎에서 벗어나려 했지만, 갑자기 견고한 수갑으로 변해버린 포옹에 갇혀 그 다정한 감옥 안에서 옴짝달싹못했다.

"내 조건을 받아들이겠다고 약속했잖아요, 라이커 박사."

"난 지금도 약속을 지키고 있소."

그는 완강하게 그녀를 당겨 안아 품에 가두어놓고 머리칼을 다정하게 쓰다듬었다.

"하지만 그건, 우리 둘다 알다시피, 성적인 결투 조건에 국한된 약속이었소. 이건 완전히 달라. 난 당신을 유혹하려는 게 아니오, 타냐."

정말일까? 아마 절반의 진실에 속하리라. 육체적인 유혹은 아닐지라도 그 외의 다른 면으로는 유혹보다 더한 유혹이 될 테니까.

그 사실을 명료하게 인식하면서도 타냐는 존재의 전부가 사르르 녹아나는 달콤한 기분에 다시 사로잡혔다. 경계선을 넘어 그에게 손을 내밀고 싶은 아픈 굶주림이 또 아우성을 쳐댔다. 하지만 라이커 박사는 보답을 바라지 않고 무조건 주는 남자가 아니다. 반면에 그녀의 경계심은 아주 오랫동안에 걸쳐 강화된 것이라 고통을 각오하지 않고 허물 수 없었다. 그럼에도 그의 품이 너무도 따뜻하고 안전하게 느껴져, 타냐는 본능적으로 더 가까이 파고들어 깔깔한 모직 스웨터에 뺨을 기댔다.

"이건 우리 모두에게 좋지 않아요."

그녀는 지친 목소리로 혼잣말처럼 작게 중얼거렸다.

"나에게 대체 뭘 바라는 거죠? 정말 모르겠어요."

"난 당신의 전부를 알고 싶소."

그는 가만가만히 입을 열었다.

"당신이 나한테 마음을 열어주었으면 좋겠소. 그러니까 난 아마도 당신의 친구가 되고 싶은 것 같아. 지금은. 그 이상의 관계는 기다릴 수 있소. 수십 년에 걸쳐 인내심을 키워 오면서 기대감이 기쁨을 증폭시켜준다는 걸 발견했거든."

커다란 손이 그녀의 가느다란 뒷목으로 이동해 근육을 풀어주었다.

"하지만 당신과 시간을 함께 보내며 이상한 일이 벌어졌소. 기쁨 이상의 것을 원하는 갈망이 내 속에서 시작된 거요. 그리고 난 당신도 마찬가지라는 신호를 포착했소."

타냐는 본능적으로 긴장했다. 박사는 육체적인 쾌락이 아니라 일종의 전면적인 항복을 요구하고 있는 것이다. 그녀는 겁에 질린 아이처럼 그의 모직 스웨터 자락을 움켜쥐었다.

"… 그럼 당신도 나에게 마음을 열어줄 거예요?"

"당신 신변에 해가 되지 않는 한도 내에서."

그의 어조가 심각하게 가라앉았다.

"우리는 지금 이 자리에 머무를 수 없소. 그게 고통스런 시점에 접어들었으니까. 이제는 다음 단계로 나가야 할 때야."

"다음 단계가 뭐죠?"

따뜻한 품안에서 몸을 일으켜 잿빛 눈을 찾았다.

"상처받을지도 모를 그런 단계는 우리에게 지나치게 부담스러워요. 지금 이대로가 더 안전해요."

그가 빙그레 미소를 지으며 그녀의 코끝에 살짝 입을 맞추었다.

"당장 영구적인 무장해제를 하자는 게 아니오. 일시 휴전부터 합시다. 그거라면 우리 같은 겁쟁이들한테도 지나친 부담이 안 될 거요. 어떻소, 꼬마 파이퍼?"

"그것조차 실수로 판명될 거예요."

타냐는 남에게 마음을 여는 데에서 오는 고통을 극력 피해 왔다. 가볍고 표피적인 관계, 존재의 본질이 보호되고 자유로울 수 있는 관계만을 맺어 온 그녀한테 박사가 말하는 우정은 위험했다. 그가 최후의 방어벽마저 뚫고 본질까지 침범할 가능성이 많으니까. 그 동안 제러드 라이커에 관해 배운 것이 있다면, 그가 절반만으로 만족하지 않는 남자라는 사실이었다.

"난 자신 없어요."

“하지만 당신은 파이퍼잖소.”

그가 눈을 빛내며 도전했다.

“당신에게는 에뢰가 있잖소. 그걸 잊지 않았겠지?”

맞아, 나는 파이퍼야. 갑자기 타냐의 자신감이 확신과 함께 되돌아왔다. 그리고 난 제러드 라이커를 속속들이 알고 싶어. 그 목적을 위해 박사에게 일시적으로 방어벽을 허물어야 한다면 그렇게 하고 나중에 또 쌓으면 돼. 에뢰를 지닌 여자에게 그쯤은 아이들 장난이지.

“잘 지적했어요, 라이커 박사.”

꼬마 요정 같은 눈동자가 생기로 반짝거렸다.

“난 뭐든 할 수 있어요.”

“물론이지.”

박사는 얼른 동의했다.

“그럼 나를 이름으로 부르는 변화부터 시작하는 게 어떻소? 라이커 박사는 좀 딱딱하게 들리거든. 호전적인 시간을 보냈더니 작은 평화가 그리워지는군.”

“알았어요, 제러드.”

그녀의 입술을 통해 자신의 이름을 듣자 정의할 수 없는 떨림이 제러드를 관통했다. 모든 감정이 휘몰아쳐 폭등하는 듯한 작은 충격이었다. 하지만 그는 그 유쾌한 감각을 내색하지 않으려고 안간힘을 썼다. 타냐의 충동적인 결정 뒤에는 두려움과 망설임이 여전히 고개를 뻣뻣하게 세우고 있었기 때문이다. 그녀의 미묘한 감정 변화가 이제 자신의 것처럼 느껴지기 시작한 게 이상했지만 사실이 그러했다. 따라서 제러드는 너무 앞서지 말자고 되뇌며 자신의 조급증을 달랬다. 그녀는 작은 새와도 같아. 경계심 많은 저 새를 꾀어 내 손에 앉게 하려면 아슬아슬한 이 상황을 지극히 조심스럽게 다루어야 해.

“훨씬 낫게 들리는군.”

제러드는 가볍게 평했다.

“거봐, 그리 어렵지 않잖소. 우리가 한 번에 한 걸음씩 서로에게 다가

간다면 별다른 문제가 없을 거요.”

한 번에 한 걸음.

타냐는 마지막 망설임까지 사라지고 기운이 솟았다. 그 단순한 말
은 안데스 산에서 그녀를 끝까지 버틸 수 있게 해주었던 마법의 주문
이기에. 또한…… 샤또에서 첫날 제러드가 자신의 욕망과 치열하게
싸우면서 그녀를 따뜻하게 보듬어 안아주며 했던 말이기도 하고.

“좋아요, 한 번에 한 걸음씩.”

그녀는 잿빛 눈의 깊은 곳에서 펄럭거리는 강한 감정의 편린을 봤다.
그건 열망 같기도 하고 설레이는 기대감 같기도 했다. 하지만 그 감정
의 빛은 이내 사라져버리고, 제러드는 부드럽게 그녀를 밀어내며 자리
에서 일어났다.

“자, 우리의 휴전을 자축하는 의미에서 자작나무 숲까지 산책을 다녀
올까?”

그는 조금은 겸연쩍어하며 씨익 웃었다.

“실은 당신 때문에 달아오른 열을 좀 식혀야 할 것 같소.”

7

머릿속까지 맑아지는 싸늘하고 청명한 밤공기 속에서 달빛을 빨아들여 고아하게 떠오른 발 아래의 풍경은 마치 동화의 삽화처럼 비현실적으로 아름다웠지만 타냐는 몸서리를 쳤다.

제러드가 금세 알아차리고 걱정스런 시선을 던졌다.

"많이 춥소? 그 점퍼면 괜찮을 줄 알았는데. 돌아갈까?"

그녀는 고개를 저었다.

"안 추워요, 괜히 오싹한 기분이 들었어요. 아…… 말하고 나니 웃기네. 왜 그런 기분을 거위나 무덤하고 연결시키는 거죠*? 당신네 미국인들은 말을 참 이상하게 해요."

하지만 몹시 직관적인 표현이기도 해. 타냐는 속으로 덧붙이며 거친 산세를 심란하게 둘러보았다.

"난 당신과 달리 이곳이 그저 그래요. 낮에는 썩 나쁘지 않지만 밤에는 지나치게 험하고 너무나도 거칠어요."

---

* A goose walked over my grave. 별다른 이유 없이 섬뜩한 기분이 들 때 쓰는 표현으로 직역하면 '암커위 한 마리가 내 무덤 위를 지나갔다.'

제러드는 걸음을 멈추고 그녀의 그늘진 표정을 살폈다.

"당신이 산에서 고생을 해서 그렇게 보이는 것 아닐까?"

"그럴지도."

어깨를 으쓱거리며 되는 대로 대답하고는 일부러 대담하게 절벽 가장자리의 늘씬한 자작나무로 바짝 다가갔다. 이곳에서 처음 봤을 때 제러드는 이 나무에 기대앉아 주변의 산 봉오리들만큼이나 초연하며 무심한 분위기를 풍기고 있었어. 타냐는 당시의 기억을 떠올리며 방어적으로 그를 돌아보았다.

"하지만 이곳이 무섭다는 건 아니에요."

"그런 착각은 품을 엄두조차 먹지 않았소."

그의 입술이 미소를 참느라 실룩거렸다.

"당신에게 무서운 게 있을 리 없잖소, 꼬마 파이퍼."

지당한 말씀. 그녀는 단지 산이 싫은 것뿐이다. 산에 대한 두려움 같은 건 정말 없고, 또 그런 사실을 제러드에게 주지시켜야 할 필요에 몰려서 강조했을 뿐이다. 그건 아마도…… 묵묵히 이곳까지 오는 동안 의식했던 연결성 때문이리라. 그들 사이에는 어떤 보이지 않는 선이 통해 있어서 제리드가 그녀의 모든 생각과 느낌을 감지하고 있다는 섬뜩한 느낌이 들었다.

"아, 피곤해라."

타냐는 일부러 분위기를 바꾸어 그런 느낌에 저항했다.

"여기에서 쉬었다 가요."

땅바닥에 주저앉아 자작나무의 하얀 몸통에 기대었다. 그리고 아무렇지 않게 보이도록 신중히 계산된 태도로 산들을 휘휘 둘러봤다.

"경치 좋네요. 그렇죠?"

뒤따라 앉은 제러드의 얼굴에는 이해심어린 다정한 미소가 어려 있었다. 그는 그녀의 어깨에 팔을 걸쳐 가까이 끌어당겼다. 성적인 의도가 배제된, 오직 따뜻함과 편안함만을 제의하는 몸짓이었다.

"하지만 누구나 다 좋아할 만한 경치는 아니지. 당신에게는 내 섬이 더 취향에 맞았을 거요. 육 킬로미터밖에 안 되는 반경을 다 돌아도 산은 만날 수 없는 곳이거든.”

지난 몇 년을 카리브해의 섬에서 보냈다던 제러드의 말이 떠올랐다. 그 당시에는 그저 그런가보다 싶었지만 지금은 호기심이 솟았다.

“그 섬을 아직도 갖고 있어요?”

“문명세계로 돌아오기 전에 팔았소. 조용히 일에 몰두하기 위해 구입했던 곳이라 그 목적을 다한 시점에선 더 이상 소유해야 할 필요가 없어졌지.”

우울하게 가라앉은 목소리가 이어졌다.

“내 연구가 알려지면 그곳에 은닉할 수 있는 가능성은 아예 존재하지 않으니까. 나에게 몰려드는 사람들을 차단하려면 낙스 요새*만한 두께의 벽을 쳐야 할 거요.”

“그래서 샘 코벳 의원에게 접근했나요?”

“내가 찾던 전부를 갖춘 적임자 같았소. 내 신변의 안전, 정치적인 연줄, 개인적인 신용도에 꽤 정직하다는 평판까지. 뭐, 정치인들의 정직함이란 거기에서 거기지만.”

제러드의 어조에 깔린 냉소적인 준엄함이 마음에 걸렸다. 그 이유에 대해 잠깐 생각해 본 후에야 타냐는 대답을 찾았다. 지난 몇 시간 동안 그의 다정한 목소리에 익숙해진 것이다. 그녀는 껄끄러운 화제를 피하기 위해 밝게 말문을 열었다.

“당신 섬이 마음에 들었을 것 같아요. 꼭 산이 없기 때문만은 아니에요. 난 나무가 옷 입은 편을 더 좋아하거든요.”

타냐는 주위를 가리켰다. 바짝 마른 알몸을 달빛 속에 허옇게 드러내고 벌받듯이 밤하늘을 향해 팔을 들어올린 자작나무들은 단체 유령들 같았다.

“나무가 헐벗은 채 벌벌 떠는 계절이 난 항상 싫었어요. 어렸을

---

* 미국 켄터키 주에 위치한 연방 금괴 저장소

때……."

꿈꾸는 듯한 표정으로 그녀는 회상에 잠겼다.

"우리 어머니의 정원에는 나무 한 그루가 있었어요. 못생기고 옹이도 많은 고목이었지만 아주 새파란 잎들을 무성하게 틔우고 당치도 않게 아름다운 녹음을 드리웠죠. 그럼 난 제일 예쁜 모양과 색깔의 나뭇잎을 골라 실로 꿰어선 목걸이나 왕관을 만들곤 했어요."

"아, 당신이 모스크바 외곽의 작은 마을 출신이라고 들었소."

제러드는 예의상 관심을 보인다는 식으로 들리도록 신중하게 말을 이었다.

"그런 곳이라면 가을이 짧았겠지. 겨울은 지독하게 춥고. 여기처럼 헐벗은 나무들을 봐야 하는 날이 많았을 거요."

"맞아요. 하지만 대신 풍경이 있었어요."

"풍경?"

비록 시선은 발 아래의 계곡에 맞추어졌지만 그녀가 보는 것은 마음속에 아득하게 펼쳐진 심상이었다.

"매년 잎새가 떨어지기 시작하면 어머니는 고목의 가지마다 풍경을 거셨어요. 그게 우리 모녀만의 전통이 되었죠. 그 풍경들은 어머니가 헝가리에서 가져오신 것들이었는데, 아주 작은 소녀였을 때 외할아버지에게 받은 거랬어요."

타냐는 눈을 감았다.

"난 그 풍경들을 사랑했어요. 낡고 흠집이 많이 나 있었지만 얼마나 아름다웠는지 몰라요. 햇살 속에서 고드름처럼 투명하게 빛나면서 자아내는 그 음색이란…… 그래요, 청명한 음색은 견디기 어려운 현실 속에서 천상의 향유처럼 나를 위로해 주었어요."

"그런 위로가 자주 필요했소?"

"필요하지 않을 때가 없었죠."

그녀가 눈을 뜨자 제러드는 그만 놀란 숨을 들이켰다. 비애와 황폐함으로 퀭해진 까만 눈. 그녀는 사실을 진술하듯 담담하게 덧붙였다.

"우리 어머니는 매춘부였거든요."

그는 충격으로 흠칫 몸을 굳히곤 이내 자신의 본능적인 반응을 저주했다. 마침내 열린 그녀의 마음이 다시 닫힐까 봐 두려웠던 것이다. 그는 가장 부드러운 목소리를 냈다.

"내가 읽은 기사들과는 다르군. 당신 아버지는 헝가리에서 파병 근무를 할 때 당신 어머니와 열애에 빠져 본국으로 데려왔다고 하던데."

"열애. 훗, 맞아요, 열애."

쓰디쓴 미소였다.

"아버지는 아마 처음에는 열렬하게 불타올랐을 거예요. 우리 어머닌 대단한 미녀였으니까. 아주 예쁘고, 아주 단순하고, 아주 정 많은 여자. 아버지에게는 완벽한 암컷이었어요."

"완벽?"

"먹이로 타고난 여자보다 파괴자인 남자에게 더 이상적인 상대가 어디 있겠어요? 우리 부모님은 천생연분이었죠."

"……."

"어머니가 돌아가신 후 난 아버지를 객관적으로 보려고 노력했어요. 내 생각처럼 그렇게 저질 인간일 수는 없다고 되뇌었어요."

고개를 설레설레 흔들었다.

"헛수고였죠. 왜냐하면 아버지는 정말 저질이었으니까. 왜 그런 인간이 되었는지는 모르겠고 더 이상은 상관도 안 해요. 우리 아버지는 흡혈귀였어요. 사람의 피 대신 생기와 기쁨과 선의를 빨아먹는 인간 거머리."

"그럼 당신 어머니는?"

"어머니의 유일한 죄는 그런 남자와 사랑에 빠졌다는 거예요."

타냐의 입술이 비틀렸다.

"그리고 사랑에 빠진 여자답게 전부를 다 바쳤어요. 아버지는 그 사랑을 철저하게 이용해먹었구요. 어머니를 헝가리의 집과 가족들에게서 떼어놓고 낯선 나라로 데려와선 결혼조차 해주지 않았어요. 정부로 삼아서 모스크바 외곽의 오두막에 들어앉히고 기분 내킬 때만 찾아왔죠.

나는 두 분이 살림을 차린 지 이 년째 되던 해에 태어났어요.”

“당신은 사생아였군.”

“사생아라는 표현조차 과분해요. 아버지에게 나는 똥무더기만도 못한 존재였으니까. 난 말귀를 알아들을 만큼 머리가 굵어졌을 때부터 태어나지도 말았어야 할 생명, 피임약 복용을 깜박했던 어머니의 멍청한 실수로 잉태된 생명이라는 소리를 듣고 자랐어요.”

그녀는 서글프게 웃었다.

“어머니는 항상 겁에 질려 계셨기 때문에 심지어는 나에게조차 인정하지 못했지만 실은 피임약 복용을 잊어버렸던 게 아니라고 생각해요. 그 즈음에는 생지옥으로 변해버린 삶에서 뭔가 기댈 것이 필요하셨겠죠. 사랑을 주고받을 상대 말이에요. 그게 엄청나게 과한 요구는 아니잖아요.”

“지극히 인간적이고 소박한 요구지.”

“아버지의 생각은 달랐어요. 당신에게 과외 비용과 귀찮은 짐덩어리를 떠맡긴 어머니는 처벌받아 마땅했었죠.”

떨리는 한숨이 그녀의 입에서 길게 터져나왔다.

“그래서 과외 비용을 충당하는 동시에 어머니의 멍청함을 단죄할 수 있는 길을 찾았어요. 매춘이었죠. 처음에는 비위를 맞추거나 아첨하고 싶은 상관들에게만 어머니를 보냈지만 나중에는 화대만 낸다면 지위고 하를 가리지 않았어요.”

“왜 당신 어머니가 헝가리로 돌아가지 않고 그런 대접을 참아냈을까?”

“나 때문에. 시키는 대로 하지 않으면 나를 빼앗아버리겠다고 아버지가 위협했거든요. 결국 난 어머니에게 가해지는 매질의 채찍이었던 거예요”

목소리가 갑자기 앙칼진 쇳소리로 변했다.

“내 기분이 어땠을 것 같아요? 아버지를 죽여버리고 싶었어요! 그 인간 주위에 있으면 속에서 열불이 났어요. 독약에 산채로 먹히는 것 같았어요.”

까만 눈동자가 활활 타올랐다.

"그리고는 깨달았죠, 그게 아버지가 원하는 것임을. 다른 사람의 증오가 아버지의 양식이었던 거예요. 남에게 아픔, 분노, 불행과도 같은 부정적인 감정을 일으켜 자신의 힘을 만끽했던 거예요. 거기에 지지 않는 것만이 아버지를 패배시킬 수 있는 유일한 길이었어요. 그래서…… 난 증오심을 죽이고 행복해지는 데 집중했죠. 아무리 사소한 것이라도 재미있게 받아들이려고 노력했지만…… 정말이지, 정말이지 쉽지 않았어요."

무의식적으로 온기를 찾아 파고드는 그녀의 어깨를 제러드는 힘껏 감싸안았다. 그녀의 아픈 기억이 자신의 것처럼 느껴져 그는 목이 메어 왔다.

"하지만 그건 먹혀들었어요. 낭패해하는 아버지를 보면서 난 더 강해지고 더 열심히 삶의 기쁨을 찾았죠. 아버지의 지배력은 그 본질상 물리적인 쪽으로만 국한될 수밖에 없었어요. 아버지에게 먹는 것, 입는 것, 심지어는 행동까지 지배당한다 해도 내가 마음을 허락하지 않으면 내 영혼만은 자유였던 거예요. 그리고 난 마음까지 빼앗기진 않았어요. 어머니처럼 파괴당하진 않았어요. 난 먹이가 아니니까! 나에게는 에뢰가 있으니까!"

맙소사, 그녀가 힘에 집착하는 것도 무리가 아니다. 지금도 이렇듯 작고 연약한데 어렸을 때는 얼마나 눈만 퀭한 아이였을까. 그녀의 나직하고 잠긴 속삭임이 이어질수록 제러드의 속에서도 뜨거운 느낌이 벌컥벌컥 솟아났다. 바닥을 헤아릴 수 없는 이런 부드러운 감정의 깊은 샘물이 자신에게 있는 줄은 미처 몰랐다. 그는 속이 녹아나는 기분이었다. 너무 아팠다.

"발레는 어떻게 시작하게 되었지?"

그녀를 고통스런 기억에서 다른 쪽으로 유도하기 위한 질문이었다.

"어머니의 손에 끌려 마을의 발레 교실에 들어갔어요. 당시 아버지는 해외 파병을 나가 있었죠."

타냐는 사나운 만족감에 찬 미소를 지었다.

"아버지가 돌아왔을 때는 이미 손쓸 도리가 없어졌어요. 난 <장래가 촉망되는 유망주> 명단에 올라 문화부로 추천되고 모스크바 볼쇼이 발레학교의 입학 허가를 받은 뒤였거든요. 문화부는 소련에서 막강한 권력과 특권을 휘두르기 때문에 아버지로서는 타당한 이유도 없이 내 입학을 무를 수 없었어요."

미소가 흐려졌다.

"대신 다른 식으로 복수하셨죠. 어머니와 나를 떼어놓은 거예요. 아버지는 나에게 학교 근처의 하숙집을 잡아주고 일년에 딱 두 번만 어머니 곁으로 돌아갈 수 있게 했어요. 양날의 검처럼 일석이조인 복수였어요, 우리 모녀를 동시에 처단하는."

지친 몸짓으로 어깨를 으쓱거렸다.

"그 복수의 효과는 오래 가지 않았어요. 어머니가 완전히 망가져 버렸거든요. 어떤 것도 신경 쓰지 않는 허깨비가 되어버렸어요. 아버지의 승리로 끝난 셈이죠."

그리고 긴긴 침묵. 제러드는 물기로 반짝이는 눈을 부릅뜨고 앞만 망연자실하니 응시하는 타냐의 소리 없는 절규를 생생하게 들을 수 있었다. 그는 손을 내밀어 그녀의 속에서 고통을 가져오고 싶었다. 아픔이 있던 자리를 아름다운 선물로 채워 그녀를 영원히 치료해 주고 싶었다.

"내가 잠시 당신을 안아도 되겠소, 꼬마 파이퍼?"

조심스런 질문. 수상쩍게 갈라진 목소리.

그녀는 아무 말도 듣지 못한 것처럼 반응을 보이지 않았지만 곧이어 꿈에 잠긴 듯이 흐리멍덩한 눈을 이쪽으로 돌렸다. 그녀의 입에서 '아, 그러세요'라는 허락이 떨어졌고, 그의 따뜻한 체온에 감싸이자 중얼거림이 재차 흘러나왔다.

"고마워요."

정중하다 못해 겸손하기까지 한 어조.

제러드는 마른침을 삼켜 아프도록 메어오는 목 저편으로 슬픔을 밀어넣고는 그녀의 관자놀이에 입술을 가만히 눌렀다.

"고맙긴. 오히려 내 기쁨이오."

가느다란 두 팔이 그의 허리에 감겨 왔다. 감격한 아이마냥 그에게 맹목적으로 매달리는 몸짓이었다. 사실 타냐는 어렸을 때보다 더 어려진 것만 같았다. 그 누구에게도 이토록 완벽한 안전함, 절대적인 애정은 느껴보지 못했다. 이 순간까지는 자신이 진정으로 찾아헤맸던 것이 무엇인지조차 인식하지 못했다. 너무도 오래 전에 내 자리의 아늑함을 빼앗겨 그 기억조차 잊어버린 것이다.

"이제는 괜찮아, 러브. 내가 당신을 돌봐주리다."

다정하게 웅얼거리며 등을 다독거리는 그가 믿음직하게 느껴졌다. 이 남자라면 전부를 맡겨도 되리란 느낌이 들었다. 타냐는 흡족한 한숨을 작게 내쉬었다. 제러드라면 어두운 심연에서 스물스물 기어나오는 악몽과도 같은 기억들과 싸워 물리쳐 줄 거야. 왜냐하면 강한 남자니까. 굉장히 강해.

강함.

그 단어가 도취된 행복의 얇은 껍질을 깨고 그녀를 뒤흔들어 놨다. 타냐는 그의 품속에서 뻣뻣해졌다. 이 남자는 강하다. 어쩌면 세상에서 가장 강한 남자일 수도 있다. 그리고 강하면 강할수록 위험은 커진다. 그녀는 미친 듯이 도리질을 쳐대며 그를 밀어내기 시작했다.

"그만 놔줘요, 저리 가요!"

절박한 청을 무시하려는 듯이 순간적으로 그의 포옹이 강해졌지만 그는 결국 두 팔을 천천히 풀었다. 타냐는 부랴부랴 저만큼 물러나 앉았다. 그래도 그와의 거리는 너무 가깝게만 보이고 추위와 외로움은 성큼 다가왔다. 그는 다만 가만히 제자리를 지킨 채 생각에 잠겨 가늘어진 눈으로 그녀의 굳은 얼굴을 응시했다.

"왜 그러지?"

그가 조용히 물었다.

"뭘 그렇게 두려워하는 거요?"

"난 아무것도 두렵지 않아요."

타냐는 세차게 부인했다. 내심으로는 죽도록 두려우면서. 평생 그 어
느 때보다 두려우면서.

"그저 더 이상은 당신의 포옹을 원치 않았을 뿐이에요. 난 당신이 필
요 없어요, 아무도 필요하지 않아요."

"… 내가 조금 전까지 받았던 인상으로는 그렇지 않았소. 내 위로를
거부하지 말아요. 난 일시적으로 약해진 당신의 상태를 악용하거나 하
지 않아."

"나는, 약하지, 않아요!"

지나치게 힘이 들어가 떨리는 목소리였다.

"앞으로도 약해지지 않을 거고, 누구의 지배도 받지 않을 거예요. 절
대로."

"왜 내가 당신을 지배할 거라고 생각하는 거요?"

그의 입술이 비틀려 씁쓸한 곡선을 그렸다.

"지금까지 우리의 관계에서 난 압도적인 지배욕을 드러낸 적이 없소.
오히려 당신의 지배를 받았다는 편이 옳지."

"강자는 언제나 지배하게끔 되어 있어요."

타냐는 고집스레 주장했다.

"주위의 약자를 골라내 정복하는 것, 그게 강자의 타고난 천성이에요."

"잘못 알고 있소. 당신 아버지의 경우처럼 힘에 언제나 냉혹함이 수
반되는 건 아니오."

"당신 말이 옳을지도 모르지만 그 가능성을 믿고 틈을 내보이기에는
지나치게 위험해요."

까만 눈을 뜨겁게 빛내고 입술을 축이며 그녀는 자리에서 튀듯이 일
어났다.

"화제가 어쩌다 이쪽으로 흐르게 되었죠? 소모적인 대화는 관두기로
해요. 어차피 당신이 나를 지배하는 위치에 서는 날은 결코 오지 않을
테니까. 세상과 고립된 이런 상황은 두 번 다시 반복되지 않을 거예요."

"우리의 휴전이 끝났다는 감이 드는군."

"처음부터 불발로 예정된 휴전이었어요. 다 알면서 동의한 내가 미쳤지. 보름달 때문이 틀림없어요. 심지어는 제정신인 사람마저 달의 주기에 영향을 받는다잖아요."

"그럼 우리는 다시 적으로 돌아가는 거요?"

"당신 사전에 후퇴란 없을 텐데요? 그렇다면 계속 전진할 수밖에 없죠. 하지만 전진 목적지를 정하는 사람은 바로 나예요, 제러드. 결정권자는 항상 내가 될 거예요!"

그리고는 저 멀리 샤또를 향해 유령 같은 나무들 사이를 가로질렀다.

타냐는 침실에 들어서자 문에 기대어 헉헉거렸다. 심장이 가슴에서 두근거리며 전력질주를 하고 있었다. 두려워할 이유도 없고 쫓아오는 사람도 없는데 왜 도망쳐 왔을까? 바보같이. 제러드는 놀란 토끼처럼 달아난 그녀의 동기가 두려움 때문이라는 것을 알아차렸으리라. 그 특유의 초연하고 인내심어린 태도였지만 예리한 잿빛 눈은 그녀를 꿰뚫고 전부를 다 아는 듯했으니까.

아, 그가 정말이지 두려워.

자신에게 그와 맞먹는 힘과 결의가 있는지 의심이 들었다. 그에게 마음을 열지 않으면 지배당하지 않는다는 믿음에 구멍이 뚫렸다. 제러드의 품안에서 그녀는 강물처럼 그에게 흘러가 그와 하나가 되고 싶었지 않았던가. 누구에게도 허락하지 않았던 일부분을 나누고 싶어지지 않았던가.

심지어는 마거릿에게조차 밝히지 않았던 과거의 일부를 하필이면 그에게 고백하고픈 충동이 왜 끓어올랐는지……. 오늘밤의 그 독백만으로도 제러드가 그녀에게 얼마나 위험한 존재인지 여실하게 증명되었다. 그저 안아주고 주의 깊게 귀를 기울여 주는 행위만으로 그는 자석처럼 그녀를 끌어당긴 것이다.

타냐는 그의 점퍼 지퍼를 내려 벗었다. 약해졌던 순간들을 상기시켜 주는 증거 따윈 신물이 났다. 그녀는 침실을 가로지르며 점퍼를 의자에 던져버렸다. 같은 실수는 되풀이하지 않겠어. 내 자신의 한 조각조차 잃진 않겠어. 비록 제러드는 냉혹하게 굴지도 않았고 힘의 생리에 대해 대단히 원칙적인 말을 하기도 했지만 그럼에도 그에게 내재된 무자비한 본성이 느껴졌다. 그런 남자와 본격적인 관계로 뛰어들면 감정의 평정뿐 아니라 존재의 독립성까지 빼앗기리라.

욕실에서 노란색 차이나 파자마의 단추를 풀기 시작했다. 맞아, 세상에서 믿을 사람은 오직 나 하나뿐이야. 그녀는 샤워기를 틀고 재빨리 옷가지를 벗으며 결론내렸다. 지난 2주 동안 제러드와 빠져들었던 성적인 게임은 그만 두어야지. 내 취약성을 깨닫고도 그런 위험한 불장난을 계속한다는 건 어리석어. 이 가당치도 않은 놀음 자체를 완전히 끝장내야 해.

탈출.

샤워실로 들어가 따뜻한 물줄기에 몸을 맡겼다. 탈출만이 점점 심화되는 그녀의 딜레마에 대한 유일한 대답이었다. 거의 숨바꼭질을 하듯 탈출에 임했던 태도를 버리고 목표달성에 전심전력을 다해야 한다. 지금까지는 그녀의 감성과 감각을 끌어당기는 제러드의 인력에 저항하느라 정작 탈출이라는 목표에는 많은 시간을 할애하지 못했다. 하지만 두 마리의 토끼를 쫓으면 전부를 잃기 마련이다. 이제부터는 탈출에만 집중하자. 그리고 이곳을 벗어나야지. 가능한 빨리.

이튿날 타냐의 결심은 발레 연습차 체육실로 들어섰을 때 한층 강해졌다. 그건 순전히 체육실 안쪽에서 느리지만 규칙적으로 턱걸이하는 어떤 남자 때문이었다.

에드워드 버츠.

그를 보자마자 타냐는 얼어붙었다.

버츠는 문 닫히는 소리에 재빨리 어깨 너머를 살피고는 철봉에서 놀랍도록 가볍게 내려왔다. 어두운 색조의 티셔츠와 반바지 밖으로 드러난 사지는 또 다른 놀라움이었다. 보수적인 양복 차림이었을 때는 땅딸막하게 보이던 체구가 실은 일 파운드의 군살도 붙지 않은 다부진 근육덩어리로 판명되었기 때문이다. 지금의 그에게서 인간다운 냄새를 풍기는 면이라곤 살집이 많은 얼굴과 사냥개를 연상시키는 갈색 눈망울, 잔뜩 경계했다가 특유의 무덤덤한 것으로 바뀐 표정뿐이었다.

"안녕하십니까, 오를리노프 양."

그가 먼저 말을 걸었다.

"아침 연습을 7시부터 시작하신다기에 간단히 몸을 풀고 나갈 생각이었습니다. 자리를 비켜드릴 테니 편히 연습하십시오."

"오늘은 약간 일찍 내려왔어요. 잠자리가 불편해서."

야무지게 쏘아붙여 주었다. 모든 일의 원흉과 정통으로 마주친 충격이 어느덧 분노로 변해 표독한 목소리가 나왔다. 납치범인 주제에 감히 천연덕스럽게 예의를 차려? 가증스런 자식 같으니.

"자리를 비켜주지 않아도 돼요. 댁의 눈에 나는 사람처럼 보이지도 않잖아요. 필요에 따라 휘두를 수 있는 물건에 불과하죠."

버츠는 느릿느릿하게 입을 열었다.

"아직 저에 대한 화가 풀리지 않으셨군요. 지금쯤이면 포기하시길 바랐는데. 그간의 보고를 통해 상황에 적응하려는 노력의 기미조차 보이지 않음을 알게 돼 안타까웠습니다."

철봉 옆의 바닥에서 수건을 집어 이마를 닦았다.

"아가씨도 꽤나 까다로우십니다."

"까다로워? 도덕성이라고는 색시촌의 뚜쟁이만큼도 지니지 못한 남자에게 납치와 약물 주입을 당하고 오지의 성으로 끌려온 부당함에 반발하는 게 까다롭단 말이에요?"

"그건 필요불가결한 일이었습니다, 오를리노프 양."

목의 땀을 닦으며 천연덕스럽게 설명했다.

"제가 극단적인 행동에 나서기 앞서 설득하려 했다는 점을 잊지 마십시오. 무력 사용은 언제나 유감스런 결과를 낳지요."

"그럼에도 서슴없이 무력을 사용했잖아요."

타냐의 눈에서 불이 뿜어져 나왔다.

"양심의 가책조차 느끼지 않고."

"예, 양심의 가책은 느끼지 않았습니다. 차후에도 그 점을 명심해 두십시오. 저는 양심 따위에 연연할 여력이 없습니다."

거의 다정하다고 할 만한 미소가 떠올랐다.

"저라는 사람은 영리한 축에 속하지 못합니다. 머리 회전이 아주 느린지라 똑똑한 친구들이 단박에 알아들을 소리도 이해하는 데 한참 걸리지요. 그래서 그런 친구들을 따라잡으려면 열심히 몸으로 때우는 수밖에 없습니다. 더군다나 제 야망은 단순히 남들과 보조를 맞추는 이상이기 때문에 몇 배의 노력을 기울여야 합니다."

저 무표정의 너머에 존재하는 강단을 왜 미처 알아차리지 못했을까? 타냐는 소름이 돋는 느낌 속에서 자문하며 버츠의 얼굴을 멍하니 응시했다.

그는 차분하게 말을 이었다.

"천신만고 끝에 가까스로 지금에 이르렀는데, 양심 때문에 상원의원님을 실망시키고 공든 탑을 허물라구요? 그럴 순 없습니다. 도덕성은 제 몫이 아니에요. 그건 가진 자들의 사치입니다."

이런 사람을 그저 웃기는 남자라고 처음에 가볍게 넘겼다니……. 에드워드 버츠는 집념의 화신이다. 본인의 고백처럼 머리 회전은 느릴지 몰라도 꾸준하며 확고한 의지력으로 단점을 극복해 온 무서운 노력형.

타냐는 떨림을 무시하며 야무지게 반박했다.

"내가 댁의 목적에 부합되는 적임자가 아니라 안타깝네요. 다른 계획을 세워 보시죠. 난 이곳에 머무를 뜻이 없어요."

"아가씨의 지속적인 탈출 시도에 대해서는 주목해 왔습니다. 그 중 몇 가지 시도는 상당히 독창적이더군요. 축하드립니다, 제 부하들을 발바닥에서 땀나도록 뛰어다니게 하셨어요."

"난 댁의 임시 교관으로 취임해서 경호팀 훈련을 이끈 게 아니에요, 버츠 씨."

그는 어깨를 으쓱거렸다.

"어쨌든 결과는 같았어요. 하지만 이제는 중단해 주십시오."

"싫은데요."

일부러 사카린처럼 달콤한 목소리를 냈다.

"죄송하지만 댁에게 복종하지 않겠어요. 난 반드시 탈출하고야 말 거예요."

우울한 사냥개 같은 갈색 눈에 유감의 빛이 진하게 어렸다.

"정말 까다로우신 분이군요, 오를리노프 양."

그녀는 잇새로 말을 뱉었다.

"댁의 손에서 놀아나지 않기 때문에 까다롭다고 한다면 칭찬으로 받아들이죠. 나를 제러드에게 붙여주려던 당신의 계획은 어그러졌어요. 지금이라도 계획을 수정하는 게 어때요?"

"라이커 박사님과 동침하지 않으신다는 보고는 받았습니다. 놀랐습니다. 상당히 의외예요, 박사님의 자제력은."

곤란하다는 듯이 이맛살을 찌푸리고 골똘히 생각에 잠겼다가 갑자기 얼굴을 활짝 폈다.

"그러나 아가씨를 이곳으로 모셔온 건 정말 잘한 일입니다. 비록 두 분 사이에 육체적인 관계는 없다 해도 아가씨 덕분에 라이커 박사님께선 즐거운 시간을 보내신 눈치니까요. 그렇지 않다면 샤또에서 빠져나가셨을 겁니다. 이제 제가 돌아온 이상, 그분의 더한 만족을 위하여 적극적으로 조정에 나서야지요."

타냐는 아연실색했다.

"조, 조정?"

"박사님의 자제력이 무한정 계속되리란 기대는 무리입니다. 그처럼 욕구가 강하신 분께서 여자를 가까이 하지 않으신 지 장장 한달이 넘었어요. 막바지까지 이르렀다고 봐야 합니다. 다시 성마르고 초조해지시기 전에 껄끄러운 상황을 조율할 필요가 있어요."

"어떻게 <조율>할 심산이죠?"

옆구리에 늘어진 그녀의 양손이 저절로 주먹 쥐어졌다.

"흥, 나에게 또 미약이라도 쓰겠다는 거예요?"

"그 방법은 효과가 없었지만 저번에는 분량을 지나치게 적게 썼기 때문인지도 모르지요. 일단 전문의와 상의해 보겠습니다. 하지만 미약 이외에는 뾰족한 해결책이 떠오르지 않는군요. 아가씨의 경우, 무력 사용에 대해 라이커 박사님께서 심한 거부감을 표시하셨는지라 선택의 폭이 좁습니다."

그녀는 냉소적인 비아냥에 진지하기 그지없는 대답이 돌아오자 말문부터 막혔다. 한편으로는, 제러드의 품에 안겼던 그날의 기억으로 온몸에 열기가 줄달음쳤다. 이미 그에게 끌릴 만큼 끌린 지금에 와서 다시 미약의 힘까지 더해진다면 꼭두각시로 전락할 것이다. 제러드와……에드워드 버츠에게 조종당하는 꼭두각시. 그 암울하고도 끔찍한 전망 앞에서 얼굴의 피가 가셨다.

이제 버츠가 욕실 쪽으로 돌아섰다.

"저 때문에 아가씨의 연습이 지체되었군요. 죄송합니다. 이만 물러가겠습니다."

잠깐 돌아선 그의 얼굴에는 희미하게 감탄이 어려 있었다.

"하루도 빠짐없이 다섯 시간씩 연습하신다고 들었습니다. 그 지구력과 극기력에 감탄했습니다, 오를리노프 양. 저는 자신에게 철저한 사람, 부단히 노력하는 사람을 존경합니다. 대단하십니다."

타냐는 욕실 문이 닫힌 후에도 족히 삼십 초 가량이나 경악한 시선을 돌리지 못했다. 이런 대화가 오갔다는 사실 자체가 믿어지지 않았다. 만화 속에서 튀어나온 악당과 조우한 기분이었지만 저렇게 섬뜩한 가공 인물이 과연 있을까. 버츠는 일단 결정을 내리면 강도 8의 지진과 맞먹는 계기가 생기지 않는 한 마음을 바꾸지 않으리라. 그리고 저 남자의 가공할 결정은 수단과 방법에 대한 재고 따윈 없이 그녀를 제러드의 침대로 들이미는 데 맞추어지리라.

미약.

그건 너무나도 두려운 협박이었다. 타냐는 질끈 눈을 감았다. 나 자신을 또다시 그런 유혹에 들게 할 순 없어. 제러드가 버츠에게 동조하진 않겠지만 그렇다고 그가 약물 주입을 원천적으로 막을 수 있을지 여부는 의문이다. 전에도 그의 뜻에 반하여 벌어졌던 일이 거듭되지 않을 거라고 누가 보장하겠는가. 버츠의 계획을 저지하는 건 뭍을 향해 느리지만 완강하게 밀려오는 파도와 싸우는 꼴이다.

그녀는 눈을 뜨고 휘적휘적 발레 연습에 나섰다. 두서없이 떠올랐다가 사라지는 숱한 상념으로 머리가 무거웠다. 미약을 피할 길이 없어 보였다. 그녀는 자동적으로 제1 포지션을 취하고 그랑 플리에(꼿꼿한 자세로 무릎만 굽히는 동작)를 시작했다. 언제나처럼 눈의 초점은 거울에 비추어진 자신의 영상에 고정되었지만 평소와 달리 비판적인 빛이 결여된 터였다. 움직임도 연습에 집중하지 못하고 기계적이었다.

이곳에서 탈출해야 해. 버츠가 돌아온 이상 가능한 빨리. 좋아, 오늘밤 당장 실행해야지.

결정을 내리자 기운이 났다. 생각해 볼수록 오늘밤이 가장 적당한 거 같았다. 어제 탈출 소동을 벌이고 오늘 또 시도하리라곤 아무도 예상하지 못하리라. 버츠의 부하들은 느긋하게 풀어져 있다가 허를 찔리면 얼마나 놀랄까? 타냐는 거울 속의 자신을 향해 생긋 웃었다.

이제 연습은 제5 포지션에 이르렀다. 쭉 뻗은 다리를 번갈아 앞, 뒤, 옆으로 빠르게 들었다 내리는 그랑 바트망을 하다 말고 타냐는 두 발을 모았다. 평소처럼 발레 연습에 전력을 쏟을 순 없었다. 산마루의 초소까지는 약 6킬로미터. 그 거리를 수송용 차량으로 횡단했던 어제와 달리 오늘은 걸어서 가야 하고, 거기부터 산 아래의 마을이나 농장까지 몇 시간이나 더 강행군을 해야 할지는 미지수이다.

힘을 비축해 두자…… 오늘밤을 위하여.

8

구름아, 제발 움직여!

둥근 보름달 때문에 미칠 것만 같았다. 저 먹구름의 이동 속도에 따라 보름달이 어젯밤보다 몇 곱절이나 신랄한 욕을 들어먹느냐 마느냐가 결정되는 상황이었다. 보초가 돌아오기 전에 샤또의 안뜰을 가로질러 산길의 모퉁이를 돌려면 어둠이 절실했다.

타냐는 석조 벽에 붙어 웅크렸다. 구름의 추이를 살피는 시선에는 시시각각 불안이 감돌았다. 보름달을 향해 느릿느릿 다가가는 먹구름의 게을러터진 행보 때문에 신경이 끊어지기 직전까지 팽팽하게 잡아늘여졌다. 보초가 근방을 한 바퀴 돌아 제자리로 오는 데 소요되는 시간은 약 4분. 그건 나흘 전 이곳에 숨어 세 시간이나 지켜봤던 노력의 소산으로 알아낸 정보였다. 수송용 차량에 잠입하지 못하고 걸어서 탈출해야 하는 경우를 대비한 것이다. 바로 이런 경우를.

그리고 난 걸어서라도 탈출할 거야, 구름만 움직여 주면.

좌절감에 사무쳐 입술을 깨물었다. 휘영청 밝은 보름달이 천지를 밝히는 한 이곳에서 꼼짝도 할 수 없다. 보초가 북쪽 벽을 돌아오기 전에 적어도 안뜰은 가로질러야 한다는 계산으로 속이 탔다. 어떻게든 저기까지만 가면 기회가 있을 텐데…….

남은 시간은 3분.

애간장이 말라서인지 어두운 재킷 안의 터틀넥 스웨터가 답답하게 느껴졌다. 스웨터의 칼라를 잡아당기며 다른 손으로는 산악용 로프 뭉치를 다시금 힘주어 잡았다. 그녀는 구름을 노려보았다. 움직여, 움직이란 말야! 먹구름이 발광의 원형체를 미치도록 천천히 가리면서 환영해 마지않는 어둠이 드리워졌다.

타냐는 튀어나갔다. 그리고 한때 이 샤또에서 전투가 벌어져 하늘을 수놓았을 화살처럼 빠르게 질주했다. 테니스화의 고무 밑창이 신속하며 확실하게 울퉁불퉁한 자갈 위를 딛었다. 노렸던 지점에 도착하려면 아직 멀었고 보초가 돌아오기까지는 1분밖에 남지 않았건만 망할 구름은 보름달의 업화를 피해 달아나듯 벌써 하늘을 가로지르고 있었다.

별 수 없어, 달리는 수밖에.

땋은 머리채가 등뒤에서 날리고 폐에서 불이 일도록 구름과 경주를 벌였다. 이 승부에 탈출을 하느냐 못하느냐가 결정된다. 아…… 내 패배로구나. 산길의 모퉁이까지 십오 미터쯤 남았을 때 갑자기 대낮처럼 세상이 환해진 것이다. 가슴이 졸아들었다. 보름달의 주먹에 당한 사람처럼 순간적으로 몸이 휘청거렸다. 보초가 제자리로 돌아왔을 텐데 스포트라이트 같은 달빛의 집중세례를 받고 있는 이 꼴이란!

지금까지 전속력으로 달렸다고 생각했지만 공포로 격발된 아드레날린의 분출은 그 생각이 틀렸음을 증명했다. 그녀는 죽도록 달리며 속으로 기도했다. 보초가 늦게 오게 해주세요, 나를 못 보거나 환상을 봤다고 착각하게 해주세요, 보초에게 잠깐 담배를 피게 해주세요……. 고함과 함께 추적의 요란한 발소리를 각오했지만 들리는 것이라곤 자신의 거친 숨소리뿐이었다. 그리고, 그리고 드디어 모퉁이를 돌았다.

성의 반경에서 벗어난 것이다!

벅찬 안도감으로 현기증이 돌았다. 심장이 아프도록 쿵쾅거렸으며 무룍은 버터처럼 말캉거렸다. 첫 관문을 넘자 구름의 행보로 잔뜩 긴장했던 신경이 한꺼번에 풀어진 탓이다. 하지만 안도하긴 일러. 그녀는 자꾸 느려지는 걸음을 재촉했다. 초소를 무사히 지나고 산을 완전히 내려가야 비로소 자유야.

크고 깊게 숨을 들이켜 호흡을 가다듬고 조깅에 나섰다. 아까처럼 전력질주를 하다간 얼마 버티지 못한다. 암석이 깎여 다듬어진 노면은 거칠었으며 늦가을의 싸늘한 바람은 확확 달아오르는 뺨의 열기를 식혀 주었다.

가볍게 뛰는 간간이 어깨에 걸친 물건을 확인했다. 산악용 로프와 그래플링 후크. 아침나절에 탈출 계획을 짜며 남몰래 샤또를 뒤질 때 체육실의 창고 안쪽에서 찾아낸 것들이었다. 그녀는 오로지 달렸다. 마음속의 모든 공포와 걱정에 항거하듯이 앞만 바라보며 몇 번이고 되뇌이면서.

이건 식은 죽 먹기야.

안데스 산에 비하면 이까짓쯤 아무것도 아니다. 그때보다 체력적으로도 우수하고 장비까지 갖추었지 않은가. 인적인 위협은…… 조금, 아주 조금 강해졌지만. 그리고 그 위협은 저 산모퉁이 너머에서 기다리고 있다.

속도를 줄여 송송걸음으로 길에서 벗어났다. 노변의 수풀로 파고들어 모습을 감추려는 시도. 하지만 파고들고 말고 할 것도 없었다. 겨우 몇 걸음을 뗀 것만으로 벌써 오, 육 미터 가량의 경사와 낭떠러지가 나왔으니까. 길의 저편은 곧바로 천길 절벽인데 비하여 이쪽은 낭떠러지 전에 그나마 경사가 져 있고 수풀과 띄엄띄엄 나무들도 있으니 그나마 다행이랄까. 어제 초소에서 잡혀 올 때 이런 지형을 알아차리고 산악용 로프와 그래플링 후크를 준비해 온 것이다. 하지만 막상 닥쳐보니 이곳을 돌파하기가 생각보다 어렵게 보였다. 그녀는 이 주 전 제러드에게 큰소리를 땅땅 쳤던 기억을 떠올리며 쓰게 웃었다. 발레리나든 아니든, 발 딛기를 잘하든 못하든, 까닥하면 추락사야.

산모퉁이를 돌아서 저만치의 밝은 랜턴 불빛들과 마주치자 이미 예상은 했으면서도 심장이 철렁 내려앉았다. 본능적으로 얼른 주저앉아 불빛 주위를 뚫어져라 응시했다.

두 개의 기둥에 연결된 채 도로를 차단하고 있는 체인. 저쪽 길가에 눕혀진 오토바이의 좌석에 편히 기대어 카드판을 벌인 보초 둘. 그들의 두런거리는 말소리가 맑은 산 공기 속에서 어찌나 똑똑히 들리는지 바로 옆에 있는 기분이었다. 단언하긴 어려웠지만 어제 만났던 보초들 같지 않았다. 둘 다 낯설었다. 이상하다, 지난 이 주간 샤또의 모든 경호원과 한두 번씩은 맞닥뜨려 안면을 익힌 줄 알았는데…….

정신 차려!

타냐는 자신을 호되게 야단쳤다. 밤새도록 이곳에서 보초들의 얼굴만 바라볼 작정이니? 보초들은 바뀌었어도 상황은 그대로인 만큼 계획대로 밀고 나가야 해. 그녀는 어깨에서 로프와 그래플링 후크를 내려놓았다. 우선 후크의 강철고리에 로프를 끼워 단단히 매듭짓고 로프의 반대편을 허리에 묶었다.

그때, 웃음소리가 카드판에서 터져나왔다. 그녀는 깜짝 놀라 펄쩍 뛰어올랐다. 긴 한숨이 저절로 흘러나왔다. 소리를 죽여 호흡을 가다듬어 보았다. 진정하자. 지금은 냉정을 지켜야 할 때야. 날카로워진 신경은 하등의 도움이 안 돼.

로프와 연결된 그래플링 후크를 집어들고 다시 한 번 어둠이 내려앉기만 기다렸다. 그 침묵의 기원에 응답하듯 먹구름이 보름달을 가리자마자 잽싸게 자리에서 일어나 나무둥치를 잡고 슬금슬금 경사면을 따라 내려갔다. 제기랄, 발 아래에서 지면이 무너졌다. 이다지도 무른 땅에 소나무들이 뿌리를 내리다니 역시 자연은 경이롭다. 한 팔로 나무를 껴안고는 몸을 한껏 내밀어 다음 나무에 그래플링 후크를 박았다. 불행 중 다행으로 나무들의 간격은 대부분 삼십에서 오십 센티미터였으므로 그들의 앙상한 몸에 후크를 박고 조심조심 경사면을 가로지르는 건 상대적으로 간단했다.

반복적인 그 과정에 익숙해지자 속도가 붙었다. 기척을 죽일 필요만 없었다면 벌써 15미터를 가로질러 보초들의 맞은편 지점에 이르렀겠지만 실제로는 이십 분이나 걸렸다. 휴우, 잠시 쉬며 호흡을 가다듬고 손바닥의 땀을 닦았다. 그녀는 다시 로프를 잡았다. 좁은 길 너머 보초들의 숨소리까지 들려오는 듯해서 복부의 근육이 긴장되고 가슴이 죄어왔다. 작은 소음이라도 내는 날에는 버츠의 민첩한 부하들에게 즉각 잡히리라.

그럼, 나도 소리 없이 민첩하게 움직이면 돼.

타냐는 각오를 새로이 다졌다. 이왕 시작했으니 끝장을 보겠다고 결의하며 슬슬 걸음을 옮기고, 옆의 나무에 후크를 박고, 또 경사면을 가로질러 다음 나무로 이동해…… 드디어 초소를 지났다! 겨우 이 미터밖에 벗어나지 못했지만 어쨌든 돌파하는 데 성공한 것이다.

하지만 승리감은 오래 가지 못했다. 여기에서 가장 가까운 나무가 무려 4미터 너머에 있었기 때문이다. 충격과 실망으로 힘이 쭉 빠져 하마터면 붙잡고 있던 나무를 놓칠 뻔했다. 몸을 아무리 늘여봤자 저 나무에 후크를 박기란 불가능하다. 자유를 목전에 두고 이게 무슨 낭패람. 그녀는 아랫입술을 깨물고 머리를 굴렸다. 아무리 생각해 봐도 위기에서 벗어날 길은 하나뿐. 하지만 그건 너무 위험해서 감행하기가 망설여졌다. 후크를 던져 저 니무에 박히게 할 수 있을까? 어둠 속에서는 성공률이 떨어질 테고 소리라도 나면 산통 깨진다. 타일러의 농장에서 주말을 보낼 때 왜 편자 던지기 시범을 왜 건성으로 넘겼는지 후회스러웠다.

선택의 여지가 없어.

타냐는 눈을 부릅뜨고 거리를 가늠했다. 후크를 부메랑처럼 몇 번이나 고쳐 잡았다. 입 속으로 기도문을 중얼거리며 후크를 공중으로 날렸다. 성공했을까, 아니면 실패?

아무래도 상관없었다. 왜냐하면 후크가 나무와 부딪쳐 탁 하는 소음을 내버렸으니까.

"어! 저게 무슨 소리지?"

보초 한 명이 박차고 일어나 랜턴을 잡았다.

이제 남은 수는 삼십육계 줄행랑. 그녀는 미친 듯이 허리에 묶인 로

프의 매듭을 잡아당겨 풀면서 앞으로 내달렸다. 뛰어 도망치려면 경사
면에서 벗어나 편평한 길로 나가야 해!

탕.

이상하게도 타냐는 총성을 듣지 못했다. 어깨에서 타는 아픔이 일었
을 때야 그 죽음의 소음이 메아리치며 머리까지 전달되었다. 평생 어느
때보다 진한 후회가 우러나는 순간, 그 찰나적인 감정은 곧이어 경악에
찬 공포로 변했고 그녀는 망가진 장난감처럼 경사면을 떼굴떼굴 굴러
절벽 아래의 어둠 속으로 내동댕이쳐졌다.

"라이커 박사님, 일어나십시오. 긴급 사항입니다."

끈덕지게 문 두들기는 소리를 반주삼은 저 정중한 말소리의 주인공
은 버츠렷다?

제러드는 일어나 앉아 침대 협탁의 스탠드 쪽으로 손을 뻗었다. 투덜
거리며 불을 켠 순간, 다시 노크질이 시작되었다. 잠들었든 깨어 있든
귀에 거슬리는 짜증스런 소음이었다.

"들어와, 버츠. 무슨 일인지는 모르겠지만 정말 <긴급>한 편이 좋을
거야."

경호대장이 신중한 거동으로 문을 열고 다가왔다. 야심한 시간인데도
평소의 브룩스 브라더스 양복 차림이었다. 저 인간은 잠자리에 들 때도
정장을 차려입나? 제러드는 질려버린 심정으로 궁리했다.

"제가 하찮은 일로 귀찮게 해드릴 리 없잖습니까."

버츠의 고지식한 어조에는 섭섭함이 다분히 묻어 있었다.

"지금까지 저는 박사님의 쾌적한 사생활을 보호해 드리기 위해 극도
의 주의를 기울여 왔습니다."

"말꼬리 잡지 말고 본론이나 말해."

"다음 소식에 놀라지 마십시오, 라이커 박사님. 오를리노프 양이 사
소한 말썽에 휘말렸습니다."

짜증과 초조가 연기처럼 사라지고 근래 자리잡았던 불안이 발빠르게

표면으로 올라왔다. 제러드는 애써 건조한 목소리를 냈지만 눈초리는 레이저 광선이 무색했다.

"사소한 말썽이라니?"

"총에 맞았습니다."

박사의 입에서 급한 숨소리가 새어나오고 얼굴이 하얗게 질리자 버츠는 서둘러 안심시켰다.

"중상은 아닙니다. 총알이 어깨를 스친 정도라고 리스턴이 보고해 왔습니다."

제러드는 이불을 젖히며 침대에서 일어났다. 몇 백 볼트의 전류가 방전되는 듯한 일거일동으로 서둘러 바지를 찾아 입었다.

"어디 있어, 타냐는?"

딱딱 부러지는 어조.

"그리고 리스턴은 뭐 하는 자야?"

"제가 이번에 데려온 신참입니다. 요즘 샤또의 경호팀 기강이 해이해졌다는 판단 하에 몇몇 인사조치를 단행했습니다."

버츠는 얼굴을 찌푸렸다.

"리스턴이 의도적으로 아가씨를 쏘아 맞춘 건 아닙니다. 경고탄에 불과했는데 그만……. 오를리노프 양이 갑자기 초소에 나타나는 통에 놀란 거지요."

"초소? 지금 그녀가 거기에 있나?"

제러드는 갈색의 평상화에 발을 들이밀었다. 이런 사태를 미리 예견하지 못한 자신이 원망스러웠다. 저녁 식사 때 타냐는 거의 열광적이리만치 명랑했다. 그게 뭔가를 숨기기 위한 위장임을 왜 직감하지 못했을까? 그녀에게는 어젯밤 허물어졌던 방어벽을 다시 쌓을 시간, 그래서 그를 좀더 편하게 대할 수 있는 시간이 필요하겠거니 생각했는데 총상을 입어버리다니. 대체 얼마나 많이 다친 걸까? 중상이 아니라는 보초의 진단은 믿을 것이 못된다. 혹시 동맥이 파열되었다면? 그럼 그가 달려가기도 전에 과다출혈로 목숨을 잃으리라. 만일 신경에 손상을 입었다면?

이제 버츠가 고개를 끄덕거렸다.

"예, 초소에 계십니다. 리스턴의 보고를 받자마자 아가씨를 샤또로 모셔오기 위해 차량을 보냈지만, 일단은 박사님의 현장 도착을 기다리라고 지시해 놨습니다. 의사 면허를 소지하신 박사님의 진찰이 우선인 것 같아서요."

질문하듯 갈색 눈썹을 치켜세웠다.

"제 판단이 옳았는지요, 라이커 박사님?"

제러드는 옷장에서 닥치는 대로 셔츠와 점퍼를 꺼내며 입을 열었다. 무뚝뚝하고 냉랭한 어조였다.

"화장실 벽장에서 내 진료가방을 가져와. 차는 이미 대기시켜 놨겠지?"

버츠는 순순히 지시에 따랐다.

"물론입니다. 그리고 케빈 맥커드 씨도 깨우게 했습니다. 그는 평화봉사단에서 활동할 때 어깨 너머로 익힌 의료 지식이 상당하잖습니까. 지금쯤 밖에서 박사님을 기다리고 있을 겁니다."

그는 화장실 앞에서 걸음을 멈추었다.

"이번 일은 유감입니다. 그러나 박사님께서도 아시다시피, 고의가 아닙니다. 사고예요. 리스턴은 대단히 유능한 부하입니다."

"유감으로 끝나길 기도해."

제러드는 맹렬한 분노로 화강암처럼 굳은 얼굴을 하고 얼음장 같은 소리를 냈다.

"그녀가 진짜 심하게 다쳤으면 리스턴이란 놈의 시신을 산 아래에서 수습하게 될 줄 알아. 이건 진담이야. 그 유능한 부하의 다음 차례는 자네야, 버츠."

그는 침실에서 나가 성큼성큼 복도와 계단을 가로질렀다.

케빈이 샤또 밖의 차 앞에서 기다리고 있었다. 헝클어진 붉은머리하며 대충 입은 청바지와 체크무늬의 플란넬 셔츠 차림에서 경황없이 서

두른 기색이 역력했다. 그는 걱정으로 어두워진 얼굴을 하고 양가죽 상
의에 팔을 꿰다.

"유감이야, 제러드. 어떻게 이런 불상사가."

"그래, 불상사지."

제러드는 말을 씹어 내뱉고는 차의 뒷좌석에 올랐다. 이 분노를 다스
리기 위해 일부러 숨을 깊이 쉬었다. 냉정해지자. 타냐를 치료하려면 이
성을 지켜야 해.

케빈이 옆자리에 탔다.

"누가 그녀에게 일부러 해를 끼쳤겠어? 이건 사고야, 제러드."

"타냐는 죽을지도 몰라."

참으려는 노력에도 불구하고 목소리가 거칠게 갈라져 나왔다.

"그것도 순전히 총기 광신자의 돌발적인 손가락 놀리기 때문에. 사고
라는 말은 내 앞에서 두 번 다시 하지 마."

버츠가 마지막으로 허둥거리며 나타나선 갈색의 소가죽 진료 가방을
케빈의 옆에 조심스레 내려놓고 운전석에 앉았다.

"기다리게 해서 죄송합니다. 몇 가지 수배할 게 있어서요. 닥터 제퍼
스가 곧 헬리콥터로 도착할 겁니다."

제러드의 얼굴이 더 한층 딱딱해졌다.

"경상에 불과하다고 했잖나!"

"경상이 맞습니다."

버츠는 차의 시동과 기어를 넣으며 재빨리 안심시켰다.

"닥터 제퍼즈를 부른 건 만일의 경우를 대비한 조치일 뿐입니다, 라
이커 박사님."

"만일이 사실이 되면 가만 두지 않겠어."

장전된 총구만큼이나 섬뜩한 결의가 부드러운 어조로 전달되었다.

경호대장은 어깨만 으쓱거리고 말았다.

"박사님의 심정은 이해합니다. 그러니 저를 협박해서 강조하실 필요
는 없습니다. 누누이 말씀드렸다시피, 리스턴은 일급 요원이에요. 그런

명사수가 상대에게 경상을 입혔다고 한다면 경상입니다.”

버츠는 정확한 솜씨로 차를 후진시켜 아치 문을 통과하며 덧붙였다.

“몇 분내로 현장에 도착할 테니 박사님께서 직접 판단하십시오.”

초소에는 불빛과 생기가 감돌았다. 경호원들이 쫙 깔려 랜턴으로 일대를 밝혔으며 암녹색의 밴은 전조등을 켠 채 도로를 가로막고 서 있었다.

버츠가 그 밴 앞에 차를 세우자마자, 가죽 상의를 걸친 껑충한 청년이 달려와 설명을 늘어놓았다.

“저희 잘못이 아닙니다, 버츠 씨. 그분이 나무들 뒤에서 튀어나와 우리를 놀라게 했어요. 그분의 신원조차 파악할 겨를이 없었습니다. 그림자밖에 안 보였어요.”

“자네들은 항상 그림자를 향해 발포하나?”

제러드가 즉각 쏘아붙였다.

청년은 제러드의 험악한 얼굴과 이글거리는 눈빛 앞에서 신경질적으로 입술을 축였다.

“항상 그러는 건 아닙니다. 하지만 이 경우에는 박사님의 안전을 위해 발포부터 하고 질문은 나중에 하라는 지시를 받았습니다. 우리는 명령에 따른 것뿐입니다.”

“그녀는 어디에 있어?”

저 녀석의 사지를 갈가리 찢어놓는 기쁨은 나중으로 미루자. 타냐가 괜찮은지 확인하는 게 급선무야.

청년이 얼른 대답했다.

“밴의 뒷좌석으로 모셨습니다. 출혈은 멈추었고 현재는 의식을 잃은 상태예요. 어깨에 붕대를 감으려 할 때 기절하셨습니다.”

“앞장서.”

제러드는 싸늘하게 명령했다. 그는 차에서 내려 달리다시피 걸음을 옮겼다.

“내 가방을 가져오게, 케빈.”

“알았어.”

케빈은 진료 가방을 챙기며 버츠에게 한마디했다.

"저 젊은 친구, 가능한 먼 곳으로 보내는 게 좋겠어. 박사의 천 마일 반경 내에서는 목숨을 부지할 것 같지 않아."

"그렇지 않아도 나 역시 같은 결론에 이르렀소. 라이커 박사는 오를리노프 양에 대한 일이라면 이성을 잃으시니 원."

버츠는 안타깝게 고개를 흔들었다.

"딱한 노릇이야. 리스턴은 진짜 일류인데."

그 즈음 버츠의 일류 부하는 영구적으로 절단날 위기에 처해 있었다. 밴에 도착한 케빈은 그 살벌한 상황을 한눈에 파악했다. 그도 그럴 것이, 밴의 맨바닥에 누워 있는 타냐 오를리노프를 굽어보는 박사의 표정이란 광포한 분노에 사로잡힌 야수와도 같았기 때문이다.

"누구야? 그녀의 옷을 이렇게 찢어놓은 놈이 어떤 놈이야! 너, 이 자식, 그녀를 강간한 것으로 드러나면 토막을 쳐놓겠어."

박사가 환자의 옆에 무릎을 꿇었다.

"이 멍들이 다 어디에서 생겼지?"

리스턴은 핼쑥하게 질려선 평정을 잃고 안절부절못했다. 경호대장이 자랑하는 일류 부하다운 면모는 찾아볼 수 없었다. 그 청년을 동정하며 케빈은 계속 박사의 눈치를 살폈다.

이제 라이커 박사는 환자의 찢어진 스웨터를 걷어올려 복부에서 갈비뼈 사이의 멍자국, 붉은 물집, 쓸린 피부, 심지어는 살짝 까진 상처까지 무엇 하나 빼놓지 않고 샅샅이 찾아냈다. 저렇게 무시무시한 살기를 내뿜는 박사는 보다보다 처음이었다.

"저희는 그, 그분에게 손대지 않았습니다."

청년이 절망적으로 해명했다. 그는 마른침을 꿀꺽 삼키고 좀더 조리 있게 말을 이었다.

"로프 때문에 생긴 상처들이에요. 로프를 허리에 감고 탈출하시다 총에 맞고 절벽에서 떨어지셨거든요. 저희가 최선을 다해 조심조심 끌어올렸지만 암벽에 긁히는 사태까지 막을 순 없었습니다. 사실 그래플링 후크가 나무와 연결되어 있지 않았더라면 추락사하셨을 거예요. 운이 좋으셨습니다."

행운.

제러드는 속이 뒤집혔다. 가느다란 로프 하나로 공중에 대롱대롱 매달린 채 멍청한 총기 광신자들의 구조만 기다리는 타냐. 그 생생한 영상을 생각하는 것만으로도 구토가 치밀었다. 그는 잠긴 목소리를 억지로 냈다.

"어깨에 붕대를 감을 때까지 의식이 있었다고 했던가?"

맨 정신으로 그 악몽 같은 경험을 했다니. 생지옥이었겠구나. 차라리 빨리 혼절해버렸으면 좋았을 것을.

리스턴이 옳다 싶어 열렬하게 고개를 끄덕거렸다.

"예. 우리가 절벽에서 끌어올릴 때는 거들기도 하셨어요."

박사의 옆에 주저앉아 찢어진 스웨터를 젖히고 어깨의 조잡한 붕대를 보여주었다. 그 임시방편의 붕대는 셔츠를 찢어 만든 것인지 갈색의 플란넬 천이었다.

"이거 보십시오, 출혈이 완전히 멈추었어요. 총알에 가볍게 스친 겁니다."

"그 손 떼지 못해!"

청년이 채찍에 맞은 것처럼 벌떡 일어나 허둥지둥 물러났다. 제러드는 돌연하게 터져버린 분노를 다시 억누르기 위해 길게 숨을 내뱉었다.

"여기에서 꺼져. 당장."

두 말할 필요가 없었다. 케빈은 밴에서 뛰어내리는 청년에게 깔리는 위험을 피해 부랴부랴 옆으로 비켜서야 했다. 하지만 박사는 그 운수 사나왔던 청년에게 더 이상 일견조차 던지지 않았다. 그의 시선은 오롯이 타냐의 어깨에 못 박혀 있었다.

"총알에 가볍게 스쳤을 뿐이라고?"

넌더리를 내며 반문했다.

"이 더러운 붕대 때문에 감염되지 않으면 다행이지. 가방을 이리 줘, 케빈."

타냐는 너무도 작았다. 이다지도 자그마하고 섬세한 줄은 이제껏 깨닫지 못했다. 날개가 꺾인 새마냥 축 늘어진 그녀. 내리감긴 까만 속눈썹이 파리한 뺨에 그림자를 던지고 있었다.

"상태가 어떤 것 같아?"

케빈이 옆으로 다가왔다. 그는 진료 가방을 열고 수술용 가위를 꺼내어 건넸다.

"중상도 아닌데 왜 의식을 회복하지 못할까?"

"출혈과 충격 때문이겠지."

제러드는 플란넬 붕대를 자르며 무겁게 대답했다.

"제발 그 때문만이어야 할 텐데."

속은 와랑와랑 떨리는데 두 손은 보통 때와 다름없다는 것이 신기했다. 리타가 죽던 그날 이후 이렇게 속수무책이고 참담한 기분은 맛보지 못했다. 하지만 그때와는 사정이 다르다고 제러드는 자신을 일깨웠다. 이제 그에게는 지식과 경험이 있다. 예전에는 리타의 죽음을 지켜봐야 했지만 지금은 타냐를 도울 수 있다.

리스턴의 진단은 정확했다. 상처에 피딱지가 앉아 처참해 보였지만 총탄이 스치며 낸 경상이있다. 제러드는 인도의 한숨을 내쉬며 상처를 소독하고 가제를 덮은 후 청결한 붕대로 고정했다.

"내가 할 수 있는 처치는 다 했어. 이 정도와 항생제 및 진통제 주사를 놔주는 게 전부야. 나머지는 의사에게 맡겨야지."

그러자 버츠가 차 밖에서 자신의 소견을 제시했다.

"더 이상의 처치가 필요할까요? 닥터 제퍼즈가 우리에게 협조적이긴 하지만 총상 치료는 경찰에 보고하려 할 겁니다. 그의 왕진을 취소하는 편이 좋겠어요."

"안 돼."

제러드는 한 음절씩 끊어 강조했다.

"그 의사와 실력 있는 성형의도 데려와. 이 상처를 감쪽같이 봉합하라고 해, 오늘의 기억을 상기시킬 흔적조차 남지 않도록. 타냐는 발레리나야. 몸의 흉터는 치명적이라구."

"하지만 제 생각에는…….."

"아예 생각을 하지 마, 버츠."

그는 진통제 주사를 준비하며 경호대장의 입을 막았다.

"자네의 생각치고 뭐 하나 쓸만한 게 있었어야지. 내가 의사 면허를 소지했다 해도 인턴 과정을 마친 후로는 진료해 본 적이 없어. 타냐에게 최고의 의사들을 붙여. 그 대가가 무엇이든 개의치 말고."

"박사님께서 극구 주장하신다면 따르겠습니다만…….."

버츠가 마지못해하며 말했다.

"거북한 상황이 초래될 겁니다."

이러다간 오늘밤이 가기 전에 저 자식을 죽여버리게 될 거야! 제러드는 속으로 이를 갈았지만 점잖게 지적했다.

"총상이라는 게 원래 거북해지기 마련이지. 부하라는 이름의 머저리들에게 명령을 내릴 때는 그 점을 유념해 둬."

다 사용한 주사기를 진료 가방에 도로 넣었다.

"샤또로 출발하도록. 운전사에게 차를 벨벳처럼 몰라고 해. 조금이라도 덜컹거렸다간 녀석의 목을 꺾어놓겠어. 알아들었나?"

"아무 염려하지 마십시오. 운전에 각별히 주의하라고 이미 말해 두었습니다."

경호대장이 사라지자 케빈이 차에서 내렸다.

"난 버츠와 같이 움직이겠어. 먼저 샤또로 올라가 성형의에게 수술 준비를 갖추고 이곳으로 오라고 수배해 놓을게. 코벳 의원님께도 상황 보고를 드려야 해. 그래야 의원님이 문제의 싹들을 초기에 잘라버릴 수 있지."

그의 입술이 비스듬히 올라갔다.

"그게 그분의 주특기라네."

"기대해 보지."

제러드는 무심하게 받아넘겼다. 그는 플라이트 점퍼를 벗어 타냐에게 덮어주는 데 온 신경이 가 있었다. 이어서 그녀를 자신의 무릎에 앉히고 보듬어 안느라 차문이 여닫히는 소리마저 귀에 들어오지 않았다.

가벼운 무게가 안쓰러워 가슴이 메어졌지만, 살아 있다는 증거인 체온에서 작은 위안을 찾았다. 제러드는 생기와 활력이 오로라처럼 감돌던 그녀의 사고 전 기억에만 정신을 집중시켰다. 부르릉거리는 자동차의 떨림과 도로 위를 미끄러지는 미동에서조차 그녀를 보호하려는 듯이 무의식적으로 두 팔에 힘이 들어갔다.

이 기분, 누군가에게 속한 기분은 이상했다. 낯설고도 조금은 아팠다. 이게 좋은지 아닌지 딱 부러지게 말하기도 어려웠다. 오랜 세월 동안 홀로 서 왔기 때문일까. 아니, 그보다는 지나치게 모난 감정이라 편안하게 받아들이려면 그 날카로운 각들이 서서히 둥글어지길 기다려야 할 것 같았다. 하지만 기다림의 시간은 가질 만큼 가지지 않았던가. 차라리 이 낯선 감정에 적응하려고 노력하는 편이 나을지도. 왜냐하면 이미 알고 있기 때문이다, 이건 저절로 꺼져버릴 감정이 아님을.

여기에 그는 집착이라 이름 붙여 왔고 분명히 그녀에게 집착하기도 했다. 이 여자로 인해 재미있었으며, 도전욕을 느꼈고, 작은 폭죽처럼 불꽃을 튀겼다간 미칠 듯이 흥분했는가 하면, 다음 순간에는 다정함으로 녹아내렸다. 타냐 오를리노프는 그에게 딱 그만큼의 존재였다. 그 이외의 다른 의미로는 스스로에게 생각조차 허락하지 않았다. 처음 만난 순간부터 지평선에서 반짝이던 운명을 정면으로 마주 보기가 두려웠기 때문에.

하지만 이제 운명은 저 멀리 지평선이 아니라 지금 여기에, 그의 품으로 성큼 다가왔다. 이 여인이 바로 그의 운명인 것이다. 그런 확신이 그녀를 쓰러뜨렸던 총탄과 같은 세기로 제러드의 속에서 폭발해 그밖의 모든 중요하지도 본질적이지도 않은 것들을 처음부터 없었던 듯이 파괴해버렸다.

"제러드."

헐떡거림을 끈으로 이어놓은 듯한 속삭임이었다. 하지만 제러드는 똑똑히 알아듣고 고개를 숙여 반짝거리는 어둠처럼 까만 눈동자와 마주

쳤다. 표정이 풍부한 그 눈의 생동감으로 핏기 없는 혈색이 강조되었다.
그는 덜컥 겁이 났다. 다급하게 물었다.
"통증이 심하오?"
그녀는 잠깐 생각했다.
"조금."
"주사를 놨으니 곧 편해질 거요."
"지금도 편해요. 따뜻하고 아늑해요."
그의 품으로 파고들다 말고 바르르 떨었다. 그녀는 진통제의 약효로
아이처럼 어눌하고 소박하게 마음을 표현했다.
"나 굉장히 무서웠어요, 제러드. 죽도록 무서웠어요. 깜깜한 허공에
매달려서……."
"잊어버려."
수상쩍게 잠긴 음성.
"다 끝났소. 당신은 안전해, 이제 그리고 영원히."
그녀의 눈꺼풀이 스르르 감겼다.
"맞아요, 지금은 안전해."
잠꼬대하듯 중얼거리고는 눈을 번쩍 떴다.
"제러드!"
"여기 있소, 러브."
"난 정말이지 산이라면 지긋지긋해요."

산에 대한 타냐의 혐오감은 고열을 동반한 악몽으로 말미암아 나락
없이 깊어졌다. 악몽 속에서 그녀는 추락하는 도중이거나, 곧 떨어져 죽
으리란 공포로 벌벌 떨며 낭떠러지의 허공에 매달려 있지 않으면, 불구
덩이를 통과하느라 폐가 터지도록 헉헉거리고, 얼음과 눈 속에 파묻혀
오한에 시달려야 했다.
그러나 항상 제러드가 나타나 주었다. 밧줄이 끊어지기 직전 그의 강
한 손이 그녀를 잡아주었다. 은빛 눈의 서늘함으로 불구덩이의 열기를

식혀 주었다. 넓은 품의 따뜻함으로 눈밭의 추위를 막아주었다.

눈을 뜨면, 옆에 그가 누워 있었다. 다정하게 머리를 쓰다듬어 주고 이마에 찬 수건을 얹어주기도 했다. 눈을 감고 있어도 이 체온이, 이 손길이 누구의 것인지 알 수 있었다. 이런 의존적인 상태가 마음에 걸렸지만 싸울 힘이 없었기에 그녀는 물결 흐르는 대로 몸을 맡기고 그와 더불어 흐르며 보살핌을 받아들였다.

제러드와 하나가 되는 것.

그 은밀한 소망을 이제는 채워도 되고 채울 수 있었다. 그것도 세상에서 가장 당연한 일인양 자연스럽게. 그가 주는 다정함과 훈훈함의 선물을 받아들이자 다른 앎이 자동적으로 딸려왔다. 이토록 정성스럽게 보살펴 주는 사람에게는 마음을 허락해도 안전하다는 앎이었다. 그리고 그 앎이 수많은 하천의 지류처럼 갈가리 퍼져 있던 그녀의 불안과 불신을 처음부터 없었던 듯이 일제히 소탕해냈다. 제러드는 여전히 속모를 사람이었지만 더 이상 위험인물은 아니었다. 악몽에 시달리는 병석에서 그 깨달음에 이르자 평온이 깃들기 시작했다.

이틀 후 타냐는 눈을 떴다. 암녹색 벨벳의 침대 닫집을 제외하고 전부가 비현실적으로 보였다. 우아한 크리스털 스탠드가 협탁 위에서 발하며 조성하는 은은한 빛의 좁은 반경 안에는 제러드 라이커도 있었다. 그는 침대 옆 안락의자에 앉아 있었다. 전보다 광대뼈가 불거지고 홀쭉해진 얼굴이었지만 은빛 안광만은 여전했다. 그 예리한 시선이 즉각적으로 타냐에게 꽂혔다. 그녀가 미동조차 하지 않았는데도.

"안녕."

가만히 말하며 그는 타냐의 손을 찾았다.

"드디어 내 곁으로 돌아와 주었구려. 슬슬 걱정되던 참이었소."

제러드의 곁으로 돌아왔다는 표현이 왠지 꼭 맞아떨어지는 느낌이라고 생각하며 타냐는 그의 손을 맞잡았다. 잠에서 깨어나 이 남자를 발견하는 것도 아주 지당해 보였다. 청바지에 밝은 회색 셔츠 차림의 그. 좁은 엉덩이와 단단한 허벅지의 선이 드러나고 구릿빛 피부가 강조되는 옷차림에서 평소의 정제된 힘과 강함이 느껴졌다. 그 힘에 대항해 총력을 기울여서 싸워 왔건만 이제는 왜 그랬는지 이유조차 떠오르지 않았다.

"안녕."

타냐도 부드럽게 인사했다.

"여기가 내 자리인 듯해서 돌아왔어요. 설마……."

그녀의 까만 눈이 반짝거렸다.

"또 미약을 써서 내 정신을 오락가락하게 만든 건 아니겠죠?"

제러드는 놀라는 빛이 역력했다.

"당신이 좋은 기분이라 반갑소. 그러나 마냥 기뻐하기에는 시기상조 겠지. 미약은 쓰지 않았지만 진정제는 썼거든. 약 기운이 떨어지면 노발 대발하게 될 거요."

사지가 노곤하긴 했지만 이 아늑한 편안함마저 약물 탓이라고는 여 겨지지 않았다. 그리고 제러드가 약을 썼다면 거기에는 그럴 만한 이유 가 있었으리란 믿음이 왔다. 그 타당한 이유가 뭘까?

"아, 내가 산에서 떨어졌었지."

기억이 되살아나자 순수한 두려움의 전율이 줄달음쳤다. 악몽 자체였 던 기억 때문에 그녀의 몸이 절로 움츠러들었다.

"산이라면 아주 질색이에요."

"알아."

굳은 표정이 되어 그는 이불을 봉긋한 젖가슴 위로 당겨주었다.

"지난 이틀 동안 그 소리가 당신 입에서 끊임없이 흘러나왔소. 하지 만 당연하지. 그건 악몽 몇 번은 물론이고 신경쇠약증까지 유발할 만한 경험이었으니까."

"악몽 몇 번을 꾸었던 정도가 아니에요."

목소리가 떨려나왔다.

"난 악몽의 한가운데 있었어요."

"나도 거기에 있었소."

은빛 눈동자가 강렬한 세기로 그녀의 것과 얽혔다.

"그리고 당신과 함께 싸웠소. 그 악몽이 다시는 돌아오지 않을 거라고 약속할 순 없지만 우리 둘이 힘을 합하면 못해 낼 일이 없어."

슬며시 미소가 떠올라 심각한 표정을 밝혔다.

"무엇보다 당신에게는 에뢰가 있잖소."

"하긴 에뢰를 지닌 여자에게 악몽을 물리치는 정도는 식은 죽 먹기이긴 해요."

가볍게 말을 받았지만 '식은 죽 먹기'라는 표현이 또 다른 기억의 조각을 불러일으켰다. 탈출할 때도 같은 말을 되뇌었지. 그녀는 산란하게 몸을 뒤척였고 그 통에 어깨에서 찌르는 듯한 아픔이 일어 망각의 장막을 갈랐다.

"나, 총에 맞았어요."

도저히 믿어지지 않아 눈이 동그래졌다.

"보초들이 나에게 총을 쐈어요. 정말로 쐈어요."

"실수였소."

두 사람의 맞잡은 두 손에 뼈가 으스러져라 힘이 들어갔다.

"궁색하게 들리겠지만 진짜 실수였소. 그들은 이번에 새로 교체된 신참들이라 너무 놀란 나머지 그림자를 향해 발포했던 거요. 당신인 줄 모르고 말이오."

애가 타는지 침대가로 자리를 바꾸어 앉아 그녀의 다른 손마저 꼭 잡고 열변을 토했다.

"그건 사고야, 타냐. 버츠가 머저리이긴 해도 당신에게 무슨 일이 생기면 내 손에 죽는다는 것쯤은 알고 있소. 내가 간호하느라 경황이 없는 틈을 타, 총을 쏘았던 녀석을 약삭빠르게 워싱턴으로 재배치시킨 게 그 증거요. 총상 자체는 가벼운 선에서 그쳤어. 당신이 의식불명에 빠졌던 이유는 전적으로 충격 때문이었소. 흉터도 남지 않을 거라고 성형의가 보장했고."

"지금 사과하는 거예요?"

"사과처럼 들리지 않소? 내 실력이 녹슬었군."

그의 눈빛이 진지하게 가라앉았다.

"사과하리다, 꼬마 파이퍼. 진심으로 미안하오. 고개조차 들지 못할 만큼 미안하오. 당신에게 이런 일을 당하게 한 나를 용서해 주겠소?"

타냐는 머리를 갸우뚱 기울여 생각하는 척했다.

"일단 고려해 봐야겠어요. 전에는 총질을 당해 본 적이 없어서 당신의 사과가 그 정도면 적절한지 판단이 안 서요. 그리고……."

생글거리는 미소.

"당신은 마음고생 좀 해야 해요. 그래야 오만함이 수그러들죠."

"이런, 내가 정통으로 걸렸군."

허스키해진 밀어.

"나를 마음 고생시키는 건 당신이 전문가잖소."

그녀의 손바닥을 누르는 뜨거운 입술.

"어떻게 해야 만족하겠소? 무릎을 꿇고 빌까?"

"정말?"

"물론."

그는 간단하게 대답했다.

"당신의 용서만 받을 수 있다면 뭐든지 하리다. 내가 무릎 꿇고 비는 꼴을 보고 싶소, 스위트하트?"

아니. 그런 모습을 대하면 마음이 아플 것 같았다. 이 남자가 풀 죽고 기죽은 모습은 보고 싶지 않았다. 설령 그게 그녀 때문이라도.

타냐는 고개를 저었다.

"됐어요. 왜냐하면……."

농담조로 구실을 갖다 붙였다.

"그건 요식 행위에 지나지 않으니까. 아까 당신의 사과를 들으면서 난 진짜 이긴 게 아니라는 걸 깨달았거든요. 당신은 힘겨운 적수예요. 강철 사나이, 그 이름하여 제러드 라이커니라."

"틀렸소. 난 슈퍼맨이야. 하지만 당신 앞에서는 약점 투성이의 무력한 남자에 불과하오.”

그는 피식 웃었다.

“이런 낯뜨거운 고백조차 서슴지 않는 팔푼이.”

“귀가 의심스러워지네요.”

온몸이 달콤하게 간질간질거리는 이 야릇한 감각이 어디에서 오는 걸까? 약물 때문은 절대로 아니다. 그렇다면 자신을 팔푼이라고 고백한 남자 때문이리라. 전적으로.

“아하, 알았다! 내 머리를 빙빙 돌게 하려고 일부러 그런 고백을 하는 거죠?”

그는 미간을 찌푸렸다.

“현기증이 심하오? 내내 그랬을 테지. 총상을 입고 의식을 회복한 환자치고 이례적으로 말짱하다 싶었소.”

그녀의 한 손을 놓고 대신 이마를 살짝 짚어 보았다.

“열은 없지만 약간 들뜬 상태인 것 같군. 왜 흥분한 거요?”

대답을 찾을 수 없는 질문이었다. 그냥 세상이 장밋빛으로 보였다. 제러드에 대한 신뢰가 그 한 가지 이유라고 한다면 지금 가슴이 터지도록 느껴지는 다른 감성들에 대해서는 이름표를 붙일 수도, 붙이고 싶지도 않았다. 너무 섬세하고 고와서 살짝 건드리면 덧없이 사라져버릴 것만 같았기에. 이건 누구와도, 심지어는 이 느낌을 불러일으킨 제러드와도 나누고 싶지 않았다. 아이가 소중한 장난감에 그러듯이 혼자만 간직하고픈 달콤한 비밀이기에.

“약효 때문인가 봐요.”

타냐의 미소는 작고도 은밀했다.

“내일이 오면, 그래서 생각이 맑아지면, 논리적으로 세상이 보이겠죠. 맞아, 내일이 되면 이성을 되찾게 될 거예요.”

눈을 감았지만 제러드가 보였다. 당황한 표정의 사랑스런 은빛 눈으로 그녀를 내려다보는 그.

“하지만 지금은 당신의 굿나잇 키스를 받고 싶어요. 거절하지 않을 거죠?"

급하게 숨을 들이키는 소리. 그 소리에 타냐의 속에서 찬란한 감정의 봉오리가 터지기 시작했다.

"기꺼이."

허스키한 목소리…… 청결한 숨결…… 뺨을 스치는 따뜻한 입술.

"오히려 나의 기쁨이오, 러브."

침대가 흔들리며 그의 일어서는 동작을 알리고 다시 한 번 의자에 앉는 기척이 일었다.

타냐는 손바닥으로 뺨을 눌러 사랑스럽고도 다정한 보물을 지키면서 만족스러운 미소를 흘렸다. 그가 틀렸어. 이건 내 기쁨이기도 해.

9

다시 눈을 떴을 때 제러드는 없었다. 대신, 다른 남자가 안락의자를 차지하고 있었다. 누구이기에 이곳을 침범해 그녀가 깨어나기를 유유자적하니 기다리는지 깨닫기까지는 얼마 걸리지 않았다.

샘 코벳 상원의원.

막강한 권력과 유명세를 지닌데다, 특히 수십만의 여성 유권자들에게 우상시되는 정치가를 알아보지 못하기란 불가능했다. 강인한 턱의 가운데가 오목하게 파인 얼굴은 수려하면서도 소년처럼 풋풋한 호감을 풍겼다. 밤색 머리칼은 비록 회색이 성성했지만 소년처럼 이마로 자연스럽게 흘러내렸다. 상원의원에게 소년답지 않은 구석이라고는 연갈색의 눈밖에 없었다. 초록빛이 강한 그 눈은 노골적이리만치 직선적인 성격과 예리한 지성을 대변했다.

이제 그 눈에 매서운 안광이 사라지고 따뜻함이 어렸다. 그는 타냐와 시선을 맞추고 미소를 지었다. 거무스름한 얼굴이 건강하게 빛나고 눈꼬리에 웃음주름이 잡히는 매력 만점의 미소.

"샘 코벳이라고 하오. 이곳에 무단 침입한 결례를 용서하시오, 오를리노프 양. 실은 용서를 빌어야 할 게 한두 가지가 아니지만 말이오. 이 프로젝트에 관련된 모두를 대신해 정중히 사과하는 바요.”

그녀가 일어나 앉으려 하자, 상원의원이 즉시 침대가로 다가와 부축해 주고 등에 베개를 괴여 주었다. 예의가 몸에 익은 정중한 몸짓이었다. 타냐는 여전히 맨몸에 이불만 덮은 터였다. 제러드와 있을 때는 하나도 어색하지 않았지만 지금은 이불이 흘러내리지 않도록 어깨 부근에서 단단히 붙잡았다.

코벳 의원은 그녀를 훑어보았다. 음흉한 기색이라곤 찾을 수 없는, 그저 객관적으로 아름다움을 즐기고 감탄하는 표정으로.

“난 이대로도 상관없지만 아가씨에게는 아니겠지.”

그는 침대 발치로 손을 뻗어, 망토처럼 두르는 스타일의 핑크색 실내복을 집어 그녀의 어깨에 걸쳐주었다.

타냐가 만류했다.

“아니, 저 혼자 입을 수 있어요.”

“내 도움을 받아주시오.”

첫번째 진주 단추를 채우며 그녀에게 씨익 웃었다.

“이곳 근황을 알리는 보고서 첫머리에 뭐라고 쓰여 있었는지 아오? <오를리노프 양은 대단히 독립적인 여성이다>. 하지만 상황이 상황이니만큼 약간의 도움을 받아도 해될 것이 없다오. 우리 때문에 이 지경이 된 거잖소.”

민첩하게 마지막 단추까지 잠그고 고개를 든 그의 표정은 이미 웃음기가 가신 엄숙한 것이었다.

“그 점에 대해 다시금 심심한 유감의 뜻을 표하겠소. 이런 사태를 좌시한 버츠의 태만은 용서를 불허하오. 동일한 불상사의 반복을 막는데 내가 직접 만전을 기하고자 아가씨의 의식이 회복되었다는 보고를 받고 이렇듯 워싱턴에서 부랴부랴 날아온 길이오.”

“맞아요, 용서를 불허하는 사태지요.”

타냐는 상원의원과 눈을 맞춘 채 동의했다.

"제가 이곳에 있게 된 것부터 총상을 입은 것까지 전부 다. 의원님께서 이번 일에 연루되셨다는 소리에 유감을 금치 못했어요. 아녀자 납치 및 총기 사용 사주는 의원님답지 않다고 알고 있거든요."

그는 이맛살을 찌푸렸다.

"바르게 알고 있는 거요, 오를리노프 양. 아가씨에 관해 일을 꾸민 장본인은 버츠요. 그 친구는 가끔 과잉충성을 하는 게 흠이야."

"과잉충성!"

분개한 그녀가 넌지시 이죽거렸다.

"범법 행위를 그렇게 완곡하게 표현할 수도 있군요."

"이 사태의 본질은 나도 잘 인식하고 있소."

코벳 의원은 달래듯이 말했다. 그는 자리에서 일어나 침대 협탁 위의 찻잔 세트와 보온병을 가리켰다.

"커피를 마시며 심도 깊은 이야기를 나누기로 합시다. 내 설명을 듣고 난 뒤에도 아가씨로서는 우리의 피치 못할 입장을 동정하거나 용서하지 못할지도 모르오. 그러나 적어도 이해는 하게 될 것이오."

의원은 수작업으로 일일이 그림을 그려넣은 섬세한 찻잔에 커피를 따랐다.

"크림을 넣어 마신다고 들었소만?"

"맞아요."

그의 귀에는 소소한 문제까지 자세하게 방대한 양의 정보가 들어가는 모양이다.

샘 코벳 상원의원은 훤칠한 장신이었으며 몸 관리에 철저한 듯했다. 실제 나이는 오십 대 초반으로 알려졌지만 지금처럼 회색의 플란넬 바지와 레몬색 크루넥 스웨터를 걸친 모습은 적어도 십년쯤 젊어 보였다. 그는 자신의 커피를 마저 따른 후 그녀에게 찻잔을 내밀었다.

"차받침은 놔두고 찻잔만 들어요. 한 손으로 차받침까지 건사하기는 아무래도 힘들잖소. 다친 어깨를 며칠간은 쉬게 해주어야 한다고 제러드에게 들었소."

타냐는 커피잔을 받았다.

"의원님께서 여기 계신 걸 제러드도 알고 있나요?"

그는 안락의자에 앉아 다리를 편히 폈다.

"오를리노프 양, 아가씨에 관한 한 제러드의 감시망을 빠져나가는 건 아무것도 없소. 그 친구, 문자 그대로 매처럼 아가씨를 지키더구먼."

빙그레 웃었다.

"아가씨가 완쾌될 때까지 이곳에 죽치고 있을 기세였소. 나에게 사과할 기회를 달라고 그를 내보내는 데 설득력을 총동원해야 했다오."

"믿기 어려운 소리네요."

뜨거운 커피를 한 모금 마시며 그녀가 촌평했다.

"의원님의 설득력은 그야말로 대단하다고 들었거든요."

"아니라고 부인하며 지나친 겸손은 떨지 않겠소. 웅변술은 정치가에게 매우 유용한 직업적인 기술이고, 난 그걸 재량껏 써먹어 왔소. 하지만 우리의 친구 제러드에게는 통하지 않는다오. 그는 한번 이거다 싶으면 누가 뭐래도 끄덕하지 않아."

"흔치 않은 유형이죠."

"천재들이란 대부분 그렇지."

코벳 의원이 어깨를 으쓱거렸다.

"그러나 천재들 모두가 제러드처럼 강한 의지의 소유자는 아니오. 머리도 머리지만 의지가 뒷받침되지 않았다면 지금의 제러드는 없었을 거요. 그처럼 하늘이 주신 재능을 최대한 활용해 온 사람이라면 개인적인 단점과 실수는 너그러이 용서해 주어야 하오."

"한번쯤 다 들어본 소리만 하시는군요."

타냐는 초조하게 반박했다.

"그의 비위를 건드릴까 봐 벌벌 떠는 사람들 틈바구니에서 제러드가 구제불능의 인간으로 못쓰게 되지 않은 게 놀라워요."

"그러는 아가씨야말로 제러드 때문에 어처구니없는 일을 겪었지만 그를 괴물 보듯 하진 않잖소. 둘이 보통 관계가 아니라는 소리지."

그녀의 몸이 대번에 굳어졌다. 타냐는 눈을 가늘게 뜨고 상원의원을 노려보았다.

"저와 제러드의 관계는 남들이 상관할 바가 아닙니다. 또한, 지금 이 자리에서 논의되고 있는 도덕적인 문제와도 무관하구요."

"잘못 알았소, 오를리노프 양."

상원의원은 다정하게 지적했다.

"제러드 라이커와 관련된 문제는 우리 전체의 문제요. 제러드 라이커와 관련된 전부가 극도로 중요하오. 그래서 아가씨가 비논리적인 시련을 겪어 온 거요."

그의 시선이 손 안에 든 찻잔으로 뚝 떨어졌다.

"그래서 내가 제러드의 바람에 반하여 해명하고자 이 자리에 있게 된 것이오. 아가씨는 우리 때문에 정신적·육체적인 고통을 입었으니 그 이유도 알 권리가 있소."

의원은 다시 시선을 들고 짧은 미소를 던졌다.

"그 이유가 궁금하지 않았소? 지금까지 별반 호기심을 보이지 않은 눈치던데. 아가씨도 여러 모로 흔치 않은 유형이오."

"제 관심은 다른 데 쏠려 있있어요. 예를 들자면, 의원님의 이 매력적인 오지에서 벗어나는 방안 모색 같은 거."

"아, 그거. 꽤 참신하고 혁신적인 방안을 모색해 냈다고 들었소."

눈웃음을 치며 커피를 마셨다.

"아가씨가 미국 시민권을 신청한 것으로 알고 있소. 그럼 시험에 대비해 공부했을 텐데, 퐁스 드 레옹이 누구인지 한번 대답해 보겠소?"

이게 무슨 봉창 두들기는 질문이람?

"탐험가예요. 15세기에 플로리다 지역을 탐사한 인물."

"훌륭하오. 하지만 내가 바라던 대답은 아니오. 퐁스 드 레옹이 플로리다 지역을 광범위하게 탐사한 건 맞지만 그것 자체가 탐험대의 목적은 아니었소. 그는 목표 달성에 실패한 인물이오."

상원의원은 잠시 뜸을 들였다.

"그의 목표는 제러드의 연구와 맥을 같이하오. 하지만 제러드는 성공했다는 게 차이라면 차이지. 퐁스 드 레옹이 그 사실을 알면 질투심으로 무덤 속에서 돌아누울 거요."

"그래서 그 목표라는 게 대체 뭐죠?"

"젊음의 샘을 찾는 것이오, 이를테면."

유난히 부드러워진 목소리가 이어졌다.

"제러드는 인체의 노화 과정을 지연하는 방법을 찾아냈소. 실질적으로는 노화를 완전 저지하는 방법이오. 거기에 담긴 함축적인 의미가 무엇인지 알겠소, 오를리노프 양?"

타냐는 얼떨떨하게 고개를 저었다. 총에 맞았을 때도 이렇게까지 놀라진 않았다. 저도 모르게 중얼거림이 새어나왔다.

"무기에 대한 연구인 줄 알았는데……."

머리를 털며 정신을 차리려 애썼다.

"아뇨, 저는 그 함축적인 의미가 뭔지 모르겠어요."

"모르긴 다 마찬가지요. 하지만 분명히 말해 두건대, 제러드의 획기적인 발견은 진짜요. 그걸 뒷받침하는 증거자료도 있고 그 신빙성도 이미 확인되었소. 제러드 덕분에 인류는 신기원을 이루게 된 것이오. 평균 수명이 사백 살까지 연장되는 신기원을."

상원의원은 이미 휘둥그레진 그녀의 눈이 더 커지자 미소를 지었다.

"사백 살은 약과요. 제러드의 가설로는 유전물질을 조종하는 현재의 기술이 초보적이므로 한층 발전시킨다면 인간의 수명은 그보다 훨씬 늘어날 거라고 했소."

"그럼…… 영원한 삶도 가능하겠군요……?"

"어쩌면."

의원의 눈 깊은 곳에서 흥분의 빛이 번뜩거렸다.

"인류 역사상 최장 수명의 시대가 열리게 되는 것만은 확실하오. 영원히 살고 싶지 않소, 오를리노프 양? 제러드라면 당신을 불로불사의 존재로 만들어 줄지도 모르오. 다른 사람은 몰라도 분명히 당신만은 건

강하고 젊게 몇 백년쯤 살 수 있게 해줄 거요.”

“상상조차 못해 본 일이에요.”

그녀는 나지막하게 속삭였다. 갖가지 생각이 불쑥불쑥 튀어나와 뒤엉켰다. 맙소사, 이곳의 철통 같은 경호 태세도 당연했어! 제러드의 발견은 가치 평가를 불허해. 그녀는 상원의원에게 물었다.

“그 연구가 정부의 지원 하에 이루어진 건가요?”

코벳 의원의 입술이 슬쩍 일그러졌다.

“아니오. 라이커 박사의 독자적인 연구요. 그는 어디에도 속하지 않고 철저하게 독립적이라, 이제는 프로젝트를 정부에 넘기라는 내 설득 따윈 들은 척도 하지 않는다오. 핵심지식을 누구에게도 흘리지 않소.”

의원은 퉁명스럽게 말을 이었다.

“심지어는 주요한 기초자료까지 없앴다더군. 즉, 연구 내용의 전부가 박사의 머릿속에만 저장된 거요. 그게 서면으로 옮겨져 공유되기 전까지 라이커 박사는 이 지구상에서 가장 중요한 유일 인물인 셈이고, 지식이 공유된 후에도 절대적으로 필요한 인물로 남을 것이오. 수명 연장 연구는 중독성이 강한 마약이나 다름없기 때문이오. 아무리 오래 산다 해도 더 살고 싶은 인간의 욕망이 존속하는 한은.”

그는 힘주어 강조했다.

“때문에 라이커 박사는 철저하게 보호받아야 하오.”

“그건 그렇지만…… 누구로부터 보호한다는 거죠? 제러드는 불가능을 가능으로 바꾸어 놨잖아요. 상상조차 못할 소중한 선물을 전 인류에게 주었잖아요. 왜, 그리고 누가 그를 해치고 싶어하겠어요?”

“왜냐하면,”

상원의원은 냉소적인 미소를 지었다.

“박사의 선물은 가시로 포장되어 있기 때문이오. 그의 발견이 불러일으킬 파급 효과는 가히 혁명적이오.”

지친 한숨이 길게 흘러나왔다.

“내 심정이 지금만 같다면, 나도 미치광이 집단에 동조하여 일고의 여지도 없이 박사를 제거해버리려고 기승을 부릴 것도 같소. 난 급진적인 수명 연장이 불러올 난제들과 씨름하지 않고 보낸 날이 지난 몇 주일 동안 단 하루도 없었다오. 어쩌면 박사의 발견을 폐기처분하는 편이 우리 모두에게 이익이 아닐까 하는 생각마저 든다오.”

그녀는 들릴락 말락 하게 속삭였다.

“설마 진담은 아니시겠지요?”

“물론 진담이 아니고말고.”

의원이 미소를 곁들여 안심시켰다.

“그의 발견은 파생 문제들을 모두 합친 것보다 값지니까. 난 그저 현 체제에 박치기를 해대느라 지쳐 푸념한 거요. 지겹도록 반복되어 왔던 관료주의적인 논쟁들이 이제는 성스러운 복음처럼 들리기 시작했소.”

“어떤 문제들이 파생된다는 거죠?”

“어떤 분야의 문제들부터 듣고 싶소?”

그는 건조하게 반문했다.

“예를 들면 인구 문제가 있소. 우리의 문명은 죽음을 전제로 한 것이오. 죽는 사람이 있어야 나머지가 목숨을 부지할 수 있는 구조요. 그런데 앞으로 죽음은 없고 새 생명의 탄생만 계속된다면? 식량증가율은 그 기하급수적인 인구증가율을 도저히 따라가지 못하오. 제3세계는 현재도 격심한 기아에 시달리고 있잖소. 그런 나라의 지도자들이 라이커 박사의 연구를 알면 어떤 반응을 보일 것 같소?”

“자폭하겠죠.”

“정확하오. 다음은 경제적인 측면을 살펴봅시다. 사회보장금, 연금, 실업수당 등은 지금도 재원 부족으로 덜컹거리는 실정이오. 이 마당에 인간의 수명이 사백 살로 늘어난다면 우리의 정부 기능은 마비될 것이오. 그런 사태에 대응할 수 있는 유일한 정부 형태는 단일 독재밖에 없다고 사회학자들은 입을 모았소.”

속사포처럼 빠르고 힘찬 열변이 막힘 없이 이어졌다.

“현재의 교육제도는 완전히 뜯어고쳐져야 하오. 교육의 질을 향상시키고 의무교육 기간을 연장해 젊은이들의 실업률을 줄이는 동시에 수준 높아질 사회에 적응하도록 철저하게 준비시켜야 하오. 기존의 가족관과 결혼 제도 역시 진통을 겪게 될 것이오. 기나긴 삶에 따른 지루함이 폭력 및 범죄율 증가로 이어지지 않도록 대비책도 세워야 하오."

그는 잠시 입을 다물고 눈썹을 세웠다.

"더 듣고 싶소? 이건 수박 겉 핥기에 지나지 않소."

타냐는 고개를 저었다.

"됐어요. 그것만으로도 아찔해요. 정말…… 혁명적인 변화가 일어나겠군요. 아무도 그 변화를 속속들이 예견하진 못할 거예요."

"라이커 박사는 벌써 예견했소. 그래서 나를 찾아온 거라오. 나라면 관료주의의 두꺼운 벽을 무너뜨려, 그의 지식을 공평하게 나누어 갖고 모든 문제를 공동으로 해결하는 국제 기구의 창설을 도모할 수 있다고 본 거지."

의원의 입술이 비틀렸다.

"하지만 박사는 성미가 굉장히 급하오, 불행하게도. 나보고 고작 삼 개월 안으로 그 엄청난 일의 기조계획을 세우라는 거요. 그렇지 못하면 차선책을 취하겠다나."

그는 피곤한 몸짓으로 머리를 쓸어올렸다.

"라이커 박사는 구더기로 득실거리는 통을 개봉해 놓고 그 통이 얼마나 큰지 실마리조차 잡지 못했소. 그렇지 않고서야 이토록 야박하게 나올 수는 없소. 난 그를 처으 만난 7주 전부터 하루 열여덟 시간씩 일해 왔지만 박사의 눈에 들 만한 진전은 조금도 이루지 못했다오."

"내가 아는 제러드는 절대로 서두르는 사람이 아니에요."

박사를 편드는 말이 그녀의 입에서 천천히 흘러나왔다.

"의원님께서 얼마나 전력을 다하시는지 안다면 마감 시간을 연장해 줄 거예요."

"마감 시간의 연장은 그에게 이런 반구금 생활의 연장을 뜻하오. 그러나 박사는 사적인 자유의 제한을 좋아하지 않소. 그 심정은 이해하지만, 그는 앞으로도 그런 질곡에서 영원히 벗어나지 못할 거요."

"그는 독창적인 사고능력의 소유자예요. 케빈이 그렇게 분석하더군요. 만일 그 분석이 옳다면 제러드는 의원님께서 언급하신 관료주의의 벽을 못 견뎌 할 거예요."

"익숙해지는 편이 좋을 거요."

코벳 상원의원이 잘라 말했다.

"그게 우리 사회 제도의 현실이니까."

"오늘의 현실이죠."

타냐가 부드럽게 정정했다.

상원의원의 얼굴에 어떤 강렬한 감정이 펄럭거렸지만 그게 무엇인지는 정확하게 꼬집을 수 없었다.

"맞소, 오늘의 현실이지."

그는 매끄럽게 동의하고 자리에서 일어나 찻잔을 협탁에 내려놓았다.

"하지만 우리가 지금 바꾸려 하지 않으면 내일의 현실도 될 거요. 그러므로 아가씨의 협조를 요청하는 바요. 라이커 박사가 마감 시간을 연장하도록 설득하는 데 나를 도와주시오."

그녀의 눈이 동그래졌다.

"저는 아무 상관도 없는 사람이에요. 제러드에게 아무 영향력도 지니지 못했구요."

"내 생각은 약간 다르오. 아, 물론, 둘 사이에 육체적인 관계가 없다는 건 알고 있소."

그건 모르는 사람이 없군. 타냐는 심사가 꼬여 속으로 구시렁거렸다. 이곳의 방방마다 몰래카메라라도 설치된 모양이야.

"그럼에도 불구하고……."

상원의원의 뒷말이 이어졌다.

"제러드가 아가씨에게 보여 온 관심과 우려는 유별나다 싶을 만큼 강한 것이오. 그 사실만으로도 아가씨는 이미 영향력 있는 위치요."

"영향력 있는 위치?"

정나미 떨어지는 심경이 고스란히 묻어나는 어조였다.

"표현은 그럴 듯하지만 어째 왕의 애첩이 된 기분이군요. 고맙지만 사양하겠어요. 어떤 남자에게 영향력 있는 위치가 되고 싶은 마음은 추호도 없습니다."

"세계 최고 권력자의 <애첩>이 되는 데에는 보상이 따르오."

의원은 차분하게 설득했다.

"권력은 황금빛 오로라를 발산한다오. 말만 하면 뭐든 가질 수 있소. 한 나라의 왕과 국가 원수들이 아가씨의 발 아래에서 설설 기며 성은만 바랄 것이오. 그럼 즐겁지 않겠소?"

"전혀."

타냐는 퉁명스럽게 대답했다. 이어 눈을 좁혀 뜨고는 상원의원을 살폈다. 그의 얼굴에선 홍분이 일렁이고 있었다.

"의원님은 어떠세요?"

"음?"

코벳 상원의원은 속내를 들켜 뜨끔했다. 그는 당황했지만 금세 매력적인 미소를 얼굴에 단단히 고정했다.

"난 인간일 뿐이라오."

유감스러운 듯한 고백이었다.

"권력의 미세한 파편조차 우리 정치가들을 광분시킬 수 있소. 나라면 라이커 박사가 던져주는 영광의 부스러기를 만끽할 것이오."

이번에는 한숨을 쉬었다.

"하지만 그건 미래의 일. 지금은 풀어야할 문제가 산적해 있소. 나에 대한 아가씨의 즉각적인 지지성명은 부탁하진 않겠소, 오를리노프 양. 우리의 대화에 담긴 함축적인 의미를 곱씹는 데는 시간이 필요할 테니까. 그저 생각해 보고 우리가 서로 도와야한다는 결론에 이르기 바라오."

그의 눈빛이 면도날처럼 날카로워졌다.

"난 사귀어 두면 좋은 친구가 될 것이오. 그 점을 유념해 두시오."

"유념해 두지요."

타냐는 차갑게 대꾸했다. 저 의원에게는 뭔지 꺼림칙한 구석이 있어.

"의원님의 지적이 옳아요. 이 엄청난 대화를 온전히 이해하려면 시간이 필요합니다. 차후에 다시 심도 깊은 이야기를 나누기로 해요."

"좋소."

코벳 상원의원은 무뚝뚝하게 말을 받았다.

"난 물러가겠소. 아가씨를 녹초로 만들면 제러드에게 죽음이라오. 아침을 한 시간 내로 올려보낼 테니 그 동안 눈을 붙이시오."

소년처럼 상큼하게 웃어 보였다.

"그래야 내가 워싱턴으로 돌아가기 전에 제러드와 대화할 짬을 만들 수 있지. 아가씨가 잔다는 핑계라도 대지 않으면 그는 나를 본 척 만 척하고 어미닭처럼 곧장 이곳으로 달려올 거요."

의원은 침실을 가로질러 문 앞에서 다시 미소를 던졌다.

"만나서 반가웠소, 오를리노프 양. 금번이 우리의 전도양양한 관계를 여는 서막이 되길 앙망하는 바요."

상원의원의 등뒤로 조용히 문이 닫혔다.

홀에서 초조하게 기다리던 버츠는 상원의원이 마지막 계단을 내려서자 서둘러 다가갔다. 얼굴은 언제나처럼 무표정했지만 이마에는 평소와 달리 주름이 길게 잡힌 터였다.

"의원님께서 수고스럽게 이곳까지 오실 필요는 없었습니다. 그 여자는 순조로운 회복세를 보이고 있어요. 누누이 말씀드렸다시피 저희가 다 알아서 하고 있습니다."

"그 말인즉 자네가 다 망쳐놨다는 뜻이겠지."

상원의원의 부드러운 목소리는 채찍으로 변해 있었다.

"나를 아녀자 납치 및 저격이라는 범죄 행위에 연루시키는 것으로 부족해서 라이커 박사의 심기까지 들쑤셔 놔? 박사를 부디 잘 부탁한다고 신신당부했지 않은가!"

버츠의 갈색 눈이 짜증과 독기로 반짝거렸지만 곧이어 우둔한 사냥개의 수동적이며 흐리멍덩한 눈으로 되돌아갔다.

"의원님께서는 박사님을 보호하라고 지시하셨습니다."

그는 고지식하게 정정했다.

"그래서 거기에 필요한 일을 한 겁니다."

"그리고 자네가 계속 이딴 식으로 일을 꼬아놓으면 나에게는 후임 경호대장을 찾을 <필요>가 생길 거야."

코벳 의원은 입술을 비틀며 내뱉었다.

"자네의 뒷처리 말고도 할 일이 얼마나 많은 줄 아나?"

"그 여자를 뉴욕으로 돌려보낼까요?"

"안 돼. 지금은 그녀가 일으킬 평지풍파를 감당할 여력이 없어. 그렇지 않아도 내 코가 석자야. 게다가 쓸모 있는 여자처럼 보이고. 이곳에 단단히 붙잡아 둬."

"분부에 따르겠습니다. 총격 사건은 실수였지만 그 여자의 탈출 의지를 꺾어놓았을 겁니다."

"좋아."

찌푸린 얼굴로 고개를 끄덕거렸다.

"박사는 지금 어디에 있지?"

"맥커드 씨와 운동하고 계십니다. 제가 불러올까요?"

"쯧쯧, 이런 답답한 친구하고는. 요령이라곤 도자기 가게에 들어선 황소 수준이로구먼. 라이커 박사 같은 자는 누가 부른다고 달려올 사람이 아냐. 내가 움직여야지."

그는 이미 걸음을 옮기며 딱딱하게 명령했다.

"헬리콥터 이륙 시간은 45분 후라고 조종사에게 전해."

체육실에는 두 명의 사내가 있었다. 가라데 도복을 걸친 그들의 운동은 실은 고수끼리의 격렬하고도 살벌한 무술 대련이었다. 상원의원이 문가에서 잠자코 지켜보기를 한참했을 때 케빈 맥커드가 그의 존재를 알아차리고 박사에게서 물러났다.

케빈은 함박웃음을 지으며 쌍수들어 반겼다.

"저를 구해 주려고 오셨군요, 의원님. 환영 또 환영입니다. 이제 제편의 쿠 드 그라스(치명적인 일격)가 지원될 때도 됐죠.”

“자네의 일격만으로도 충분한 것처럼 보이던걸. 무술 실력이 상당하구먼. 미처 몰랐어.”

상원의원은 사근사근하게 칭찬을 퍼부었다.

라이커 박사가 바닥에서 수건을 집으며 한마디 덧붙였다.

“나날이 성장하는 재목이오.”

케빈은 겸연쩍어하며 어깨를 으쓱거렸다.

“에이, 경험을 통해 산지식을 체득했을 뿐입니다, 의원님.”

그의 푸른 눈에 갑자기 의미심장한 빛이 반짝거렸다.

“제러드와의 대련은 결코 잊지 못할 경험이거든요.”

“둘을 방해해서 미안하지만 제러드, 시간을 내주면 고맙겠네. 워싱턴으로 돌아가기 전에 몇 마디 나눌 말이 있어서 그래.”

“퇴장신호로 알고 저는 이만 샤워하러 가지요.”

눈치 빠르게 케빈이 욕실로 향했다.

상원의원은 거듭하여 정중하게 청했다.

“헬리콥터 이착륙대까지 나를 배웅해 줄 수 있겠나, 제러드?”

“알았소.”

표정 없는 얼굴로 간단하게 수락한 후 매트를 가로질러 맨바닥에 벗어놓았던 가죽 샌들을 신고 홑겹의 도복 차림으로 나섰다.

코벳 의원이 질겁을 했다.

“이 사람아, 겉옷이라도 걸치게. 감기 들면 어쩌려고 그러나. 자네까지 환자 명단에 오르길 바라는 사람은 아무도 없어.”

“이미 알고 있소. 무력한 여자에게 총을 쏘면서까지 나의 지속적인 무병건강을 일순위로 치는 이곳의 분위기상 그걸 어떻게 놓칠 수 있겠소?”

상원의원은 뒤로 물러서 박사에게 먼저 나가도록 양보하고는 빠른걸음으로 그와 보조를 맞추었다.

“짧은 시간 안에 자네의 심기를 누그러뜨리려면 내 유명한 매력을두 배로 발휘해야겠구먼.”

"관두시오, 코벳 의원."

퉁명스런 어조였다.

"변명의 여지가 없는 일을 변명하는 건 시간낭비요. 나에게 하려던 말이 그거라면 이만 실례하겠소. 타냐에게 가봐야 하오."

"당장 가볼 필요는 없다네. 그 아가씨는 잠을 자고 있을 거야. 그리고 내 눈에는 별로 무력한 여자처럼 보이지 않더군. 반시간쯤은 자네 없이도 거뜬히 살아남을 걸세."

홀에 이르자 박사는 벽장에서 곤색 점퍼를 꺼냈다. 그는 소매에 팔을 꿰며 씁쓸하게 쏘아붙였다.

"여기에선 나 없이 살아남지 못할 여자처럼 보이오, 내 눈에는."

라이커 박사는 상원의원과 시선을 맞추었다.

"타냐를 뉴욕으로 돌려보내 주시오."

"그건 불가능해."

"가능하오, 당신이 일개 사단의 경호원들을 풀어 보호해 준다면. 그럼 타냐에게는 이곳보다 뉴욕 쪽이 훨씬 안전하오."

"그건 가능하지."

상원의원은 현관문을 열며 흔쾌히 수긍했다.

"하지만 그래야 할 명목이 없어. 자네의 연구 내용을 아는 사람이 프로젝트의 비관계자와 접촉하는 건 원천봉쇄해야 해. 제러드 자네의 안전을 위하여."

"지금 무슨 소리를 하는 거요?"

박사의 눈이 가늘어졌다.

"타냐는 내 일에 대해 아무것도 모르오."

의원은 켕기는 낯빛으로 슬그머니 시선을 피했다.

"지금은 알고 있다네. 그 아가씨는 우리 일에 휘말려 고생하지 않았는가. 왜 고생했는지 알 권리가 있어. 난 일러주는 게 공정하다고 느꼈네. 자네가 오를리노프 양을 보내버리고 싶어할지 누가 알았어야지."

한 줄기 매서운 바람이 라이커 박사의 머리칼을 헝클어놓고 지나갔지만 잿빛 눈동자는 찬바람보다 더 냉랭했다. 그는 후원을 가로지르던 걸음의 보폭을 줄이고 상원의원을 날카롭게 노려보았다. 박사의 입에서 이성적인 분석이 천천히 흘러나왔다.

"당신처럼 직관력이 뛰어난 정치가라면 내 반응을 예상했을 텐데 타냐의 뉴욕행을 불가능하게 만들어버리는 조치를 발빠르게 취해버렸다? 아주 흥미롭군."

"생사람 잡지 말게. 내가 뭘 어쩌자고 그녀를 이곳에 잡아두었겠나?"

"난 오랜 시간을 두고 당신의 행적을 연구한 끝에 선택했소."

박사는 여전히 먼산만 바라보며 딴청을 떠는 상원의원을 고양이 쥐 잡듯이 매섭게 추궁했다.

"당신은 이유도 없이 움직이는 사람이 아냐, 코벳."

"허허, 자네 말을 듣자 하니 정육점에 널린 쇠고기를 고르듯 나를 골랐다는 식으로 들려 기분이 썩 좋진 않구먼. 그토록 신뢰하지 못하는 나에게 어떻게 자네의 안전을 맡겼나?"

"신뢰는 하오, 일정한 범위 내에서는. 당신의 보호에도 반감은 없소, 일정한 한도 내에서는."

힘주어 단언했다.

"그 외에는 내가 나 자신을 돌볼 수 있소."

"케빈이라면 그게 사실이라고 증언할 테지."

상원의원은 짐짓 고개를 주억거리며 수긍했다.

"하지만 인해전술 앞에서 가라데 검은띠는 무용지물이라네, 제러드. 자네가 연구의 핵심지식을 혼자 틀어쥐고 있는 한은 적의 집중적인 공격에서 벗어날 수 없어. 그러니 고집은 그만 피우고 우리에게 그 지식을 서면으로 넘기게."

깊은 우려에서 나온 자상한 설득이 이어졌다.

"적에게 잡혀 자백제를 주입당할 가능성도 있어. 그럼 자네는 여섯 시간도 채 못되어 머릿속에 든 전부를 털어놓게 될 걸세."

박사의 입가에 흐릿한 미소가 번졌다. 냉소였다.

"내가 그런 가능성에 대한 비책조차 간구하지 않았을 얼간이로 보이오? 자백제는 물론이거니와 고문에도 대비했소. 섬에서 나오기 전에 그런 약물의 효능을 백지화하는 항생제를 제조하여 복용하고 고통이 의식에서 차단되도록 자기최면을 걸어놓았거든."

"음."

의원은 말문을 잃었다가 무겁게 입을 뗐다.

"이성이 통하지 않는 친구로구먼. 그렇다면 헛수고는 하지 않겠네. 자네를 보호하기 위해 총력을 기울이겠다는 약속만 하지."

샤또 후원의 헬리콥터 이착륙대에서 멀찌감치 떨어져 걸음을 멈추었으나 프로펠러가 일으키는 강풍으로 그들의 머리와 옷이 심하게 펄럭거렸다. 상원의원은 박사에게 돌아서 악수를 청했다.

"연락하겠네, 제러드."

헬리콥터 엔진의 굉음에 묻히지 않으려고 악을 쓰다시피 했다.

"내가 자네의 빠듯한 마감 시간에 맞추기 위해 얼마나 동분서주하고 있는지는 오직 하늘만이 알 걸세."

라이커 박사는 의원의 손을 잡고 딱 두 번 흔들었다.

"연락을 기다리겠소."

그리고는 뒤로 물러서, 코벳 의원이 이착륙대를 가로질러 헬리콥터에 오르는 모습을 묵묵히 지켜보았다.

노란색 헬리콥터가 푸드득거리는 소리만 컸지 날갯짓은 서툰 한 마리의 새처럼 뒤뚱뒤뚱 하늘로 날아오르며 작은 돌풍을 일으켰다.

상원의원은 손을 흔들었지만 박사는 초연한, 어쩌면 경멸에 가까운 표정으로 서 있기만 했다. 의원의 속에서 울화가 치솟았다. 먼지 회오리의 한가운데에서도 라이커 박사는 힘의 오로라를 방출하며 위압감을 조성했던 것이다. 상원의원은 자신을 달랬다. 이건 근거무근의 기분이야. 이렇게 위축될 이유 따윈 없어.

상원의원의 등뒤에서 문이 닫힌 순간, 타냐는 이불을 젖히고 두 발을 침대 옆의 바닥에 내려놓았다. 거의 입대지 않은 찻잔을 협탁으로 치우는 순간, 그 급격한 움직임으로 현기증이 일었다. 하지만 그녀는 휴식을 요구하는 육체의 요구 따윈 묵살해버렸다. 누가 얌전히 잠이나 잘 줄 알구? 어림없어. 코벳 의원의 지시 따윈 듣지 않겠어.

침대에 한참을 앉아 현기증이 가시기를 기다렸다. 이건 육체에 국한된 어지럼이 아니었다. 이성과 감정도 어지러이 휘몰아쳤다. 상원의원의 폭로에 담긴 함축적인 의미들의 엉킨 실타래를 어디서부터 풀어 정리해야 할지 엄두조차 나지 않았다. 하지만 그 혼돈의 아지랑이 속에서 선명하게 빛나는 한 가지 사실이 있었다.

제러드는 처참하리만치 혼자야.

그토록 막중한 책임을 짊어졌건만 오직 자신밖에 믿을 사람이 없는 기분이 어떨까? 그녀는 상원의원이 나가 주길 기다리는 것조차 힘들었다. 한시라도 빨리, 일초라도 빨리 제러드에게 달려가 그의 외로움을 덜어주고 싶었다.

그 급박한 욕망은 식을 줄 몰랐으나 몸이 마음과 이성의 명령에 따르지 않았다. 경상에 불과하다는 제러드의 진단과 달리 그녀의 어깨는 작은 움직임에도 떨어져 나갈 듯이 쑤셨다. 억지로 자리에서 일어섰지만 의지에 반하는 건 두 다리도 마찬가지였다. 퉁퉁 불은 스파게티 가락 같다고 투덜거리며 목욕탕으로 종종걸음을 쳤다. 침실로 돌아왔을 때도 몸 상태는 그다지 호전되지 않았다. 힘을 쥐어짜 간단하게 세수하고 이를 닦는 데는 성공했지만 머리까지 손대긴 무리였다. 어깨가 나을 때까지는 지금 이대로의 어수선한 땋은 머리로 참을 도리밖에.

타냐는 침대에 앉았다. 숨이 턱까지 찼으며 이마에는 땀방울이 송글송글 맺혔다. 이 한심한 꼴이라니! 쉬지 않고 다섯 시간을 내리 연습한 후에도 이렇게까지 녹아 떨어지진 않았는데. 마음을 다잡아먹지 않으면 도로 자리에 누워 잠들게 될 것이다. 상원의원이 지시했던 대로. 제러드를 만나야 하는 이 마당에.

제러드 생각을 하자 아드레날린이 분출했다. 그녀는 젖 먹던 힘까지 짜내어 옷을 찾아 입고 침실 문턱은 넘었지만…… 복도가 영원히 이어진 것처럼 막막해 보였다.

영원.

누구나 자주 사용하는 단어, 하지만 누구도 그 진정한 의미에 대해 진지하게 생각해 보지 않은 단어, 그러나 조만간 생각해 보게 될 단어이다.

그녀도 그 생각을 뒤로 미루기로 결정했다. 왜냐하면 지금은 제러드에게 가는 데 집중해야 하니까. 한 번에 한 걸음씩 내딛어서. 천리길도 한 걸음부터라고 되뇌며 빌어먹을 복도와 공포의 계단을 비틀거리며 가로질렀다. 어찌어찌 마지막 계단까지 정복하자 몸이 지구의 중력에 대책 없이 끌려 들어가는 것만 같았다. 그녀는 털퍼덕 주저앉아 계단 난간에 이마를 기대고 눈을 감았다. 몇 차례 호흡을 가다듬었다. 조금만 쉬자.

"여기에서 뭘 하는 겁니까?"

질문이라기보다 경악한 감탄사에 가까운 외침이 들려왔다.

타냐는 눈을 떴다. 케빈 맥커드. 그가 걱정스레 찌푸린 얼굴로 그녀의 앞에 웅크리고 있었다. 청바지에 청색 셔츠 차림이었고 붉은 머리칼은 방금 샤워한 것처럼 축축해 보였다.

"안녕."

신경질나게 그녀의 목소리는 무릎만큼이나 힘이 없었다.

"제러드는 지금 어디에 있죠? 그를 만나고 싶어요."

"샤워중이에요. 내가 체육실의 욕실을 나서려는데 막 들어오더군요."

케빈은 바둥거리며 일어서는 그녀를 도로 주저앉혔다.

"어허, 어딜! 가만히 있어요. 이불보처럼 하얀 그런 얼굴을 하고는 한 걸음도 못 딛어요."

그녀는 턱을 오똑 들어올렸다.

"난 얼마든지 걸을 수 있지만 그냥 쉬고 있었던 거예요."

그의 푸른 눈에 웃음이 일렁거렸다.

"그렇다면 나와 서재로 가서 쉬기로 해요. 제러드의 등을 밀어주고 옷을 입혀주고 싶다면 모르겠지만, 그게 아니라면 그가 샤워를 마칠 때까지는 어차피 기다리는 것밖에 할 일도 없잖아요."

옳은 지적이었다. 샤워하는 제러드와 대화하긴 틀렸다. 더군다나 지금은 체육관이 다른 나라처럼 멀어 보이고. 그녀는 깨끗이 단념했다.

"좋아요. 서재에서 기다리죠."

"그래야 착한 공주님이죠."

그는 미소를 참으며 칭찬했다.

"착한 공주에게는 상을 드려야겠지요?"

대답을 기다리지 않고 그녀를 번쩍 안아 올려 서재로 향했다.

타냐는 넓은 어깨에 기대어 오만하게 거드름을 피웠다.

"이럴 필요는 전혀 없었어요, 당신도 물론 알겠지만."

"당신이 마음만 먹으면 뭐든 해낼 수 있다는 건 물론 알고 있어요. 하지만 나를 좀 봐주십시오. 난 필요한 존재가 되는 걸 좋아한다구요."

그는 서재의 벽난로 가 안락의자에 그녀를 조심스럽게 내려놓았다. 이어서 발 받침대를 가까이 끌어당겨 다리를 얹게 하고는 그 옆에 쭈그리고 앉았다.

"이거 봐요, 나를 봐주는 게 그리 어렵진 않잖아요. 안 그래요?"

"그렇기는 하군요."

푹신푹신한 의자는 딱딱한 층계보다 확실히 편한데다, 케빈의 행동에 앙심을 품기란 불가능했다. 특히 그가 지금처럼 호인다운 웃음을 만면에 짓고 있을 때는. 그러나 그녀에게도 지켜야 할 자존심이 있으므로 호락호락하게 사실을 인정할 순 없었다.

"하지만 해적에게 노획된 전리품이 된 기분이에요."

종알거리며 불평을 늘어놓았다.

"현대 여성은 이런 취급을 좋아하지 않는다구요. 그거 몰라요?"

"듣기는 많이 들어봤지만, 나에게 설정된 지상과제와 대치되는 경우에는 단호하게 무시해 왔어요."

"당신에게 설정된 지상과제? 피이, 공상과학 소설에서나 나옴직한 소
리군요."

"내 주변에는 워낙 공상과학 소설에서나 나옴직한 인물이 많아 놔서.
그리고 그건 들리는 것만큼 허무맹랑한 소리가 아닙니다. 모든 사람들
에게는 지상과제가 설정되어 있어요. 그래서 누구나 알게 모르게 거기
에 따라 행동하게 되어 있죠. 그게 무엇인지 의식하지 못한다 해도 그
건 분명히 존재해요."

"그럼 당신의 지상과제는 뭐죠?"

그에게서 시선을 뗄 수 없었다. 우락부락하고 투박한 얼굴에 놀랄 만
큼 진지한 표정이 어려 있었다.

케빈은 거대한 어깨를 들썩거렸다.

"난 박물관에 진열되어야 할, 아주 고리타분한 사람이에요. 자신만을
위해 살자는 요즘 풍조에는 도무지 적응이 안 돼요. 나는 다른 사람을
돕고 싶습니다."

좀더 적당한 표현을 찾아 말을 고르다가 결국 소박하게 맺었다.

"나는 인간이라는 종(種)이 좋아요. 우리 모두는 도움의 손길을 받을
가치가 있어요."

타냐의 가슴이 이 거인을 향한 친애의 기운으로 훈훈해졌다.

"그래서 정부 일을 하게 된 건가요?"

"예. 개인적인 유대감은 결여된 대신에 좀더 광범위하고 골고루 도움
을 줄 수 있으니까."

그는 심각한 표정을 지우며 자리에서 일어났다.

"자, 내 지상과제의 달성을 도와주는 셈치고 식사하는 게 어때요?"

"사양하겠어요."

의자 등받이의 쿠션에 힘없이 기댔다.

"배고프지 않아요. 제러드가 올 때까지 이대로 쉴래요."

"서재가 아니라 침실로 업어 갈 걸 그랬군요. 당신이 침대에서 나와
샤또를 어슬렁거리는 걸 알면 제러드가 노발대발할 겁니다."

그녀는 듣는 둥 마는 둥했다. 요란하게 째깍거리는 소음의 진원지를 찾아 벽난로 선반으로 시선을 배회시키느라 바빴다.

"저게 다시 가고 있군요."

어리둥절한 케빈은 그녀의 시선을 따라갔다.

"아, 시계. 내가 작동시켜 놨어요. 누가 껐더라구요."

"내가 껐어요."

당시의 기억을 떠올리자 작은 미소가 피어올랐다.

"제러드도 그랬던 적이 있대요. 그 말을 들었을 때는 무슨 뜻인지 몰랐어요."

"설마하니…… 지금은 안다는 겁니까? 그의 일에 대한 이야기를 들었군요? 제러드 본인이 말해 주던가요?"

"상원의원에게 들었어요."

케빈은 입술을 둥글게 오므리고 소리 없는 휘파람을 불었다.

"일이 재미있게 돌아가는걸. 의원님께서 왜 그러셨을까. 제러드의 반응을 미리 짐작하셨을 텐데."

그녀는 별로 궁금하지 않았다. 사실은 아무 생각도 하고 싶지 않았다. 조금 쉬면 녹신녹신한 사지에 기운이 돌아올 줄 알았는데 되려 시간이 갈수록 힘이 빠져나가 세상만사가 귀찮게 느껴졌다.

"나에게도 알 권리가 있다고 했어요."

제러드가 얼른 와주었으면. 생각을 모으기가 점점 힘들어졌다. 아니, 말하기조차 힘들었다.

"의원님은 제러드의 안위를 진심으로 걱정하는 것 같았어요."

"당연히 걱정해야죠."

그는 정색을 하고 단언했다.

"제러드의 목숨이 경각에 처해 있습니다. 그 친구처럼 생명을 걸고 믿는 바를 추구하는 사람은 드물어요. 용기 하나는 진짜 대단한 친구예요."

깊은 사색에 빠진 관조적인 말이 흘러나왔다.

"그런 용기는 아마도 수명 연장 연구를 자신의 지상과제로 삼고 매진해 왔던 인고의 세월에서 나오겠지요. 여동생인 리타가 죽은 후부터 쭉 그 연구를 인생의 목표로 삼아 왔을 거예요. 그토록 전력투구하여 지상과제를 완수한 지금은 어떤 심정일까? 나 같으면 허탈할 것 같습니다. 갈 곳을 잃은 기분. 그렇게 엄청난 일을 해낸 다음이니 새로운 목표를 찾기 어려울 거예요.”

타냐는 내내 귓전으로 흘러들었지만 한마디가 관심을 끌었다. 그녀의 눈에서 불꽃이 튀었다.

“여동생?”

“의원님께서 그 이야기는 하지 않으시던가요?”

“예.”

“리타는 열두 살 때 목숨을 잃었어요. 매우 희귀한 질병을 앓고 있었죠. 신진대사의 선천적인 이상으로 콜레스테롤이 과다분비되어 노화가 촉진되는 병이에요. 그런 징후들은 유아기 때부터 발현되기 때문에 사춘기가 될 즈음이면 해당 환자는 고령의 노인처럼 수명이 다하여 죽게 됩니다.”

“어머나! 어머나…… 세상에!”

그녀의 눈이 충격으로 커졌다. 환자 본인도 안됐지만, 여동생이 빠르게 늙어 가는 모습을 지켜봐야 했던 제러드는 얼마나 고통스러웠을까.

“치료법은 없나요?”

“불치병이에요.”

가라앉은 대답이었다.

“그들 오누이가 유난히 가까웠던 사이라 더한 비극이었죠. 부친이 자식들을 부양하긴 했지만 광산 아니면 술집에서 살다시피했어요. 모친은 딸을 낳은 직후 집에서 나가버렸구요. 제러드의 나이 열 살 때의 일이었죠. 그가 여동생을 키운 거나 다름없어요. 그런 동생을 잃었으니 인체의 노화 저지와 싸울 결심을 할 만도 하지요.”

그녀는 가슴이 아렸다. 사랑하는 사람을 돕지 못하는 무력한 소년의 좌절감과 아픔이 내 것인양 와닿고 제러드의 치 떨리도록 외로운 처지가 다시 한 번 절절하게 느껴졌다.

"그의 상처가 컸겠어요."

"우리가 생각하는 이상일 겁니다."

케빈이 고즈넉하게 말했다.

"그 친구가 주위에 사람을 만들지 않는 것도 당연해요."

"여기에서 도대체 뭐 하는 거요?"

깜짝 놀란 타냐와 케빈은 동시에 고개를 돌렸다. 제러드였다. 그가 물 빠진 청바지에 회색의 땀복 상의를 팔꿈치까지 걷어올린 채 문가에 서 있었다. 폭풍처럼 사나운 얼굴을 하고서.

"아까 케빈이 했던 질문과 똑같군요."

타냐는 미소를 지으려고 애썼지만 성공하진 못했다. 이미 지친 상태에서 케빈의 충격적인 이야기로 심적인 타격까지 받자, 태어난 지 하루밖에 안 된 비리비리한 고양이처럼 몸을 가눌 수가 없었다.

"내가 여기에서 뭘 하고 있는지는 뻔하잖아요."

"자네를 만나고 싶대."

케빈이 얼른 부언설명을 하고 나섰다.

제러드가 빠르게 다가가며 애꿎은 케빈에게 윽박질렀다.

"그렇다면 그녀를 침실로 보내고 나를 부르러 왔어야지! 눈이 있으면 좀 봐, 금방이라도 기절할 듯한 저 모습을. 자네는 대체 정신이 있는 사람이야 없는 사람이야?"

케빈이 제러드의 뒤에서 입만 벙긋거리며 '이럴 거라고 내가 그랬잖아요' 하고 원망을 늘어놔 타냐의 미소를 이끌어냈다. 비록 힘없이 일그러진 미소였지만.

"케빈의 잘못이 아니에요."

목소리가 심하게 떨려나왔다.

"난 하고 싶은 일은 꼭 해요."

"그건 나도 마찬가지요."

제러드가 쏘아붙였다.

"그리고 내가 지금 하고 싶은 일이 뭔지 아오? 당신을 침대에 눕히는 거야."

그는 그녀를 의자에서 안아 올렸다.

"거기에 대해 무슨 불만이라도 있소?"

불만이 있다 한들 받아들여지지도 않을 텐데 말해 봤자 뭐하겠어. 타냐는 입술을 비죽거렸다. 하지만 제러드의 따뜻한 체온에 감싸이고 넓은 가슴에 고개를 기대는 기분은 아주 그럴 듯했다.

"아무 불만도 없어요."

그녀는 고분고분하게 대답했다.

놀란 침묵이 흐르고 제러드가 메마른 어조로 중얼거렸다.

"당신 상태가 보통 심각한 게 아니군."

그리고는 서재를 가로지르며 척척 지시를 내렸다.

"유동식을 위층으로 올려보내, 케빈. 타냐는 지난 이틀 동안 영양섭취를 못했어."

"나는, 배고프지, 않아요."

타냐는 고집스럽게 또박또박 끊어 말했다. 여기 제러드의 품안에서 쉬며 잠들고만 싶은데 왜 다들 밥을 먹으라고 성화일까? 그에게선 비누와 흐릿하게 사향이 혼합된 근사한 냄새가 났다.

"난 먹지 않을 거예요."

"당신은 먹어야 해."

제러드도 고집스레 선언했다. 그는 그녀를 안은 채 한 번에 두 계단씩 층계를 올라갔다.

"마지막 한 입까지 먹고 하루 종일 자야 해. 그래야 이 어리석은 짓의 대가를 피할 수 있어. 도로 악화되고 싶소?"

큰 보폭으로 복도를 따라 걸어갔다.

"자리를 비운 내가 잘못이야. 당신은 자기가 케빈처럼 육척 거구나 되는 줄 알지만 사실은 그렇지 않아, 이 꼬마 아가씨야!"

"내가 꼬마라고 약골인 건 아니에요. 나에게는……."

“… 에뢰가 있겠지.”

제러드가 대신 말을 맺었다.

“그건 아예 듣지 못했다면 더 좋았을 소리야. 당신이 그 어깨에 세상을 짊어진 여자 아틀라스처럼 설쳐대지만 않았어도 우리 둘의 삶은 훨씬 수월해졌을 거요.”

요령 좋게 방문을 열고 오부송 카펫을 네 걸음에 가로질렀다.

“상원의원의 이야기 때문에 심란해진 건 알아. 내가 모르겠는 건, 왜 똑똑한 여자답게 이곳에서 나를 기다리지 않았소?”

불퉁거리는 어조와 달리 그녀를 침대에 내려놓는 몸짓은 다정했다. 그는 망토형의 실내복 단추를 민첩하게 풀었지만 앞섶이 벌어지자 화들짝 손을 뗐다.

“뭐가 잘못되었나요?”

타냐는 어리둥절하여 물었다.

그는 상념을 떨쳐버리려는 듯이 고개를 털었다. 잿빛 눈이 작지만 완벽한 젖가슴에서 떨어질 줄 몰랐다.

“배를 걷어차인 기분이오.”

허스키한 속삭임.

“너무, 너무도 아름다워.”

그녀의 복부 중앙에서 뜨거운 기운이 확 퍼져나갔다.

“이미 다 봐놓고서. 난 지난 이틀 동안 실오라기 하나 걸치지 않은 알몸이었잖아요.”

“그렇기는 하지만……..”

진한 핑크색의 유두가 단단하게 봉오리 맺히는 과정을 잡아먹듯이 지켜보는 그의 표정은 지글거리는 열망이었다.

“여자의 옷을 벗기는 행위에는 성욕을 자극하는 뭔가가 있는 모양이오.”

마른 입술을 축였다.

“당신을 그저 내 환자로, 밤에는 악몽을 피해 매달리는 아이로 여겨

왔지만 더 이상은…… 더 이상은 아냐."

그 고백은 진실이었다. 타냐는 그의 관자놀이에서 망치질하는 맥박을 보고 어깨 근육의 미묘하게 긴장되는 수축을 감지했다. 뿌듯한 기쁨이 그녀를 사로잡았다.

"난 이 방에서 빨리 나가는 편이 좋겠소."

제러드는 잇새로 말을 내뱉으며 서둘러 랩스커트의 하나밖에 없는 옆단추로 손을 뻗었다.

"조금만 더 미적거렸다간 일을 내고 말 거야. 당신이 총상을 입었든 아니든 상관하지 않고."

스커트가 벌어지자 그의 목울대가 눈에 띄도록 현저하게 제자리 뛰기를 했다. 그리고 떨리는 한숨. 속옷이 없었던 것이다.

"옷 입는 데 지나치게 기운 빼지 않은 건 그나마 칭찬할 일이군."

신발을 마저 벗긴 후 새틴 이불을 당겨 덮어주었다. 그러는 내내 그의 손이 희미하게 떨리고 있었다.

"잊지 말고 잠옷도 몇 벌 주문해야겠어."

그는 허리를 숙여 그녀의 이마에 가볍게 입술을 눌렀다.

"눈을 붙여요. 식사가 올라오면 내가 깨워주리다."

타냐는 머리가 베개에 닿자마자 이미 반쯤 잠들었다. 그에게 하고 싶은 말이 있었지만 그 내용이 도통 떠오르지 않았다. 아, 그래.

"정말 안됐어요, 제러드."

"안됐다니? 뭐가?"

당신이 겪어야 했던 아픔이 안됐어요. 당신의 속 깊은 외로움이 안됐어요. 그러나 그 모든 위로를 전하기엔 너무 피곤해 뭉뚱그려 대답했다.

"여동생 일."

그의 표정이 험악하게 굳어졌다.

"코벳 의원이 별별 수다를 다 떨었군."

"리타에 대한 이야기는 케빈이 해주었어요."

끈덕지게 몰려오는 수면의 구름을 피하려 애쓰며 중얼거렸다.

“당신, 많이 힘들었죠?”

제러드는 어깨를 으쓱거렸다.

“다 지난 일이오. 해묵은 상처를 헤집는 건 현명하지 않아. 하지만 당신이 원한다면 나중에 다 이야기해 주겠소.”

새의 날개 같은 까만 눈썹을 한 손으로 가만가만히 따라 그렸다.

“지금은 푹 자요, 러브.”

몇 초 내로 그녀는 양순하게 그의 지시에 따랐다.

10

"체크메이트."

타냐는 신나게 키득거리며 선언했다. 침대머리에 느긋하게 기대는 그녀의 태도란 개선장군처럼 의기양양했다.

"우와, 이겼다. 체스라는 게 알고 보면 어려운 게임도 아닌데 왜 그렇게 오랫동안 헤맸는지 모르겠네."

케빈이 미소를 던졌다.

"닷새는 절대로 오랜 시간이 아니에요, 공주. 당신의 헤매는 모습은 볼 만했구요. 이거 자존심이 상하는데. 제러드와 포커 치면서 무참하게 박살날 때는 내가 초심자니까 그러려니 했지만 내 게임이라고 내세워 왔던 체스에서마저 또 깨지다니."

제러드의 이름이 나오자 승리감이 빛을 잃었다. 타냐는 체스판을 거칠게 밀어냈다. 심사가 꼬이고 무엇 하나 곱게 보이지 않았다. 그녀는 케빈을 째려보며 시비를 걸었다.

"혹시 져준 거 아니에요? 내가 눈치채지 못하게 아주 교묘하게 져준 거 맞죠?"

“당신은 정정당당하게 이긴 거예요. 승리를 양보한다고 고마워할 사람도 아닌데 내가 왜 그런 실없는 짓을 하겠어요?”

“내 비위를 맞추어 주려고 그랬겠죠.”

침대에서 일어나는 그녀의 얼굴에는 앵돌아진 빛이 가득했다.

“그게 바로 당신이 이곳에 있는 이유잖아요. 내가 제러드를 성가시게 하지 못하도록 슬슬 시간을 때워주는 거. 임무 달성을 축하해요, 케빈.”

한달음에 달려가 프렌치 문을 활짝 열자 방으로 쏴악 밀려든 차갑고 신선한 공기를 들이키며 앙심 섞인 말을 내뱉었다.

“제러드가 당신에게 아주 흡족해하겠군요.”

케빈은 곤란한 심정으로 그녀의 등을 바라보았다. 늦은 오후의 햇살에 가장자리가 적황색으로 도드라진 그녀의 자그마한 실루엣에선 성마름이 번져나왔다. 그녀가 언제 터질지 눈치만 살피며 가슴을 졸여 왔던 지난 이틀이었다. 갈수록 수위가 고조되는 타냐의 긴장감은 곁에서 지켜보기 조마조마했다.

“맞아요, 그게 내 임무였습니다.”

그는 차분하게 시인했다.

“그리고 대단히 즐거웠던 임무였어요. 당신에게도 즐거운, 아니, 최소한 견딜 만한 시간이었기를 바랍니다.”

타냐는 긴 숨을 꿀꺽 삼켰다. 차가운 공기가 폐를 에어놓는 짧은 동안 눈이 아리도록 석양의 핏빛으로 물들어가는 산봉오리들을 노려보았다. 케빈에게 화풀이하는 건 부당해. 그는 인내와 선의의 천사였어. 지루함을 덜어주려는 그의 노력이 없었다면 미쳐버렸을 거야.

지난 닷새는 온통 의문으로 채워졌다. 제러드에게 안겨 이 방으로 돌아와 그의 다정한 손길을 느끼며 잠들었던 때가 정상적인 세상의 끝이었다. 두 시간 후 잠에서 깨어났을 때 다정한 손길은 사라졌다. 제러드도 없었다. 그의 의자에는 케빈 맥커드가 앉아 있었다. 그리고 매력적이며 사람 좋은 케빈이 그녀의 곁을 쭉 지켰다. 붕대를 갈아준 사람도 케빈, 그녀를 달래어 마지막 한 입까지 식사를 하게 만든 사람도 케빈, 짜증을 받아준 사람도 케빈이었다. 제러드 라이커는 닷새 동안 코빼기도 비추지 않았다.

하지만 제러드의 소원한 태도보다 더 고통스러웠던 건 철저한 활동 제한이었다. 그가 멀리서도 그녀를 꼼짝 못하도록 옭아맨 것이다. 낮에는 케빈이 그녀와 일거일동을 함께 했으며 밤에는 경호원이 침실 밖을 지켰다.

"미안해요, 케빈."

그에게 돌아서서 맥풀린 목소리로 웅얼거렸다.

"모범적인 환자 노릇은 나와 체질적으로 안 맞아요. 게다가 이건 어처구니가 없어요. 아프지도 않은데 환자 취급이라뇨? 난 완벽하게 회복되었단 말이에요."

"제러드는 만전을 기하는 거예요. 인간의 신경계는 한번 충격을 받으면 두고두고 말썽을 부릴 수 있어요. 추가 휴양은 해될 것이 없어요. 당신의 면역성과 방어력을 키워줄 거예요."

"해될 것이 없다니!"

타냐는 파르르 떨었다. 그녀는 가운의 허리띠를 졸라매고 그에게 득달길이 딜려가신 다다닥 퍼부어댔다.

"그놈의 망할 추가 휴양 때문에 미칠 지경인데도? 연습을 빼먹어 근육이 엉망으로 늘어진 건 또 어쩌구요? 발레리나가 이렇게 펑펑 쉰 대가는 지독하게 가혹해요. 이 주일은 꼬박 죽을힘을 다해 연습해야 원상복귀된다구요. 내가 고생하거나 말거나 제러드는 물론 상관도 안 하겠지만!"

"상관해요."

케빈이 달렸다.

"그는 매일 밤마다 나를 문초해 왔습니다. 당신이 오늘 뭘 했느냐, 무슨 말을 했느냐, 어떤 음식을 먹었느냐, 많이 먹었느냐 적게 먹었느냐, 낮잠은 몇 시간이나 잤느냐 등등등. 난 당신의 심적 상태에서 손거스러미가 생긴 비극적인 사건에 이르기까지 장문의 보고서를 제출하다시피 해왔다구요. 제러드가 왜 침실 보초를 세우는 줄 알아요? 당신이 밤에

몰래 활개치며 다니다 기진맥진할까 봐 두려워서예요.”

“호기심에서 나온 질문공세겠죠.”

상처받은 내색을 감추려고 심드렁하게 대꾸했다.

“나를 진심으로 걱정한다면 며칠째 얼굴 한 번 비추지 않을 리 없어
요.”

“그 이유는 나도 궁금하지만 물어 볼 엄두가 나지 않더군요. 최근 제
러드의 기분이 급격한 하강곡선을 그리고 있어요. 덕분에 나만 죽을 판
이에요. 당신 둘 사이에서 외줄타기를 하느라 식은땀이 줄줄 나요. 타
냐, 제발 인내심을 갖고…….”

“인내심이라면 바닥난 지 오래예요.”

그녀는 그의 말을 가로챘다.

“내가 자기를 귀찮게 할까 봐 이 방에만 가두어 놓는 모양인데 그건
엄청난 착각이에요. 난 그의 주위에 얼쩡거릴 생각이 요만치도 없어요.
그러니까 제러드에게 전하세요, 더 이상은…….”

“당신이 직접 말해 보시지.”

제러드가 침실 문가에 서 있었다. 언제든 가격할 준비가 되어 있는
채찍처럼 팽팽하게 긴장된 모습을 하고서. 힘차고 호리호리한 체구에
어두운 색조의 코듀로이 바지와 긴소매 셔츠를 걸친 모습은 자신만만
하고도 매력적으로 보였다. 그는 들고 있던 커다란 상자를 침대에 던져
놓고 계속 다가왔다.

“난 당신의 어떤 요구에도 반대를 제기하지 않겠소. 침실 연금은 해
제요. 이 순간부터는 밖에 나가도 좋아.”

타냐는 주책없이 경중거리는 환희의 약동을 막으려 했다. 제러드가
외주었어! 그에 대한 그리움이 이다지도 컸었는지는 미처 몰랐다. 아프
도록 보고 싶었던 사람. 그만큼 얄밉고 미운 남자.

“귀하신 몸께서 연금 해제 통지서를 직접 전달해 주시다니, 송구스러
워서 몸둘 바를 모르겠군요.”

석탄덩어리처럼 시꺼먼 눈에 불을 켜고 앙칼지게 비꼬았다.

“전보를 치거나 경호원을 보내지 그러셨어요?”

“완벽하게 회복되었군. 그 동안 그녀에게 볶이느라 수고 많았어, 케빈.”

케빈은 자리에서 일어났다.

“모범적인 환자였는데 뭘. 약간의 흥분 증세는 보였지만 그거야 전적으로 상황 탓이지. 자네는 이제 죽을 각오나 해.”

“이미 각오했어.”

그는 상기된 타냐의 얼굴만을 바라보았다.

“우리 둘을 참아준 자네의 공로가 대단해. 훈장을 수여하라고 상원의원에게 추천할까 고려하는 중이야.”

“자네의 추천이라면 확실하지. 그럼 내 임무는 종료된 건가?”

“완전히.”

제러드의 시선은 그녀에게 고정되어 흔들리지 않았다.

“지금부터는 내가 알아서 해보지.”

“도움 요청이라면 언제든지 수락할게.”

케빈은 문으로 향하며 산들바람처럼 가볍게 말했다.

“우리끼리 그럭저럭 처리할 수 있을 거야. 버츠의 부하들을 끌어들이지 않고도.”

“웃기지 말아요!”

타냐는 케빈의 등뒤에 대고 바락 외쳤지만 벌써 문이 닫혀버리자 나머지 분노의 화살을 제러드에게 쏘았다.

“당사자를 버젓이 앞에 두고 마치 없는 사람처럼 대하는 건 크나큰 실례예요. 그것도 몰라요?”

그는 담담하게 대답했다.

“내가 무슨 소리를 해도 말꼬리를 잡을 테니 묵비권으로 나가리다. 방에 들어서며 포착한 대화로 그 정도 분위기 파악은 했소.”

“오라, 침실 연금이 해제된 이유가 따로 있었군요. 이럴 줄 알았으면 당신 주변에 얼씬거리지 않겠다는 공약을 닷새 전에 해주었을 거예요.”

그의 얼굴이 험악해졌다.

"기분만 저하된 줄 알았더니 지능까지 떨어졌군. 그렇지 않고서야 그 따위 멍청한 오해는 할 순 없어."

"누가 누구에게 멍청하다는 거예요! 당신이야말로……."

뒷말은 그녀의 입을 단호하지만 다정하게 막은 손으로 중단되었다.

"처음부터 다시 시작합시다."

제러드가 중얼거렸다.

"심한 말을 할 뜻은 없었소. 나도 힘겨운 시간을 보내느라 신경이 날카로워져서 그런 식으로 반응했던 거요. 그래, 내가 왜 지난 닷새 동안 거리를 두었는지 당신은 진짜 몰랐을지도 모르지. 어떻게 그 이유를 모를 수 있었는지는 비록 신만이 아실 노릇이지만."

그래도 타냐가 계속 표독스럽게 노려보자 그는 기막힌 나머지 체머리를 흔들었다.

"그걸 꼭 말로 해야 알겠소? 좋아, 그럼 말해 주지. 당신을 원하기 때문이었어, 제기랄! 얼굴을 보면 당장 덮칠 것만 같아서 아예 보지 않는 쪽을 택했단 말이오. 처음 봤을 때부터 턱없이 지독했던 갈망의 지옥불을 더 이상은 감내할 자신이 없었단 말이오. 내 자제력은 당신이란 유혹에 저항할 만큼 강하지 못해."

미움과 원망에 집착한 그녀의 머리는 그 솔직한 토로를 즉각 받아들이지 못했지만 서서히 이해력이 작동되자 속에서 환희의 찬가가 시작되었다. 타냐는 새침하게 눈을 내리깔았다.

"그런 말이라면 진작 해주었어야죠. 당신이 우리의 게임에 싫증나서 발을 뺀 줄 알았잖아요."

"나에게는 게임인 적이 없었소, 단 한순간도. 발을 빼기에는 너무 늦었소, 처음 본 순간부터. 이런 심각한 문제를 어떻게 풀어야 할지는 지금도 모르겠소. 해결책이라곤 당신과 침대로 뛰어드는 것밖에 떠오르지 않아."

제러드의 입술이 일그러졌다.

“이제 나에게는 그럴 자격이 없는데도.”

“자격?”

“나 때문에 당신이 다쳤잖소. 육체적으로 또 정신적으로도. 내 손으로 직접 상처를 준 건 아닐지언정 내 책임인 건 확실해. 난 당신에게 자격이 없소. 그래서…… 만회할 기회를 달라고 찾아온 거요. 딱 한 번의 기회를.”

그는 그녀의 시선을 단단히 잡고는, 아니, 결사적으로 매달려서는 놔주지 않았다.

“내 선물을 제발 받아 줘요.”

저 잿빛 눈을 처음 봤을 때 왜 얼음장처럼 차가운 눈이라고 생각했을까? 지금 그의 눈에는 세상의 열기가 전부 담겨 있었다.

타냐는 떨리는 목소리를 가다듬었다.

“무슨 선물이죠?”

“질문은 하지 말고 대답만 해요. 내 선물을 받아주겠소?”

열렬한 간청이 어린 얼굴을 홀린 듯이 바라보며 그녀는 고개를 끄덕거렸다.

“오케이.”

그 대답은 숨이 막히도록 찬란한 미소가 되어 돌아왔다. 그는 혼잣말처럼 ‘좋았어’ 하고 중얼거리고는 휙 돌아서서 아까 침대에 던져두었던 커다란 상자를 찾아왔다.

“자, 이거부터 받아요.”

호기심으로 민첩해진 손을 놀려 상자의 뚜껑을 열었다. 반투명의 고급스런 유지(油脂)가 시야를 가로막았다. 그 바스락거리는 종이를 젖히자…… 하얀 모피! 온 방 안을 밝힐 만큼 순백의 탐스러운 윤기를 발하는 모피였다. 그녀는 털을 쓸어보았다.

“무슨 모피예요?”

제러드는 그녀의 가운 허리띠를 잡아당겼다.

“흰 담비.”

새틴 가운이 바닥으로 흘러내리고 복숭아빛 잠옷에 감싸인 여체가 드러났다. 그의 굶주린 시선이 그녀를 핥듯이 탐했다.

"내 주문처의 센스가 탁월하군, 할머니 잠옷을 바리바리 실어 보내지 않은 걸 보면. 당신에게 멀리 떨어져 있길 잘했어."

그리고 상자에서 모피를 꺼내 타냐의 어깨에 걸쳐주었다. 이 산소 같은 가벼움과 포근함이란 고가의 사치품만이 줄 수 있는 향락이었다. 망토의 뒷자락은 바닥에 우아하게 끌렸으며 낙낙한 후드는 그녀의 금빛 피부를 완벽하게 받쳐주었다. 그의 손은 목 근처에 달린 두 개의 단추를 천천히 잠갔지만 눈은 꼼짝 않고 그녀의 것과 얽혀 있었다. 마치 열쇠가 잠겨진 자물쇠처럼.

"여황제 같아. 당당하고 고귀하고 자유로운 여제(女帝). 이걸 아테네로 주문할 때 내가 상상했던 모습 그대로요."

"이게 당신의 그 선물이에요?"

"아니."

"그럼 받지 않겠어요."

아쉬운 듯 모피를 쓸어보면서도 도도하게 거절했다.

"이렇게 값비싼 물건은 받을 수 없어요."

"이미 당신의 것이오."

그는 고개를 숙여 다정함을 다하여 가볍게 입술을 스쳤다. 괜히 가슴이 저려 왔다.

"그리고 당신이 거절하면 버츠가 비탄에 빠질 거요. 이 옷을 주문하라고 시키자 그는 황홀경에 사로잡혔소. 자신의 유능함이 여실하게 반영된 유혹 앞에 내가 드디어 무릎을 꿇었다고 생각하는 눈치였소."

다시 스치는 입술.

"그의 생각이 옳았소."

타냐는 흔들리는 웃음을 터뜨렸다.

"그렇다면 받아야겠군요. 버츠를 실망시키면 못쓰죠."

"신발은 어떤 걸 신고 있지?"

제러드는 망토자락을 옆으로 젖혀 납작한 굽의 새틴 슬리퍼를 확인했다.

"이 정도면 충분해."

그녀의 손을 잡아 막무가내로 끌어당겼다.

"갑시다, 서둘러야 하오. 지금을 놓치면 안 돼."

큰 보폭으로 성큼성큼 샤또를 벗어나고 정원을 가로지르는 그와 보조를 맞추기 위해 사실상 뛰어야만 했다.

태양의 시들어버린 빛으로 어슴푸레해지고 땅거미가 지는 산의 기온은 뚝 떨어져 입김이 하얗게 피어나는 세상을 제러드와 손에 손을 맞잡은 채 나란히 걷고 있노라니 존재감마저 희미하게 바래어 다른 시공으로 이동한 기분이 들었다. 그녀는 문득 미간을 찌푸렸다. 그의 옷차림을 뒤늦게 알아차린 것이다. 그녀에게는 사치스런 모피를 휘감아주고 자기 자신은 낡은 플라이트 점퍼조차 걸치지 않다니. 샤또로 돌아가자는 말을 하려는 찰나, 어떤 소리가 들려왔다.

처음에는 소리라고 할 수도 없을 만큼 희미했다. 꿈이 직조될 때 남직한 안개 젖은 속삭임에 가까웠다. 하지만 전 우주에서 가장 아름다우며 청이한 은빛 음악이었다.

그녀는 단박에 알아듣고 제러드의 눈을 찾았다.

"저게…… 당신의 선물인가요?"

그는 가만히 고개를 끄덕거렸다. 그녀의 얼굴에 일렁거리는 감정의 한 조각조차 놓치지 않겠다는 듯이 강렬하게 바라보면서.

바람과 함께 그 은빛 음악이 마술의 심포니로 커졌다. 그 교향곡의 진원지를 찾아 시선을 돌리는 순간, 그녀의 모든 동작이 정지되었다. 심장이 누군가의 손에 쥐어지는 것만 같았다.

거대한 불덩어리 같은 태양을 뒤로 한 자작나무들이 그 하이얀 몸에 고운 장밋빛 베일을 한 겹 걸치고 날씬하며 고아한 자태를 뽐내고 있었다. 하지만 그녀의 속에서 노래를 끌어내 벅찬 찬송가로 터뜨리게 한 건 멋지게 변신한 나무 몸체가 아니었다. 가지들이었다. 야단 맞듯이 하늘을 향해 팔을 들고 있던 자작나무 가지들은 더 이상 헐벗은 모습이 아니었다. 이제는 수백, 아니 수천 개의 풍경을 달고 있었다.

"아……."

가장 높은 가지에서 손 뻗치면 닿을 가장 낮은 가지에 이르기까지 풍경이 마치 요정나라의 고드름인양 은줄에 매달린 채 그 크리스털 표면마다 지는 태양을 담고 오색 빛을 내뿜었다. 그 소리, 그 빛, 그 아름다움의 오묘한 향연이란!

타냐는 뛰기 시작했다. 날 듯이 길을 가로질러 언덕을 올라 자작나무 숲의 심장부까지 달려갔다. 그리고 빙글빙글 돌았다. 까만 비단줄 같은 땋은 머리채를 날리며, 순백의 모피 자락을 펄럭거리며, 낙조보다 더 얼굴을 빛내며, 두 팔을 활짝 펼치고 풍경이 무지개빛 그림자를 던지는 지상의 카펫 위에서 선회했다. 그런 자신의 모습이 숲 가장자리에서 조용히 지켜보는 남자의 눈에는 신화 속 아틀란티스 대륙의 공주처럼 형용한 물질의 반짝거리는 아지랑이 집합체처럼 보인다는 것도 모르는 채 돌고 또 돌았다.

은빛의 청아한 캐롤이 오색찬란한 색채와 더불어 그녀를 채웠다. 그 아름다움으로 그녀를 해독시키는 듯했다. 마음에 맺혔던 독이 중화되며 왈칵 눈물이 북받쳤다. 그녀는 우뚝 멈추어 섰다.

"근사해."

고통스럽게 죄어드는 목에서 가까스로 소리를 뽑아냈다.

"온몸이 저리도록 근사해."

"그건 내 선물의 의도가 아니었소."

제러드의 어조는 다정했다.

"어렸을 때 풍경이 당신의 상처를 달래주었다고 했잖소. 난 당신이 아는 모든 고통을 가시게 해주고 싶었소, 꼬마 파이퍼."

그는 무지개 오로라의 반경으로 성큼 들어왔다. 어두운 옷을 걸친 날렵한 그는 이제 현란한 색채의 물결 속에서 까만 불꽃이 되어 그녀의 손을 잡았다. 가늘게 짤랑거리는 풍경의 노래가 바람에 실려 발 아래의 계곡에서, 그들 너머의 산에서 메아리쳤다.

"이 순간을 잊지 말아요."

깊이 잠겨드는 허스키한 속삭임.

"이 바람의 노래와 색을 기억해 줘. 이 아름다움을 기억해 줘. 공포와 추함이 존재하지 않는 이 세상을 받아 줘. 지난 고통은 나쁜 꿈이었고 이제 악몽은 끝났소. 그게 다시 돌아오려 할 때마다 이 아름다움과 바람의 노래를 상기해요."

그의 입술이 관자놀이를 스쳤다.

"마음으로 내 선물을 받아줘."

그러자 마술처럼, 기적처럼 타냐의 마음이 열렸다. 벼랑에 매달렸을 때 각인되었던 공포와 불안의 끔찍한 기억들이 스르르 빠져나가며 경이에 찬 기쁨을 일으켰다. 제러드가 창조한 세상이 치유력을 발휘한 것이다. 하지만 이 자체보다는, 그가 이런 세상을 창조할 만큼 그녀를 위한다는 사실이 더더욱 신통한 치유제였다. 그의 마음이 세계에서 가장 강력한 마력을 지닌 풍경(風磬)이었다.

"고마워요."

이보다 더 적당한 말은 찾을 수 없었다.

"영원히 잊지 않을 게요, 제러드."

영원.

이번에는 뜻 그대로의 영원이었다. 이 순간의 광채가 영원으로 이어지리란 앎이, 확신이, 본능적인 직감이 들었다.

제러드는 급한 숨과 함께 충동적으로 반걸음 나아갔다. 맥박이 목의 오목한 곳에서 미친 듯이 펄떡거렸다. 은빛 눈동자는 거세게 타오르는 불길로 번쩍거렸다. 그는 눈을 감고 자제력을 되찾기 위해 힘겨운 투쟁을 벌였다. 일부러 그녀의 손을 놓았다. 다시 눈을 뜨고 뒤로 물러섰다.

"난 그것만으로도 됐소."

그리고는 놀랍게도 떠나려 했다!

타냐는 눈을 의심했다.

"제러드?"

"당신은 여기 있어요. 이건 혼자 누려야 하는 선물이니까. 그리고 방금 발견했는데 난…… 생각했던 것만큼 자기희생적인 녀석이 아니었소. 내 욕심을 챙겨 전체를 망쳐놓기 전에 가보겠소."

한 손으로 그녀의 둥근 빰을 어루만졌다.

"당신을 위해 난 가야 해."

그리고 가버렸다, 무지개빛으로 물든 자작나무 숲을 절대적인 암흑의 그림자인양 신속하게 가로질러서.

타냐는 그의 뒷모습이 사라질 때까지 지켜보았다. 값어치를 따질 수 없이 귀한 선물들을 퍼붓고 유종의 미까지 남기는 남자. 그녀를 향한 갈망이 극에 달했으면서도 이 사치스런 모피 망토를 걸쳐주었을 때처럼 선뜻 자제력이란 선물을 건넨 것이다. 무엇이 가장 소중한 선물인지는 의심할 나위가 없었다.

그의 지정석인 자작나무에 기대어 자주와 보라가 뒤섞인 색깔의 산 너머로 가라앉는 태양에 시선을 주었다. 이상하게도 오늘은 험준한 산봉오리들마저 예뻐 보였다. 이것 역시 제러드에게서 받은 선물이라는 것을 깨닫자, 총상을 입고 악몽에 시달릴 때 시작되었던 어떤 감정의 개화가 가속되어 황홀하리만치 아름다운 꽃잎들이 살짝 벌어졌다.

이 감정이 사랑일까?

그건 모를 일이다. 한번도 경험해 보지 못한 미지의 것에 이름표를 붙일 수는 없으니까. 그리고 사랑이든 아니든 상관없었다. 다른 사람을 향하여 느껴지는 완전히 새로운 차원의 이 소속감, 그와 전부를 주고받고 싶은 압도적인 이 욕망만으로도 충분하니까. 그녀는 오늘 받은 소중한 선물을 그 형태 그대로 되돌려주고 싶었다. 제러드가 가장 원하는 형태로, 가장 절실해하는 형태로. 그것이 무엇인지 떠올리자 괜히 빰이 달아오르며 부끄러움이 일었다. 하늘을 올려다보자 달이 태양의 몰락으로 힘을 얻어 좀더 또렷하게 제 존재를 과시하고 있었다. 그녀도 어깨를 폈다.

부끄러워할 거 없어, 난 파이퍼니까.

계획을 짜기 시작하는 그녀에게서 갑자기 명랑한 웃음이 튀어나와 청명한 산공기 속으로 멀리 퍼져나갔다. 그녀는 그곳에 아주 오랫동안 머물렀다. 달빛으로 풍경은 자작나무 가지에 맺힌 투명한 눈물이 되고 밤바람이 신비로운 가락을 연주할 때까지.

방문이 살그머니 열렸다.

두 눈을 부릅뜨고 침실의 어둠 속을 두리번거린다. 천공에 걸린 달, 커튼이 걷혀진 발코니 문, 명상에 잠겨 가라앉은 빛 속에서 대략의 윤곽만 드러난 육중한 고가구들, 방 중앙을 차지한 거대한 침대. 그 공간으로 옷자락을 끌며 미끄러지듯 들어갔을 때 침대 쪽에서 목소리가 들려왔다.

"환영하오, 스위트하트."

침대 머리맡에 층층이 괴어놓은 여러 개의 베개 무더기와 마른 사람의 형상이 어렴풋하게 식별되었다.

"내 방문을 예상하고 있었어요?"

"예상은 안 했소."

차분한 대답.

"기대했을 따름이지."

침대 옆에 걸음을 멈춘 지금은 그의 청동 같은 어깨와, 가슴을 넓게 뒤덮고 단단한 복부로 내려갈수록 가느다란 한 줄로 모아져 흐트러진 이불 아래로 사라진 체모의 형태까지 보였다.

"예상과 기대는 현격히 달라. 예상이란 단어에는 이 방문이 당연하다는 의미가 은연중에 깔려 있소. 그건 당신에 대한 모욕이오. 내가 절대로 가할 뜻이 없는 모욕."

갈비뼈를 세차게 두들기는 심장박동을 느끼며 그녀는 모피 망토의 단추를 천천히 풀렀다.

"그렇다면 내가 실수했군요. 당신이 내 방문을 당연하게 여길 거라고 생각했으니까."

　단숨에 말해버리고 망토를 벗어 몇 발자국 떨어진 의자의 등받이에
걸쳐놓았다.
　"당신의 초대장을 기다릴 걸 잘못했나요?"
　"공연한 소리를 하는군."
　퉁명스럽게 말하는 그의 맑은 잿빛 눈이 어둠에 묻힌 얼굴에서 시끄
럽게 번쩍거렸다.
　"난 당신이 이렇게 여기, 내 침대로 와주길 적어도 영겁은 기다려 왔
소."
　"잘됐군요."
　땋은 머리를 푸는 손놀림이 빨라졌다.
　"내 유혹에 대한 당신의 협조 자세를 확인하니 반가워요."
　머리채에 손가락을 넣어 쓸어내리는 몸짓에서 그는 파이퍼를 유혹하
기 위해 나선 붉은 발레복 차림의 아가씨를 퍼뜩 떠올렸다.
　"지금 이게 다 그거요? 나를 유혹하는 것?"
　그녀의 모든 동작이 죽었다. 방 안의 고즈넉한 달빛 속에서 그를 빤
히 응시하는 얼굴에는 모호한 찌푸림이 가 있었다.
　"… 유혹을 원하는 거 아니었어요?"
　"온 마음을 다해 열렬하게 원하오."
　재빨리 그녀를 안심시켰다.
　"하지만 유혹만으로는 충분하지 않아. 더 이상은. 이제는 언어의 위
안도 필요한 것 같소. 즉, 이유를 알고 싶다는 뜻이오. 왜 나에게 자발
적으로 왔지, 타냐?"
　"정욕 때문이라고 답한다면?"
　타냐는 반문했다.
　"이 샤또에서 첫날 맛보았던 육체의 기쁨을 얻을 수 있다면 당신이
누구이고 무슨 생각을 하든 상관없어요,라고 답한다면 어떻게 하시겠어
요? 그래도 나를 당신의 침대로 초대할 건가요?"
　"초대하고 말고."

굵은 웃음이 나직하게 흘러나왔다.

"그리고 아침이 되기 전에 당신이 방금 한 말을 모조리 주워담도록 최선을 다할 거요. 하지만 당신은 정욕만으로 움직이는 여자가 아냐. 다른 뭔가를 느끼지 않았다면 나에게 왔을 리 없소. 그 감정이 뭐지?"

타냐는 대담하리만치 솔직하게 대답했다.

"모르겠어요. 전에는 느껴보지 못했던 기분이에요."

아랫입술을 축이며 정확하게 설명하려고 애썼다.

"뭐랄까…… 이상한 기분이고 또, 또…….."

"지금 당신의 추천장에 유창한 달변가라고 한 줄 보태느냐 마느냐를 놓고 심사하는 건 아니지만 이건 마치 열대 희귀병에 걸린 환자의 들뜬 소리를 듣는 기분이로군."

건조한 촌평이었다.

그녀는 신경질적인 웃음을 터뜨렸다.

"언약을 듣고 싶어요? 미안하지만 그런 건 줄 수 없어요. 언약을 하기에는 확실하지 않아요."

그의 얼굴에 어떤 감정의 편린이 떠올랐다. 실망감일까? 그 표정은 따져보기도 전에 사라지고 그가 손을 내밀었다.

"언약은 됐소. 그런 건 없는 편이 우리 모두에게 안전할지도. 닥치면 닥치는 대로 해나갑시다."

"한 번에 한 걸음씩."

부드럽게 동의하며 그에게 손을 내밀고 선선히 침대로 이끌려갔다. 그러나 한쪽 무릎이 매트리스에 닿자, 자신의 품으로 당기는 그의 힘에 저항했다.

"당신이 꼭 알아야 할 게 있어요."

말을 잇기가 망설여졌다.

"… 나, 처녀예요."

충격으로 긴장하는 그의 반응을 알아차리고 서둘러 말했다.

"신체적으로는 아마 아닐 거예요. 발레리나들 가운데 그런 처녀는 드무니까. 하지만 난 남자 경험이 없어요. 그 때문에 당신의 흥이 식었다해도 이해할게요.”

“타일러 윈들로는?”

“친구예요.”

어깨를 으쓱거리는 몸짓은 일거일동에 우아함을 추구해 온 사람치고 어색하기 그지없었다.

“처음에는 우정 이상을 원하는 눈치였지만 나에게 그의 바람은 무리였어요. 시간이 흐르자 타일러도 그 사실을 받아들였어요.”

잿빛 눈이 가늘어져 그녀를 뚫어지게 주시했다.

“왜 당신에게는 우정 이상이 무리였지? 아버지 때문에?”

“어쩌면. 아마도.”

“그런데 왜 지금은 나에게 왔소?”

왜 대답할 수 없는 질문들만 퍼붓는 걸까?

“그냥.”

답답한 심정을 호소하듯 양손을 내보였다.

“난 당신을 믿어요, 제러드. 아까 절벽에서 뛰어내리라고 부탁했다면 그렇게 했을 거예요. 이제 됐어요?”

“됐소.”

제러드는 허스키하게 선언했다.

“지금 당장은 되고도 남아.”

그리고 한번의 힘찬 몸짓으로 그녀를 품으로 끌어당겼다.

마치 땡볕에 달구어진 바위처럼 단단하며 뜨거운 살의 감촉은 달콤한 충격이었다. 그리고 향긋한 비누내와 은은한 사향 냄새. 순간적으로 숨이 꽉 막혔다. 타냐는 은빛 눈동자의 이글거리는 섬광에 사로잡혔다.

“내가 처녀여도 괜찮은 거죠?”

제러드는 그녀의 목덜미에 입술을 문질렀다.

“그 때문에 몇 가지 문제가 생길 수도 있지만…….”

귓밥을 살짝 물어 맛도 보았다.

"우리 둘이 극복하지 못할 문제는 없소."

"당신이 알아야 할 게 또 있어요. 내 몸은 현재 그다지 보기 좋지 않아요. 어깨의 수술 자국이 아물지 않은데다 로프 때문에 생긴 멍자국들도 그대로이고 긁힌 상처에 딱지도 앉았어요. 좀 매력적으로 보여질 때까지 당신이 기다리자면 그렇게 할게요."

"절대로 못 기다려."

그의 입가가 미소로 당겨 올라갔다.

"당신의 수많은 결함에 대해서는 문자 그대로 눈감으리다. 그밖에 나를 기겁하게 만들 만한 점이 더 있소? 아니라면 진도를 나가도 될까?"

"하나 더 있어요."

타냐는 심각했다.

"내 발은 아주 못생겼어요. 그건 호전될 가능성도 없어요. 하지만 발레리나들은 다 그래요."

제러드는 웃어야 할지 울어야 할지 갈피를 잡을 수 없었다. 청각이 의심스러웠다. 지난 삼 주 동안 그를 광기로 몰아넣었던 고혹적인 사이렌은 대체 어디로 가버렸단 말인가. 지금의 그녀는 불안해하며 결점을 일일이 나열하는 데 열심인 어린 소녀처럼 보였다. 제러드는 속을 가르는 듯한 다정함으로 가슴이 시큰거렸다. 그는 자신의 깊이 잠긴 목소리에서 뭉클해진 물기를 감추기 위해 가볍게 입을 뗐다.

"호전될 가능성이 없다? 그건 차원이 다른 문제로군. 아무래도 진도를 나가기 전에 당신 발이 얼마나 흉측한지 확인하는 편이 낫겠소."

몸을 떼고 발치로 내려가서 잠옷자락을 걷어올리고는 그녀의 작은 발을 잡았다.

"음, 당신이 경고할 만도 했군."

그는 미간을 찌푸린 채 엄숙하게 단정내렸다.

"군살 투성이인데다……."

엄지손가락으로 발등을 사랑스럽게 어루만졌다.

"발이 아니라 근육덩어리야. 심지어는 작은 흉터까지 두어 개 만져지는걸.”

그리고는 고개를 숙여 발등에 입술을 눌렀다.

“이렇게 못생긴 발이 무대에서 <파이퍼>와 같은 마술을 만들어 냈다고는 도저히 믿어지지 않아.”

파이퍼.

작은 충격이 그녀를 갈랐다. 성적인 경험 부족과 불안감으로 눈이 어두워져 일시적으로나마 자신이 누구인지 망각한 것이다. 난 파이퍼야. 아이가 아냐. 어린애 응석을 받아주는 듯한 그의 태도를 바꾸어 놓아야 해. 그녀는 두 발을 모으고 일어나 앉았다.

“내 결점을 잊게 만들려면 무슨 수를 써야겠군요. 어디 보자, 뭐가 좋을까?”

고민하는 척하다 돌발적으로 잠옷을 머리 위로 벗어던졌다. 이제 그녀의 몸을 가려주는 것이라곤 어깨와 등으로 흘러내린 비단결 같은 검은머리뿐이었다. 제러드의 거칠어진 호흡. 그 소리에 만족의 전율이 그녀의 몸을 따라 흘렀다.

“참, 당신에게서 내 가슴에 대한 불만은 못 들어봤어요. 작은 장점을 최대한 살려야겠죠?”

무릎을 꿇은 채 장밋빛 유두가 넓은 가슴과 맞닿도록 몸을 내밀며 굵은 목에 입술을 댔다. 공중제비를 돌 듯 갑자기 펄떡거리는 그의 맥박.

“내 가슴이 마음에 드시나요, 제러드?”

“아주.”

완벽한 가슴이라고 속으로 덧붙였다. 그의 입술과 혀가 닿으면 정열의 봉오리로 변하는 앙증맞은 유두와 섬세한 형태의 극치인 봉긋한 젖가슴이라고. 지금도 만지고 싶은 욕망으로 온몸이 근질거렸지만 아까처럼 그녀답지 않은 껍질 속으로 도망갈까 봐 두려웠다. 타냐가 처녀일 가능성에 대해서는 생각조차 해보지 않았기에 그녀의 고백은 원초적인 기쁨을 안겨주었고 그건 곧이어 걱정으로 바뀌었다. 최고의 합일을 끌어내려면 어떻게 해야 할까? 답은 쉽게 나왔다. 최대한 자제하자. 그녀

에게 처녀 특유의 두려움을 극복하고 환희의 미세한 부스러기조차 모
조리 맛보게 해주려면 어떻게 해야 할까? 주도권을 주자. 그러기 위해
선 어린애 응석을 받아주는 듯한 태도로 그녀의 자존심과 도전욕을 자
극할 필요가 있다. 더불어 그 자신은 아무리 힘들어도 철저하게 반(半)
수동적인 역할을 유지해야 한다.

이제 제러드는 필사의 노력으로 호흡을 가다듬었다.

"당신 가슴은 굉장히 아름답소."

"그렇게 생각해 주어서 기뻐요."

그녀는 젖가슴을 체모로 까끌까끌한 그에게 대고 새끼 고양이처럼
나긋나긋하게 문질러댔다.

"나도 당신의 가슴이 마음에 들어요. 비단 검집에서 쉬고 있는 강철
검 같아요."

고개를 숙여 납작한 유두를 깨물었다.

"우리가 많이 달라서 진짜 다행이에요, 그렇죠?"

"진짜 다행이지."

목 졸리는 소리의 대답조차 간신히 뽑아냈다. 그녀의 머리에서는 희
미하게 야생화 향기가 풍겼으며 그를 스치는 이 감촉은 부드러운 비단
이었다. 안 돼, 자제력을 잃고 그녀를 엎어뜨려서는.

"진짜 다행인 우리의 차이점은 가슴 이외에도 많이 있소."

"이미 눈치챘어요."

자그마한 손이 그들의 가장 차이나는 성징을 쓰다듬었다. 희롱하는
손길. 그럼에도 그의 하체는 발작적으로 앞으로 불쑥 쏠려 더한 희롱을
요구했다.

"내가 당신 거기를 만지는 감촉이 좋아요?"

"좋아."

제러드는 갈라진 목소리로 답했다.

"난 당신의 손길이 좋아, 입술이 좋아, 특히 혀의 감촉에는 완전히 돌
아버리겠소. 당신이 손과 입술과 혀의 기교를 완전 습득하도록 돕는 데

몇 백년이라도 바치고 싶소. 나에게 그런 성은을 베풀어 주겠소, 꼬마 파이퍼?"

"완전 습득에 몇 백년씩이나 걸릴 리 없어요."

타냐는 해실거리면서 이의를 제기했다.

"난 학습능력이 우수한 학생이라구요."

제러드의 몸을 희롱하는 건 대단히 자극적이었다. 그와 의지의 결투를 벌이는 동안 처벌로 가했던 희롱과는 완전히 달랐다. 그건 채울 수 없기에 낭패스런 흥분과 좌절감만을 낳았다면, 이건 폭발적인 피날레를 고조시키는 파드되였다. 위험한 격류처럼 일렁거리는 그의 긴장조차 결국은 그 노도와 같은 물살이 자제력의 방파제를 무너뜨리고 범람하리란 것을 알기에 짜릿했다. 미약의 효과로 제러드의 성적인 노예가 되었던 경험이 증오스러운 만큼, 자신에게도 그를 지배할 수 있는 힘이 있다는 사실은 무한한 안도감을 주었다.

"내가 얼마나 우수한 학생인지 보여줄까요?"

다리를 벌려 그를 하얀 허벅지 사이에 꼼짝 못하도록 가두었다. 여성의 민감한 중심부로 느끼는 제러드는 뜨거웠다. 단단했다. 놀랍도록 딱 맞아떨어지는 기분이었다. 그녀의 속에서 들뜬 열기가 폭등해 눈앞이 아찔했다. 주도권이니 의지의 결투 따위는 하얗게 잊혀지고 그에게 절망적으로 매달리는 한 여자만이 남았다.

"난……."

나머지 말은 굶주린 야수처럼 달려든 입술로 끊어졌다.

제러드는 막무가내인 욕망에 차단기를 내리고 급박하지만 부드럽게 그녀를 탐했다. 제발 그녀가 준비되었기를, 그래서 더 이상은 연장할 수 없는 이 기다림이 끝나기만을 간절히 기도하는 심정이었다. 옥죄이는 허벅지의 느낌이 오자 헐떡거림에 가까운 신음이 저절로 흘러나왔다. 살과 살이 맞닿는 이 관능적인 감촉. 하지만 그의 자제력에는 준엄한 시험이었다. 그는 죽을힘을 다해 물러났다.

"정말 우수한 학생이군. 월반 가능성이 엿보여."

그 몇 마디도 힘겨워 넓은 가슴이 빠르게 오르내렸다. 제러드는 손을 떨어뜨려 허벅지 사이를 딱 한 번 노련하게 탐색해 보았다. 그리고 안도의 미소를 지었다. 충격적인 환희에 감전된 사람처럼 부들부들 떠는 그녀의 즉각적인 반응도 그러하거니와 촉촉하게 흥분한 증거가 만져졌기 때문이다. 드디어 그녀가 준비된 것이다. 하지만 서두르지 않기로 했다. 워낙 섬세한 여자인데다, 비록 처녀막은 없다 해도 첫 경험이니 그의 어떤 상대들보다 빡빡할 게 분명했다. 그녀에게 고통을 주지 않으려면 시간과 공을 들여야 한다. 아파하는 모습을 상상하는 것만으로도 가슴이 아려 왔다.

"나에게 과외수업을 받는 게 어떻겠소?"

굵은 손가락의 조심스런 침입이 시작되자 타냐는 그에게 매달려 몸부림을 쳤다. 목 안쪽에서 끊어질 듯 말 듯한 교성이 하염없이 흘러나왔다. 강인한 어깻죽지에 손톱을 박아 보았지만 그는 아랑곳하지 않고 손을 놀려 기교적인 회전과 돌진을 반복하며 번쩍거리는 번개 같은 감각을 일으켰다. 그의 얼굴은 자제하려는 노력으로 일그러져 있었다. 호흡은 금방이라도 넘어갈 듯한 고통스런 헐떡거림이었다. 굶주린 갈망은 보이지 않는 주먹인양 세차게 느껴졌다. 제러드의 모습, 상태, 마음 그 전부가 그녀의 욕망에 불을 질러 꿈틀거리며 그에게 급박하게 다가가게 만들었다.

제러드는 질끈 눈을 감았다.

"나를 원하오, 꼬마 파이퍼?"

걸쭉한 목소리. 상기되고 무섭게 긴장된 표정.

"당신의 전부를 채워 주길 바라나? 난 그러고 싶어, 당신을 내 것으로 만들고 싶소. 당신도 그걸 원하오?"

"예……."

온몸에 요술을 거는 또 다른 손놀림으로 인하여 신음에 가까운 대답이었다.

"… 예!"

그는 그녀와 함께 부드럽게 무너지며 허벅지 사이에 신속하지만 단단하게 자리를 잡았다. 그 전부가 동시동작으로 눈 깜짝할 사이에 이루어지고 타냐는 어느덧 여자로서 가장 연약한 자세로 누워 어리둥절한 채 그를 올려다보게 되었다. 갑자기 어색함이 밀려왔다. 반발심이 솟았다.

"왜, 러브?"

타냐의 미묘한 변화를 그는 당장 알아차렸다. 보들보들하며 납작한 복부를 애무하며 다그쳐 물었다.

"뭐가 잘못되었지?"

"모르겠어요, 그냥…… 무력한 기분이…….

어설프게 설명했지만 제러드는 다 알아들은 눈치였다.

"이건 지배와 정복이 아냐."

그녀에게 바짝 다가왔다.

"당신에게 이편이 더 수월하기 때문이지."

뜨겁고 단단한 그가 밀고 들어오는 감각이 시작되었다.

"여기에는 이끄는 사람도 따르는 사람도 없소. 우리 둘이 함께 나란히 외길을 가로지를 뿐."

환희와 자제력 사이를 오가는 얼굴을 하고 조심스럽게, 다정하게, 그러나 자꾸만 들어오는 그.

"처음부터 끝까지."

벅찬 안도감으로 그의 숨이 날카롭게 흩어졌다. 감사합니다, 하느님. 그녀를 다 채웠지만 아파하거나 불편해하는 기색은 없었다. 짧게 호흡하며 눈을 휘둥그렇게 뜨고 입술을 살짝 벌린 그녀에게서 느껴지는 것은…… 진솔한 경외감과 황홀한 기쁨만이 전부였다.

제러드는 그 붉은 입술도 마저 가졌다. 그리고 지금은 그녀를 채웠음에 만족했다. 믿을 수 없을 만큼 빡빡한 그녀와 하나가 되었음에 만족하며 자신의 육체에는 아직 허락하지 않은 자유를 다하여 그녀의 입 안을 헤집어놓았다.

타냐는 머리칼 속에 손을 박고 그를 가까이 잡아당겼다. 이 믿을 수 없을 만큼 관능적인 충족감을 더 많이 갖고픈 욕심에서 하체가 본능적으로 들썩거려졌다. 그러자 용광로의 쇳물 같은 감각이 줄달음질쳤다. 그녀의 눈이 커지고 신음이 일었다.

"안 돼."

얽힌 입술을 잡아떼며 속삭이고는 눈물이 나오도록 아끼는 몸짓으로 그녀의 뺨에 키스했다.

"이러면 아프잖아. 당신이 아픈 건 참을 수 없어, 스위트하트."

"아프지 않아요. 멋진 기분인 걸요. 더 갖고 싶어요."

사랑스런 몸짓으로 그의 입술을 찾았다.

"제발 제러드."

그의 속에서 뭔가가 천 갈래 만 갈래로 폭발했다. 그녀에게 전부를 주고 싶었다. 그의 심장과, 그의 영혼과, 그의 기억과, 그의 미래 전부. 하지만 사무치도록 급박한 이 순간에 바칠 수 있는 것이라곤 오직 육체뿐이었다.

"다 가져가, 타냐."

갈라진 웅얼거림.

"나에게 원하는 것이라면 뭐든 다."

처음에는 천천히 신중하게 움직이기 시작했지만 물먹은 비단 같은 촉감의 마찰 자체가 도저히 저항할 수 없는 도발이었기에 서서히 빨라져 동작이 전속력과 최고 강도에 이를 때까지 그들은 함께 감각의 물결을 타고 미친 듯이 서둘러 찬란한 절대미의 고지에 도달했다.

너무도 아름답다고 타냐는 생각했다. 이것과 비교하면 다른 전부가 무색해지는 그런 기묘하고도 완벽한 아름다움이었다. 마치 풍경처럼, 감질나지만 만족스러운 노래를 부르고 소박했다가는 화려한 무지개를 만드는 크리스털 풍경처럼 아름다웠다.

이어 제러드가 하얀 자작나무 숲을 장식했듯이 그녀 영혼의 모든 가지에 무지개 화환을 걸어주자, 바람의 노래가 타냐의 안팎 구석구석까지 퍼져나갔다.

"무슨 생각을 하고 있지?"
나른하게 물어 왔다.
"풍경."
간결하게 대답했다.
"풍경 생각을 하고 있었어요."
머릿속에서 두서없이 튀어나오는 이 생각들을 전부 말하기에는 언약도 확실한 미래도 없는 우리의 시간이 너무 짧아.
제러드는 그윽한 웃음소리와 함께 밉지 않은 소유욕을 드러내며 그녀를 꼭 당겨 안았다.
"거기에 사로잡혔군. 진짜 풍경을 넉넉하게 주면 당신의 백일몽에서 그걸 몰아낼 수 있을 줄 알았는데."
타냐는 아늑한 품으로 바짝 파고들어 가슴털을 만지작거렸다.
"아주 넉넉했어요. 내가 원하는 풍경 전부를 제러드 당신에게 다 받은 걸요."
절대미의 풍경. 치유의 풍경. 정열의 풍경.
"고마워요, 온 마음을 다해서."
미세하게 흔들리는 그녀의 목소리를 알아듣자 흥겨웠던 얼굴이 단박에 걱정스러운 것으로 바뀌었다. 그는 재빨리 그녀의 턱을 들어올렸다.
"이런! 울면 안 돼. 행복하게 웃어야지."
"울긴 누가 운다고 그래요?"
딱 잡아뗐다.
"난 절대로 울지 않아요."
하지만 그녀의 눈은 물기로 반짝거렸으며 표정은 가까스로 위엄을 유지하고 있었다.
그는 잿빛 눈을 빛내며 말했다.
"용서해 줘. 당신이 얼마나 경이적인 존재인지 깜박 잊었소. 그래, 눈물 따위를 흘릴 리 없지. 왜냐하면 에뢰를 지닌 여자니까.”

“바로 맞추었어요.”

실은 눈물을 펑펑 흘리기 직전까지 갔다거나, 그녀가 이 미지의 감정으로 갈팡질팡할 때 슬며시 자제력을 되찾게 해준 그에게 얼마나 고마워하고 있는지는 절대로 인정할 수 없었다.

“당신에게 고마워하며 감사의 눈물을 흘려도 전혀 이상하지 않은 상황이지만 난 아주아주 어렸을 때 이후로는 한 번도 울지 않았어요.”

그때가 언제였는지, 어떤 슬픈 경험을 했기에 눈물을 꾹꾹 참게 되었는지 제러드는 묻지 않았다. 그 외에도 하고 싶은 질문은 무수히 많았지만 지금은 고통스런 기억들이 잊혀지기만을 바랐다. 왜냐하면 그녀가 아프면 그도 아프니까. 이런 공감대는 시시각각 커져갔다. 이상하고도 치명적으로 위험하게. 그러나 그 생각도 하지 않기로 했다. 타냐와 공유하는 이 황금빛 일체감은 전부를 걸 가치가 있으므로. 그의 온기를 향해 타냐가 작은 새처럼 조심조심 다가오고 있다는 이 앎은 전부를 걸 가치가 있다.

“고마워할 필요 없소.”

세러드는 무게를 잡고 진지하게 말했다.

“그 풍경들은 내 기쁨이었으니까.”

그러자 타냐가 까르르 웃음을 터뜨렸고 그의 의아한 표정에 또 키득거리며 웃었다.

“그 표현을 자주 사용하는군요. 하지만 이번에는 잘못 썼어요.”

까만 눈동자에서 별들이 춤을 추었다.

“풍경은 내 기쁨이에요.”

그의 어깨뼈 근처를 입술로 지분거렸다.

“난 그 소리를 다시 듣고 싶어요.”

“… 지금?”

“지금 당장.”

웃음기 섞인 목소리로 단호하게 대답했다. 그래도 제러드가 계속 어리둥절한 채 바라보기만 하자 그녀는 그의 머리를 아래로 끌어내려 그 자체만으로 하나의 설명이 되는 달콤하고도 뜨거운 키스를 해주었다.

"귀를 기울이면 내 바람의 소리가 들릴 거예요."

그러자 그는 그녀 영혼의 가지마다 걸린 풍경들 주위에 반짝이는 무지개 화환을 일으키는 기쁘디 기쁜 임무에 착수했다.

11

언제나처럼 타냐는 아침 일찍 잠에서 깼다. 하루를 여는 찌푸둥한 회색의 햇살이 오늘따라 꿈결처럼 고왔으며 그 빛에 감싸인 방 안은 비현실적인 공간처럼 보였다. 하지만 그녀의 허리에 감긴 무거운 팔이나 등에 닿는 가슴의 따뜻한 체온에는 조금도 비현실적인 구석이 없었다. 제러드는 마치 자면서도 그녀를…… 보호하려는 사람 같았다.

보호.

그 단어가 수면의 몽롱한 여파를 가르고 정신을 일깨웠다. 난 보호가 필요하지 않아. 누구의 보호도 요청한 적이 없어. 자신에게 힘주어 말하자 의식의 한구석에서 다른 소리가 조롱했다. 그런데 왜 배부른 고양이가 안전한 자리에서 꼬박꼬박 졸 듯이 그의 품에 누워 있니? 여기가 극도로 당연한 네 자리인 것처럼 느껴지는 건 제러드의 우월한 힘을 받아들였다는 증거야.

그녀는 그의 팔 아래에서 몸을 빼기 시작했다. 일 인치씩 꼼지락거려 완전히 빠져나온 다음 한 번의 물 흐르는 듯한 동작으로 침대에서 벗어났다. 제러드는 규칙적으로 호흡하며 깊이 잠든 터라 그녀가 모피 망토를 걸쳐놓은 의자로 살금살금 걸음을 옮길 때도 뒤척거리지 않았다. 저 침대로, 그의 품으로 돌아가고픈 충동이 압도적이었지만 마음을 다부지게 먹고 저항했다.

어젯밤은 너무 근사하고 감동적인 경험이었기에 중독될 가능성이 많았다. 그리고 전부를 불사르게 하는 그런 정열은 피치 못할 결과—여자의 의지를 빼앗고 무력하게 만드는 결과를 예고한다. 그것만은 도저히 참을 수 없어.

이미 자신의 일부가 밖으로 흘러나가 신비로운 영역에서 제러드 라이커의 일부와 합쳐진 느낌이었다. 하지만 그를 향한 신뢰는 아직 뿌리가 얕고 이 감정은 너무 폭발적이라 덥석 달려들어 포옹하기 두려웠다. 속도를 늦추어야 해.

타냐의 결심은 마지막으로 침대 옆에 섰을 때 속수무책으로 흔들렸다. 은은한 회색 햇살 속에서 제러드의 힘차고 강한 얼굴은 느긋하게 풀어졌으며 수면은 그의 냉소적인 분위기를 앗아간 듯했다. 헝클어진 머리를 하고 꿰뚫는 은빛 눈동자는 닫힌 눈꺼풀 너머로 숨긴 채 누워있는 모습에 그녀의 속이 달콤하게 녹아내렸다. 소년 같아, 지켜주어야 할 어린 소년.

하지만 제러드는 소년이 아니라고 자신을 엄중하게 일깨우며 문으로 향했다. 제러드는 어른이다. 스스로를 완벽하게 통제할 수 있는 성인. 그리고 어쩌면 세상에서 가장 강한 남자이다. 심지어는 사랑을 나눌 때조차 이성을 지켰지 않은가. 그녀가 정열의 꼭두각시가 되었을 때 그는 로켓처럼 분출하는 감정들을 억누르고 두 사람을 환희로 이끌었다. 당시에는 그런 제리드가 고마웠지만 지금은 불안했다. 성적 자제력이 하나의 무기처럼 여겨졌기 때문이다. 그녀 자신은 지니지 못했기에, 그에게 두 배나 꼼짝 못하게 만드는 무기.

자신의 침실로 돌아오자 목욕탕으로 직행했다. 한 시간 후에는 샤워와 머리손질을 끝내고 레오타드 차림으로 방을 나섰다. 긴긴 복도를 따라 걸음을 옮길 때마다 삶의 우선 순위에 대한 각오도 치열해졌다.

타냐 오를리노프는 건강한 정상인이다, 타냐 오를리노프는 경력을 쌓은 발레리나이다……. 제러드 라이커의 애인은 괜찮지만 직업적인 정부는 되지 않겠어. 타냐 오를리노프는 고유한 생각과 목표를 지닌 독립적인 존재야.

몸풀기 운동을 시작한 지 십오 분 가량이 흘렀을 때 케빈이 체육실로 들어왔다. 그는 문턱을 넘자마자 걸음을 멈추고 눈썹을 치켜세웠다. 이어 입술을 둥글게 모아 소리 없는 휘파람을 부르며 그녀에게 다가왔다.

"의외군요. 오늘 아침에는 내가 이곳을 독차지할 줄 알았는데."

"왜 그런 착각을 했죠?"

그녀는 바닥에 누워 윗몸일으키기를 시작했다.

"당신도 어제 제러드의 말을 들었잖아요. 난 공식적으로 환자 딱지를 뗐어요. 건강해졌으니 연습을 재개해야지요."

케빈이 그녀의 옆에 엉덩이를 붙이고 책상다리를 했는데 그 자세도 그렇거니와 진녹색의 땀복 때문에 초대형 크기의 레프리칸(장난꾸러기 요정)처럼 보였다.

"제러드가 침실 구금 조치를 해제할 때 이런 자유까지 염두에 두었는지는 의문이군요. 당신이 여기 있는 줄 그 친구도 알아요?"

"아뇨."

윗몸일으키기 백 번을 채우자 상체를 세우고 옆의 바닥에 놓아두었던 수건을 찾았다.

"하지만 누가 무슨 소리를 해도 나를 말리진 못해요. 내 몸의 한계는 제러드보다 내가 더 잘 알아요. 난 이미 도에 넘치게 게으름을 피웠어요."

그녀는 수건으로 뒷목의 땀을 닦았다. 게으름을 피운 여파가 역력하게 드러난 터였다. 가벼운 운동에도 미치지 못하는 정도의 몸풀기밖에 하지 않았건만 갓난애처럼 힘이 없었고 어깨는 무시하기 어려울 만치 후끈거리며 쑤셔 왔다. 그 동안 우려해 왔던 일이 현실로 벌어진 것이다.

"발레리나에게 게으름이란 자기 파괴적인 응석이에요."

"당신의 직업적인 헌신은 존경하지만 지나친 감이 있어요. 이틀만 더

쉬도록 해요. 그런다고 누가 죽는 것도 아니잖아요.”

“발레리나로서의 생명이 얼마나 짧은지 안다면 그런 말은 못할 거예요. 우리에게 이틀은 금쪽처럼 소중해요.”

아픈 어깨를 주물렀다.

“난 벌써 스물넷이에요. 절정기가 얼마 남지 않았다구요.”

케빈이 난데없이 폭소를 터뜨렸다. 그는 찌릿 노려보는 타냐의 시선을 의식하고 찔끔해서 입을 다물었지만 어깨를 들썩거리며 계속 숨죽여 킬킬거렸다.

“미안해요, 공주. 아무리 많이 봐야 열셋밖에 안 되어 보이는 그런 모습을 하고 죽을 날이 멀지 않은 노부인처럼 말하는 당신이 너무 웃겨서 그만.”

그는 푸른 눈을 빛내며 고개를 설레설레 흔들었다.

“십년 후에도 여전히 스물넷의 상태라면 어떨 것 같아요? 제러드의 연구가 당신에게, 당신의 경력에 어떤 영향을 끼칠지 한 번 생각해 봐요.”

타냐는 이마의 땀방울을 훔치다 말고 우뚝 멈추었다. 제러드의 발견을 개인적인 차원에서 생각해 본 적은 없었다. 하지만 인류의 수명 연장 및 노화 저지는 그녀의 인생도 획기적으로 바꾸어 놓으리란 깨달음이 이제 관자놀이를 쳤다. 불꽃처럼 화려하고 짧게 타올랐다가 사라지는 발레리나의 숙명을 더 이상은 숙명으로 받아들이지 않아도 된다. 이제는 원하는 만큼 오랫동안 춤출 수 있게 된 것이다. 체력 부족이나 나이 때문에 눈물을 머금고 은퇴해야 하는 일은 없어진 것이다.

“근사해! 완벽하게 근사해요!”

순수한 기쁨에 사로잡혀 감탄사만 연발하던 중 다른 생각이 떠올랐다.

“마거릿. 그녀도 다시 일할 수 있겠군요!”

“마거릿이라니요?”

“내 친구예요.”

흥분하여 높아진 목소리로 설명했다.

“아들 배리를 임신했을 때 무용을 포기했어요. 굉장히 어려운 결정을

내린 거죠. 아이를 웬만큼 키워놓았을 즈음에는 무용수로서 절정기를
넘기게 될 거라는 걸 알고 있었거든요. 하지만 이제는 무대를 단념할
이유가 없어졌어요."

앉은자리에서 사실상 펄쩍펄쩍 뛰었다.

"마거릿을 비롯해 세상의 모든 여자들이 전부를 다 가질 수 있게 된
거예요! 일, 아이, 본인이 원하는 것이라면 뭐든지! 정말 잘됐어!"

"당신 친구인 마거릿에게는 잘된 일이군요."

케빈이 떨떠름하니 동의했다.

"아이를 좋아해요, 타냐?"

"좋아하다뿐이겠어요? 난 아이들을 사랑해요."

열렬하게 대답했다.

"당신도 배리를 보면 내 마음을 이해할 거예요. 이제 겨우 다섯 살인
데 얼마나 똑똑하고 어찌나 의젓한지……."

그녀는 케빈의 얼굴에서 동정, 아니 연민의 빛을 알아차리고 나머지
말을 흐렸다.

"왜 그런 얼굴로 나를 보는 거죠?"

"세러드의 발견은 양날의 검이에요."

지나치게 다정한 목소리였다.

"그 양날의 한쪽이 인간에게 부여된 생체시계의 운행을 잘랐다면, 다
른 쪽의 날은 기존의 세상 질서에 깊은 상처를 내요. 수명이 연장되는
대신 우리는 대가를 치러야 해요."

"지금 무슨 이야기예요?"

"출산 제한에 대한 이야기를 하는 겁니다."

그는 조용히 말했다.

"인구 성장률을 제로(0)로 유지하는 법안이 만들어질 게 거의 확실해
요. 출산 금지부터 시작하여 강제 낙태, 어쩌면 전 국민의 불임화까지
추진될 거예요."

"말도 안 돼!"

그녀의 눈이 휘둥그레지고 갑자기 욕지기가 났다.

"그럴 리 없어요!"

"시간 문제입니다, 피할 수 없는 사태예요. 체념하고 받아들이는 게 상수예요."

"출산이 금지되면…… 아이들이 없는 세상? 그런 세상을 나보고 받아들이라구? 누가 그런 걸 받아들일 수 있겠어요?"

"현 인류의 생존을 위해서는 필요한 조치예요."

"추악해."

강렬한 혐오감으로 목소리가 떨려나왔다.

"엽기적이야."

두 주먹을 불끈 쥐고 자리에서 뛰어 일어났다.

"그런 세상은 받아들이지 않겠어! 영원히 절대로!"

타냐는 수건을 바닥에 탁 내동댕이치고 달려나갔다. 뒤에서 케빈이 애타게 불렀지만 들은 척도 하지 않고 계단을 뛰어올라 샤또 밖으로 나갔다. 뚜렷하게 정해 놓은 목적지는 없었으나 발길은 어느덧 자작나무 숲으로 향하고 있었다. 오늘은 어둑어둑하게 먹구름이 낀 날이라 풍경은 오색찬란한 무지개를 만들지 못한 채 진주색으로 은근하게 빛나고 있었지만 그 음악만은 여전히 치료제와도 같았다.

그녀는 제러드의 지정석인 자작나무 발치에 몸을 던졌다. 얇은 레오타드를 파고드는 흙바닥의 냉기, 호되게 따귀를 치는 이른 아침의 찬바람이 어렴풋이 느껴졌지만 관심을 기울이지 않았다.

아이들이 없는 세상.

그건 배리 같은 자식을 영영 갖지 못하리란 뜻이다. 도저히 믿어지지 않았다. 언젠가는 아이를 갖고 기르게 될 거라고 당연히 생각해 왔기 때문에 더 그러했다. 온전히 자신만의 사람, 온 사랑과 정성을 쏟을 사람을 가져볼 가능성조차 완전히 박탈당한 것이다. 왠지 배신감이 느껴졌다. 너무도 소중한 뭔가를 강탈당한 기분이었다. 이미 자궁에 있는 아이를 빼앗긴 기분이었다. 배리 같은 아이를.

타냐는 빠르게 눈꺼풀을 깜박거려 눈에 맺힌 물기를 말리려고 애썼다. 스스로에게 눈물을 허락해 오지 않았지만 지금은 통곡해야 할 때가 아닐까? 이 세상에 태어나지도, 포근하게 안겨 보지도, 신나게 노래불러 보지도 못할 그 모든 아이들을 위해 누군가는 눈물을 흘려주어야 하지 않을까…….

"이렇게 어리석은 짓을 하는 데에는 그럴 만한 타당한 이유가 있는 편이 좋을 거요, 타냐."

제러드의 어조는 험악했지만 표정에 비하면 부드러웠다. 그는 양가죽 코트를 든 채 겨우 몇 발자국 떨어진 곳에 서 있었다.

"중용의 말뜻은 고사하고 그런 단어가 있는 줄도 모르는 여자로군, 당신은. 케빈의 말을 듣자 하니 아까는 반쯤 죽도록 발레 연습을 했고 지금은 반나체로 바깥을 뛰어다니다니. 이런 미친 짓을 하지 못하도록 전일 감시인을 붙여 놓아야 하나?"

"지금도 감시인을 붙여 놨으면서."

허리를 꼿꼿이 세우고 앉아 쓸쓸하게 쏘아붙였다.

"난 감시인들에게 둘러싸인 죄수 신세예요. 케빈마저 경우에 따라서는 당신의 눈과 귀 역할을 톡톡히 해내잖아요. 당신이 여기 있다는 사실 자체가 그 증거예요. 케빈이 냉큼 달려가서 고해바쳤다는 증거."

"그는 당신을 걱정한 거요."

제러드는 다정하게 달랬다. 그녀의 앞에 무릎을 꿇어 양가죽 코트를 어깨에 걸쳐주고는 첫 단추 두 개를 잠갔다.

"당신이 그와 대화를 나누다가 갑자기 흥분해서 미친 여자처럼 뛰쳐나갔다고 하더군. 왜 그랬소?"

"특별한 이유는 없어요."

그의 시선을 비스듬히 피해 어깨 너머의 한 점에 눈길을 주었다.

"당신이 우리 모두를 위해 창조한 경이적인 세계에 대해 생각해 봤을 뿐이에요. 그런 세상에서는 별로 살고 싶지 않아졌어요."

뺨에 발그레하니 열이 오르고 말하는 속도도 빨라졌다.

"난 언젠가 노인이 된다는 생각에 반감을 품어 본 적이 없어요. 강짜를 부리거나 노망난 행동을 해도 인생살이의 풍파를 다 겪은 고령의 연장자니까 저러려니 하고 넘어가잖아요. 노년은 우리에게 어떤 위엄과 특권을 부여해요."

그녀는 그를 똑바로 바라보며 독살스럽게 뒷말을 이었다.

"제러드 당신이 우리에게 그런 위엄과 특권을 훔쳐간 거예요, 건강한 불임의 로봇들로 세상을 채우기 위해."

그의 얼굴에 적나라한 고통이 떠올랐다. 하지만 그 표정은 금세 사라지고 담담한 가면이 되돌아왔다.

"내 행동에 따른 책임은 받아들이겠소. 대가를 치르지 않고선 아무것도 가질 수 없으니까. 수명 연장은 그 대가를 치를 가치가 있다고 생각하오."

조금은 억지스런 미소를 지었다.

"노인이 되고 싶다고? 그럼, 변장 놀이를 할 수 있도록 흰 가발과 무대용 화장품 세트를 사주지."

"썰렁하군요."

잇새로 내뱉었다.

"모든 것에는 대가가 있다지만 어떤 대가는 지나치게 커요. 특히, 우리가 선택의 여지도 없이 대가를 지불해야 하는 경우에는."

타냐는 벌떡 일어나 뒷걸음질을 쳤다. 창백해진 얼굴에서 커다란 눈동자만 미움으로 까맣게 불타오르고 있었다.

"당신의 연구 따윈 빌어먹으라고 해요!"

"왜 이러는 거요?"

가느다랗게 좁혀 떠진 채 그녀의 얼굴에 고정된 잿빛 눈은 레이저 광선이나 다름없었다.

"화를 내는 진짜 이유가 도대체 뭐요? 노인이니 로봇이니 하는 헛소리는 전부 연막이야. 당신이 문제의 본질을 감추고 빙빙 도는데 내가 어떻게 이성적으로 이야기를 풀어나갈 수 있겠소?"

"이성. 그게 당신의 주특기죠. 비정한 이성주의자에 자제력의 왕자니까. 미안하지만 나 자신을 당신의 깔끔하게 체계 잡힌 세상에 맞출 순 없어요. 나에게는 감정이 있고 때로는 거기에 완전히 사로잡히기도 한다구요. 난 당신과 다르단 말이에요!"

"당신이 감정에 사로잡힌다는 소리만은 의문의 여지가 없군."

제러드의 낯빛이 아까보다 창백해졌다.

"하지만 그 감정들의 세기가 왜 높아졌는지는 여전히 의문이오. 왜 나에게 비수를 들이대지, 타냐?"

"아이들 때문에!"

참다 못해 버럭 소리를 질렀다.

"왜냐하면 당신이 내 아이들을 강탈해 갔으니까!"

그녀의 말은 이제 고통에 찬 날카로운 비명이었다.

"그것만은 절대로 용서 못해, 제러드 라이커!"

타냐는 돌아서서 마치 다친 동물이 상처를 핥기 위해 은신처를 찾듯 그렇게 샤또를 향해 달리기 시작했다.

제러드는 그녀가 시야에서 사라질 때까지 망연하게 바라보았다. 굳은 자세로 옆구리에 늘어진 두 손은 어느넛 굳게 주먹을 움켜쥐고 있었다. '비정한 이성주의자'라던 비난이 타냐의 목소리 그대로 머릿속에서 맴돌았다. 이토록 가슴이 아프지만 않다면 웃어넘겼을 소리다. 지금 이 순간보다 더 인간다워진 기분을 느껴 본 적은 평생 없었기 때문이다. 숨을 쉴 때마다 고통의 방울방울이 그의 혈관 속에서 터졌다. 이 상황을 논리적으로 받아들이기 위해, 타냐를 이해하기 위해 노력했지만 그녀의 매몰찬 말과 눈빛과 몸짓이 하나하나 벽돌이 되어 쌓여진 고뇌의 장벽을 뛰어넘을 순 없었다.

어젯밤에 그녀를 품에 안고 고독은 끝났다고 생각했다. 그 확신은 이제, 충격적이리만치 돌연하게 사라졌다. 그리고 그는 다시 한 번 혼자가 된 것이다. 자신에게 이렇게 상처를 준 타냐를 향해 진하고도 뜨거운 분노가 끓어오르기 시작했다.

　안 돼, 어림없어. 제러드는 어금니를 깨물었다. 이런 식으로 선물을
주어놓고 도로 빼앗아 가진 못해. 외로움의 시간으로 돌아가진 않겠어.
그녀는 이제 내 거야. 그녀를 영원히 놓치지 않겠어, 수단과 방법을 가
리지 않고.

　노크 소리 대신에 케빈의 목소리가 왕왕 울렸다.
　"문 열어요, 공주. 난 지금 손에 뭘 들고 있어요."
　타냐는 잠금 장치를 따고 문을 활짝 열었다. 복도에 케빈이 뚜껑으로
덮인 등나무 쟁반을 들고 서 있었다.
　"가볍게 요기할 거리를 가져왔어요."
　그는 유유히 방을 가로질러 침대 협탁에 쟁반을 내려놓았다.
　"자자, 수프와 샌드위치에 불과하니까 그렇게 노려보지 말아요. 저녁
상에도 나타나지 않고 조지가 갖다준 음식도 거절했다기에 내가 나서
야 할 의무감이 치솟더라구요."
　호인다운 미소를 씨익 지었다.
　"무엇보다 난 닷새씩이나 당신과 동고동락한 사이잖아요. 그 정을 봐
서라도 당신에게 식사를 빼먹게 해 자신의 인고를 허사로 만들 순 없었
어요."
　"생각해 줘서 고마워요, 케빈. 하지만 정말 배고프지 않아요."
　"그래도 먹어 둬요. 아무것도 먹지 않고 하루 종일 방에만 틀어박혀
있었잖아요. 아무튼 내가 죽일 놈입니다. 주둥아리가 항상 방정이죠. 하
지만 당신처럼 착한 공주가 설마 나에게 왕 죄책감 콤플렉스를 주고싶
진 않겠죠?"
　타냐는 가운의 허리띠를 졸라매며 방문에 기대어 피곤한 표정으로
그를 대했다. 케빈에게 무슨 죄가 있으랴. 닥쳐올 미래를 대비하도록 마
음을 쓴 것이 오히려 그녀의 속 깊은 상처와 분노를 자극하게 될 줄은
꿈에도 몰랐을 것이다. 하지만…… 타인의 감정에 극도로 민감하다고
생각해 왔던 케빈이 이번에는 상처가 될 수 있는 진실을 잔인하게 끄집

불꽃의 발레리나　247

어냈다는 게 약간 놀랍기도 했다.

"죄책감 콤플렉스는 그만 두세요."

그녀는 억지미소를 지었다.

"당신은 옳다고 생각한 일을 했지만 결과가 좋지 않은 것뿐이에요. 그건 우리 모두가 저지를 수 있는 일이죠. 그 음식은 놓고 가세요. 나중에 먹을게요."

"그럼 그렇게 해요."

케빈의 푸른 눈은 걱정으로 어두웠다.

"일찍 잠자리에 드는 게 어때요? 기진맥진한 것 같은데."

"그럴게요."

기진맥진한 정도가 아니었다. 전신의 맥이 쫙 풀렸고 머리는 혼란스러웠으며 제러드에게 퍼부어댈 때 그의 얼굴에 스친 아픔을 떠올리면 가슴이 욱씬거렸다.

"난 내일 아침이면 괜찮아질 거예요, 케빈."

"제발 그렇기를 바래요. 이건 꼭 바늘방석에 앉아 있는 기분이에요. 나 때문에 당신은 상처받고 동요한데다 제러드는…… 으윽! 한마디로 살벌합니다."

"걱정하지 마세요."

그녀의 얼굴에 서글픈 미소가 희미하게 어렸다.

"제러드는 자제력이 대단하잖아요. 아무리 기분이 더러워도 자신이 설정해 놓은 정도 이상으로 성질을 부리진 않아요."

"나도 당신처럼 자신만만했으면 좋겠군요."

케빈은 건조하게 받아쳤다.

"저녁상에서 제러드를 봤다면 그런 말은 못할 걸요. 그 친구, 하루 종일 서재에 앉아 허공만 노려보면서 뭘 봤는지는 모르겠지만 마음에 드는 걸 보는 눈치는 아니었어요. 오늘 아침에 당신과 있었던 일의 여파가 무지하게 위험하다는 것만 알아두십시오. 한동안은 그 친구를 대할 때 조심하는 게 좋을 겁니다."

그가 방문 쪽으로 다가왔다.

"육체의 자양분과 일급 경고를 전달했으니 이만 물러가죠."

그가 문을 열 수 있게끔 그녀는 자동적으로 비켜섰다.

"잘 자요, 공주."

검지손가락으로 그녀의 뺨을 살짝 건드리는 몸짓은 거의 애무에 가까웠다.

"당신은 매우 비범한 아가씨예요. 내가 아주 좋아하는 아가씨이기도 하죠. 그런 당신에게 상처를 줘서 얼마나 유감스러운지 이루 형용할 수 없어요."

그녀에게 대꾸할 틈조차 주지 않고 문이 그의 등뒤에서 닫혔다.

타냐는 음식 쟁반이 놓인 협탁으로 다가갔다. 반원형 알루미늄 뚜껑을 열고는 섬세하게 꽃그림이 그려진 접시 위의 샌드위치를 곰곰이 들여다보다 질색을 하며 뚜껑을 도로 덮었다. 케빈에게 약속했던 대로 나중이라면 좀 먹을 수 있을지 몰라도 지금은 야채 수프조차 목으로 넘어갈 것 같지 않았다.

하릴없이 어슬렁거리다 발코니로 나갔다. 그곳에 서서 어둠을 바라보는 짧은 동안에도 벌써 어금니까지 덜덜 떨렸지만 그 매서운 추위가 묘하게 반가웠다. 하루 종일 그녀를 괴롭혔던 감정적인 유령들에 비하면 이 추위 쪽이 좀더 실체 있는 투쟁 대상이었다. 부르르 진저리를 치며 하늘하늘한 적색의 시폰 가운 사이로 무자비하게 파고드는 찬바람을 막을 요량으로 두 팔을 교차시켜 가슴을 감쌌다. 기온이 영하까지 떨어진 모양이다. 일년 중 이맘 때면 폭설이 일반적인 캐나다의 늦가을 날씨를 고려하면 온화한 축에 속했지만 축축한 냉기를 머금은 대기는 인디언 섬머가 이제 과거지사가 되었음을 알렸다.

인디언 섬머.

혹한으로 넘어가기 전 봄날처럼 화창한 날씨를 일컫는 씁쓸달콤한 단어. 어젯밤 제러드의 품에서 누린 시간이 그녀의 인디언 섬머였다. 냉엄한 현실이 그 황금기를 이토록 신속하게 끝장내 버리리라곤 생각하지 못했을 뿐.

"발코니에서 뛰어내릴 생각이오, 아니면 폐렴에 걸려 같은 종말을 맞이할 작정인가?"

제러드의 통렬한 목소리였다.

"자살은 불임의 세상을 확실하게 피할 수 있는 방법이긴 하지만 당신에게 어울리는 선택은 아냐."

그는 우악스럽게 그녀의 팔을 잡고 방 안으로 끌고 들어와 발코니의 프렌치 문 유리가 와르르 떨릴 만큼 힘차게 닫아버렸다.

타냐의 놀라움은 곧 분노로 바뀌었다.

"내 일에 참견하지 말아요, 제러드. 지긋지긋해. 난 당신 없이도 잘 먹고 잘 살아 왔다구요. 당신의 도움은 필요 없어요. 전에도, 지금도, 앞으로도!"

"그건 오늘 아침에 이미 들어 알고 있소. 명백하게 밝혔던 의사를 부언강조하지 않아도 돼."

무뚝뚝하게 말하며 제러드는 그녀의 팔을 탁 놓고 뒤로 물러섰다. 평소처럼 어두운 색조의 코듀로이 바지와 초록색 스웨터를 걸친 편한 차림이었지만 그를 편하게 받아들일 수 있는 면이라곤 소금도 없었다. 팽팽하게 긴장된 얼굴, 호랑이불처럼 이글거리는 은빛 눈; 그 전부가 번개처럼 전기를 자체적으로 방전하는 사람 같았다.

"당신은 로봇이랄지 냉혈한 따윈 싫다는 거잖소. 난 악당에, 당신의 미래 계획을 모조리 망쳐놓을 파괴자이지."

"홧김에 하지 말아야 할 말들을 했군요. 진실이 아닌 건 아니지만 누구에게도 도움이 되지 않을 말들이었어요."

찌푸린 얼굴로 한마디 덧붙였다.

"내가 뭐라고 하든 당신은 어차피 계획대로 밀고 나갈 테니까."

"잘 봤군."

그의 눈이 분노로 번뜩거렸다.

"난 계획대로 밀고나갈 거요. 왜냐하면 내 일이 옳다고 믿고 있으니까. 극복해야 할 문제들이 산적해 있다는 사실은 부인하지 않겠소. 하지만 시도해 볼 가치도 없는데 내가 기꺼이 세상을 뒤집어놓을 사람처럼 보이나? 내가 그런 파괴자라면 이 시간에 세상을 파괴하고 있지 왜 이런 빌어먹을 산 속에서 시간을 낭비하겠소?”

“당신보고 파괴자라고 한 적은 없어요.”

“그래, 맞아.”

신랄한 비아냥거림.

“당신이 하지도 않은 말을 지어내서 대단히 미안하군. 당신은 그저 로봇, 유아 살인마, 강탈범이라고만 했지. 내가 뭐 누락한 건 없소?”

그렇게 심한 말들을 했었던가? 격분한 나머지 제러드에게 거의 모든 죄를 뒤집어씌워 비난했다 해도, 자신이 그토록 독살스럽게 굴었다는 게 믿어지지 않았다.

“예, 더 이상은 없어요.”

진절머리가 났다.

“내가 무슨 말을 했는지 일일이 기억나진 않지만 그 정도까지 심하게 퍼부어댈 만한 상태였다는 건 인정해요.”

그녀는 돌아섰다.

“이만 가주세요, 제러드. 우리 둘다 원하는 방향으로 대화가 흘러갈 것 같지 않군요.”

억센 손이 그녀의 손목을 낚아채 빙그르르 돌려세웠다.

“나에게 등 돌리지 마.”

제러드는 어금니 사이로 말을 내뱉었다.

“우리는 대화를 해야 해. 그리고 이 대화는 우리가 원하는 방향으로 정확하게 흘러갈 거요. 내 기대치가 컸다는 건 인정하리다. 아니, 인정하지 않을 수가 없지. 당신이 내 연구의 끔찍한 여파에 대한 케빈의 말만 믿었으니까. 나에게 와서 어떤 대책을 세워놓았는지 묻지조차 않았으니까. 그저 즉석에서 판결을 내리고 나를 당신 인생에서 몰아내려 했어.”

입술을 비틀며 코웃음을 쳤다.

"신뢰? 이해? 아무 짝에도 소용없는 헛소리야. 아무도 상관하지 않는 신소리. 난 그런 거 없이 평생을 살아왔지만 아무렇지도 않았소."

절대 고독에 시달렸잖아요, 하는 대답이 의식할 사이도 없이 그녀의 머릿속에서 튀어나왔다.

그는 타냐의 손목을 비틀어 잡으며 뒷말을 이었다.

"전부를 다 가질 수 있는 사람은 없어. 그러니 나도 당신이 자발적으로 내주는 것만으로 우리 관계를 지키겠어."

"당신에게는 아무것도 자발적으로 내주지 않겠어요."

흡반처럼 달라붙은 손을 흔들어 떼려 했지만 소용없었다.

"어젯밤은 실수였어요. 다시는 되풀이되지 않을 실수. 우리는 모든 면에서 너무 달라!"

"정말 그럴까?"

그의 입술이 냉소적으로 올라갔다.

"어젯밤 내 침대에서 일어났던 일은 실수 이상이었어. 멋진 섹스가 남녀 관계의 구십 퍼센트를 좌우한다는 통계치도 모르나? 우리의 속궁합은 환상적이야. 그것만은 당신도 부인 못해. 게다가, 당신이 원하는 걸 줄 수 있는 사람은 나밖에 없을지도 모르니까 이 방에서 나를 쫓아내려고 그렇게 안달하지 마."

"내가 뭘 원한다는 거죠?"

타냐는 빈정거렸다.

"당신?"

"그렇다고 대답한다면 자아도취에 빠진 거겠지."

잿빛 눈동자의 깊은 곳에서 그녀가 알고 있는 아픔의 빛이 다시 펄럭거렸다.

"하지만 난 자아도취증 환자가 아니오. 아침나절의 그 횡설수설과 케빈의 증언을 종합해 본 결과, 당신 눈에 비친 내 일급 범죄는 산아 제한이더군. 당신은 아이를 갖고 싶은데 그게 불가능해졌기 때문에 그 난리를 쳤던 거야."

“흥, 냉철하기도 하셔라.”

“로봇에게 뭘 기대했지? 난 당신을 실망시키기 싫소.”

그가 매끄럽게 받아넘겼다.

“그리고 당신은 실망하지 않을 거야, 타냐. 왜냐하면 당신이 죽도록 갖고 싶어하는 아이를 내가 줄 거니까.”

“뭐라구요?”

그녀의 눈이 쏟아질 만큼 휘둥그레졌다.

제러드는 일시적으로 저항을 잊어버린 그녀를 끌어안았다.

“당신이 원하는 게 아이잖소. 왜냐하면 아이는 안전한 대상이니까. 당신이 주고 싶은 것 이상은 요구하지 않고, 당신을 평생 사랑해 주고, 당신에게 양육자 겸 친구 이상은 기대하지 않을 테니까.”

힘찬 두 팔이 강철 족쇄마냥 그녀의 허리를 조여 왔다.

“나에게 운명을 거는 것보다는 아이를 갖는 편이 훨씬 안전해 보이 겠지. 왜냐하면 난 당신의 전부를 요구할 테니까—지금도 그리고 앞으로도. 난 반 쪼가리에는 만족하지 않을 테니까.”

타냐는 그의 가슴을 밀며 벗어나려고 바동거렸다.

“내 감정에 대해서는 하나도 모르는 주제에 아무렇게나 말하지 말아 요.”

“맞아. 나라는 놈은 아예 감정이라는 게 없는데 어떻게 당신의 감성 적이며 모성적인 열망을 이해할 수 있겠소?”

그런 말을 내뱉는 얼굴은 대리석처럼 딱딱해서 그녀는 처음으로 두 려움의 끄나풀이 일어나는 것을 느꼈다.

“하지만 감정은 아이를 갖는 과정에 필수 조건이 아냐. 다행히도. 심 지어는 당신한테도 즐거운 과정이 될 거야. 어젯밤에 난 불평 같은 건 못 들어봤으니까.”

그리고는 그녀를 번쩍 안아올려 침대로 향했다.

타냐는 그를 올려다보았다. 놀라움이 지나쳐 오히려 마음이 차분하게 가라앉았다. 그는 무모하다 못해 자포자기에 가깝도록 사나운 얼굴을 하고 있었다. 아슬아슬하게 해방을 앞둔 맹렬한 폭력성이 느껴졌으며, 잿빛 눈동자는 하얗게 빛나며 타올라 신기할 정도였다.

"이건 당신답지 않아요, 제러드."

"이게 당신이 생각했던 나였을 텐데?"

함께 침대에 쓰러지고…….

"걱정 마, 타냐. 나 이외에 어느 누구도 이 세계의 모든 시계를 멈추진 못해. 난 새로운 세상의 왕이 되는 거요. 왕에게는 후계자가 필요한 법이지. 그러니 당신 아이는 안전해. 그 전부가 내 불임 로봇들의 세상에 깔끔하게 맞아떨어져."

"이러지 말아요, 제러드."

조용히 설득했다.

"난 당신을 원하지 않아요. 내 저항을 꺾고 강간한다면 영원히 용서하지 않겠어요."

하지만 그의 두 손은 이미 가운 허리띠의 매듭을 풀고 있었다.

"우리 사이에 강간이란 없소. 당신은 정열적인 여자, 난 상황이 요구하면 얼마든지 인내할 수 있는 놈이니까. 그 인내력을 동원해 교훈적인 밤으로 만들어 주리다. 나 같은 괴물조차 기꺼이 원하게 될 수 있다는 사실을 가르쳐 주겠어."

적색 가운이 양옆으로 넓게 벌어지고 한 벌인 잠옷이 드러났다.

"당신을 처음 봤을 때의 그 발레복과 비슷하군. 그때의 불꽃 아가씨처럼 보여."

그는 잠옷의 붉은 비단을 엄지와 검지로 비벼보았다.

"공연을 보면서 내 머릿속에는 한 가지 생각뿐이었소. 바로…… 이러고 싶다는 생각!"

좌악, 하는 날카로운 소음과 함께 잠옷이 앞섶부터 밑단까지 두 조각이 났다. 그가 전광석화처럼 비단 자락을 한 주먹 움켜쥐곤 아래로 잡아당긴 것이다.

타냐는 비명을 작게 지르며 본능적으로 가슴을 가렸다.

“정신 나갔어요?”

“전혀.”

철저한 조롱이었다.

“당신이 생각하는 나에 맞추어 행동하고 있을 뿐이오. 그 나는 가능한 빨리 당신의 옷을 벗겨 강간과 유혹의 차이를 보여주고 싶어하더군.”

제러드는 너덜너덜한 천 조각이 되어버린 붉은색 잠옷을 마치 과학 표본을 보여주는 선생님처럼 그녀의 눈앞에 들이댔다.

“제1과—이게 바로 폭력 행위요. 강간의 예비 행위.”

천 조각들을 휙 던져버렸다.

“이제 유혹의 실례를 보여주지.”

“누구 마음대로!”

힘껏 따귀를 올려붙였다. 찰싹 소리가 이는 것과 동시에 비호처럼 침대에서 빠져나가 화장실로 달렸지만, 방을 반쯤 가로질렀을 때 뒤에서 강한 팔이 허리에 감겼다. 그 팔의 주인은 미친 듯이 발버둥치는 그녀를 안아 올려 다시 침대로 데려갔다.

하지만 이번에는 놀라거나 얼이 빠져 순순히 당하지만은 않았다. 그녀의 지배적인 감정은 분노였다. 들이쉬고 내쉬는 모든 숨이 분노를 팽창시켜 혈관을 타고 흐르게 하는 듯했다. 타냐는 닥치는 대로 주먹을 휘둘렀다. 등이 침대에 닿자 손을 뻗어 그의 머리칼을 잡아뜯었다. 순간적인 놀람과 아픔으로 주춤한 제러드. 그 절호의 기회를 놓치지 않고 타냐는 발레리나의 단련된 발로 명치를 정통으로 걷어찼다. 그의 입에서 으윽 하고 신음이 흘러나왔다. 그 나지막하지만 만족스런 소리를 들으며 몸을 굴려 침대에서 막 일어난 순간……

등뒤에서 숨죽인 욕설과 매트리스의 출렁거림이 일었다. 그와 동시에 타냐의 탈출은 실패했다. 제러드가 몸을 던져 간발의 차이로 그녀의 허리를 잡은 것이다. 부드러운 살에 파고드는 억센 두 손에 의해 침대로 쓰러지며 그녀는 아픔으로 저도 모르게 비명을 질렀다.

"제기랄, 이게 모두 당신 잘못이야!"

"내 잘못?"

사람을 아프게 해놓고 그 책임을 피해자에게 덮어씌우다니? 타냐는 화가 머리끝까지 났다. 지금도 그녀를 침대 중앙으로 끌어다 눕히는 손길은 아주 부드럽진 않았다. 민첩하게 그녀의 위에 올라타는 몸짓도 결코 부드럽지만은 않았다. 코듀로이 바지의 올록볼록한 조직이 맨살에 새겨질 만큼 꼼짝 못하도록 제압하는 우악스런 몸짓이었다.

이제 제러드는 가슴을 들썩거려 거칠게 숨을 몰아쉬며 그녀를 내려다보았다, 산발이 된 머리에 따귀 자국이 얼굴 한쪽에 벌겋게 나 있는 저 모습이란 폭력적인 본성에 완전히 사로잡힌 남자의 표상이었다. 그의 얼굴 다른 쪽에도 마저 손자국을 내주기 위해 날아온 작은 손을 공중에서 잡고 타냐의 남은 손마저 침대에 찍어눌렀다.

"이렇게도 자해(自害)하고 싶나?"

"자해가 아니라 거부하는 거예요! 난 당신을 원하지 않아, 당신의 왕위 후계자도 원치 않아! 그러니까 나를 아프게 하기 싫다면 저리 비켜요, 제러드."

"절대 아프게는 하지 않아."

살벌한 약속이었다.

"그리고 당신이 스스로를 아프게 하는 것도 구경하진 않겠어."

타냐의 양손을 억센 한 손으로, 그녀의 눈을 경계하는 야성의 잿빛 눈으로 옭아맨 채 제러드는 주위를 더듬으며 뭔가를 찾았다. 잠시 후 그의 손에 들린 것은 잠옷 쪼가리였다. 그는 아주 잠깐 그녀를 놓고 그 비단 쪼가리를 쫙 찢어선 가늘고 긴 끈만을 남긴 후 나머지는 옆으로 내팽개쳤다. 눈 깜박할 사이에 벌어진 일이었다.

"안 돼!"

그녀는 무슨 일이 닥칠지 뒤늦게 알아차리고 저항했다. 손톱을 세워 달려들었지만 되려 그에게 단단히 잡혀 머리 위로 모아 올려졌다. 그리고는…… 붉은 비단으로 침대 기둥에 꽁꽁 묶여졌다.

"당장 풀어, 라이커."

이를 갈며 명령했다.

"비천한 노예처럼 묶여 네 노리개가 되진 않겠어!"

그는 씁쓸하게 미소지으며 고개를 저었다.

"끈을 풀어 주면 당신은 또 저항할 테고, 그런 자해 행위로 인한 아픔은 또 내 책임으로 돌리겠지."

올리브빛 스웨터를 벗어 바닥에 내던졌다.

"당신은 지배당하는 게 두려운 나머지, 우리의 모든 가능성까지 포기하려 하고 있소. 그런 짓은 허락 못해, 꼬마 파이퍼. 당신은 못 놔줘. 절대로. 정욕이든 뭐든 전부 이용해서 영원히 내 사람으로 만들겠어. 심지어는 당신을 지배해서라도."

이쪽으로 다가오는 그의 손을 피하려 해봤지만 결국은 제러드에 의해 땋은 머리가 풀어졌다. 고개를 이리저리 돌려 저항해도 새까만 머리채의 매끄러움을 즐기며 빗질해 내리는 그의 손을 피할 순 없었다. 낑낑거리며 자신을 결박한 비단끈을 잡아당겼지만 헛수고였다.

왈칵 겁이 났다. 속수무책의 무력감과 두려움 앞에선 분노조차 산산이 흩어졌다. 이 남자, 그녀의 위에 올라탄 이 남자는 어젯밤 환희의 무지개를 선사했던 그 다정하고 인내심 많은 연인이 아니었다. 낯선 타인일 뿐이었다. 무섭게 눈을 은빛으로 희번뜩거리며 속이 미식거리는 말을 내뱉는 낯선 타인.

"사람 잘못 봤어, 라이커."

그녀는 앙칼지게 쏘아붙였다.

"난 죽어도 지배당하진 않아. 당신에게도 누구에게도."

"나라고 당신을 지배하는 게 좋은 줄 아나? 이렇게까지 하고 싶진 않았소, 믿든 안 믿든 진심이오. 내가 원한 건 노예가 아냐."

제러드는 무기력해진 그녀에게서 몸을 일으켜 허리띠를 풀기 시작했다. 옷가지가 하나둘 빠르게 바닥으로 떨어졌다.

"난 동등한 동반자를 원했어. 하지만 그건 글렀으니 노예로 만들어서라도 당신을 곁에 둘 수밖에."

나신이 되어 다시 몸 위에 단단히 자리잡는 그를 타냐는 맹렬하게 노려보았다. 다정하고도 성급하게 젖가슴을 움켜잡는 이 남자가, 봉긋한 가슴을 쥐락펴락하며 기어코 흥분시키고는 의도적으로 천천히 고개를 숙여 긴장된 장밋빛 봉오리에 닿을 듯 말 듯 입술을 가져가는 이 남자가 진정…… 미웠다!

"정말이지 아름다워, 당신은."

허스키한 중얼거림과 함께 토해지는 따뜻한 숨결이 그녀를 자극했다.

"이 작은 봉오리가 얼마나 아름답게 꽃피는지 볼까?"

촉촉한 혀가 닿자 저도 모르게 급한 숨이 터져나왔다. 불꽃과도 같은 전율이 온몸을 뜨겁게 관통한 것이다. 의지에 반하는 육체의 증거. 그 앞에서 통탄스런 그녀와 달리 제러드는 작은 미소를 지으며 계속 노련하게 혀를 놀렸다.

"아이에 대해 생각해 봐, 타냐. 이 예쁜 가슴에서 탐스럽게 모유를 빨 우리 아이에 대해서. 그 녀석의 입술이 내 것과 비슷한 감촉일 것 같소?"

그리고는 유두를 덥석 물고 힘차게 빨기 시작했다. 마치 배고픈 갓난아이처럼. 하지만 다른 가슴을 희롱하는 손길에는 아이 같은 구석이 전혀 없었다. 그가 언어로, 입술로, 손으로 가하는 도발에 열기의 물결이 집어삼킬 듯이 넘실거렸다. 이제는 시간의 흐름조차 잊혀졌다. 이(齒)까지 동원된 관능적인 유희와 시시각각 고조되는 열기만이 의식되는 전부였다. 비단끈에 묶여 대책 없이 몸부림치는 그녀에게 모든 애무는 고통에 가까운 자극이었다.

"그, 그만해요, 제러드."

타냐는 목 졸리는 신음 같은 소리로 애원했다.

그의 고개가 들렸다. 활활 타오르는 잿빛 눈.

"지나쳤던 모양이로군. 그렇다면 다음으로 나가야지."

제러드는 납작한 복부를 어루만졌다.

"우리 아이가 여기에 안전하게 자리잡겠지. 이 작은 천국에서 무럭무력 커나갈 거야. 이토록 자그마한 당신이 한 생명을 잉태하리라는 게 믿어지질 않아.”

그의 손이 슬그머니 내려가 허벅지 사이로 파고들었다.

“하지만 당신의 수용능력은 보기보다 대단하더군. 어젯밤 발견한 바에 따르면 말이야. 나에게 몸을 열어 줘, 스위트.”

“싫어.”

숨소리에 불과한 속삭임이었다.

“당신에게는 아무것도 주지 않겠어.”

그는 무릎을 세워 몸을 일으키곤 억지로 그녀의 다리를 벌렸다. 뺨의 근육이 실룩거리도록 어금니를 악다문 저 표정은 집념에 가까웠다.

“한 시간 내로 나에게 전부를 바치게 해주지.”

이어서 사악하리만치 기교적인 손놀림이 시작되었다. 세게, 약하게 들락날락했다간 회전하고 살살 문지르는가 싶더니 또다시 파고드는 손가락……. 그 노련한 애무에 반응하지 않을 수 없었다. 제러드는 자신이 장담했던 대로 엄청난 인내력을 유감없이 보여주었다. 그녀를 몇 번이고 절정 직전까지 몰아갔던 것이다. 하지만 해방의 환희만은 주지 않았다. 절정을 앞두고 애무를 멈추어 그녀의 열기를 식혔다가 다시 흥분시키기를 반복할 뿐이었다.

한 시간이 한순간처럼 짧게 느껴지기도 하고 십년처럼 길게 느껴지기도 했다. 힘겨운 호흡으로 타나의 가슴은 오르내렸다. 까만 눈은 상기된 얼굴에서 열에 들떠 번쩍거렸다. 전신을 죄어오는 이 아픈 공허감을 채우는 것, 그게 세상에서 가장 중요한 일이 되어버렸다.

그런 그녀를 내려다보며 제러드는 웃었다. 맹수의 것처럼 섬뜩하리만치 눈을 빛내며 부드럽게 속삭였다.

“무엇을 원하는지 부탁해 봐, 스위트하트. 내가 필요하다고 말해. 그럼 난 당신 거야. 딱 한마디면 돼.”

당신이 필요해요, 그건 쉽고도 어려운 말이었다.

그 한마디를 내뱉으면 지금까지 어렵게 지켜 온 뭔가가 영원히 사라져버리리란 직감이 들었다. 하지만 그가 약올리듯 유보해 온 최상의 성적 환희를 포기하기란 불가능했다.

두 갈래의 기로에서 반으로 쪼개지는 듯한 기분이 몰려오며 제러드뿐 아니라 자신의 육체와도 싸워야 하는 이 투쟁에 갑자기 신물이 났다. 전의를 완전히 상실한 것이다. 타냐는 스르르 눈을 감았다. 굵은 눈물 두 방울이 또르르 뺨을 타고 흐르고 항복 선언을 하기 위해 입이 열리자…….

"아니, 됐어!"

고함에 가까운 목소리. 그리고 그녀의 입술을 덮는 다정한 손의 감촉.

타냐는 충격과 놀람으로 눈을 번쩍 떴다. 제러드의 모습을 한 낯선 타인은 사라지고 없었다. 그 자리에는 고뇌로 일그러진 가면과도 같은 얼굴의 제러드가 돌아와 있었다. 지옥을 들여다보는 듯한 고통스런 눈빛과 하얗게 질린 낯빛을 한 이 남자보다는 차라리 아까의 그 타인을 대하는 편이 낫지 않을까?

이제 그는 떨리는 손으로 까만 날개 같은 그녀의 눈썹을 다정하게 따라 그렸다. 보기만 해도 슬퍼지는 미소를 짓고서.

"아무 말도 할 필요 없소. 당신은 언제까지나 파이퍼야. 그저…… 마지막으로 한 번만 당신의 가락에 맞추어 춤추게 해줘."

그리고 그녀의 안으로 들어왔다. 숨이 막히도록 힘차며 정열적으로, 마치 폭포처럼 자신의 전부를 쏟아붓는 몸짓이 시작됨과 거의 함께 절정이 찾아왔고 그녀는 화려하게 폭발해버렸다.

그 폭발의 강렬한 세기에 몽롱해진 나머지 타냐는 이마를 스치는 제러드의 입술도, 재빨리 비단끈의 매듭을 푸는 감촉도 의식하지 못했다. 몸을 내리누르던 체중이 사라지고 곧이어 침대의 출렁거림이 일었다. 그녀는 무거운 눈꺼풀을 들어올려, 바지 허리를 채우는 그를 발견했다. 여전히 절망의 그늘이 드리워진 어두운 표정이었다. 그는 침대 쪽을 외면한 채 바지를 걸치고 프렌치 문으로 다가갔다. 창 밖의 어둠을 하염없이 응시하는 그의 벗은 등에서 진한 고독이 풍겼다.

　타냐도 힘없이 자리에서 일어났다. 뭐가 뭔지 얼떨떨하기만 했다. 무슨 일이 일어났던 건지 이해가 되지 않았다.
　그녀는 혼탁한 머릿속의 먼지를 털어 내려는 듯이 고개를 가볍게 흔들며 방 저편에서 근육을 굳힌 채 팽팽한 긴장감을 발산하고 있는 남자를 바라보았다.

12

"날이 밝는 즉시, 코벳 의원에게 전화하겠소."

제러드의 음성은 억지로 목에서 뽑아내는 것처럼 거칠었다.

"당신을 다른 곳으로 보내라고 말하겠소. 뉴욕은 무리일 거요. 하지만 안전해질 때까지 쾌적하게 지낼 만한 은신처를 상원의원에게 찾도록 하리다. 넉넉하게 잡아 이틀이면 될 거요."

전혀 예상하지 못했던 선언에 타냐는 일순 숨조차 쉬지 못했다.

"나를…… 떠나보내겠다는 뜻인가요, 지금?"

"그럴 때가 되고도 넘었잖소."

자포자기한 어조로 답하는 그의 시선은 계속 창 너머의 어둠 속을 향하고 있었다.

"코벳 의원과 케빈이 옳았던 것 같소. 우리 인류가 혁명적인 전환기를 순탄하게 이행하기에는 아직 지나치게 원시적이라는 게 그들의 주장이었지. 오늘밤 내 행동이 그 증거요. 그래, 난 당신이 비난했던 대로 도둑에 파괴자였어."

허탈한 실소를 지었다.

"심지어는 강간범이기도 하고."

그의 고뇌가 침실을 가로질러 타냐의 가슴에 꽂히며 묘한 통증을 일으켰다. 그녀는 본능적으로 자신과 그를 위로하기 위해 입을 열었다.

"당신은 나를 강간하지 않았어요."

잠긴 목소리가 흘러나왔다.

"왜냐하면 막판에는 나 역시 그걸 원했으니까."

남부끄러운 사실을 한 점 주저하지 않고 인정해버린 자기 자신에게 타냐는 놀랐다.

제러드는 손가락의 마디마디가 하얗게 도드라지도록 벨벳 커튼을 힘주어 움켜잡았다.

"친절한 위로, 고맙소. 하지만 그건 내 추악한 과실을 한층 신랄하게 지적하는 비난이기도 해. 난 육체의 기쁨 따위와 비교조차 할 수 없이 소중한 것을 당신에게서 빼앗으려 했으니까."

그리고 재빨리 덧붙였다.

"물론 실패했지만."

아니, 그는 성공했어. 갑자기 이 상황의 모든 조각들이 표리부동하게 제자리를 찾았다. 아까 그녀는 난생 처음 방패를 내리고 백기를 들어야 하는 처지였다. 패배를 자인하기 위해 분명히 입을 열려고 했다. 하지만 그런 선언을 듣기 전부터 제러드는 자신이 최후의 승자임을 알고 있었다. 그럼에도 그는 타냐에게 승리의 영광과 그에 따른 자신감이 더 필요하다고 생각하고 막판에 뒤로 물러선 것이다. 심지어는 지금도 그녀가 이겼다며 고집이다. 본인은 자기 혐오로 괴로워하면서도 그녀의 방패를 보호해주려 하는 것이다, 그 방패가 더 이상은 존재하지 않는데도.

타냐는 눈에서 비늘이 떨어지듯 진실을 깨달았다. 의심할 여지가 없는 전면적인 진실이었다. 앞으로는 제러드에게 방패를 들지 않으리란 진실. 이미 패배했기 때문이 아니라, 저항할 필요가 없어졌기 때문이다. 어젯밤 그녀는 그를 믿는다고 말했지만, 거기에는 여전히 의혹의 끄나풀이 남아 불길로 커질 기회만을 노리고 있었다. 하지만 지금은 달랐다.

그녀의 입가에 어머니처럼 자애스런 미소가 피어올랐다. 이렇게 폭력과 고뇌로 점철된 상황에서 궁극적인 신뢰를 배우다니 이 얼마나 모순적인가. 제러드의 우월한 힘을 어쩔 수 없이 인정하자 그가 절대로 그녀를 지배하지 않으리란 깨달음이 다가온 것이다. 그녀의 불신으로 인한 상처와 분노 속에서도 결국은 자제하는 남자라면 믿을 수 있어. 이런 남자라면 믿어도 돼.

그 절대적인 확신과 더불어, 어떤 감정이 드디어 아름다운 꽃을 피웠다. 그녀의 속에서 개화가 진행되어 왔지만 스스로 아집스럽게 외면했기에 봉오리만 터뜨린 채 완전히 피지 못하던 꽃이 흐드러지게 만개한 것이다. 그리고 그 기적적인 감정은 마치 잿더미에서 금빛 날개를 활짝 펴고 비상하는 불새처럼 그녀의 전부를 소생시켜 완전히 새롭게 거듭난 현실로 데려갔다.

"감히 용서는 구하지 않겠소."

제러드가 조용히 말을 이었다.

"때로는 관용과 이해의 범위를 넘는 것도 있으니까. 나조차 나 자신을 이해하지 못하겠소. 이성적인 문명인이라고 언제나 자부해 왔는데 실은 동굴에서 막 기어나온 야만인이나 다를 바 없었어."

쓴 미소를 지으며 고개를 설레설레 흔들었다.

"서른여덟 해를 착각 속에서 보내고 깨어난 기분이 썩 좋지는 않군."

"왜 오늘밤에는 당신답지 않게 행동한 거죠?"

타냐는 천천히 일어나 맞은편 벽의 옷장으로 가서 하얀 모직 가운을 꺼내 입은 후 그에게 다가갔다.

"그 이유가 뭐예요?"

"내가 무슨 말을 하겠소, 변명의 여지가 없는 것을."

그의 목소리가 돌연 격해졌다.

"난, 나는 당신에게 상처를 주고 싶었소. 두려움과 분노에 사로잡혀 맹수처럼 달려들었던 거야."

등을 돌린 채 서 있는 그에게 살며시 다가가 얼굴을 본 순간 타냐는

숨을 삼켰다. 자기 혐오의 표정이라면 이미 안다고 생각했지만 그거야
말로 착각이었다. 너무나도 괴로워하는 그를 보기 고통스러워 그녀는
시선을 돌려야 했다.

"아…… 첫눈이 와요."

소담한 눈송이를 응시하면서 말을 돌렸다. 아니, 제러드를 달래줄 수
있는 말을 찾았다. 그의 괴로움이 마치 내 것인양 마음이 아려와 어서
그를 편하게 해주고 싶었다. 앞으로는 항상 이런 식으로 느끼게 될까?
아니면 지난 몇 시간 동안 격한 감정의 회오리에 휘말려 제정신이 아니
기 때문에 그에게 위안을 주고픈 이기적인 욕구까지 갖게 된 걸까? 타
냐는 초조하게 후자의 생각을 옆으로 밀어놓았다. 아무려면 어때. 제러
드에게 되돌려받은 힘은 그의 상처를 달래는 데 써야만 해.

"마음 쓸 거 없소."

그가 여전히 그녀를 외면한 채로 말했다.

"눈 때문에 당신의 출발이 지연되거나 하진 않을 거요. 폭설주의보는
없었으니, 코벳 의원이 모든 수배를 끝낼 즈음에는 날씨도 좋아지겠지.
걱정하지 말아요."

"걱정 같은 건 안 해요. 난 이곳을 떠나지 않을 테니까."

제러드는 화살에 맞은 사람처럼 움찔하고는 슬쩍 눈동자를 굴려 그
녀의 눈치를 살폈다.

"… 방금 뭐라고 했지?"

"다 들었으면서."

그녀의 얼굴에 짓궂은 미소가 활짝 피었다.

"당신, 나에게 못되게 군 죄책감에서 벗어나려고 나를 얼른 보내버리
려는 거죠? 내가 순순히 떠나줄 거라고 생각했다면 오산이에요. 난 당
신 옆에서 떨어지지 않을 거예요. 머리털로 짠 스웨터처럼 당신에게 찰
싹 붙어 늘어질 테니 각오해요."

그는 벌어진 입을 다물지 못했다.

"지금 당신…… 웃고 있는 거…… 맞소?"

"그럼 눈물을 찔찔 짜면서 통곡할까요? 하지만 착각하진 마세요, 내가 웃고 있다고 해서 당신이 잘했다는 건 아니니까. 당신의 행동은 아주 글러먹었어요. 다른 사람이 그랬다면 난 살인 계획을 짜기 시작했을 거예요."

야무지게 꾸짖었다.

"아까 같은 짓은 다시 하지 말아요, 제러드. 그런 짓은 문젯거리만 만들어요. 아주 몹쓸 짓이에요."

"문젯거리를 만드는 짓?"

제러드는 어처구니가 없다는 듯이 쓰게 실소를 지었다.

"내 행동을 고작 그렇게 부르는 거요?"

"예. 그래서 그런 행동을 해선 안 된다는 거예요. 우리에게는 그렇지 않아도 해결해야 할 문제들이 쌓여 있는데 당신이 더 보태면 곤란해요."

그녀는 그의 허리에 팔을 감고 넓은 가슴에 얼굴을 기댔다.

"당신이 반드시 수락해야 할 조건이 몇 가지 있어요, 제러드."

그의 몸이 굳어지며 숨조차 쉬지 못하는 기색이 느껴졌다.

"그게…… 뭐지?"

"내 일을 인정해 주는 것. 그건 필수적이에요. 둘째는 속이지 말기. 나에게 항상 정직해야 해요."

사람을 잘 믿는 어린 소녀처럼, 어쩌면 애교를 피우는 고양이처럼 그의 가슴에 대고 뺨을 문질렀다.

"셋째, 당신이 아까 막힘 없이 줄줄 열변을 토했듯이 우리는 꼭 아이를 가져야 해요. 넷째이자 현재로선 마지막 조건은요, 당신이 세상의 왕이 될 거라면 일부일처제 왕이 되어야 한다는 거예요. 술탄이 되고 싶다든가, 하렘을 거느리겠다고 나중에 변덕을 피우면 당신 신상에 무서운 일이 벌어질 줄 아세요."

제러드는 커튼에서 손을 뗐다. 하지만 그녀를 만지기 두렵다는 듯이 그녀의 어깨를 바로 잡지 못하고 주저했다.

“나와 함께 이곳에 머물겠다는 소리요?”

“천재치고는 진짜 아둔하군요.”

그녀는 한숨을 폭 내리쉬고 종알거렸다.

“지금까지 내가 한 말을 어디로 들은 거예요? 물론 난 여기 있을 거예요, 당신이 샤또를 떠나도 안전해질 때까지만. 그 밖의 다른 행동은 비이성적이에요. 그 후에는 뉴욕에서 살기로 해요. 우리 발레단은 워싱턴이 아니라 뉴욕에 있으니까.”

장난스럽게 그를 빤히 올려다보며 한마디 덧붙였다.

“왕 노릇을 어디서든 할 수 있잖아요. 오케이?”

“오케이.”

그는 얼떨떨한 표정으로 덥석 대답했다.

“아……오케이! 오케이 이상이야!”

그리고도 여전히 믿어지지 않는다는 듯, 손대면 그녀가 금방이라도 사라질 것 같다는 듯이 망설이며 타냐의 어깨를 살며시 잡아보았다. 꿈이 아니구나. 그의 입에서 기쁨에 찬 웃음이 터져나왔다.

“워싱턴 대신 뉴욕, 우리 아이, 일, 당신이 원하는 것이라면 뭐든 오케이야. 심지어는 하렘도 포기하겠어.”

제러드는 있는 힘껏 그녀를 껴안았다.

“이 빌어먹을 세상 전부라도 포기하고 말고.”

“아이, 그럴 필요까진 없어요. 그저 하렘만 참아 줘요.”

그는 타냐의 관자놀이께 흐트러진 머리칼에 고개를 묻고 잠긴 목소리로 중얼거렸다.

“당신을 놓치는 줄로만 알았소. 당신에게 버림받아도 당연하다고 생각했어. 왜 그러지 않는 거지, 스위트하트?”

“왜냐하면 내가 똑똑한 여자이기 때문이죠.”

그녀는 가벼운 어조로 대답했다.

“난 당신이 바보 같은 짓을 저질렀다고 해서 전부를 포기하기에는 지나치게 현명해요. 또 당신을 묶어놓고 미치게 만들고 싶기도 하구요.”

짐짓 고개를 갸우뚱거려 생각하는 척했다.

"당신에게는 아마 핑크색 새틴끈이 어울릴 거예요."

제러드는 새롱거리는 농담을 무시하고 자신에게 가장 중요한 문제에만 집중했다.

"그 밖에 또 뭘 원하오, 타냐?"

"당신."

까맣게 빛나는 두 눈이 그를 똑바로 올려다보았다.

"제러드 라이커, 당신만 있으면 돼요. 난 당신에게 몹시 특별한 감정을 품은 것 같아요. 전에는 어느 누구를 향해서도 느껴 보지 못한 감정이기 때문에 뭐라 정확하게 꼬집어 말할 순 없어요. 하지만 이 감정이 무엇이든, 당신의 연구가 우리 인류에게 허락하는 긴긴 시간까지 변하지 않으리란 예감이 들어요."

그의 전부가 정지되었다.

"진심이오?"

자신만만한 남자답지 않게 떨리는 표정을 짓고 있는 제러드가 그녀의 눈에는 사랑스럽게 비추어졌다. 그는 자신의 귀를 의심하는 것처럼 고개를 흔들었다.

"우주를 다 뒤져도 당신 같은 여자는 또 없을 거요. 나에게 자신의 전부를 내주면서 영원한 헌신의 맹세조차 요구하지 않는군."

"뭐, 당신이 근사하고 달콤한 말을 해준다면 좋긴 좋겠죠. 하지만 분위기상 마음에 없는 소리를 할 필요는 없어요. 당신의 감정이 나와 같이 되도록 바꾸어 놓고야 말 테니까. 난 굉장히 끈질긴 여자예요."

진지한 눈빛으로 그를 살폈다.

"하지만 난 지금도 당신의 감정이 결코 얇지는 않다고 생각해요. 내가 잘못 본 건가요?"

"잘못 보지 않았소."

제러드는 두 손으로 그녀의 얼굴을 감쌌다. 그 어느 때보다 따뜻하며 환희에 빛나는 잿빛 눈을 하고서.

"당신이 내 곁을 떠날지도 모른다는 생각에 괴로워서 미칠 것만 같았소. 아니, 사실은 조금 돌아버렸어. 내 속에 그랜드 캐넌만한 구멍이 뚫리는 기분이었소."

가만히 고개를 숙여 입술을 겹치는 심각하고도 달콤한 키스에 커다란 덩어리가 울컥 치솟아 그녀의 목을 가로막았다.

"난 당신과 남은 생을 같이 하고 싶소. 당신과 함께 할 수만 있다면 어떤 대가든 치를 수 있소. 이 정도로는 부족한가?"

"현재로서는 됐어요."

타냐는 빠르게 눈을 깜박거렸다.

"아이 참, 내가 왜 이러지…… 칠칠맞게 울고 싶어지는 거 있죠. 눈물 따윈 한번도 흘려 본 적이 없는데."

방울방울 맺혀 이미 뺨을 적시는 눈물을 의식하지 못하는 그녀의 모습에 제러드는 속이 천 갈래 만 갈래 찢어지는 듯했다. 그는 다정하게 그녀의 눈꺼풀에 번갈아 입술을 대주었다.

"맞아, 당신은 절대로 울보가 아냐."

타냐는 그의 품에서 빠져나왔다.

"센티멘털한 고백은 이만하면 적당해요."

흐느낌이 살포시 묻어나는 목소리로 최대한 무뚝뚝하게 말하며 제러드의 손을 잡아끌었다. 그녀는 어정쩡한 미소를 띤 그를 침대에 앉힌 후 협탁의 크리스털 스탠드에 불을 켰다.

"장소를 바꾸었다고 딴 생각하면 안 돼요. 그저 대화를 하자는 것뿐이니까. 편안한 자세로 말이에요."

그리고 그의 옆에 누웠다.

"안아주세요, 편안하게."

"기꺼이."

한참을 넓은 가슴에 잠잠히 안겨 있더니 돌아누워 꼼지락거리며 품으로 파고드는 그녀를 제러드는 옥죄어 안았다. 스푼 두 개를 포개놓은 듯한 이 편한 포옹, 이 행복감. 그의 속에 뚫려 있던 모든 구멍들이 그녀의 달콤함과 따뜻함으로 알차게 채워지는 듯했다. 그는 만족스런 기분으로 넌지시 말을 건넸다.

"대화를 하자더니 아무 말도 안 하는군."

"대화가 불필요하게 느껴져요."

타냐는 꿈결처럼 대답했다. 은은한 조명이 흐르는 가운데, 부드러운 벨벳 닫개가 달린 아늑한 고치 같은 침대에서 그의 품에 안겨 유리창에 레이스를 짜넣는 눈송이를 바라보는 이 침묵의 순간은, 그 자체로도 지극히 완전했다.

제러드는 그녀의 귓불에 살짝 입을 맞추었다.

"그럼 이야기는 나중에 합시다. 서두를 이유가 없어."

"아니, 지금 해요. 우리 사이에는 너무 많은 오해들이 도사리고 있어요. 내가 아침나절에 당신 의견을 물어 보려 하지 않아서 섭섭했다고 했잖아요. 이제 물어 볼게요. 인류의 수명 연장에 따른 문제점에 대해 어떻게 생각하고 있죠?"

"어떤 문제가 당신 마음에 가장 걸리는지 알고 있소. 아이들 문제지?"

"맞아요. 세상에는 남보다 아이에 대한 욕구가 유독 강한 여자들이 있어요. 모성애가 채워져야만 한 인간으로서 완벽해지는 여자들이. 내가 그런 유형이에요. 자아 충족의 이기적인 욕구라고 비난해도 어쩔 수 없어요."

"아무도 비난하지 않소. 그건 더할 나위 없이 자연스런 욕구니까. 아까는 내가 정신이 좀 나갔었기 때문에 당신에게 신랄하게 퍼부어댔던 거요."

제러드는 그녀의 아래턱에 대고 다정하게 뺨을 부볐다.

"미래를 보장할 순 없지만, 코벳 의원과 케빈의 주장처럼 일이 풀리진 않을 거요. 철저한 산아 제한이나 전 인류의 불임화 같은 극단적인 방법 이외에 다른 길이 분명히 있어. 예를 들어, 수경 재배를 촉진하고 바다 농장을 개척하는 등 식량 공급 증산을 위해 다국적으로 노력해 우리에게 필요한 시간을 버는 거요.”

“우리가 무엇을 하는 데 필요한 시간이죠?”

“다른 혹성을 개발하는 데 필요한 시간.”

그는 어리둥절해하는 타냐에게 담담하게 대답했다.

“인구 폭발의 진정한 해결책은 그뿐이오. 적극적으로 우주 탐사에 나서 인류의 생존 환경에 적합한 혹성을 개척해야 하오.”

“말을 너무 쉽게 해요, 당신은.”

키득거리며 반박했다.

“케빈은 공상과학 소설에 나옴직한 인물이 자기 주변에 많기 때문에 SF 소설 같은 소리가 허무맹랑하게 들리지 않는대요. 그 마음이 이해되네요. 혹성 개발이라. 그게 정말 가능할까요?”

“지금 당장은 불가능하지. 하지만 미합중국이라는 일개 국가가 달 상륙을 국책 사업으로 삼고 밀어붙이자 겨우 십년밖에 걸리지 않았잖소. 전 세계의 모든 나라가 협력·추진한다면 우주 탐사 분야의 획기적인 도약이 이루어질 거요. 못해 낼 일이 없단 말이오. 거기에 수명 연장도 일조하겠지. 단명(短命)이란 벽에 부딪쳐 우리 인류의 문명이 진보할 수 있는 계기를 얼마나 많이 놓치고 지지부진한 상태를 답보해 왔는지는 오직 신만이 아실 노릇이오. 천수를 누리지 못하고 아깝게 꺾이는 비극은 이제 끝이오. 내 연구를 바탕으로 유전자 연구, 면역 체계에 대한 이해, DNA 조작이 활발해질 테고 모든 불치병이 조만간 정복될 거요.”

“유토피아로군요.”

“유토피아는 약속할 수 없소.”

제러드는 심각하게 말을 이었다.

“코벳 의원과 케빈이 지적한 문제들이 분명히 돌출될 테니까. 그것마저 부인하는 건 아니오. 하지만 인류에게 극복하지 못할 영구적인 문제는 없소. 그게 그들과 나의 관점 차이지. 우리 인류가 한 줌의 곡식 때문에 서로의 목을 따려고 달려들거나 주먹질을 할 거라고는 도저히 믿을 수가 없소. 그런 파멸적인 길을 피하고 평화·공생할 수 있는 선택의 여지가 주어지기만 한다면 우리는 옳은 길을 택해 함께 협력해 나갈 거요.”

“당신 믿음대로 되면 좋겠지만 솔직히 그건…… 도박이에요. 크나큰 책임이 뒤따르는 도박.”

“내가 그걸 모르는 것 같소? 나라고 일말의 불안이나 회의를 전혀 느끼지 못할 줄 아오?”

그는 깊은 숨을 들이키고 사실을 털어놓았다.

“오늘 아침 당신에게 심한 반응을 보였던 것도 그래서였소. 물론, 내 일이 옳다고 굳게 믿고는 있소. 하지만 그 믿음을 조금이라도 흔들어 놓는 압력까지는 감당할 여력이 없는 거요. 내 일에 대한 신념을 잃어버린다면 난 당신이 비난했던 것처럼 파괴적인 괴물밖에는 되지 않으니까.”

타냐는 새록새록 미안한 마음이 들었다. 나 때문에 여러 모로 상처를 받았구나. 자신이 가했던 인정사정 없던 공격을 생각하면 제러드가 오늘밤 취했던 행동이 이해가 가고도 남았다. 그녀는 면목이 없어 기어들어가는 목소리로 중얼거렸다.

“하긴…… 당신의 반응이 좀 심하다 싶었어요.”

“겁에 질려 있었으니까.”

그녀의 목이 왈칵 메어올 만치 솔직한 고백이 이어졌다.

“어젯밤은 한 남자로서 바랄 수 있는 최고의 경험이었소. 소원해 왔던 당신의 마음까지 조금은 얻은 것 같았소. 그런데 아침이 되자 당신은 나를 가차없이 밀어내면서 나에게 주었던 전부를 거두어들이더군. 눈앞이 깜깜해졌소, 당신을 잃었다는 생각에.”

제러드는 그녀를 껴안은 두 팔에 무의식적으로 힘을 주었다.

“당신이 없으면 난 안 돼, 꼬마 파이퍼.”

“나도 그래요.”

타냐는 그의 손 위에 손을 포개며 속삭였다.

"나 혼자서는 이 외로움을 견딜 수 없어요. 당신을 만나기 전에는 외로움 같은 건 몰랐어요. 나와 이런 절대고독은 인연이 없는 줄 알았어요."

"난 고독밖에는 몰랐소."

그건 제러드를 만난 순간 직감했던 바였다. 그녀는 부드럽게 확인했다.

"여동생과 함께 있을 때도 외로웠나요?"

그는 고개를 끄덕거렸다.

"리타를 사랑했지만 그래도 고독은 피할 수 없었소. 동생과 함께 누리도록 허락된 시간이 짧다는 걸 알고 있었으니까."

낮아진 음성에서 아픔이 배어 나왔다.

"그 아이도 그걸 알고 있었기 때문에 더 괴로웠소. 조로병이라고 해서 정신연령까지 빨리 노숙해지는 건 아니오. 리타는 시들어가는 육체를 보면서도 자신에게 무슨 일이 벌어지고 있는 건지 이해하지 못했소. 병의 첫 징후가 나타났을 때는 예쁘고 작은 아기였는데 죽을 즈음해서는 아흔 살 먹은 노인처럼 보였소."

그의 목소리가 격해졌다.

"리타는 겨우 열두 살이었소. 겨우 열둘!"

"제러드……."

"그런 불행은 어떤 누구에게도 다시 일어나선 안 돼. 사랑하는 이가 살아갈 희망과 생존능력을 잃어 가는 모습을 옆에서 지켜보는 게 얼마나 끔찍한지는 당해 보지 않으면 몰라. 그럼에도 그런 일이 우리 주변에서 일어나고 있소, 지금 이 순간에도. 하지만 더 이상은 아냐. 앞으로는 절대로."

타냐는 그의 아픔을 씻어주고 싶었지만 포갠 손을 힘주어 잡는 것 이외에는 도와줄 방법이 없었다.

"맞아요, 그런 불행은 이제 끝이에요. 당신이 세상의 모든 시계를 멈추었으니까. 더 이상 그런 비극은 없어요."

제러드는 아무 말도 듣지 못한 사람처럼 눈발이 점점 거세지는 창 밖의 풍경만을 응시했다.

"어렸을 때 읽은 <유년기의 종말>*이라는 책의 제목이 내 머릿속에서 떠나질 않았소. 인간의 삶은 딱하리만치 짧아. 유년기를 막 벗어나기가 무섭게 정신과 신체 기능은 퇴화되기 시작하지. 그건 낭비야. 통탄스럽고 증오스런 낭비."

"유년기의 종말…… 왠지 조금은 서글픈 말이네요."

"그게 서글프게 들리는 말로 언제까지고 남아야 할 이유는 없소."

그의 목소리에서 씁쓸함이 가시고 생각에 잠긴 투로 변했다.

"그 말의 여운은 바뀔 수 있소. 만일 인류가 유년기의 종말이라는 말이 의미하는 대로 진정한 성숙의 단계로 이행한다면, 무기를 손에서 놓고 무지의 질곡에서 벗어나 평화와 혜지(慧智)를 추구한다면 가능해."

그녀는 목이 잠겨 와 대답조차 할 수 없었다. 고개를 끄덕거리며 그의 손을 잡는 것이 고작이었다. 제러드 역시 침묵을 지켰다. 그들은 그렇게 서로의 품에서 지상에 흩날리는 눈발을 바라보며 유년기의 종말에 대해 생각했다.

눈(雪)을 똘똘 뭉쳐 야구공처럼 들고는 마치 메이저리그의 시합에 등판한 투수처럼 멋들어진 자세로 휙 날렸다. 명중! 눈뭉치가 과녁인 제러드의 뒷목에 정확하게 맞은 것이다.

"으, 차가워! 이게 뭐야!"

제러드가 어두운 표정으로 발 아래의 계곡을 응시하다가 이맛살까지 찌푸리며 돌아선 순간, 눈덩어리가 또 날아왔다. 그러나 이번에는 기민하게 피했다. 그는 저만치에서 생글거리며 눈을 뭉치고 있는 타나에게 으르렁거렸다.

"발레 연습이 끝날 때까지 나를 이 추위 속에서 기다리게 한 것으로 모자라 배짱 좋게 이런 만행까지 저지르기요?"

---

* Childhood's End. 어느 날 우주비행물체가 전 세계의 주요 도시들 창공에 나타나 전쟁을 벌이지 않고 평화로이 인류를 번영으로 이끈다는 내용의 공상과학 소설. SF 소설계의 거장이자 미래학자인 아서 C. 클락 경(영국 서머셋 출신)의 작품.

"누가 고뇌란 고뇌는 다 짊어진 사람마냥 거기 서 있으래요?"

타냐는 장갑 낀 손으로 눈덩어리를 가지고 놀았다.

"게다가 당신은 이번 주 내내 걸핏하면 푹 가라앉아서 심란하게 굴었잖아요. 그 벌이에요."

"적반하장이군."

제러드는 실눈을 뜨고 그녀에게 다가갔다.

"인생은 재미있는 놀이만이 아냐, 이 말괄량이 아가씨야. 최근 들어 하늘 높은 줄 모르고 기고만장해졌어. 이제는 나에 대한 존경심을 가져야 할 때야."

"오, 망극하여라. 위대하신 주인님께서 왕이 될 운명이심을 깜박했나이다. 이 비천한 소녀에게 어떤 벌을 내리실 건지요? 저녁거리용 양처럼 잡아 쇠갈퀴에 매다는 극형? 그것만은 제발!"

무서워 죽겠다는 듯이 손을 가슴에 얹은 채 읊조린 것도 잠시, 타냐는 싸악 웃으며 눈뭉치를 폴짝 던지고는 그게 제러드의 광대뼈에 맞아 흩어지는 광경을 지켜보지도 않고 도망쳤다.

깔깔거리는 청높은 웃음이 자작나무 숲의 은세계에 울려, 그녀를 뒤쫓는 뽀드득 뽀드득 눈 밟히는 소리와 저음의 밝은 웃음소리로 메아리가 되어 돌아왔다. 그 가운데 제러드는 발 빠르게 거리를 좁혀 그녀를 쓰러뜨렸다. 상대팀의 터치다운을 저지하기 위한 피츠버그 스틸러즈 미식축구팀의 선수와도 같은 맹렬한 태클이었다. 그는 엎어진 타냐를 눈담요가 깔린 지면에 뒤집어 눕히곤 그녀의 위에 타고 앉았다. 그리고는 우쭐해하는 악동처럼 싱글거렸다.

"이제 벌받을 준비나 하시지."

장난기 가득한 저 표정이란…… 타냐는 요즘 들어 항상 그래 왔듯이 다정함으로 속이 녹아났다.

제러드는 그녀의 양가죽 코트 단추를 땄다. 그리고는 한 손으로 눈을 퍼올리고 맞춤 블라우스의 목둘레를 의미심장하게 주목했다.

"어떤 벌이 좋을지 몇 가지 생각이 떠오르는군."

“그 눈을 내 옷 속에 넣으면 가만 두지 않겠어요!”

타냐는 숨찬 웃음소리를 내며 반박했다.

“그건 너무나 지독하고 잔인한 처벌이라구요.”

“아직도 반성의 빛이 없다니.”

믿지 못하겠다는 듯 체머리를 흔들었다.

“반성은커녕 협박까지 해? 도저히 용서할 수 없어. 하지만 블라우스 속에 눈을 넣는 건 참아주지. 그럼 당신이 흠뻑 젖어 감기에 걸릴 테니까.”

그리고는 신속하게 블라우스의 단추를 풀기 시작했다.

“제러드!”

순식간에 단추가 전부 풀어졌다. 이어 블라우스 앞섶이 양쪽으로 벌어지자 그의 얼굴에서 장난기가 가셨다. 훤히 노출된 봉긋한 젖무덤에 못 박힌 잿빛 눈이 남자의 눈으로 변해갔다.

“모든 준비가 되어 있군.”

갑자기 굵어진 음성.

타냐의 목소리도 잠겨서 나왔다.

“그 준비는 아니에요.”

추운 눈밭에 가슴을 드러낸 채 누워 제러드의 뜨거운 시선을 받는 이 상황은 묘하게 관능적이었다. 아이들처럼 사심 없이 즐기던 분위기는 씻은 듯 사라지고 스물거리는 열기가 피어올랐다.

“그 준비도 되어 있는지 아닌지 한번 볼까?”

제러드는 말꼬리를 질질 빼 느물거리며 천천히 손을 그녀에게 가져갔다. 눈가루가 모래알처럼 그의 손 사이에서 흘러내려 젖가슴 위에 흩어졌다.

따뜻한 맨살에 와닿는 차가운 눈. 그 충격적인 감촉이 강렬한 열기를 일으켰다. 그녀는 급한 숨을 들이켰다.

“변태!”

그녀는 자신의 반응을 감추려고 일부러 투덜거렸다.

“당신은 징그러운 변태예요, 그거 알아요?”

순은처럼 빛나는 회색 눈이 그녀의 눈을 끈끈하게 옭아맸다.

"사실은 좋으면서. 그리고 당신 마음에 드는지 여부가 중요한 전부요, 러브. 난 당신에게 기쁨만 바치고 싶어."

제러드는 두 손으로 눈을 퍼올렸다. 하지만 눈가루를 뿌리는 대신 이번에는 눈을 쥔 채로 한쪽 젖가슴을 살며시 쥐었다.

"눈 속에 핀 장미 봉오리 같아."

물안개 낀 나른한 시선과 감미로운 음성.

타냐는 핑크빛 돌기에 입술이 닿자 신음을 내뱉었다. 눈의 차가움, 입술의 뜨거움, 혀의 촉촉함…… 그녀는 몸을 활처럼 휘어 그에게 자신을 문질러댔다. 두 손은 제러드의 머리칼을 움켜쥐고 막무가내로 끌어당기고 있었다.

그가 마침내 고개를 들었다. 달아오른 욕망에 사로잡힌 얼굴.

"이 다음은 샤또에서 계속합시다. 당신에게 눈침대는 그다지 쾌적하지 못할 거야."

그녀의 가슴에서 조심스럽게 눈을 털어내고 블라우스를 여며주었다. 그는 타냐의 손을 잡아 일으킨 다음 아쉽다는 듯이 재빨리 입술을 훔쳤다.

"단, 내가 그렇게 오래 참을 수 있을지는 장담 못 해."

제러드가 조금씩 떨리는 손으로 양가죽 코트의 목각 단추마저 채워주는 동안 그녀는 착한 어린이처럼 가만히 서 있었다. 그는 그녀의 손을 잡고 샤또로 향하는 발걸음을 재촉했다.

타냐가 장난꾸러기 요정처럼 눈을 빛내며 말했다.

"그쯤은 참을 수 있어야 해요. 당신은 그 이름하여 강철 의지의 사나이잖아요. 당신처럼 경험이 풍부한 남자가 요까짓 전희에 흥분한다는 건 말도 안 돼. 뭐, 쬐끔 변태적인 성향의 전희이긴 했지만. 하지만 당신이라면 더 흥미진진하고 다양하게 즐기는 방법도 많이 알고 있을 거예요. 그렇죠?"

"무궁무진하게 알고 있지."

그는 큰소리를 쳤다.

"아까는 맛보기에 불과하오. 난 워낙 경험이 풍부한 남자거든. 샤또로 돌아가 더 많은 실례를 보여주지."

"실례? 음…… 글쎄요……."

타냐는 꽁무니를 뺐다. 그의 눈빛이 어째 예사롭지 않아.

그는 미소를 지으며 고민하는 척했다.

"어떤 실례가 좋을까? 아! 당신이 나에게 쓰겠다고 위협했던 그 핑크색 새틴끈의 정확한 사용법을 이번 기회에 가르치는 것도 괜찮겠는걸. 당신 발목을 침대 기둥에 묶어놓고……."

뒷말은 옆구리를 강타한 그녀의 팔꿈치 공격에 의해 중단되었다. 그는 음흉하게 흐흐거렸다.

"이건 곧 싫다는 뜻이로군. 하지만 생각을 다시 해봐, 러브. 당신은 사지를 활짝 벌리고 꼼짝 못한 채 누워만 있는 거요. 그럼 난 아주 천천히 당신 위에 올라타 마음대로 만지고 물고 빤 다음에 들락날락하면서……."

"제러드!"

머릿속에 그려지는 야릇한 영상들로 그녀의 무릎이 버터처럼 흐느적거렸다. 그리고 저 짓궂은 표정으로 보아하건대 제러드는 이런 그녀의 상태를 속속들이 알고 있는 게 분명했다.

"어휴, 정말 못됐어!"

그는 한바탕 웃음을 터뜨리며 그녀를 덥석 안아 빙 돌렸다.

"미안, 미안, 스위트하트. 도저히 저항할 수 없었소."

그리고 입맞춤을 해왔다. 꿀처럼 달콤하며 애정이 듬뿍 담긴 키스였다. 겨우 입술을 떼고 고개를 든 그의 얼굴은 숨막히도록 순수한 기쁨으로 빛나고 있었다.

"우리에게 그런 건 불필요해."

감미로운 속삭임.

"왜냐하면 이게 있으니까."

사실이었다, 황금빛 찬란한 이 가슴 훈훈함과 벅참만으로도 그들은 완벽했다. 타냐는 그를 마주 껴안았다. 제러드의 다정함, 제러드의 힘, 제러드의 모든 것이 미치도록 사랑스러웠다.

"흠흠……."

그때 뒤에서 점잖은 헛기침 소리가 났다.

"눈치 빠르게 사라져드리고 싶지만 전할 말이 있어, 제러드."

케빈의 음성이었다.

타냐가 돌아서려 하자, 제러드는 포옹에 힘을 주어 독점욕을 드러내며 그녀의 머리 위로 케빈에게 말을 건넸다.

"그렇다면 빨리 말을 전하고 사라지시지."

"상원의원님께서 오늘 오후에 방문하시겠대. 저녁을 함께 하며 자네와 이야기를 하고 싶으시대."

케빈은 심각하게 덧붙였다.

"무슨 이야기인지는 몰라도 상당히 시급한 사안 같았어."

"그래?"

제러드의 얼굴이 갑자기 무표정해졌다.

"전에 코벳 의원이 마지막 행차했던 이후 오늘 같은 날이 언제 올지 이제나저제나 고대했지. 무슨 이야기를 꺼낼지 기대되는군."

"대체 뭔 소리를 하는 건지 원. 암호나 다름없군."

"걱정 마, 조만간 다 알게 될 테니."

그는 느리게 포옹을 풀었다.

타냐는 뒤로 돌아서 케빈의 떨떠름한 낯빛을 포착했다. 하지만 왜 저런 떫은 표정을 짓고 있는지 의아해할 새도 없이 그가 미소를 지었기 때문에 자신이 잘못 봤겠거니 하고 넘겼다.

"걱정한 적은 없어."

케빈이 가벼운 어조로 받아넘겼다.

"근심걱정은 성난 여드름으로 이어진다고 최고 권위자께서 말씀하셨거든. 그런 무서운 사태는 피해야지."

타냐는 키득거렸다.

“그 최고 권위자가 누구예요?”

“십대의 내 여동생입니다. 걔가 하는 말은 믿어야 해요. 그 딱한 녀석의 울긋불긋한 얼굴이란 점박이 표범 따윈 저리 가라거든요.”

제러드가 다른 생각에 잠긴 머나먼 표정으로 입을 뗐다.

“타냐, 케빈과 안에 들어가요. 난 잠시 산책을 다녀오리다.”

“나도 같이 산책 가면 안 돼요?”

그는 고개를 저었다. 자신의 거절에 타냐가 놀라고 시무룩해하자 그녀의 콧잔등에 살며시 입을 맞추었다.

“생각할 거리가 있어서 그래, 꼬마 요정. 당신이 주위에 있으면 도통 집중이 되지 않거든. 케빈과 먼저 샤또로 가요.”

부드럽게 그녀를 달래고 제러드는 돌아서서 걸음을 옮기기 시작했다. 점퍼 주머니에 두 손을 찔러넣고 성큼성큼 사라지는 저 뒷모습으로 보아하건대 그녀의 존재마저 벌써 잊어버린 눈치였다.

타냐는 불길한 예감이 들었다. 그 동안 잊고 지냈던 제러드의 냉정하며 초연한 표정 때문에 마음이 편치 않았다. 코벳 의원의 방문 소식을 듣자마자 제러드가 거의 낯선 타인으로 돌변해버린 이유가 뭘까?

그녀는 이맛살을 찌푸리고 케빈과 보소를 맞추어 걸었다.

“상원의원이 왜 오는 거예요?”

“나 같은 비천한 마당쇠가 그분의 깊은 뜻을 어찌 알겠습니까만…….”

겸손하게 너스레를 떨다 말고 그녀에게 넌지시 시선을 던졌다.

“당신과 관련되었을 가능성이 농후해요.”

“그렇게 말하는 근거는?”

케빈은 어깨를 으쓱거렸다.

“짐작일 따름입니다. 의원님께선 총격 사건 이후 당신과 제러드의 관계에 주목해 오셨거든요. 따라서 버츠가 시시콜콜한 부분까지 빼놓지 않고 장문의 보고서를 작성해야 했죠.”

그녀의 뺨이 화끈거렸지만 부끄러움보다는 짜증 탓이 컸다.

“우리의 동침 사실을 상원의원이 안다는 뜻이군요. 왜들 그렇게 제러드의 성생활을 궁금해하는지 몰라. 정말 촌스러워.”

“의원님께서 아시는 건 동침 여부만이 아니에요. 당신 둘이 잠도 같이 자고, 밥도 나란히 먹고, 일분일초도 떨어지려 하지 않는다는 것까지 아세요. 솔직히 당신이나 제러드나 서로 죽고 못 사는 사이라는 걸 숨기지 않았잖아요. 이렇게 내놓고 사랑에 빠진 커플은 내 평생 보다보다 처음이에요.”

남의 눈을 의식하지 않고 붙어 다니긴 했지. 타냐는 찔끔해서 다른 꼬투리를 잡았다.

“아무튼 우리 때문에 버츠는 신바람이 났겠군요. 납치극을 벌였던 소기의 목적대로 내가 제러드와 침대를 나누어 쓰며 그를 만족시켜 주고 있으니까.”

“그건 그렇죠.”

케빈은 미소를 흘리며 흔쾌히 인정했다.

“제러드 그 친구, 당신을 볼 때마다 얼굴이 전광판처럼 훤해져요. 다른 사람도 아닌 제러드 라이커가 만사를 내팽개치고 사랑의 황홀경을 헤매게 될 줄은 진짜 몰랐습니다. 그런 무모한 면이 있었다니 충격적이에요. 세상의 으뜸은 역시 사랑인가 봐요.”

“지금 무슨 말을 하는 거예요?”

타냐는 발끈했다.

“무모하다니? 다들 색시집의 포주처럼 나를 제러드에게 떠밀 때는 언제고 이제 와서 그게 위험하다는 식으로 암시하는 심보는 또 뭐죠?”

“어, 내 말이 그런 식으로 들렸어요? 미안해요, 공주. 내가 원래 기름을 발라놓은 듯이 말을 매끄럽게 하는 사람이 아니라서. 게다가 음모와 공작이 난무하는 정치판에 물든 나머지 일이 술술 잘 풀린다 싶으면 공연히 불안해지기도 하구요. 그러니까 아무 걱정할 거 없어요.”

“걱정할 게 없다면 제러드는 왜 저렇게 이상하게 구는 거예요?”

그게 케빈의 암시보다 더 마음에 걸렸다. 그녀에게 제러드와의 관계는 아직 낯설고 새로운 경험 영역에 속했기 때문에 작은 변화조차 예사롭게 넘길 수 없었다.

"그 이유는 때가 되면 제러드가 말해 주겠지요. 아, 그리고 의원님께서는 정식 만찬을 선호하십니다. 우리 모두 정장을 차려입어야 한다는 소리예요. 그러니 이 기회를 놓치지 말고 공주답게 마음껏, 화려하게 치장해 봐요."

13

몇 시간 후 사뿐사뿐 계단을 내려가는 타냐의 모습은 화려하기 이를 데 없었다. 하지만 속은 그다지 편치 못했다. 왜냐하면 휘파람처럼 나직한 음량으로 시작된 불안감이 시시각각 함성 수준으로 커져갔기 때문이었다.

그리고 그건 전부 제러드 탓이었다. 그는 저녁 시간이 다 되어서야 샤또로 돌아왔으며, 그때도 여전히 다른 생각에 빠진 분위기로 자기 혼자 간단히 샤워하고 옷을 차려입고는 그녀가 욕실에서 나오기도 전에 코벳 의원과 식전 음료를 즐기기 위해 서재로 가버렸다. 타냐는 이런 그의 독단적인 행동을 임박한 전투의 신호탄으로 간주하고 거기에 따른 적절한 무장을 갖추기 위해 몸치장에 각별히 공을 들였다.

그녀는 벨벳 드레스를 선택했다. 거의 핏빛에 가까운 선명한 장밋빛 드레스는 허리선이 높고 가슴선이 깊이 파인 리젠시 풍이라 아담한 체형을 유감없이 살려주었다. 또한, 뒷자락이 우아하게 끌려 당당한 품격마저 더해 주는 듯했기 때문에 타냐는 제정 러시아 시대의 공주가 된 기분으로 서재에 들어섰다.

“눈부시오!”

샘 코벳이 예의바르게 자리에서 일어서며 찬사를 보냈다. 하지만 눈이 부시긴 검정색 턱시도를 세련되게 차려입은 상원의원도 마찬가지였다. 그는 매력 만점의 미소까지 지어 보였다.

“흠 잡을 데 없이 완쾌했구려, 오를리노프 양. 여기에서는 <흠 잡을 데 없이>라는 표현을 특히 강조하는 바요.”

그는 칵테일 잔을 들고 벽난로 근처에 서 있는 제러드를 향해 고개를 돌렸다.

“저토록 매혹적인 숙녀를 이 샤또에 모셨던 적은 예전에도 별로 없었다네. 포로가 저리 사랑스러우니 누군들 흠모의 정을 느끼지 않겠나. 안 그런가, 제러드?”

농담조의 말이었지만 제러드는 미미하게 몸을 굳히며 눈을 가늘게 좁혀 떴다.

“의미심장한 어휘 선택이오, 코벳 의원. 타냐는 더 이상 포로가 아니라 손님이라는 것쯤은 당신도 알고 있을 텐데?”

“그렇다고 듣긴 들었네.”

상원의원은 싹싹하게 받아넘겼다.

“더불어 그런 상황 변화에 대해 우리 모두가 기꺼운 마음으로 즐거워하고 있다네. 그러니 내 말실수를 널리 봐주게나, 제러드.”

그의 연갈색 눈동자에 조롱의 빛이 언뜻 스쳤다.

“포로로 잡힌 공주가 감금당한 성(城), 그처럼 구미 당기는 이야기가 또 어디 있을려구. 나같이 낭만적인 영혼의 소유자로서는 저항할 수 없구먼.”

“환상은 환상으로 머무를 때 좋은 것 아니겠소?”

제러드 역시 매끄럽게 받아쳤다.

“환상이 현실화되면 위험해질 뿐이오.”

그때, 케빈이 바에서 타냐가 있는 쪽으로 다가왔다. 그는 그녀의 취향에 맞추어 라임을 넣은 페리에(발포성 광천수) 잔을 건네며 가볍게 말했다.

"공주 이야기가 나왔으니 말인데, 당신의 머리 모양이 근사하군요. 그렇게 땋은 머리를 관처럼 두르니까 진짜 공주 같아요."

"고마워요, 케빈. 여러분의 칭찬 덕분에 기분은 우쭐하지만 그 비교 때문에 자꾸 군주제가 떠올라 껄끄럽네요. 난 자본주의자가 되기를 선택했지만 볼세비키적인 환경*에서 성장한 배경은 완전히 떨쳐버리지 못했거든요."

케빈이 말을 걸어 주지 않았다면 입을 열 기회조차 갖지 못했을 거야. 그녀는 속으로 이맛살을 잔뜩 찌푸렸다. 제러드와 상원의원 사이에는 이승과 저승을 가르는 스틱스 강이 흐르는 것처럼 살벌한 분위기가 감돌았으며 그들의 대화에는 위험한 암초들이 도사리고 있었다.

"그럼 숙녀의 의견을 존중하여 화제를 바꾸어야지."

상원의원이 하얀 잇속을 드러내며 활짝 웃었다.

"숙녀에게 불편함이나 어색함을 실낱만큼이라도 느끼게 하고 싶은 사람은 여기에 아무도 없다오. 그렇지 않나, 제러드?"

"물론이오."

제러드는 코벳 의원의 도전적인 시선을 냉정하게 되돌리고 브랜디 잔을 벽난로 선반에 내려놓았다.

"그런 맥락에서 이제 식당으로 자리를 옮기자고 제안하는 바요. 타냐는 음료수를 그곳으로 가져가면 될 것이고, 풍성한 식탁에선 대화도 한층 화기애애해질 테니 일석이조가 아니겠소?"

"훌륭한 제안이야."

의원이 충심으로 동의했다.

"제러드 자네의 신속한 상황 판단력에는 언제나 감탄하지 않을 수 없군. 많은 시간을 절약하게 해주는 능력이야."

저녁 내내 제러드와 코벳 의원은 입에 어떤 음식이 들어가고 있는지,

---

* 1917년 혁명 이후 소련에 도입된 정부 형태나 지지자를 가리키는 말로 러시아 사회 민주 노동당의 다수파 및 과격파.

식탁 분위기가 얼마나 고상한지 따윈 알아차리지 못한 눈치였다. 고풍스런 은제 촛대에 꽂힌 촛불들이 밝혀진 가운데 세브르 도자기(프랑스산 명품 도자기) 식기가 은은한 광채를 뿜어냈으며 검정색 상의 차림의 조지가 소리 없이 시중을 드는 저편에서 예스런 태피스트리가 그 단조로운 색상으로 품격을 더하는 터였다. 빛과 그림자의 선명한 대조를 화풍으로 삼는 램브란트의 작품을 연상시키는 광경이었다.

그리고 제러드와 상원의원 역시 17세기의 그 네델란드인 대가와 동시대 인물들처럼 보였다. 의상만 현대적일 따름이지 그들은 마치 생사가 달린 결투를 앞두고 서로의 약점을 탐색하는 철천지 원수인양 이중적인 의미가 담긴 가시 돋친 말로 설전을 벌였다. 그 팽배한 적의가 오싹할 정도로 노골적이라 타냐는 결국 대화에 끼려는 노력을 포기하고 가슴 조이며 지켜보는 수밖에 없었다.

오늘밤 코벳 의원은 신중한 정치인답지 않게 정체 모를 의기양양한 승리감을 한껏 드러내고 있었다. 무엇이 어떻게 돌아가는지 전혀 모르는 타냐의 눈에도 상원의원은 적극적인 공세, 제러드는 굳건한 수세처럼 보였다.

디저트가 나오자 제러드는 탐색전에 종지부를 찍기로 결정한 모양이다. 그는 냅킨을 식탁에 던지며 일어났다.

"본론으로 들어갑시다, 코벳."

그는 빈정대는 어조로 도전장을 던졌다.

"우리 둘다 원하는 게 그거잖소. 특히, 달콤한 것을 즐길 기분은 전혀 아니라고 믿소. 당신은 피가 뚝뚝 흐르는 날고기 쪽에 더 식욕을 느끼겠지, 그 야위고 굶주린 표정으로 봐서는."

"아, 자네가 셰익스피어 애호가인 줄은 미처 몰랐네."

상원의원은 의자를 뒤로 밀고 자리에서 일어나며 비단결처럼 부드럽게 도전장을 받아들였다.

"실은 나도 그 대가(大家)를 좋아한다네. 셰익스피어는 인간의 본성에 대한 탁월한 이해력을 지녔지. 그쪽 방면으로는 자네보다 한 수 위야."

코벳 의원은 빙그레 웃었다.

"그리고 나에게 모욕을 가할 의도로 <율리우스 케사르>*를 인용한 거라면 빗나간 거야. 우연찮게도 나는 그 인물을 여러 모로 존경하고 있거든."

"어련하시겠소."

냉정하게 비아냥거리고 제러드는 조롱이 잔뜩 담긴 몸짓으로 문을 가리켰다.

"앞장서시오, 코벳. 우리만의 오붓한 대화를 시작합시다. 3월의 그날이 멀지 않은 듯하구려."

타냐는 그들 뒤로 문이 닫힐 때까지 기다렸다가 고개를 절레절레 흔들었다.

"왜 내가 투명 인간이 되어버린 기분이 드는 거죠? 우리가 이곳에 있다는 사실을 저들이 알긴 아는 거예요?"

케빈도 긴장이 풀리는지 의자에 느긋하니 기대어 앉았다. 그는 포도주가 담긴 크리스털 술병을 들어 잔을 채우며 입을 열었다.

"알다마다요. 그들에게 관심의 초점은 바로 당신이었는 걸요. 이곳에서 잊혀진 사람이 있다면 바로 나예요."

그는 어깨를 으쓱거렸다.

"둘만의 오붓한 대화가 끝나면 우리도 끼워 주겠죠. 그때까지는 잠자코 기다리는 게 상책이에요. 포도주나 더 하는 게 어때요?"

"사양하겠어요. 그런데 셰익스피어 이야기는 다 뭐예요? 왜 갑자기 3월 운운하는 거죠? 그날이 무슨 날인가요?"

케빈은 순간적으로 흠칫거렸지만, 술병을 조심스럽게 내려놓고 대신 술잔을 들었다.

---

* 셰익스피어의 희곡 <율리우스 케사르>는 1599년 사이에서 1601년 사이에 집필된 것으로 추정. 케사르보다 그를 암살한 브루투스 쪽에 비중을 두어 독재를 용납하지 않는 로마인의 정신을 강조. 본문 윗줄에서 '당신의 그 야위고 굶주린 표정을 봐선…'은 저 희곡의 1막 2장 'Yond Cassius has a lean and hungry look.'에서 인용.

"3월의 그날*은 배신의 날을 뜻합니다. 율리우스 케사르, 즉 시저가
암살당한 날."

"목을 축이도록 하세."
코벳 의원은 서재를 가로질러 책장이 줄지어 서 있는 벽 한쪽의 바로
향하며 신바람이 난 목소리로 제안했다.
"우리가 문화적이며 사교적인 분위기에서 오붓한 대화를 나누지 말
아야 할 이유도 없지 않은가. 자네는 소다 넣은 브랜디를 즐기는 것으
로 아는데?"
"맞소. 하지만 지금은 소다 뺀 브랜디로 하겠소."
제러드는 대형 떡갈나무 책상에 반쯤 걸터앉아 묵묵히 상원의원을
지켜보았다. 의원은 삼 인치가 약간 안 되도록 브랜디를 술잔에 따른
다음 자신의 몫인 스카치 앤 워터를 준비했다. 제러드의 입가에 비릿한
웃음이 어렸다.
"적절한 과정을 준수하자, 이거요? 내가 그런 당신의 즐거움을 망쳐
선 안 되겠지."
"내 즐거움은 자네의 어떤 시도에도 망쳐지지 않을 걸세."
의원이 책상으로 다가와 제러드에게 술잔을 건넸다.
"그러니 그런 파괴적인 충동은 자제하시게나. 무엇보다 이 자리에서
칼자루를 쥔 쪽은 나니까."
그는 벽난로 가의 앤 여왕풍 의자를 차지하고 그 의자와 한 쌍인 받
침대에 거만하니 발을 얹었다.
"하지만 자네가 원한다면 그 파괴적인 충동에 따라도 좋아."
"고맙지만 그럴 마음은 없소."
제러드는 의원에게서 날카로운 시선을 떼지 않은 채 브랜디를 한 모

---

* Ides of march, 셰익스피어의 희곡 <율리우스 케사르> 제1막 2장. 여기에서는 불가피하
게 '3월의 그날'로 옮겼지만 'ides'는 고대 로마력으로 따져 3월, 5월, 7월, 10월에는 15
일이고 그 밖의 달에는 13일이 된다.

금 들이켰다. 상원의원의 얼굴은 터질 듯한 흥분으로 상기된 터였다.

"또한 당신의 은근한 협박도 별로 재미없구려, 코벳. 이제 카드패를 전부 공개하기로 합시다. 내가 당신 경우에는 인물 판정에 실수했다고 인정하리다. 지난 몇 주는 당신의 시간 끌기 작전에 불과했던 거 맞소?"

코벳 의원은 고개를 끄덕거렸다.

"지난 몇 주뿐 아니라 맨 처음부터 시간 끌기 작전이었지."

스카치로 입을 축이고 뒷말을 이었다.

"전 인류에게 영원한 삶을 제공하겠다는 자네의 이상주의적인 꿈에 힘을 보탤까 하는 유혹도 한동안은 느꼈다네. 잘난 내 머리에 황금빛 후광까지 걸리리란 전망에 솔깃했다는 편이 옳지. 하지만 그런 유혹은 오래가지 못하더군."

그는 껄껄거리며 웃었다.

"난 금빛 후광보다 순금 왕관 쪽이 훨씬 좋거든. 그래, 자네는 사람을 잘못 봐도 한참 잘못 본 거야."

제러드는 어깨를 으쓱거렸다.

"실수할 가능성을 각오하고 강행한 선택이었소."

술잔 너머로 상원 의원을 고즈넉이 응시하며 브랜디를 마셨다.

"당신의 야심이 원대하다는 건 알고 있었지만, 전부를 통째로 삼키고 픈 사리사욕에 저항하고 일부에 만족해 주길 바랐거든."

코벳 의원은 고개를 저었다.

"자네가 돼지들에게 진주를 내던지는 꼴을 제러드 라이커의 그림자에 서서 지켜보라? 생각만 해도 정나미 떨어지는군. 게다가 자네의 방식은 어차피 실패하게 되어 있어. 이 썩어빠진 세상에 그런 급진적인 진보가 먹혀들 리 없지. 거기에는 탁월한 지도자의 영도가 필요해."

"그리고 당신이 바로 그 탁월한 지도자겠지."

"물론이야."

상원의원의 어조는 자신만만했다.

"난 그런 자리를 차지할 자격요건이 되거든. 어렸을 때부터 정상을

향해 매진해 왔네. 단지, 그 정상이 이토록 높은 고지가 될 줄 미처 깨
닫지 못했지.”

“미합중국의 대통령 대신 세상의 제황이 되겠다는 소리요?”

“못할 것도 없지. 갈 길이 멀긴 하지만, 한동안은 장막 뒤에 숨어 제
황 등극에 필요한 물밑 작업을 벌이면 돼. 내가 손에 쥔 교환 조건을 알
면 어떤 나라의 권력자들도 저항하지 못할걸.”

“몇몇에게만 내 연구를 제공해 신(神) 노릇을 하겠다는 계획이로군.”

“그게 가장 합리적인 방법이니까.”

코벳 의원은 뻔뻔스럽게 인정했다.

“사설 병원을 개업해 엄격하게 선택된 자들의 수명을 조금씩 연장해
주는 방법으로 이 세상을 장악할 계획이라네.”

“대단히 주도면밀하구려.”

제러드는 심드렁한 어조로 칭찬 아닌 칭찬을 했다.

“그 선택된 자들의 숫자는 보나마나 극소수겠지.”

“수명을 연장받을 가치가 있는 사람은 원래 극소수에 불과해. 자네라
면 누구보다 그 사실을 잘 알 텐데?”

“아니, 난 모르오.”

제러드의 목소리가 험악해졌다.

“내가 그 사실을 알든 모르든 당신에게는 상관도 없을 테고. 그럼 나
를 당신 계획의 어느 부분에 짜맞출 요량인지 친절하게 설명 좀 해주겠
소?”

“짜맞추다니? 내가 어떻게 자네처럼 소중한 존재를 기계 부품처럼
취급한단 말인가. 제러드 자네가 없으면 내 계획도 존재할 수 없다네.
수명 연장 연구에 관한 모든 정보를 넘겨주면 나에게 토사구팽당하리
란 염려 같은 건 아예 말게나.”

코벳 의원은 슬쩍 시선을 떨구어 술잔 속의 스카치를 살폈다.

“자네는 기존의 연구를 한층 발전시키는 프로젝트의 책임자가 될 걸
세. 모든 물질적인 편의도 봐주지. 지난 몇 주 동안 이미 제공해 왔듯이

말이야. 자유는 줄 수 없지만 그런 구속에 익숙해지리라 확신하네. 거기에 익숙해질 시간 자체가 많을 테니까.”

마침내 시선을 든 그의 연갈색 눈동자 깊은 곳에서는 악의가 번뜩거리고 있었다.

“내가 지금 말한 것 이상은 요구하지 말게. 자네는 타고난 이상주의자야, 제러드. 이상주의자들은 현실을 있는 그대로 받아들이지도, 타협하지도 않지. 때문에 나로서는 절대적으로 신뢰할 수 없는 존재들이야. 나에게 위험한 존재.”

제러드는 무표정했다.

“결론적으로 나는 당신의 카멜롯 성에 상주하는 마법사 멀린이 되는 셈이로군. 하지만 거절하겠다면? 그럼 나에게 어떤 주술을 걸어 당신의 멀린으로 만들 거요?”

“그걸 꼭 말로 해야겠나?”

코벳 의원이 다정하게 반문했다.

“자네 같은 천재가 자승자박의 실수를 저질렀음을 모를 리 없을 텐데 그런 실책을 새삼 꼬집는 건 상스러운 짓이지. 그저 제러드 라이커가 완벽한 초인이 아니라는 발견에 반가웠다고만 말해 둠세. 그 동안 자네는 도무지 약점이라는 걸 비추지 않았거든. 경력도 깨끗하고 가족이나 가까운 친구들도 없으니 파고들 틈이 있어야지. 나로서는 시간을 끌며 자네를 한 방에 날려버릴 실탄이 손에 들어오기만을 기도했지.”

그리고 지극히 만족스런 미소를 지었다.

“이제 자네는 나에게 복종할 수밖에 없어, 내가 그 실탄을 쥐고 있는 한.”

“지금 타냐 이야기를 하는 거요?”

제러드는 냉정한 목소리를 견지했다. 타냐를 향한 그의 감정에 대해 코벳 의원이 다 알고 있는 듯한 지금, 동요의 빛을 보여 더 이상의 확신을 줄 순 없었다.

상원의원은 고개를 끄덕거렸다.

"자네는 바보야, 제러드. 이토록 중요한 시점에 여자에게 빠져 약점을 만들다니. 보고서에 따르면 그녀에 대한 자네의 집착은 점점 농도가 짙어지는 것 같더군."

나무라듯이 제머리를 흔들었다.

"그 여자가 매력적이긴 하지만 평생의 꿈까지 포기할 가치가 있던가? 정말 믿지 못할 노릇이야. 하지만 일이 이렇게 된 이상, 자네는 우리의 압력에 저항할 길이 없어."

"어떤 압력이라고 묻는다면?"

"글쎄……."

의원은 제러드의 얼굴에 매처럼 날카로운 시선을 못박은 채 부드럽게 대답했다.

"오를리노프 양처럼 생기발랄하며 예민한 여성이라면 모든 자극에 대단히 민감한 반응을 보일 거야. 감정적으로나 육체적으로."

"말 돌리지 말고 다 털어놓으시오, 코벳."

제러드는 차갑게 쏘아붙였다.

"당신은 이 게임이 갈수록 재미있을지 몰라도 난 지루해지기 시작했소."

"그럼 말해 주지."

상원의원의 입가에 미소가 떠올랐다.

"자네가 내 말에 따르지 않는다면 흉한 꼴을 보게 될 걸세. 예를 들어, 일단의 전문가들이 그 예쁘장한 발레리나에게 고도로 축적된 고문 기술과 경험을 아낌없이 가하는 광경 같은 거. 나중에 자네의 흥이 식으면 안 되니까 그녀의 몸에 흠나지 않도록 각별히 주의는 시키겠지만 고문에 따르는 정신적인 후유증까지 책임지진 못하겠군. 이만하면 됐나?"

순간적으로 치솟는 분노의 폭발로 제러드는 피에 굶주린 야수처럼 광포하게 날뛸 뻔했다. 고통당하는 타냐를 옆에서 지켜봐야 하는 자신의 모습이 생생하게 떠오른 것이다.

안 돼, 어림없는 개수작이야! 누구든 그녀에게 손가락 하나라도 대면

모가지를 비틀어버리겠어. 틀어쥔 주먹을 부르르 떨다 말고 문득 자신의 일거일동을 흡족하게 살피는 상원의원의 시선을 알아차렸다. 내가 저놈의 의도대로 반응하고 있구나. 제러드는 자동적으로 모든 감정에 차단기를 내리고 건조한 표정으로 돌아갔다.

"그 방법이 과연 먹혀들까?"

제러드는 느긋하니 브랜디를 마신 후 술잔을 책상에 내려놓았다. 그리고 의원과 눈을 맞추었다.

"내가 겨우 몇 주일밖에 알지 못한 여자 때문에 거의 평생을 바친 프로젝트를 포기할 것 같소? 당신이 나라면 그렇게 하겠소, 코벳?"

상원의원의 얼굴에 회의적인 빛이 스쳤다.

"아니, 나라면 절대 그럴 리 없지."

그는 받침대에서 발을 내리고 자리에서 일어났다.

"하지만 우리의 우선 순위는 달라. 내가 오를리노프 양에게 가하려고 염두에 둔 설득 방법에 자네는 저항하기 어려울걸."

술잔마저 의자 옆의 탁자에 내려놓았다.

"지금 당장 결단을 촉구하진 않겠네. 며칠 시간을 두고 천천히 생각해 보게."

의원은 서재를 가로질렀지만 문고리를 잡고 어깨 너머로 슬쩍 미소를 던졌다.

"이번 주말에 돌아올 때는 아까 언급했던 그 일단의 전문가들과 동행할 예정이야. 그들에게 실력 발휘할 기회를 주지 않기 바라네."

등뒤로 문을 닫고 주계단으로 향하는 의원은 흐뭇한 미소를 금치 못했다. 라이커 박사의 약점을 제대로 찔렀군. 예상했던 것보다 훨씬 즐거운 대화였어.

그때, 식당에서 한 사람이 나왔다. 타냐 오를리노프! 걱정스런 얼굴을 하고 이쪽으로 다가오는 그녀를 보자 의원의 낯빛이 한층 밝아졌다. 그가 연출을 맡았다 해도 이처럼 시기적절한 등장을 꾸며내진 못했을 것이다. 박사는 그녀를 보고 사랑하는 여인이 고문당하는 끔찍한 미래상에 새삼 몸서리치리라.

코벳 의원은 소년처럼 참신한 미소를 지었다.

"대화가 길어져서 미안하오, 오를리노프 양. 숙녀를 소홀히 대한 신사답지 못한 행동을 용서하시구려. 하지만 이제부터는 아가씨가 제러드를 독점할 수 있을 테니 서재로 가봐요."

"그럴 참이었어요."

타냐는 서재로 향하던 걸음을 멈추지 않고 말을 받았다.

"아, 의원님께서 가져오신 서류들은 자기 방으로 가져가 처리하겠다고 케빈이 전해 달랬어요."

상원의원의 미소가 함박웃음으로 커졌다.

"거참 고마운 일이로세. 내가 무슨 복이 있어서 케빈처럼 부지런한 젊은이를 곁에 두게 되었는지 모르겠다니까. 덕분에 난 이만 편히 쉴 수 있겠구먼."

그리고는 계단을 오르기 시작했다.

"내일 일찍 출발하려면 일찍 잠자리에 들어야겠지. 아가씨도 좋은 꿈을 꾸시오, 오를리노프 양."

"안녕히 주무세요, 의원님."

차분한 대답과 달리 타냐의 불안은 아까보다 골이 더 깊어졌다. 코벳 의원의 태도가 느끼하리만치 싹싹하게, 저 흡족해하는 표정은 왠지 음흉하게 여겨졌기 때문이다.

하지만 서재 문을 열고 눈앞에 펼쳐진 광경을 접하자마자 그런 모호한 불안감 따윈 말끔하게 잊혀졌다.

제러드가 몸을 반으로 꺾은 채 쓰러져 있었다, 마치 시체처럼 꼼짝도 하지 않고!

타냐는 자신의 입에서 터져나온 찢어지는 듯한 비명도, 그 소리에 깜짝 놀란 상원의원의 탄성도 의식하지 못했다.

그녀에게 보이는 것이라곤 제러드의 창백한 얼굴뿐이었다. 느낀 감각이라곤 그를 부둥켜안을 때 얼핏 포착한 달착지근한 냄새뿐이었다. 핏기라곤 하나도 없는 안색의 제러드는 치명적인 바이러스에 당한 어린 소년처럼 무력해 보였다. 사경을 헤매는 불치병 환자처럼 보였다.

"안 돼……."

비탄에 잠긴 신음이 저절로 흘러나왔다.

"오, 안 돼!"

제러드가 이렇게 죽을 리 없어. 죽음이 이토록 빨리, 이토록 무자비하게 다가올 순 없어. 이이에게는 안돼. 하지만 그의 몸은 이미 경직된 터였다.

그녀의 뒤에서 누군가 내뱉는 격한 욕설이 어렴풋하니 들려왔다. 코벳 의원이구나. 이어서 그가 제러드의 옆에 무릎을 꿇고 미친 듯이 급하게 맥박을 확인하기 시작했다. 그녀는 공포에 질려 휘둥그레진 눈을 하고 가슴을 조이며 상원의원의 동작을 지켜보았다.

"죽지는 않았지만 맥박이 아주 약해."

상원의원은 신속하게 제러드의 옷을 풀어헤쳤다. 그는 혼잣말처럼 연신 중얼거렸다.

"뚜렷한 외상은 없는 것 같은데, 젠장, 놈들이 어떤 무기를 사용했지?"

"무기."

그녀는 본능적으로 제러드를 껴안은 두 팔에 힘을 주었다. 마비된 입술을 억지로 놀려 되풀이 말했다.

"무기……?"

"독약을 썼을 가능성도 있어."

가늘게 좁혀 뜬 눈으로 제러드를 예리하게 살피는 상원의원의 얼굴이 분노와 좌절감으로 벌겋게 달아올랐다.

"빌어먹을! 지금 이렇게 그를 잃을 순 없어!"

그는 벌떡 자리에서 일어나 서재를 한 걸음에 가로질렀다.

"버츠!"

문가에서 호령하는 소리로 귀청이 멍멍해졌다.

"당장 버츠를 불러와!"

떠들썩한 소란이 서재 밖에서 일었지만 여러 사람의 뒤섞인 그 목소리들과 쿵쾅거리는 발소리는 타냐의 깜박거리는 머릿속에서 끊어졌다 이어지기를 반복했다. 독약이라니? 누군가 제러드를 죽이려 했다는 가정은 있을 수 없어. 인류에 대한 선의와 신념과 밝은 미래상으로 가득찬 이런 사람을 죽이려 했을 리 없어.

상원의원이 다시 그녀의 시야에 들어왔다. 이번에는 버츠도 함께였다. 코벳 의원은 제러드의 옆에 주저앉아 맥을 짚으며, 곧장 책상으로 달려가 전화기를 드는 버츠에게 사납게 윽박질렀다.

"닥터 제퍼즈와 빨리 연락을 취하도록! 라이커 박사의 목숨이 경각에 처해 있으니 어떤 응급처치를 취해야 하는지 물어 봐. 그리고 케빈은 대체 어디에 있나? 그의 의료 경험이 필요한 지금, 어디에서 늦장을 부리는 거야!"

타냐의 귀에는 오직 한마디밖에는 들어오지 않았다. 제러드의 목숨이 경각에 처해 있다고? 그럼, 아직 죽지 않았다는 소리이다. 하지만 얼마나 버틸 수 있을까?

"몸이 너무 차가워요."

그녀는 그의 얼굴에 대고 뺨을 부볐다. 싸늘한 제러드에게 마치 온기를 전하려는 듯이. 그의 숨결에서 달착지근한 냄새가 또 배어나왔다. 오늘밤에는 평소와 달리 브랜디 대신 과일주를 마신 모양이다. 그녀는 멍하니 중얼거렸다.

"아몬드 향이네."

상원의원이 얼른 박사에게 허리를 숙이고 냄새를 맡았다.

"맞아, 아몬드야!"

그는 뛰어 일어나 성큼성큼 책상으로 가서 술잔을 코 아래로 가져갔다. 의원의 얼굴이 대번에 일그러졌다.

"여기에서도 아몬드 냄새가 나는군. 놈들이 브랜디에 수작을 부린 거야."

타냐는 혼란스럽기만 했다. 놈들? 아몬드 향으로 수작을 부리다니? 도무지 맥락이 닿지 않았다. 하지만 상관없다. 중요한 건 오직 하나, 제러드가 사느냐 죽느냐이니까. 이제 상원의원은 버츠에게 수화기를 뺏어 빠르게 지껄이는 터였다.

"박사님께선 여전하십니까?"

말을 거는 목소리에 그녀는 고개를 돌렸다. 버츠. 그가 걱정스런 표정으로 옆에 서 있었다. 언제나 덤덤한 사람답지 않게 속내를 노골적으로 드러낸 것도 놀라운데 그 걱정이 진심인 듯하여 더 한층 충격적이었다. 그는 마치 눈빛으로 라이커 박사를 무의식 상태에서 끌어내겠다는 듯이 열심히 응시하고 있었다. 집요하리만치 강렬한 시선으로.

"무슨 수를 써서라도 살려야 합니다. 라이커 박사님은 절대로 돌아가시면 안 됩니다."

오죽하려고? 타냐는 씁쓸한 생각을 곱씹었다. 제러드가 이대로 죽으면 버츠는 보안에 구멍이 뚫린 이 사태의 책임을 지고 소중한 직장에서 물러나야 할 테니 걱정도 되겠지.

그때, 케빈이 서재에 들어섰다. 아직 옷을 갈아입지 못했는지 넥타이만 풀고 검정색 턱시도 바지에 셔츠 차림으로 허둥지둥 다가오는 그의 안색은 거의 제러드만큼이나 창백했다.

"맙소사, 정말 유감이에요, 공주."

어둡게 가라앉은 표정으로 그녀를 위로했다.

"내가 뭐 도울 일은 없습니까?"

그녀는 온 마음을 다하여 절망적인 눈빛으로 그에게 매달렸다. 드디어 믿을 만한 사람이 나타났구나. 케빈이라면 이이를 구해 줄 거야.

"독살일지도 모른대요."

바짝 말라붙은 목에서 소리를 뽑아내기가 너무도 힘겨웠다. 그녀의 얼굴은 고통으로 일그러진 가면과도 같았다.

"누군가 독약을 썼대요. 제러드를 살려주세요, 케빈. 제발 살려주세요."

그는 옆에 무릎을 꿇고 앉아 타냐의 어깨를 힘껏 잡았다.

"최선을 다해 볼게요, 공주."

코벳 의원이 수화기를 내려놓고 이쪽으로 다가왔다.

"닥터 제퍼즈의 말에 의하면 청산가리일 가능성이 높다더군. 아몬드 냄새로 봐서 그게 틀림없대. 가능한 한 서둘러 이쪽으로 오겠지만 우리끼리 즉시 응급조치를 취해야 한다고 지시했어. 청산가리는 호흡기 폐쇄를 유도하므로 기도(氣道)부터 확보하래."

딱딱한 어조의 명령이 떨어졌다.

"버츠, 인공호흡을 시작해."

이어 그는 손에 든 메모를 재차 훑어보았다.

"그리고 이 분에서 사 분 간격으로 질산나트륨이 10밀리그램씩 떨어지도록 링거를 놔야 해."

케빈이 이맛살을 찌푸리며 이의를 제기했다.

"그런 약품들을 어디에서 구한단 말입니까? 구급함에는 주사기밖에 없을 겁니다."

"다른 것들도 분명히 있어. 닥터 제퍼즈가 있다고 하면 있는 거야. 이 성의 구급함을 챙겨준 장본인이 그 친구니까."

상원의원은 무뚝뚝하게 쏘아붙인 후 문으로 향했다.

"내가 경비원들을 데리고 필요한 물건을 찾아오는 동안 버츠와 케빈, 자네 둘은 번갈아 인공호흡을 실시하도록. 당장 시작해!"

버츠가 이미 곤색 상의를 벗고 달려들었다. 그는 라이커 박사를 타냐의 품에서 떼어놓으려 했다.

"싫어요."

그녀는 제러드를 부둥켜안고 도리질을 쳤다.

"인공호흡법을 알려주세요. 내가 직접 하겠어요."

"이럴 시간이 없어요, 공주."

케빈이 다정하게 만류했다.

"우리에게 맡기고 뒤로 물러서 있어요."

그녀의 어지러운 마음속에서 불신이 치솟았다. 그건 세상 전부를 향한 불신이었다. 제러드의 생명을 나 아닌 다른 사람에게 맡길 순 없어. 3월의 그날, 오늘이 바로 그 배신의 날이잖아. 그녀는 신경질적으로 악을 써댔다.

"저리 가요! 이이에게 손대지 말아요!"

잠자코 지켜보던 버츠가 한마디했다.

"계속 이러면 박사님은 아가씨의 품에서 숨을 거두실 겁니다. 그럼 라이커 박사님을 죽인 사람은 아가씨가 되는 거예요. 그 죄책감과 책임을 감당하고 싶습니까, 오를리노프 양?"

그 충격적인 지적에 타냐는 정신이 번쩍 났다. 그녀의 입에서 나지막한 신음이 흘러나오며 두 팔에서 힘이 빠져나가자, 버츠가 라이커 박사를 카펫 바닥에 편평하게 눕혔다. 그는 박사의 목 뒤를 손으로 받쳐 기도를 연 다음 구강 호흡을 실시하기 시작했다.

케빈이 그녀의 팔꿈치를 잡고 부드럽게 일으켜 세웠다.

"방으로 가요. 저 친구가 의식을 찾는 즉시 알려줄게요."

그녀는 그를 미친 사람 보듯 말끄러미 응시했다.

"난 제러드의 곁을 떠나지 않을 거예요."

딱 자른 거절이었다.

"그가 괜찮아질 때까지 아무 데도 가지 않겠어요."

"이렇게 나올 줄 알았지만 한번 말이나 해본 거예요."

케빈은 한숨을 푹 내쉬며 그녀를 벽난로 가로 데려가 앤 여왕 시대의 안락의자에 앉혔다.

"자, 여기 있어요. 우리를 방해하면 안 됩니다, 알았죠?"

"알았어요."

이곳에 남아 있을 수만 있다면 무슨 약속인들 못하랴. 그녀는 서재 건너편의 버츠에게 시선을 못박은 채 아무렇게나 중얼거렸다.

"여기에 가만히 있을 게요."

그러나 시간이 흐를수록 그 약속을 지키기가 곤혹스러워졌다. 남들이 제러드를 살리기 위해 미친 듯이 휘돌아 가는 광경을 속수무책으로 지켜봐야 하는 심정이란 지옥이었다. 버츠의 부하들이 서재를 수시로 들락거리며 북새통을 떠는 가운데 응급조치가 행해지고 모두의 날카로운 촉각은 오직 제러드에게 맞추어졌다.

세 시간 후, 닥터 제퍼즈가 마침내 나타났을 때 그 땅딸막한 대머리 의사는 타냐의 눈에 대천사장만큼이나 거룩해 보였다. 그는 곧장 환자에게 다가가 상태를 살폈다.

"위기는 넘긴 것 같군요. 이제 라이커 박사를 침실로 옮기도록 합시다. 위세척을 해야 해요."

"괜찮겠소?"

상원의원이 매섭게 닦달했다.

닥터 제퍼즈는 신중한 태도로 확답을 피했다.

"합병증의 위험이 우려됩니다만, 생명에 지장이 올 만큼 큰 문제는 없으리라 생각됩니다. 하루이틀 후면 회복될 겁니다."

타냐는 안도감으로 기절할 것만 같았다. 참고 있었는지조차 몰랐던 숨이 한꺼번에 터져나왔다. 그녀는 의자 등받이에 고개를 기대고 아찔함을 가누었다. 아, 하느님 감사합니다. 제러드를 살려주셔서 정말 감사합니다.

"그런데 왜 환자가 여태 의식을 차리지 못하는 거요?"

코벳 의원은 의심을 풀지 않고 자꾸 다그쳐 물었다.

"이런 혼수상태의 원인이 뭐요?"

"걱정하실 거 없습니다. 쇼크 상태에 빠진 것뿐이에요. 당장 의식을 되찾길 기대하는 건 무리지요."

인내심 있게 설명한 후 닥터 제퍼즈는 링거 주사대 옆에 서 있는 케빈에게 눈길을 돌렸다.

"수고 많았네, 맥커드. 자네의 신속한 조치가 라이커 박사의 생명을 살린 거나 진배없어."

케빈은 지친 몸짓으로 뒷목을 주물렀다.

"선생님께서 떠나신 후에도 제가 맡아 간호하겠습니다."

“아, 그럴 필요는 없어.”

닥터 제퍼즈는 버츠의 부하들이 환자를 들것에 실어 옮길 수 있도록 옆으로 물러서며 설명했다.

“나에게 라이커 박사를 끝까지 보살펴 달라고 의원께서 부탁하셨다네. 만전을 기하는 뜻에서 오늘 하룻밤만이라도 산소 텐트를 치고 용태를 봐가며 링거를 계속 갈아주려면 내가 이곳에 있어야 하기도 하고.”

이제 버츠의 부하 둘이 들것을 맡고 한 사람은 링거를 든 채 바짝 따르며 조심조심 문으로 향하는 찰나였다. 그 광경에 공포와 함께 타냐의 속에서 경계경보의 붉은 등이 점멸했다. 제러드를 남에게 맡겨선 안 돼. 내가 따라가서 그를 지키고 보호해야 해. 이런 일이 두 번 생기지 말라는 법이 없어.

그녀는 흐느적거리는 무릎과 단호하게 싸우며 아둥바둥 자리에서 일어나 들것을 쫓아갔다.

케빈이 걱정스런 표정으로 앞을 가로막았다.

“그만 가서 쉬어요, 공주. 당신이 지금 할 수 있는 일은 아무것도 없어요.”

“아무것도 없다구요?”

타냐는 긴 숨을 토해낸 뒤 똑똑하게 선언했다.

“그럴지도 모르죠. 하지만 나에게는 저이가 필요해요. 난 그의 옆에 있어야겠어요, 누가 뭐라 해도! 왜냐하면 제러드는 내 거니까.”

그리고 들것을 따라 서재에서 나갔다.

14

야생화의 싱그러운 향기가 촉촉하게 배인 빛이 아스라이 흔들리는 어둠의 안개를 뚫고 그를 심연에서 나오도록 인도했다. 저 빛은……타나?

그녀는 침대 옆의 의자를 차지한 터였다. 여전히 장밋빛의 그 벨벳 드레스 차림이었지만, 지금은 당당한 공주님이 아니라 잔뜩 겁에 질린 소녀처럼 결사적으로 그의 손을 잡고 팽팽한 긴장감을 발산하고 있었다.

"괜찮다는 진단과 달리 당신이 잘못된 게 아닌가 의심하던 참이었어요."

타나는 떨리는 미소를 지었다.

"왜 이렇게 늦장을 부려요? 열두 시간이나 정신을 차리지 못하는 게 어디 있어요? 사람의 피를 말리다니, 당신, 정말 나빠요."

그녀는 침대 옆 협탁에서 빨대가 꽂힌 플라스틱 컵을 들었다.

"수분을 충분히 섭취해야 한다고 의사 선생님이 말씀하셨어요. 몸에 관을 집어넣어 독기를 씻어냈기 때문에 의식을 차리면 목이 많이 탈 거랬어요.”

독이라. 제러드는 찬물을 빨아 마시며 생각을 가다듬었다. 현기증으로 쓰러져 무의식의 안개에 사로잡히기 직전, 뭔가 잘못된 줄은 알았지만 그게 독약 때문이었다니.

“내가 어떻게 독에 당했지?”

“브랜디에 든 청산가리로. 아가사 크리스티의 추리 소설 같죠? 당신이 식전에 마셨던 브랜디와 식후의 브랜디는 다른 병에서 나온 거였어요. 범인이 술병을 바꿔치기 한 거예요. 그나마 독약 조절을 잘못했으니 망정이지, 아니었다면 즉사했을 거래요.”

“범인은 누구요?”

“몰라요. 상원의원은 버츠의 부하들 가운데 누군가 뇌물에 넘어간 게 틀림없대요.”

그녀는 허탈한 웃음을 짧게 토해냈다.

“의원의 비난에 버츠는 펄펄 뛰며 부인하고 있어요. 자기 부하들처럼 투철하고 충성스런 전문인력들이 뇌물 따위에 넘어갔을 리 없대요.”

이마를 문지르는 그녀의 몸짓에는 피로와 혼란이 드러났다.

“난 누구의 말을 믿어야 할지 모르겠어요. 상원의원마저 못 믿겠어요.”

제러드는 고개를 저었다.

“이 시점에서 내가 죽으면 코벳은 전부를 잃는 셈이야.”

“케빈의 표현에 의하면 어제가 배신의 날이랬어요. 당신과 의원이 벌였던 신경전이 전부 나 때문이라고도 했어요.”

까만 눈이 파리한 얼굴에서 활활 타오르는 듯이 번쩍거렸다.

“그 독살 음모도 나와 관계된 거 맞죠?”

“절대로 아냐, 스위트하트.”

그는 그녀의 손을 꼭 잡아 주었다.

“당신 책임은 하나도 없소. 나를 이용해 먹으려고 당신을 지렛대로 쓰려 하는 코벳이 나쁜 놈이지. 그자는 원하는 것을 손에 넣기 위해서라면 어떤 더러운 짓도 마다 않을 위인이야. 우리의 매력적인 상원의원은 과대망상증 말기 환자더군.".

"처음부터 수상쩍다 싶었어요."

코벳 의원의 이중성은 어젯밤에 포착한 증거만으로도 충분해.

"그가 당신의 연구를 내놓으라고 협박하던가요?"

"협박은 했지만 성공하진 못할 거요. 내 연구를 그에게 넘겨주는 일은 없소, 하늘이 두 쪽이 나도."

제러드는 말을 잇지 못하고 괴로운 표정으로 머뭇거렸다.

"설령 그 때문에 당신이 위험에 빠진다 해도. 이런 나를 이해해 줄 순 없겠지……?"

그의 얼굴에는 최악의 대답을 예상한 비장함과, 그럼에도 한줄기 희망에 매달린 애원의 빛이 공존해 있었다. 이 어리석은 남자는 그렇게 엄청난 충성과 헌신을 바랄 만큼 그녀의 마음에 자신이 없는 것이다. 그를 위해 그녀가 자발적으로 위험을 감수할지 확신이 없는 것이다.

타냐는 오만하게 턱을 세웠다.

"어느 누구도 나를 조종하진 못해요. 거기에는 당신도 포함돼요. 난 하고 싶은 일만 하고, 가고 싶은 곳으로 갈 거예요. 그리고 난 당신 곁에 있을 거예요."

그녀의 입가에 슬쩍 미소가 어렸다.

"내가 파이퍼인 거, 잊지 않았죠?"

제러드는 아주 오랫동안 침묵을 지켰다. 그는 그녀의 손을 입술로 가져가 경애와 감사의 마음을 바쳤다.

"그걸 내가 어떻게 잊겠소?"

허스키한 목소리 그리고 수상쩍은 물기로 빛나는 잿빛 눈.

"당신이 다음 천년 동안 내 주위를 맴돌며 끊임없이 상기시킬 텐데."

"이제라도 그 사실을 깨달았으니 다행이에요."

불현듯 목이 메어 왔다.

"참, 그리고 아기와 뉴욕 거주 이외에 요구 조건이 하나 더 늘었어요."

"그게 뭐지?"

"두 번 다시는 내 곁을 떠나지 말아요."

타냐는 격렬한 어조로 강조했다.

"당신, 감기에 걸려서도 안 돼요. 혼자 여행을 떠나는 것도, 수영하다 발에 쥐가 나는 것도 전부 금물이에요. 알아들었어요?"

그의 입끝이 말려 올라갔다.

"최선을 다해 준수하리다. 그 밖에 또 있소?"

"예."

굵은 눈물 한 방울이 급기야 소리 없이 흘러내렸다.

"나보다 먼저 죽지 않겠다고 약속하세요. 그것만은 꼭 지켜야 해요. 왜냐하면 나는 당신 없이 못 사니까. 난 당신이 없으면 안 돼."

"아니, 당신은 혼자서도 씩씩하게 살아갈 수 있어."

제러드는 짐짓 가벼운 어조로 그녀를 놀려댔다. 내일조차 기약하지 못할 이 마당에 그런 약속은 불가능했다. 다음 몇 주일의 목숨을 건 가장 승률이 낮은 도박에서 설령 그는 패배한다 해도 타냐는 살아남아야 한다.

"당신에게는 에뢰가 있잖소."

그는 흠뻑 젖은 얼굴을 손으로 훔쳐주었다.

"눈물 따위는 절대로 보이지 않는 여자이고."

"맞아요, 난 눈물 같은 건 몰라요."

하지만 눈물은 하염없이 흘러내리고 있었다.

"내일부터는 절대로 울지 않을 거예요."

고개를 숙여 축축한 뺨을 그의 어깨에 묻었다. 이 따뜻한 체온, 이 단단한 근육. 아…… 지금 이이는 살아 있어.

"오늘밤에는 에뢰를 지닌 여자도 울 권리가 있다구요."

"이리 와, 러브."

어렵게 몸을 들썩여 자리를 만든 침대에 그녀를 이끌어 눕히고 이불을 덮어주는 그의 몸짓에 타냐는 저항하지 않았다. 일어나서 드레스를 벗어야 한다는 생각은 들었지만 그 짧은 시간조차 제러드의 곁을 떠나고 싶지 않았다. 아니, 다시는 그를 떠나고 싶지 않았다. 제러드와 함께 있는 동안은 그를 지켜줄 수 있을 테니까.

그러나 이 순간, 아늑한 이불의 은신처에서 그녀를 안전하게 보듬어 안아주는 건 제러드의 품이었다. 왕관처럼 머리에 두른 땋은 머리를 풀고 자신의 어깻죽지에 얼굴을 편히 기대게 해주는 건 제러드의 손이었다. 사르르 녹아들 듯한 다정함을 다 하여 그녀의 관자놀이에 키스해 주는 건 제러드의 입술이었다.

"이러면 안 되는데."

타냐는 그의 허리에 팔을 감으며 중얼거렸다.

"당신, 환자잖아요."

"그러니까 더 이래야지. 당신은 탁월한 효능의 치료제거든. 무시무시한 중독성도 지닌 만능 치료제."

그의 입술이 이마를 스쳤다.

"자, 이제 저항하지 말고 내 품에 가만히 안겨 있어 줘. 환자의 기분은 무조건 맞추어 주어야 해."

그녀는 만족에 찬 한숨을 내쉬고 그의 품에 파고들었다. 서로 원하는 게 같은데 저항해야 할 이유가 없어.

"코벳 의원을 어쩌면 좋죠?"

나른한 목소리가 흘러나왔다. 지금 당장은 어떤 것도 심각하게 받아들이기 어려웠다. 제러드가 이렇게 살아 숨쉬며 그녀를 안아줄 수 있다는 사실에 대한 감사함과 안도감으로 팽배한 지금은.

"그는 오늘 아침 일찌감치 워싱턴으로 떠났어요. 하지만 며칠 뒤에 또 오겠대요."

"당신 성에 차진 않겠지만 우리는 전면 공격에 나서선 안 돼, 꼬마 요정. 대신 연막작전을 펴고 아슬아슬한 탈출극을 벌입시다. 그 정도도 당신에게는 충분한 도전거리가 될 거야. 이곳의 경비를 강화하도록 코벳이 우리의 친구 버츠에게 지시를 내렸을 테니까."

공포의 전율이 그녀의 척추를 따라 흘렀다.

“탈출이 가능할까요?”

“달리 선택의 여지가 없어.”

제러드는 희미하게 미소를 지었다.

“내 소맷부리에 숨겨진 몇 가지 수를 펼쳐 보여주지. 우리의 친애하는 상원의원이 깜짝 놀랄걸. 난 빠져나갈 구멍도 만들어놓지 않고 폐쇄된 함정으로 걸어 들어올 만큼 바보는 아냐.”

“무슨 수를 숨겨놨다는 거예요?”

“때가 될 때까지 기다려요.”

그는 힘차고도 다정한 손으로 그녀의 뒷목을 문질러 긴장된 근육을 풀어주었다.

“지금은 안전하지 않소. 감시망이 이미 조여들기 시작했다고 아까 의견의 일치를 봤잖소.”

“이 방에 도청장치……?”

“그건 아무도 모르지.”

제러드가 그녀의 말허리를 잘랐다.

“하지만 성 안에서는 날씨 이야기만 하는 편이 좋겠소.”

북풍이 자작나무 숲을 뒤흔들어 풍경의 아름다운 합주곡을 연주하고 있었지만, 제러드에게 시선을 못박은 타냐의 귀에는 그 소리가 들어오지 않았다.

“이게 도대체 어떻게 된 일이죠?”

그녀는 불평처럼 종알거렸다.

“예전과 바뀐 게 전혀 없잖아요. 독살 시도도, 상원의원의 방문도 없었다는 식이에요. 방방마다 도청 장치가 설치되어 있고 보안요원들이 졸졸 쫓아다니긴커녕, 이건 마치 대문이 활짝 열려 있어도 우리가 탈출할 마음조차 먹을 리 없다는 듯 만판 자유예요.”

제러드는 계곡을 내려다보며 생각에 잠긴 채 고개를 끄덕여 동의를 표시했다.

"당신을 여기에서 만나려고 아까 성에서 나올 때 버츠와 마주쳤소 그의 일차적인 관심은 날씨더군. 병석에서 일어난 내가 이 찬바람 속에서 짧은 산책의 노고를 견디어 낼 만큼 든든하게 껴입었는지 안달복달이었어."

그는 피식 웃으며 고개를 설레설레 흔들었다.

"첫 배의 병아리를 깐 암탉처럼 말이오. 내 점퍼의 지퍼를 올려주고 목도리라도 찾아다 둘러줄 기세였소."

"설마 그 버츠가?"

청각이 의심스러워지는 순간이었다. 이어 그녀는 제러드에게 성큼 다가가 플라이트 점퍼의 칼라를 세워주며 잔소리를 늘어놓았다.

"목도리를 왜 안 하고 나왔어요? 죽음의 문 앞까지 갔다온 지 겨우 이틀만에 원상복귀는 무리라구요."

"원상복귀의 근처에도 못 갔소."

제러드는 건조한 어조로 반박했다.

"그러나 거듭 강조하건대, 내 몸에서 원형을 이루는 부위들 가운데 고무공처럼 말랑말랑한 곳은 딱 한 곳—무릎뿐이오. 뭐, 남자답게 이 시린을 묵묵히 참아 당신의 존경을 사고 싶었지만 우리는 언제나 정직하기로 약속했잖소."

잿빛 눈에서 반짝거림이 일었다.

"당신이 나를 들쳐업고 성으로 돌아가야 할지도 모르니까 이건 정직한 경고인 셈이지."

농담에도 불구하고 제러드의 안색은 파리했으며 눈 아래에는 거무죽죽한 그림자가 깔려 그녀의 걱정을 더해 주었다.

"얼른 나에게 업혀요. 침대로 데려다 줄게요."

"이야기부터 나눈 다음에. 그렇지 않으면 샤또에서 벗어나 이곳까지 온 보람이 없잖소. 어쨌든 느슨해진 보안에 대해 내 예감도 좋지 않소. 또 다른 암살 시도를 불러들이려는 의도가 아니고서야 이럴 순 없어."

타나는 소름이 쫙 끼쳤다.

"그럼 이곳에서 당장 빠져나가기로 해요, 오늘밤 당장."

"오늘밤은 안 돼."

그가 반대했다.

"내일 강행합시다. 훤한 대낮에. 일요일에 하릴없이 어슬렁대는 것처럼 샤또에서 빠져나가는 거요."

그녀의 눈이 동그래졌다.

"지금 제정신이에요? 그러다 잡힐 게 뻔하잖아요."

"내 생각은 좀 다르오."

제러드는 분석적으로 생각을 정리해 가며 반론을 제기했다.

"보안이 강화되지 않는 건 암살범보다 우리를 겨냥한 일종의 허가증 같아. 탈출해 보라는 무언의 권유 말이오. 코벳은 우리가 도망치길 원하는 게 아닐까?"

"청산가리 때문에 당신의 사고 회로가 망가졌군요. 상원의원이 왜 그런 걸 원하겠어요? 그는 당신을 가두어놓고 감방 열쇠마저 없애버리고 싶어하는 사람이라구요."

그는 어깨를 으쓱거렸다.

"고양이가 쥐를 데리고 놀 듯 우리와 쫓고 쫓기는 게임을 하고 싶은 모양이지. 그게 코벳이 좋아함직한 유형의 놀이니까. 우리를 풀어주었다가 막판에 거두어들임으로써 진한 패배감을 심어주고 어떤 압력에도 순순히 굴복하게 만들려는 의도가 숨어 있을지도."

"그럼 우리는 별다른 방해를 받지 않고 이 샤또에서 벗어날 수 있을 거란 소리예요?"

타냐의 어조는 회의적이었다.

"상원의원이 내심 점찍어놓은 범위까지는 도망갈 수 있다, 이거예요?"

"그 범위가 어디까지인지는 모르겠지만 좋은 시작은 될 거요."

제러드는 호랑이의 미소만큼이나 살벌한 웃음을 지었다.

"이 산을 내려가기만 하면 탈출의 반은 성공이오. 중간 검문소의 두 친구들쯤은 내가 얼마든지 처리할 수 있지."

그녀는 얼굴을 찌푸려 보였다.

"어휴, 말은 쉽군요. 나에게 당신 자신감의 절반만 있었어도 안데스 산맥에서 마음 고생을 덜었을 텐데. 하지만 탈출은 그렇게 쉽지 않아요. 이건 경험자로서 하는 말이라구요. 추적자들을 따돌리고 이동편을 확보하는 데 많은 난관이 도사리고 있을 거예요."

"이동편은 이미 확보되어 있소."

지극히 초연한 선언이었다.

"거기까지가 코벳에 대한 내 믿음의 한계였지. 이곳을 은신처로 제공받을 때 그의 선의가 갑자기 말라붙을 경우를 대비해 안전책을 마련해 두었소."

"어떤 안전책?"

"산 아래의 마을에서 몇 마일 떨어진 곳에 빈 농장을 임대해 놨소. 약간의 경지와 부속 건물이 딸린 소규모 농장이오. 하지만 헛간만은 아주 넓지, 헬리콥터를 숨기고도 남을 만큼."

타냐는 망연자실할 뿐이었다. 그녀는 말똥말똥 그를 응시하다 웃음을 디뜨렸다.

"놀랄 것도 없죠. 그야말로 당신다운 일이니까. 나라면 기껏해야 지프 정도일 텐데 헬리콥터라니! 대체 조종술은 언제 배워 둔 거예요?"

"섬에서 사 년이나 살았다고 말했잖소."

제러드는 얼떨떨하니 대답했다. 그녀에게 매료된 시선을 뗄 수 없었다. 아, 저 경쾌한 웃음소리……. 생기를 되찾은 저 모습을 대하니 타냐가 그간 얼마나 긴장하고 불안해했는지 실감이 났다.

"난 욕조에서도 멀미를 일으키는 사람이거든."

그녀는 두 팔을 그에게 감고 열광적으로 껴안았다.

"걱정하지 마세요, 내가 우수한 선원이니까. 우리 둘이 협동단결해서 창공과 물살을 정복하자구요."

"그럼, 남은 문제는 창공과 물살 사이의 모든 것이로군. 하지만 그쯤은 우리에게 문젯거리도 아니지.”

그는 달콤한 그녀를 품에 옥죄어 안으며 걱정을 떨쳐버리려고 애썼다. 타냐가 그의 유일한 약점으로 드러난 이상, 탈출 외에는 다른 길이 없다. 이곳의 위협을 감수하느니 차라리 벗어나는 시도라도 하는 게 훨씬 안전하지만 탈출은 여전히 위험한 도박이다. 그나마 믿는 구석이 있다면, 코벳이 그녀를 죽이고 싶어도 죽이지 못하리란 추측 하나였다. 그에 대한 상원의원의 무기가 바로 그녀인 만큼 그 무기를 손수 파괴할 리 없으리라. 제러드는 그런 불확실한 믿음에 결사적으로 매달렸다. 그런 믿음마저 없다면 자신이 그녀에게 가하고자 하는 위험을 생각하는 것만으로도 미쳐버릴 것 같았기 때문이다.

“제러드, 케빈에게 도움을 청하는 게 어떨까요?”

그녀가 고개를 들어 시선을 맞추었다.

“상원의원의 야욕을 알면 케빈은 우리를 도와줄…….”

“안 돼.”

그는 단호하게 그녀의 말을 막고 짤막하게 입을 맞추었다.

“당신이 그 친구를 좋아하는 건 알고 있소. 하지만 케빈은 엄밀히 말해 적의 진영이오. 더군다나 코벳의 보좌관인 그의 위치에서 일이 돌아가는 내막을 전혀 모를 리 없고.”

“그건 지나친 생각이에요. 케빈은 상원의원과 같은 부류가 아니에요. 아주 선량하고, 따뜻하고, 다정한 사람이라구요.”

“나 역시 내 생각이 지나쳤길 바라오.”

깊어진 목소리였다.

“케빈과는 그 동안 친해졌고 그를 진심으로 믿고 싶기도 해. 하지만 당신의 안전이 걸린 일에 미지수의 요인까지 무리하게 잡아 계산할 순 없소. 그냥 우리끼리 합시다.”

그녀는 심란해진 표정으로 이의를 제기했다.

“하지만 케빈은 당신에게 생명의 은인이에요. 그가 중독된 당신을 살리기 위해 굉장히 애썼다고 누누이 말했잖아요.”

"당신은 코벳과 버츠도 내 걱정을 굉장히 많이 했다고도 말했소. 하지만 그들이 과연 사심 없이 내 생각을 해주는 위인들일까?"

그는 그녀의 허리에 한 팔을 감은 채 샤또 쪽으로 돌아섰다.

"자, 이제 나를 성으로 데려다 줘요."

"많이 아파요? 기운이 없어요? 속은 어때요?"

걱정에서 나온 질문들이 줄지었다.

"역시 침대에서 나오지 말았어야 했는데. 어떡하죠?"

"난 점점 힘이 붙는 기분이야. 그저 당신을 껴안고 한숨 잤으면 해서 샤또로 돌아가는 거였소."

제러드는 거짓말을 했다. 기운이 없어서 죽을 판이었지만 탈출까지 앞둔 이 시점에서 그녀의 불안을 더할 순 없었다. 그는 그녀의 귀에 입술을 바짝 붙이고 속삭였다.

"당신은 내 품에 딱 맞는 여자거든, 꼬마 파이퍼."

반대를 무릅쓰고 저녁 식사를 아래층에서 하겠다는 제러드의 고집 때문에 그녀는 버츠의 가히 모성애적인 보호욕에 찬 이상한 행동의 실례를 직접 접할 수 있었나.

그들이 주계단을 내려가자마자 버츠가 종종걸음으로 달려왔다. 이마에 길게 근심 주름을 잡고, 가늘어진 갈색 눈으로는 제러드의 창백한 얼굴만을 한결같이 살피면서.

"이렇게 무리하시면 안 됩니다. 닥터 제퍼즈의 지시에 따라 며칠 동안은 몸을 아껴야 해요. 박사님께서는 이미 자작나무 숲까지 긴긴 산책을 다녀오셨잖습니까. 그러니 오늘은 침실에서 저녁을 드시고 일찍 잠자리에 들어야 하다고 생각합니다."

자작나무 숲? 샤또의 보안이 겉보기처럼 허술한 건 아니었구나. 그 새로운 사실을 염두에 두고 타냐는 탈출에 도움에 될 만한 정보를 찾아 생각을 더듬었다. 그러고 보니 지난 이틀 동안 제러드의 침실을 나설 때마다 버츠를 봤던 기억이 났다. 그는 감시하는 것도 아니고 딱히 볼

일이 있는 것도 아니라 그저 근처에서 어슬렁거리고 있었다.

"버츠, 자네의 생각은 필요 없다고 이미 이야기가 되지 않았던가? 난 침실로 돌아갈 마음이 조금도 없어."

제러드의 눈빛이 날카로워졌다.

"자네가 무력을 써서 닥터 제퍼즈의 지시를 이행하겠다면 또 모르겠지만."

버츠는 얼굴을 한층 심하게 찌푸렸다.

"저는 꼭 필요한 경우에만 무력을 씁니다. 그 정도는 아실 때도 되었다고 생각했습니다만."

답답하다는 한숨과 함께 돌아서서 가버리기 전에 마지막으로 그는 한마디를 남겼다.

"박사님처럼 나날이 까다로워지는 책임은 처음이에요."

제러드는 입술을 일그러뜨리며 넌더리를 쳤다.

"바른 길로 인도하는 자상한 선생님에게 사사건건 반항하는 불량 청소년이 된 기분이로군. 예전의 악랄했던 버츠가 그리워."

타냐는 그와 팔짱을 끼고 서재로 이끌었다.

"하지만 버츠가 틀린 소리를 한 건 아니에요. 그의 의견에 동의하고 싶진 않지만 오늘 당신이 무리한 것만큼은 사실이에요."

목소리를 낮추어 뒷말을 소곤거렸다.

"내일을 위해 힘을 비축해 둬요, 이렇게 낭비하지 말고."

"가라데 대련은 언제, 제러드?"

케빈이 책상 뒤의 듬직한 중역의자에서 일어나 명랑하게 물었다. 그는 따뜻한 미소를 얼굴 가득히 짓고 책상을 돌아왔다.

"지금이라면 자네를 이길 수 있을 것 같군. 병든 고양이 같은 몰골이야. 침대에 누워 있지 그래?"

"내 몰골에 대해서는 여론의 일치가 이루어졌군. 따돌림당하는 기분인걸. 하긴 전에도 늘 환영받는 분위기는 아니었지만. 청산가리 브랜디 한 잔이면 인기 투표에 나갈 생각 따윈 싹 가시지."

"그 심정, 이해해."

케빈의 표정이 무겁게 가라앉았다.

"일에 치어서 자네 침실에 가끔 얼굴이나 들이미는 게 고작이었지만 나는 이번 사태에 대해 진심으로 유감스럽게 생각하고 있어, 제러드. 의원님께서 브랜디 병을 워싱턴으로 가져가 지문 조사를 의뢰하셨으나 소득이 없었다네. 지금은 버츠의 모든 부하들을 뒷조사하고 있는 중이야. 독살 시도의 배후인 모(某) 집단과 연결고리를 찾자는 시도지."

"듣기만 해도 든든하군."

제러드가 냉소적으로 비꼬았다.

"하지만 코벳은 언제나 나의 무사안위를 진심으로 바래 왔지. 안 그런가?"

둘의 시선이 공중에서 마주쳐 한참을 얽혀 있었다. 케빈이 어깨를 으쓱거렸다.

"내 입에서 무슨 소리가 나오길 바라나? 그래, 난 의원님께서 자네 일에 협력하겠다고 나섰을 때부터 그 동기의 순수성을 의심해 왔어. 내가 아는 그분은 결코 이상주의자가 아니시거든. 하지만 믿어 주게, 난 최근까지 의원님의 진짜 속셈에 대해 몰랐어."

그는 타냐에게 시선을 던졌다.

"내가 배우감이 아니라는 건 당신도 알 거예요, 공주."

"의원의 속셈을 안 지금은 어떻게 할 작정이죠?"

그녀는 차분하게 물었다.

"우리에게는 가능한 한 많은 도움이 필요해요."

"앞으로의 행동 방침은 아직 정하지 않았습니다."

케빈은 솔직하게 대답했다.

"난 의원님의 보좌관이라는 위치에서 좋은 일을 많이 할 수 있어요. 그분이 비록 부패한 정치인이라 해도 관료주의의 산이라도 옮겨놓을 수 있는 권력의 소유자이니까. 박애주의자인 척하기 좋아하는 그분의 약점을 이용할 수도 있구요."

"제러드를 배신하고 그의 연구를 악용하려는 상원의원의 행동을 지금 <공익>이라는 이름으로 정당화하는 건가요? 믿을 수가 없군요."

"수명 연장이 장기적으로 볼 때 과연 인류에게 이로운지 어떤지에 대한 내 견해는 제러드와 달라요. 그렇다고 의원님께 전적으로 동조하는 것도 아니에요. 난 복잡한 심정입니다. 어떤 길을 선택해야 할지 고민중이에요."

케빈의 얼굴이 어두워졌다.

"그것도 대단히 짧은 시간 내에 양자선택을 해야 하기 때문에 더 괴로워요. 방금전에 의원님의 전화를 받았거든요."

제러드가 경계의 빛을 띠고 눈을 좁혀 떴다.

"어떤 전화였지?"

"헬리콥터를 보냈대. 자네와 공주는 내일 아침에 워싱턴으로 이동해야 해."

타냐는 두려움으로 숨이 막혔다. 탈출할 기회조차 가져보지 못하고 끝장났구나. 막막함이 물밀 듯이 몰려왔지만 그녀는 이내 마음을 가다듬었다. 연약한 생각은 그만하자. 어떤 도전 앞에서도 움츠러들지 않았는데, 제러드와 위험을 공유할 수 있는 지금 와서 무력하게 징징거린다는 건 부조리해. 그녀는 무의식적으로 어깨를 펴고 턱을 치켜세웠다. 제러드 때문에 더 강해지면 강해졌지, 약해진다는 건 있을 수 없어.

"왜 계획이 바뀌었지?"

제러드가 냉정하게 물었다.

"코벳의 원래 계획은 우리에게 마음 조이며 그의 방문을 기다리게 만드는 거였잖아."

케빈은 다시 어깨를 들었다 놓았다.

"내가 아는 것이라곤, 헬리콥터가 자정 너머에 도착해 아침 일곱 시에는 자네와 타냐를 태우고 이륙할 예정이라는 것뿐이야. 버츠의 부하 둘이 동행하게 될 거야."

"그렇다면 당신은 그 전에 선택을 해야겠군요."

타냐는 결연한 눈빛을 케빈에게 던졌다.
"우리 모두에게 옳은 결정을 내리기 바래요."
"나도 그러고 싶습니다."
케빈이 침통하게 중얼거렸다.
"아, 난 저녁식사는 건너뛰고 산책이나 다녀오기로 하지요."
제러드를 향해 어설픈 미소를 지어 보였다.
"자네가 생각하는 데 산책이 도움이 되었다면 나에게도 마찬가지겠지."
그는 돌아섰지만 어깨 너머로 한마디를 덧붙였다.
"아마 버츠는 오늘밤의 경비를 두 배로 강화할 거야."
그리고 빠른 걸음으로 서재에서 나갔다.
타냐는 걱정스레 이맛살을 찌푸렸다.
"케빈이 우리를 도와줄까요?"
"그걸 누가 알겠소?"
제러드는 그녀를 부드럽게 채근해 서재에서 식당으로 데려갔다.
"하지만 케빈이 우리와 식사를 하기로 했다면 웬만큼 마음을 놔도 되었을 거요."
"왜요?"
"저 친구의 가치관에는 중세기적인 구석이 있거든. 적의 식탁에서 꾸역꾸역 밥 먹을 수 있는 위인이 아냐."
"우리는 적이 아니에요!"
"현재로서는 그렇게 보여."
담담한 어조였다.
"내일 아침 일곱 시가 되면 우리가 적인지 친구인지 결판이 나겠지."
"차라리 그 전에, 오늘밤에 도망가기로 해요."
"경비가 강화될 거라는 케빈의 말을 당신도 들었잖소. 내일 헬리콥터 안에서 기회를 잡아야 해."
"버츠의 부하들이 동승하고 있는데? 탈출 성공률은 희박해요."

"임기응변으로 대처합시다. 전에도 그런 적이 있었잖소."

제러드는 미소를 지으며 그녀의 정수리에 키스했다.

"난 걱정이라곤 하나도 안 되오."

"난 걱정돼서 심장이 오그라 붙을 지경이에요."

"그거야 당신에게는 지켜줄 사람이 나밖에 없으니까. 하지만 내 곁에는 무적의 파이퍼가 붙어 있거든."

식사 내내 제러드는 태평한 태도를 지키며 가장 시시한 이야깃거리를 제외한 다른 화제는 교묘하게 피해 갔다. 침실로 돌아갈 때도 계속 그런 식으로 타냐의 신경을 사포로 문질러놨다.

짜증이 날 대로 난 그녀는 등뒤로 방문을 꽝 닫고 제러드에게 척척 걸어가선 허리에 손을 얹고 호전적으로 노려봤다.

"폴리아나* 흉내는 관두시죠. 당신의 그 역겨우리만치 명랑한 태도 때문에 소화 불량에 걸릴 것 같다구요."

제러드의 놀란 표정은 곧 싱그러운 흥겨움으로 바뀌었다. 그는 짐짓 엄숙하니 사과했다.

"미안하게 됐소. 역겨우리 만치 명랑한 태도가 역경을 감내하는 전통적인 태도인 줄 알았지. 사실 염세주의자처럼 쓸데없이 비관할 필요는 없잖소."

"어른이 선심 써서 아이에게 당의 입힌 쓴 약을 주듯이 나를 대할 생각은 말아요. 케빈의 도움이 없으면 탈출할 가능성이 얼마나 희박해지는지 내가 모를 것 같아요? 이래 뵈도 난 천하의 바보천치는 아니란 말이에요."

바보천치는커녕 아름답고 용감한 여자야. 제러드는 사랑스런 그녀의 모습에 가슴이 아프도록 조여들었다. 고개를 젖힌 채 두 눈을 이글거리는 타냐가 너무도 작고 연약해 보였기 때문이다. 이 빌어먹을 세상으로부터 이 여자를 보호해 주고 싶었는데……. 누구도 건드리지 못하고

---

* 엘리노아 포터의 소설 제목이자, 그 작품에서 뭐든 좋은 쪽으로 생각하는 게임을 벌여 자신과 주변인의 삶까지 바꾸어놓았던 여주인공 이름으로 극단적인 낙천주의자의 대명사.

다시는 상처받지 않을 곳으로 그녀를 데려가 고이고이 모셔두고 싶었
는데……. 하지만 그가 제의할 수 있는 것이라곤 위험과 희박한 생존
기회뿐이었다.

"당신을 바보라고 생각해 본 적은 없소. 되려 예언자만큼 현명하고
꿀처럼 달콤하다고 생각해. 난 그저 내일 일에서 당신의 관심을 돌리려
했을 뿐이오."

갑자기 그의 눈에 악동처럼 짓궂은 빛이 감돌았다. 그는 고개를 비딱
하게 기울이고 생각에 잠긴 척했다.

"하지만 내 방법이 틀렸군. 당신 같은 깜찍이 폭죽의 기운을 빼놓으
려면 다른 일거리를 주는 게 최고였어."

"제발 농담은 그만하고 진지해져 봐요."

"좋아, 내가 희생양으로 나서 주지."

그는 은근한 목소리로 딴전을 피웠다.

"하지만 난 아직 완쾌되지 않았으니까 도움이 필요하오."

"도움?"

"예를 들자면 당신이 내 옷을 벗겨주는 거."

타냐는 발끈했다. 그녀를 여전히 아이 취급하며 계속 놀리려드는 태
도에 격분한 것이다. 하지만 제러드에게 장난기는 찾을 수 없었다. 오직
무한한 다정함과…… 그녀에게 숨을 멈추고 한 걸음 다가서게 만드는
어떤 감정만이 어려 있었다. 야성적이며 조금은 알싸하게 슬퍼지지만
그녀의 존재를 구석구석 달콤하게 채워 주는 그 어떤 감정이.

"나를 원한다는 소리예요?"

그녀는 확인을 구했다.

제러드는 환희의 성체를 받은 사람처럼 경건한, 그리고 기쁘디 기쁜
표정으로 그녀의 시선을 옭아매며 답했다.

"당신이라면 원하지 않을 때가 있을 수 없소. 난 당신의 웃음을 원하
오. 그 힘을 원해. 매 순간을 모험으로 바꾸어놓는 그 열정을, 그 용기
도 원해. 오늘보다 나은 내일을 약속하는 앎에 대한 욕구도 원하오."

떨리는 숨을 길게 흘러나왔다.

"난 당신의 전부를 원해."

그녀의 입술이 놀람으로 살짝 벌어졌다. 이보다 더한 기쁨은 없었다. 이보다 더 소중한 선물도 없었다. 그녀는 웃으려 했지만 잠긴 탄성만이 터져나왔다.

"지금 그런 이야기가 아니잖아요."

"알아."

그는 한 걸음 성큼 다가가 맞춤 블라우스의 첫 단추를 풀었다.

"하지만 그 이야기는 굳이 말하지 않아도 당연하잖소. 난 당신의 아름다운 몸에 언제나 굶주려 있으니까."

블라우스 안으로 손을 넣어 그녀의 척추 오목한 곳을 감각적으로 어루만졌다.

"그쯤은 이미 알고 있어야지."

비단처럼 고운 관자놀이께의 머리칼 속에 얼굴을 묻으며 힘껏 그녀를 부둥켜안았다. 젖가슴의 맨살과 까칠까칠한 모직 스웨터가 만나고…… 빠르게 피어오르는 이 열기의 안개.

"그러니까 이게 칼의 그림자 아래에서 우격다짐으로 빼앗은 사랑인 것처럼 반응하지 마."

타냐는 완전히 얼어붙었다.

"사랑? 욕망이겠죠."

"사랑이오."

제러드는 고개를 들고 가만히 정정했다.

"안전한 다른 표현을 갖다 붙이는 건 집어치우겠어. 난 당신을 사랑해, 타냐. 언제까지고 사랑할 거요."

무섭도록 진지한 표정이었다.

"현재의 결혼 제도가 미래에도 계속될지 모르겠지만, 두 사람이 사랑을 선언하는 의식은 어떤 형식으로든 존재하리라 믿소. 난 당신과 그 의식을 치르고 싶어."

다정한 입맞춤, 사랑의 그 엄숙한 의식.

"내가 유년기의 종말을 넘어서까지 당신 사람이듯 내 사람이 되어주 겠소, 타냐 오를리노프?"

그녀의 까만 눈이 물기로 영롱하게 빛났다. 이 단순한 언어의 감동이란…… 심장이 벅참으로 부풀어올라 터질 것만 같았다. 그녀는 힘차게 그를 껴안았다. 그와 하나로 녹아들 만큼 세게.

"예, 당신 사람이고 싶어요. 유년기의 종말을 넘어서까지."

그의 키득거리는 소리가 나직하게 울려퍼졌다.

"관례에 따르는 법이 없군, 나의 꼬마 파이퍼는. 그런 말 대신 나를 사랑한다고 선언해야지."

입을 열었지만 말이 선뜻 나오지 않았다. 제러드를 물론 사랑하고 있었다. 그 사랑을 깨달은 지 한참이나 되었다. 그를 향한 사랑이 그녀의 세상을 채우고 전부를 무지개빛으로 장식하건만 왜 이다지도 말이 되어 나오진 않는 걸까?

제러드가 그런 갈등을 알아차렸는지 몸을 약간 떼고 타냐를 살폈다. 모호한 공포와 긴장으로 굳어진 그녀의 표정. 그의 얼굴에도 실망감이 펄럭거리다 사라졌다.

"괜찮소, 러브. 당신 기분은 알아. 나 역시 말하기 좀 힘들었소."

타냐에겐 마지막 걸음을 내딛어 완전한 헌신을 약속하기가 더 쉽지 않을 거라고 제러드는 안쓰런 마음으로 생각했다. 그녀의 성장 과정을 고려하면 그를 사랑하게 된 것만으로도 기적이다. 요식 행위에 불과한 언약을 요구하며 타냐를 궁지에 몰 권리 따윈 그에게 없다.

"제러드, 난……."

괴로움으로 눈만 퀭해진 얼굴로 어떻게든 해명하려고 말문을 열었다.

"쉿."

그는 손으로 그녀의 입을 막았다.

"부담 갖지 마. 마음의 준비가 되면 저절로 나올 말이니까. 아직 때가 되지 않은 거야. 난 정말 괜찮소."

도톰한 아랫입술을 사랑스럽게 어루만졌다.

"당신에게 이미 내가 원하는 전부를 받았는걸. 넘치도록."

그녀의 모든 생각과 감정을 다 알고 자상하게 헤아려 주는 이 남자를 사랑하지 않기란 불가능했다. 사랑의 감정이 격렬한 기세로 고조되었다. 분위기를 바꾸지 않으면 이 기세로 몸이 쪼개질 거야.

타냐는 그의 손가락을 덥석 물고 장난스럽게 깨물었다.

"정말 나에게 더 필요한 게 없어요? 당신 옷을 벗겨주는 것조차? 아까와는 말이 다르군요."

제러드도 활짝 웃으며 블라우스를 만지작거렸다.

"아까와는 생각이 바뀌었거든. 우리의 새로운 관계를 자축하는 뜻에서 상호 협력하는 자세로 임하기로 하지. 상부상조하면 시간이 절약되잖소."

많은 시간을 절약해 주는 상부상조에 힘입어 그들은 어느 틈엔가 킹 사이즈의 침대와 서로의 품에 파고들고 있었다.

"익숙해질 때도 되었는데 왜 이리 새로울까……."

타냐는 혼잣말처럼 속삭였다. 그의 턱 아래에서 고동치는 맥박을 입술로 확인하며, 단단한 어깨의 근육은 손으로 쓰다듬으며.

"항상 처음 같아요. 이 매끄러운 표면 너머에서 불끈거리는 힘에는 매번 반하게 되구요."

그녀는 자조적으로 고개를 내저었다.

"당신, 회복기의 환자치고는 대단해요."

"칭찬이라면 언제나 환영이오."

그는 몸을 굴려 자세를 바꾸었다.

"하지만 오늘은 환자의 특권을 살려 당신에게 전부 맡기지."

난데없이 그의 위에 올라타게 된 타냐의 놀란 얼굴을 향해 싱긋 미소를 지었다.

"마법의 피리를 불어 봐요, 꼬마 파이퍼. 내가 이렇게 기다리고 있잖소."

"정말?"

내리깐 속눈썹 사이로 그를 응시하며 새침하게 물었다. 최초의 놀람이 지나가자 사랑 나누기의 통제권을 쥔 기분이 마음에 들었다. 불확실한 내일로 인해 곤두선 신경과 감각이 열기를 증폭시키며 무력감을 씻어주는 듯했다. 이럴 줄 예상하고 제러드는 상위를 내주었으리라. 그가 또 다시 그녀조차 몰랐던 필요를 채워 준 것이다. 이 남자에게는 계속 받기만 하는구나.

"당신만을 위한 곡을 연주해 드릴게요, 제러드."

새까만 눈이 언어로는 전할 수 없는 사랑의 빛으로 화려하게 반짝거렸다.

"당신을 산에서 내 곁으로, 집으로 불러들이는 멜로디를 연주해 드릴게요."

그 멜로디는 천천히 고개를 숙여 아낌없이 베풀어지는 키스와 함께 감미롭고도 감질나게 시작되었다. 이어 그녀의 손과 입술이 얄궂은 변주를 자아내자 제러드는 힘겨운 호흡으로 가슴을 들썩거렸다. 납작한 유두를 살며시 희롱하는 섬세한 손길에는 온몸이 기쁨으로 달구어졌다. 그는 움직이지 않은 채 받아들이기만 했지만 파이퍼를 향해 손을 뻗치지 않으려는 노력으로 움켜쥔 두 주먹에서 피치 못할 갈망이 드러났다.

그녀는 전신의 세포가 제러드 라이커라는 풍요로움으로 가득 찰 때까지 아주 조금씩, 아주 조심스럽게 자신의 온기로 그를 감쌌다. 숨이 턱까지 찼다. 속에서 불기둥이 활활 타오르며 전부를 삼켜버릴 듯이 날름거렸다. 타냐는 그를 내려다보며 정감 넘치는 미소를 던졌다. 그리고 속삭였다.

"여기부터는 파드되(이인무)예요. 그 스텝을 아시나요?"

"물론!"

제러드의 두 손이 흡반처럼 그녀에게 달라붙었다.

"초대해 주기만을 고대하고 있었소."

그는 하체를 힘차게 내미는 동시에 타냐를 아래로 눌러댔다.

애타게 터져나오는 가쁜 숨. 서로를 절망적으로 갈구하는 육체. 전진과 후퇴의 격한 리듬으로 열정적인 춤사위가 펼쳐졌다. 어느 무용보다 자극적인 춤이었다, 그 무엇보다 강렬하며 의미심장한 춤이었다. 그리고 마지막으로…… 별들을 향해 훌쩍 도약하는 듯한 그랑즈떼의 화려한 피날레.

누구의 것인지 분간할 수 없으리만큼 요란하게 두근거리는 심장 고동 속에서 얽힌 몸을 풀지 않고 조심조심 굴러 마주 보고 누웠다. 맞닿았다가 떨어지기를 반복하는 두 가슴. 송글송글하니 맺힌 땀방울. 그 살에 입술을 가만히 눌러보았다. 감사의 마음을 바치는 키스였다. 한 점의 거리낌도 없이 오직 고마움만을 느낄 수 있다는 게 신기하기만 했다. 이건 은총이다.

"하면 할수록 좋아지는 것 같아요."

타냐는 만족의 한숨을 내쉬며 중얼거렸다.

"그러면서도 매번 달라요. 정말 근사하지 않아요?"

"아주 근사해."

그의 품에서 편히 쉬고 있는 그녀가 작은 새처럼 보여 알싸함을 동반한 감정의 물결이 넘실거렸다. 이건 타냐를 향한 사랑의 일부가 되어버린 친숙한 감각이었다. 제러드는 내일에 대한 긴장과 불안이 다시 엄습하기 전에 그녀를 수면으로 이끌려고 관자놀이께의 잔머리를 살며시 쓰다듬어 주었다.

"그만 자요, 스위트하트."

"나중에."

졸음 섞인 목소리로 말하며 그에게 바짝 파고들었다.

"영원히 이런 식일까요?"

"매번 좋아지지만 다른 거?"

"예."

"우리가 성장과 변화를 멈추지 않는 한은 아마도."

그녀의 머리에 입을 맞추었다.

"그리고 난 한순간도 멈추어 서지 않을 거요. 우리에게 허락된 미래가 아무리 길다 해도. 당신 같은 꼬마 발전기가 옆에 붙어 있는데 감히 정지된 채 있을 순 없지."

제러드라면 영원히 전진할 거야. 타냐는 눈꺼풀의 무게와 싸우며 생각했다. 그와 보조를 맞추는 데 힘겨움을 느끼는 쪽은 그녀 자신이 될 것이다. 한편으로 그건 기꺼운 도전이 되기도 할 것이다. 기다리기 어려운 도전거리가…….

그는 고른 숨소리를 내는 타냐를 살그머니 보듬어 안았다. 어쩔 수 없는 소유욕에 찬 몸짓이었다. 내일을 생각하면, 그녀에게 곤히 잠들어 휴식을 취하게 해준 하늘이 고맙기까지 했다. 그녀를 내일의 위험에서 지킬 수만 있다면 무엇이든 감수하리라.

자신의 죽음을 각오하고라도 위험천만한 도박을 감행해야 하는 상황이었다. 코벳, 그 망할 자식 같으니! 탈출 이외에는 답이 없다. 그 성공률에 대해서는 그녀의 앞에서 꾸며낸 자신감의 절반조차 가질 수 없었다.

제러드는 답답한 현실과 두 시간이 넘도록 씨름하다 겨우 잠들었다.

15

누군가 그녀의 어깨를 부드럽지만 집요하게 흔들어댔다.

"일어나십시오. 공연의 막을 올릴 시간이에요."

천근처럼 무거운 눈꺼풀을 억지로 들어올려 바로 코앞에 있는 푸른 눈과 마주친 순간, 잠이 확 달아났다.

"케빈!"

"나 말고 또 누가 있겠어요?"

그가 씨익 웃으며 말했다.

"제러드 홀로 코벳의 부하들과 맞서게 할 순 없다는 결론에 이르렀어요. 더군다나 공주의 안전이 걸린 일에는."

"우리를 도와주겠다는 말이죠?"

타냐는 열렬하게 물었다. 이불을 턱까지 올린 채 서둘러 일어나 앉을 때 문득 옆자리가 허전하게 느껴졌다. 제러드의 자리가 비어 있었다. 그녀는 심장이 쿵 내려앉는 기분으로 시선을 다시 케빈의 얼굴에 꽂고 눈으로 설명을 구했다.

"그 친구는 화장실에서 옷 입는 중이에요."

케빈이 얼른 안심시켰다.

"진료 가방에서 경이의 약품들도 챙기고 있죠. 영구적으로 안전한 천국을 찾으려면 꽤 오래 떠돌아 다녀야 할 테니까."

그는 입술을 팽팽하게 잡아늘이며 엄중하게 경고했다.

"코벳 의원은 쉽게 단념할 사람이 아닙니다. 온갖 거짓말을 만들어 붙여 FBI부터 CIA까지 기관이란 기관을 총동원해서 당신 둘을 찾아내려 할 거예요."

"지금 몇 시예요?"

협탁 위의 스탠드로 밝혀진 침실과 달리 프렌치 문 너머는 깜깜했다.

"세 시가 좀 넘었습니다."

그는 침대 옆의 의자에서 가운을 집어 건넨 후 예의 바르게 돌아섰다. 그 사이에 타냐는 침대에서 나와 가운을 걸쳤다.

"헬리콥터가 한 시쯤 도착했어요."

케빈의 쾌활한 설명이 이어졌다.

"난 조종사와 샤또 후원의 보초 둘을 서재로 불러 한 잔 권했는데 다들 얼마 마시지도 않고 불현듯 시에스타(낮잠)의 공격에 당했어요. 지금은 갓난아이들처럼 새근새근 자고 있죠. 하지만 언제 깨어날지 모릅니다. 내가 구급함에서 성공적으로 훔쳐낸 수면제에는 적량에 대한 지시가 없었거든요. 제약회사 측이 너무 태만하다고 생각하지 않아요?"

"진짜 태만하군요."

재빨리 속옷, 두툼한 스키용 스웨터, 청바지, 양말, 테니스화를 차례대로 찾아 꺼내면서 깔깔거리며 동의했다.

"우리를 위해 헬리콥터를 훔칠 계획을 세운 거로군요?"

그는 고개를 끄덕거렸다.

"제러드의 신상조사서를 통해 그가 헬리콥터 조종 면허를 소지했다는 걸 알고 있었지요. 하지만 이곳을 벗어나는 즉시 그 헬리콥터는 버리도록 해요. 코벳이 기체의 등록 번호를 추적해 둘의 행방을 찾아낼 테니까."

"명심해 두지."

마침 화장실에서 나온 제러드가 대신 대답했다. 그는 청바지에 검정색 터틀넥 스웨터, 사막용 부츠 차림을 하고 돈피(豚皮)로 된 소형 가방을 들고 있었다.

"서둘러요, 스위트하트. 당신이 준비하는 동안 앞으로 갈아입을 다른 옷을 두어 벌쯤 내 가방에 챙겨놓으리다."

"알았어요."

그녀는 등뒤로 화장실 문을 닫고 번개처럼 움직였다. 옷가지를 부랴부랴 껴입은 후 칫솔질은 했지만 세수는 물수건으로 대충, 머리는 닥치는 대로 핀을 꽂아 정리했다. 그리고 침실로 돌아오자 제러드가 기다리고 있다가 양가죽 코트를 입혀주었다. 그 자신은 낡은 플라이트 점퍼를 이미 걸친 터였다.

케빈이 의자 등받이에서 격자무늬의 반코트를 집어 그 소매에 팔을 꿰었다.

"행운이 따른다면 이륙할 때까지 아무 문제도 없을 거야. 헬리콥터의 엔진 소음 때문에 보초들이 몰려오는 사태는 피할 길이 없지. 아무튼 버츠는 샤또의 외부 경비와 달리 내부 경비에 대해서는 별다른 조치를 취하지 않았어. 성 안팎으로 경비를 강화해야 할 <필요>까진 없다나."

그는 반코트의 불룩한 주머니에서 꺼낸 플래시라이트 두 개 가운데 하나를 제러드에게 건넸다.

"이착륙장에 조명 시설은 되어 있지만, 내가 중앙 두꺼비집을 손봐놨어."

"안뜰의 보초들은요?"

타냐가 앞장서서 복도로 나가며 물었다.

"평소에는 그곳의 담당 보초가 한 시간에 한 차례씩 샤또 전체를 돌잖아요."

케빈은 혀를 내둘렀다.

"아주 훤히 꿰뚫고 있군요. 경험자에게 탈출 계획을 맡길 걸 괜히 골머리를 썩혔네. 당신이라면 아마 술에 수면제를 몇 알 넣어야 곯아떨어지게 만드는지도 알 걸요."

"맞아요, 탈출 계획은 애당초 나에게 맡겼어야 해요."

그녀는 천연덕스럽게 말을 받았다.

"수면제의 적량이야 나로선 알 길이 없지만, 그쪽 전문가인 제러드가 여기 있잖아요. 우리 둘은 탈출 계획을 멋지게 짜냈을 거예요."

"어련하려구요. 당신 둘이라면 세상 전체를 다스리고도 남죠."

"보초 이야기로 돌아가지."

제러드가 초조하게 다그쳤다. 그는 타냐의 팔을 잡고 주계단을 내려가기 시작했다.

"아참, 그렇지."

케빈은 원래의 화제로 돌아갔다.

"샤또의 안뜰 보초들은 신경 쓰지 않아도 될 거야. 전체적으로 보초의 숫자가 두 배로 늘어나긴 했지만 제자리 경비거든. 그것 역시 순찰을 돌 <필요>가 없다는 버츠의 지시 덕분이지."

"일이 순조롭게 돌아가는군."

제러드는 텅텅 빈 일층을 둘러보며 관조적으로 말했다.

"지나치게 순조로워. 버츠에게 상상력은 부족할지 몰라도 일솜씨 하나만은 최고야. 그런 그가 우리에게 유리한 시점에서 우연히 직무를 소홀히 한다? 믿기 어려워."

"그게 다 버츠의 상상력이 결핍된 결과야."

케빈이 서재 앞에서 걸음을 멈추었다.

"난 우리의 잠자는 미녀들이 얼마나 잘 자고 있는지 한번 확인해 볼게. 둘은 후원 쪽의 뒷문으로 먼저 가."

그는 대답을 기다리지 않고 서재로 들어가 버렸다.

"이 모든 게 정말 우연의 일치일까요, 제러드?"

타냐는 신경질적으로 아랫입술을 깨물었다. 생각해 볼수록 버츠의 직무태만은 작위적인 냄새가 났다.

"헬리콥터가 무사히 이륙이나 하면 좋겠다고만 말해 두리다."

제러드는 초연하게 말한 뒤 기나긴 복도를 가로질렀다. 샹들리에 불빛의 반경에서 벗어나자 실내가 동굴처럼 어두웠기 때문에 플래시라이트를 켜야 했다. 전에 샤또를 탐사할 때는 시대착오적인 우스꽝스런 산물쯤으로 보였던 구역이 지금은 오싹한 분위기를 풍기는지라 드디어 뒷문에 이르렀을 때는 안도의 한숨이 새어나왔다.

그는 플래시라이트를 끄고 문을 열었다. 녹슨 경칩의 삐꺽대는 비명이 윙윙거리며 어둠 속을 헤집어놓는 바람 소리만큼이나 시끄러웠다.

"드라큘라 영화의 세트장에 온 기분인걸."

농담을 건네며 그녀가 찬바람을 맞지 않도록 뒷문 옆의 우묵하게 들어간 벽감 쪽으로 부드럽게 밀었다.

"케빈이 올 때까지 문을 잡고 있어야겠소. 고택 특유의 이런 소음은 멀리까지 들릴 거요. 버츠의 상상력이 케빈 생각만큼 결핍되지 않았을 경우를 대비해야지."

그리고 어둠이 짙게 내려앉은 후원을 뚫어지게 응시했다.

"아무도 없는 것 같군."

"뭐가 보여서 하는 소리예요? 얼굴에 갖다 댄 손조차 보일 둥 말 둥 하잖아요. 우리가 헤매다 절벽에서 떨어지지만 않아도 행운일 거예요."

그렇게까지 심하진 않았지만 가히 칠흑처럼 깜깜한 밤이었다. 빈약한 초승달의 시름시름 앓는 듯한 빛 속에서는 겨우 몇 백 야드 너머에 있는 헬리콥터의 금속성 몸뚱이조차 허여멀건한 괴물체처럼 어슴푸레하니 식별될 정도였다.

제러드는 그녀를 가까이 잡아당겨 꼬옥 안아주었다.

"다른 일이라면 몰라도 절벽에서 공중곡예하는 불상사만큼은 막아보리다. 약속해."

"당신의 그 정도 보장도 감사히 여겨야 옳겠지만 <다른 일> 운운하는 통에 점수가 깎였어요."

그녀는 두 팔로 몸을 감싸안으며 작게 진저리를 쳤다.

"아, 케빈이 어서 와주었으면."

"짜짠! 알라딘의 램프만 문지르십시오. 그럼 만사형통이랍니다, 공주님."

등뒤에서 울려퍼진 케빈의 명랑한 목소리.

타냐와 제러드가 얼른 돌아서자, 찾는 사람은 없고 플래시라이트의 동그란 불빛만 어두운 공중에 둥실둥실 떠 있는 것처럼 보였다.

"우리의 잠자는 미녀들은 여전히 꿈나라야. 그러나 서두르는 편이 좋겠어. 내가 서재를 나설 때 헬리콥터 조종사의 낌새가 수상했거든."

케빈이 다가와 플래시라이트를 껐다.

"선두는 자네가 맡아, 제러드. 나와 타냐는 뒤를 따를게. 그럼 자네의 플래시라이트 하나로도 충분할 거야. 가급적이면 보초의 주의를 끌만한 요소는 줄이자구."

돌연, 제러드의 움직임이 죽고 어마어마한 긴장감이 전류처럼 방출되었다. 타냐는 놀란 시선을 던졌다. 하지만 어둠에 파묻힌 얼굴에서 표정을 읽기란 불가능했다. 짤막한 순간이 모호하게 흐르고 제러드가 돌아섰다. 깜빡. 그의 플래시라이트에 불이 들어왔다.

"발 아래를 조심하면서 바짝 따라와."

타냐는 케빈에게 팔꿈치를 집힌 채 헬리콥터를 향해 나란히 움직였다. 긴 다리를 사정없이 놀리는 걸음과 보조를 맞추느라 뛰다시피 하며 돌연한 침묵이 어색해 그를 힐끗거렸다. 상황이 상황이니만큼 천하의 케빈도 긴장한 모양이다. 입을 다물고 묵묵히 걷기만 하는 모습은 이스터섬*의 석상만큼이나 투박하며 섬뜩해 보였다. 섬뜩? 다정다감한 케빈 맥커드와 어울리지 않는 형용사가 머릿속에서 튀어나오자 스스로도 어처구니가 없었다. 하지만 오늘밤 그에게는 어딘지 평소와 다른 면이 있었다.

편치 않은 마음으로 연신 눈치를 살필 때, 반코트의 불룩한 주머니로 슬그머니 들어가는 케빈의 왼손이 포착되었다. 그는 금속 물체를 꺼냈

---

* 남태평양에 위치한 칠레령의 화산섬으로서, 두상만 거대한 고대의 석상들로 유명.

다. 아, 플래시라이트로구나. 하지만 왜 불을 켜지 않고 제러드를 향해 쳐드는 걸까? 앞에 든 플래시라이트의 휘광으로 까맣게 도드라진 제러드의 실루엣이 마치 흰 바탕에 검정색으로 그려진 사람 모양의 사격판인양 케빈은 가늘게 뜬 눈으로 쏘아보며 플래시라이트를……．

사격판! 맙소사, 플래시라이트가 아냐, 권총이었어!

"안 돼!"

미친 듯이 권총을 향해 달려드는 타냐의 눈가에 휙 돌아서는 제러드의 모습이 들어오면서 작은 조명과도 같은 플래시라이트의 빛 웅덩이에 몸싸움이 잡혔다. 하지만 찰나에 불과한 몸싸움이었다. 케빈은 이미 그녀를 제압해 옆구리에 단단히 고정하고 앞을 향해 총구를 겨누었다.

"움직이지 마, 제러드."

부드러운 경고.

"타냐까지 끌어들이고 싶진 않아. 하지만 네가 근거리에선 위험한 상대인 이상, 그녀를 방패막이로 이용할 수밖에 없어."

"움직이지 않겠다."

제러드의 대응은 침착했다. 거의 달래는 듯한 어조였다.

"타냐에게 해 끼칠 의도가 없다는 것도 알고 있다. 그러니 그녀를 놔줘. 우리끼리 해결하자."

"그러고 싶지만 그럴 수 없어. 일이 끝날 때까지 그녀는 이대로 있어야 해."

일이 끝나? 이게 웬 살인의 완곡한 표현이람! 그녀는 자주 꿔 온 악몽의 도가니에 빠진 기분이었다. 하지만 그 어느 꿈보다 무시무시한 악몽이었다. 왜냐하면 위기에 처한 쪽은 그녀가 아닌 제러드였기 때문이다.

"이러지 말아요, 케빈!"

그녀는 울부짖었다.

"대체 왜 이러는 거예요? 왜!"

"수명 연장의 현실화를 그냥 놔둘 수 없으니까."

케빈의 대답은 지극히 간단명료했다.

"수명 연장으로 빚어질 인류의 불행을 막는 길은 제러드를 처치하는 것뿐이에요. 샤또로 파견될 때는 이런 극단적인 방법을 피하려 했지만 다른 대안이 없었습니다."

"설마…… 살인 계획을 내내 짜왔다는 소리는 아니겠죠?"

"제러드의 연구에 대해 알았던 순간부터 내내."

그는 쓴웃음을 지었다.

"상원의원은 그 연구를 가로챌 속셈이겠지만, 그런 음모가 성공을 거둔다 해도 위험성은 상존합니다. 그렇게 획기적인 발견을 무한정 독식한다는 건 불가능하니까. 프로젝트를 놓고 쟁탈전이 벌어질 테고 일반 공개로 확산되겠지요."

제러드가 입을 열었다.

"브랜디 병을 바꾸어 치기 한 사람도 자네인가?"

"네가 코벳과 치열한 언어 유희를 벌여준 덕분에 비교적 쉬었다. 분량 조절에는 실패했지만. 결국 난 아마추어에 불과하거든."

"그럴 리 없어!"

타냐는 추악한 현실을 받아들일 수 없었다.

"당신은 제러드를 살리기 위해 있는 힘을 다했잖아요!"

"그 대답은 내가 해볼까, 케빈?"

제러드의 목소리.

"버츠와 코벳의 의심을 받아 현장에서 용의자로 찍히지 않으려면 다른 뾰족한 수가 없었겠지."

"… 난 네가 인간적으로 마음에 든다, 제러드. 누구보다도 존경해. 폭력을 사용하지 않고 네 뜻을 바꾸어 놓을 수만 있었다면 서슴없이 그 길을 택했어. 청산가리의 분량 조절에 실패한 것도 어쩌면 이런 내 마음이 반영된 결과일 거야."

"그래서 이번에는 무의식적으로도 실패하지 않을 수단—권총을 택한 모양이군."

제러드가 비아냥거렸다.

어떻게 저런 냉정한 태도를 취할 수 있을까? 타냐는 어지러이 생각했다. 플래시라이트 뒤의 시꺼먼 형상에 불과한 제러드의 얼굴은 보이지 않았지만 날씨 이야기나 하듯 차분한 목소리였다. 그녀는 생명을 구걸하지 않는 그를 대신하여 애원했다.

"이러면 안 돼요, 케빈, 제발. 지금 실수하는 거예요. 이건 당신의 본성에 반해요. 당신 스스로도 하기 싫다고 했잖아요."

"하기 싫어도 해야 해요, 공주."

비애에 젖은 음성이었다.

"왜냐하면 이건 내 본성과 정확하게 맞아떨어지는 일이니까. 나에게 설정된 지상과제와 부합되는 일. 나는 인도와 방글라데시에서 보냈던 2년의 경험으로 수명이 삼, 사백 살로 늘어나면 인류에게 어떤 비극이 벌어질지 알고 있습니다."

푸른 눈이 생생한 고통으로 번뜩거렸다.

"굶주림은 인간을 끝없는 나락으로 추락시킵니다. 난 개 먹이만도 못한 한끼 식량을 위해 딸을 창녀로 팔아 넘기는 아비를 봤습니다. 내 품에서는 인간이 아니라 해골 표본에 가까운 아이가 죽어가기도 했어요."

케빈은 잘게 끊어지는 숨을 토해냈다.

"그게 바로 네가 온 세상에 하려는 짓이야, 제러드. 두고 볼 순 없어."

"꼭 그렇게 되라는 법은 없어."

제러드의 음성은 다정하기까지 했다.

"나를 믿게, 케빈."

"너를 믿기에는 관료주의적인 위선을 내가 너무 많이 봐왔어."

그는 실소를 지었다.

"관료주의의 한계에 대해서만은 코벳과 의견의 일치를 봤지. 그런 현실은 변하지 않아. 변할 수도 없고."

"그렇다고 지금 사람의 생명을 거두겠다는 건가요?"

타냐가 호소했다.

"살인은 어떤 명목으로도 정당화되지 않아요."

그에게 벗어나려고 발버둥을 쳐봤지만 케빈은 꼼짝도 하지 않았다. 그녀는 악에 받쳤다.

"좋아요, 그럼 나도 죽여! 안 그러면 당신이 내 손에 죽게 될 거야. 제러드를 건드리면 가만히 두지 않겠어!"

"안 돼!"

제러드의 외침이 비수처럼 밤 공기를 베어냈다.

"걱정 마라, 제러드."

케빈이 지친 어조로 말했다.

"난 해야 할 일만 마치면 어떻게 되든 상관없다. 사람을 또 죽여서까지 내 목숨을 구하진 않아."

찰칵. 권총의 안전판이 풀리는 희미한 소음.

빵, 하고 어둠을 뒤흔들어놓는 총성에 이어 찢어지는 듯한 비명이 울러 퍼졌다.

"제러드!"

그녀의 시선이 플래시라이트 뒤의 형상에 풀로 붙여진 채 그가 쓰러지는 끔찍한 순간을 공포에 떨며 기다릴 때, 케빈의 결박이 스르르 풀렸다. 타냐는 앞으로 박차고 나갔다.

"제러드!"

뒤에서 나는 나직한 신음 따윈 귀에 들어오지 않았다. 케빈이 천천히 주저앉더니 풀썩 쓰러지는 것도 몰랐다. 그저 미친 듯이 달려들어 제러드를 껴안고 부축하느라 정신이 없었다.

"많이 다쳤어요? 총에 어디를 맞았어요?"

"진정해, 러브. 난 아무 데도 다치지 않았소"

마주 안아주는 그의 강한 두 팔은 진정 축복이었다. 차분한 뒷말이 이어졌다.

"총에 맞은 쪽은 케빈이오."

그는 타냐를 안은 채 헬리콥터로 돌아섰다.

"총탄은 이쪽에서 날아왔소."

갑자기 목소리를 높였다.

"이제 나오지 그래, 버츠."

헬리콥터의 문이 열리고…… 정말 버츠가 나타났다! 그는 땅으로 뛰어내린 후 기체에서 랜턴을 꺼냈다. 곧이어 이착륙대 주위가 환한 불빛으로 밝혀졌다.

"제가 나설 때라고 생각했습니다."

언제나 그렇듯이 담담한 무채색의 목소리.

"박사님께서 당장이라도 행동을 취하실 눈치가 거의 분명한데, 제가 개입하지 않는다면 그 과정에서 여하한의 난투가 발생해 다치실지도 모르니까요. 그런 사태는 결코 용납할 수 없었습니다."

평소처럼 검정색 정장의 말쑥한 차림에, 평소처럼 단정하게 빗어 넘긴 머리 모양. 방금 사람을 쏘아놓고 흐트러진 구석이라곤 터럭만큼도 없었다.

"흥미롭군요."

버츠는 제러드 앞에서 걸음을 멈추었다.

"맥커드에게 총을 쏜 사람이 저라는 걸 어떻게 아셨습니까?"

"추측이지."

퉁명스런 대답이었다.

"만사가 지나치게 순조롭게 풀렸어. 샤또의 경비는 허술했고."

"아주 허술했지요."

태연자약한 인정.

"박사님께서 그걸 알아차려 주시길 바랐습니다. 박사님이라면 눈치채실 거라고 생각했어요. 역시 현명하십니다."

"탈출해도 좋다는 서면 허가증 같다고 제러드가 그랬어요."

타냐는 생각에 잠겨 덧붙였다.

보일 듯 말 듯한 미소가 버츠의 얼굴에 떠올랐다.

"정말 대단히 현명하신 분이에요."

이보다 더한 칭찬은 없다는 투였다.

"예, 사실상의 탈출 허가증이나 다름없었습니다. 지난 이틀의 어느 때이든 자유로이 샤또 밖으로 나가실 수 있었으니까요. 제 부하들은 그대로 고이 보내드렸을 겁니다."

그리고 발치에 쓰러져 있는 케빈 맥커드에게 시선을 던졌다. 격자무늬 반코트의 선홍색 핏자국이 점점 커져갔다. 버츠는 의식을 잃은 케빈의 눈꺼풀을 뒤집어보고 맥박을 확인했다.

"아직 살아 있군요."

반코트의 앞자락을 펼쳐 상처도 살폈다.

"흉부 상위의 총상. 출혈은 심하지만 동맥 손상은 면한 것 같습니다."

"출혈 과다로 죽기 전에 지혈해야 해."

제러드는 그녀를 놓고 얼른 다가갔다. 케빈의 옆에 무릎을 꿇고 손수건을 꺼내려하자 버츠가 그보다 빨리 자신의 정장 가슴 주머니에서 빳빳하게 풀 먹여진 손수건을 뽑아 내밀었다.

"박사님께서 잠깐 잊으신 모양인데, 이자는 암살범입니다."

버츠는 공손한 어조로 상기시켰다.

"그것도 사전에 치밀하게 계획을 세워 박사님을 죽이러 했던 극악무도한 놈이에요. 어젯밤 그가 상원의원께서 헬리콥터를 보냈다고 하길래 혹시나 싶어 확인해 봤습니다. 헬리콥터를 수배한 사람은 바로 이자— 케빈 맥커드였습니다."

하지만 제러드는 들은 척은 하지 않았다. 흰 손수건을 여러 번 작게 접어 케빈의 상처에 대고 세게 누른 다음 자신의 손수건마저 꺼내어 다시 덮었다. 마지막으로 그는 버츠의 두 손을 총상 위로 이끌어 지혈하도록 시켰다.

"이럴 필요가 뭐 있습니까?"

경호대장이 불평을 늘어놓았다.

"맥커드는 죽게 내버려두는 편이 낫습니다. 이렇게 끈덕진 자는 훗날 우리에게 문제만 안겨줄 겁니다."

“우리라니?”

제러드가 깜짝 놀라 눈썹을 세웠다.

“지금 <우리>라고 했나?”

“예.”

버츠의 대답은 단호했다.

“우리는 한 배를 탔습니다. 그 점에 대해서는 제 의사표시를 확실하게 했다고 생각합니다. 아니라면 제가 왜 그토록 많은 수고를 했겠습니까.”

“이 전부가 코벳의 뒤틀린 게임인 줄 알았어. 고양이가 쥐를 데리고 놀 듯 쫓고 쫓기는 게임.”

제러드는 천천히 말했다.

“그럼 자네가 이 모든 상황을 주도했단 말인가? 독단적으로? 자네 혼자서?”

“물론입니다.”

버츠의 미소에는 흡족한 내심이 고스란히 드러나 있었다.

“저에게도 상황 주도력이 아주 없는 건 아닙니다, 이미 보셨다시피. 마음을 정하는 데는 남보다 오래 걸리지만 일단 결심이 서면 행동하는 데 주저해 본 적은 없습니다.”

“그리고 이번에는 코벳의 명령에 반하는 행동을 하기로 마음을 정했다는 건가?”

버츠는 열렬하게 입을 열었다.

“모든 가능성을 두루두루, 아주아주 신중하게 모색한 끝에 내린 결정이었습니다. 코벳과의 결별은 피할 수 없더군요. 정말 대단히 어려운 선택이었습니다. 그로써 많은 걸 잃게 될 테니까요.”

아쉬움에 찬 한숨을 깊이 내쉬었다.

“하지만, 결국은 깨달음에 이르렀지요. 충성의 대상을 바꿔야 한다고 말입니다. 그게 필요불가결한 일이라고.”

“필요불가결한 일이라……..”

타냐는 그 단어를 곱씹었다. 버츠를 움직이는 핵심어요 행동강령은 '필요'인 것 같아.

"그렇습니다, 오를리노프 양."

버츠가 대답했다.

"전에도 말씀드렸다시피, 저는 대단히 집념이 강한 사람입니다. 야망도 지극히 크지요. 하지만 머리회전은 느립니다. 남들과 보조를 맞추려면 시간이 배로 걸려요."

자신의 뼈아픈 약점을 인정하는 그의 사냥개처럼 수동적인 갈색 눈빛은 평온했다.

"라이커 박사님의 연구는 저에게 그 시간을 줄 겁니다. 그래서 박사님이 연구 결과를 세상에 내놓는 것이 중요합니다. 그 이외에는 저와 같은 입장의 사람들이 수명 연장의 혜택을 입을 길이 없으니까요."

그는 표정을 흐렸다.

"코벳 의원은 자신의 엄선된 소수 특권층인 므두셀라* 동아리에 나 같은 사람을 끼워 줄 리 없습니다. 저에게는 그럴 <가치>가 없다고 생각하겠지요. 하지만, 시간만 주어진다면 제가 못해 낼 일은 없습니다. 어떤 존재든 될 수 있습니다."

타냐는 그 말을 믿어 의심치 않았다. 저런 외골수적인 집념과 무서운 극기력이라면, 하고자 하는 일을 기필코 해내고야 말리라. 적으로 삼으면 치명적인 부류이다.

"그럼, 자네가 지금 우리의 탈출을 도와줄 거라고 믿어도 되겠나?"

제러드의 눈이 가늘어진 채 경호대장에게 꽂혀 있었다.

버츠는 고개를 끄덕거렸다.

"저 헬리콥터를 타고 가십시오. 케빈 맥커드의 음모를 역이용하는 겁니다. 그리고 오를리노프 양과 어느 정도 안전한 곳에 도착하면 소재지를 알려주세요. 제가 즉시 달려가 박사님의 신변을 보호해 드리겠습니다."

---

* 구약성서의 인물로서 969살까지 장수한 족장.

어린아이와도 같은 진지한 표정으로 덧붙였다.

"저는 제 일에 대단히 유능합니다, 라이커 박사님. 절대로 실망시켜 드리지 않겠습니다."

제러드는 시큰둥하니 동의했다.

"그렇겠지. 하지만 이곳을 벗어난 후에도 자네의 도움이 필요할 것 같진 않아. 우리끼리 처리할 수 있어."

"저에게 연락하지 않으시겠다는 겁니까?"

버츠는 우울하게 한숨을 내리 쉬었다.

"진짜 까다로우신 분이군요. 이제 박사님의 뒤를 추적하느라 귀한 시간을 굉장히 많이 낭비하게 생겼어요."

그의 턱이 고집스럽게 다물어졌다.

"제가 반드시 찾아가겠습니다. 그때까지 부디 몸 건강히 계십시오. 그게 절대적으로 필요불가결한……."

"됐네, 알았어, 버츠."

제러드는 한 손을 들어 경호대장의 말을 막았다.

"내 무사안위에 자네가 얼마나 필요한 존재인지 열변을 토해 봤자 소용없어. 어차피 우리 생각은 다르니까. 그리고 내가 무슨 소리를 해도 자네의 뜻은 변함이 없을 테니 아무 말 하지 않겠어."

그는 어깨를 으쓱거렸다.

"자네가 지금 당장 동행하겠다고 고집을 피우지 않는 게 되려 놀라워."

"그럴 생각도 해봤지만 나중에 박사님과 합류하는 편이 낫다는 결론을 내렸습니다."

그리고는 의식을 잃은 케빈에게 고즈넉한 시선을 던졌다.

"이곳에서 먼저 마무리해야 할 일이 몇 가지 있어서요."

"예를 들자면, 지혈을 중단해 케빈이 과다출혈로 죽게 놔두는 거 말인가?"

제러드가 험악하게 다그쳐 물었다.

버츠의 얼굴은 무표정했다.

"저는 그런 말을 드린 적이 없습니다. 사실, 이자가 죽든 살든 박사님께서 왜 신경을 쓰시는지 이해할 수가 없군요. 맥커드는 일종의 미치광이입니다. 우리에게 적대적인 미치광이."

"케빈이 미치광이라면 신념을 지닌 미치광이야."

어딘지 지친 어조였다.

"그는 자신의 행동이 옳다고 진심으로 믿고, 그것을 위해 전부를 걸었어."

"하지만 당신을 죽이려 한 사람이에요!"

타냐는 세차게 부르짖었다.

"지금 살려두면 또 시도할 거라구!"

"그래서? 눈에는 눈으로 대응해야 할까? 안 돼, 타냐. 그런 방식으로는 더 이상 우리의 생존이 불가능하오. 어딘가에서 다른 시작을 해야해, 어쩌면 바로 이 자리에서."

잿빛 눈동자를 들여다보며 그녀는 불현듯 '아' 하는 탄성을 자그마하게 내질렀다. 제러드가 말하고자 하는 의미가 무엇인지 이해된 것이다.

"유년기의 종말인가요?"

부드러운 질문.

그리고 다정한 미소가 돌아왔다.

"유년기의 종말이오."

"라이커 박사님, 제 생각에는……."

제러드는 버츠가 끼어들자 그녀에게 시선을 거두었다. 그와 동시에 그의 표정도 딱딱하게 변했다.

"맥커드는 살아야 한다."

찬바람이 도는 어조였다.

"그의 생명에 지장이 없어질 때까지 자네가 책임지고 돌봐, 버츠. 그렇지 않을 시에는 내 뒤를 쫓아와도 절대로 받아주지 않았어. 내가 얼마나 까다로운 사람이 될 수 있는지 보여주지. 알아들었나?"

"… 예."

버츠는 미련이 남은 표정으로 케빈을 굽어보며 마지못해 약속했다.

"맥커드를 살리겠습니다."

"좋았어."

제러드는 자리에서 일어나 타냐의 팔을 잡았다.

"이제 작별할 시간이야, 버츠. 자네에게 굿바이라고 말하고 싶지만 오르브와*로 대신하지."

그리고 빠르게 이착륙대를 가로질러 타냐를 헬리콥터의 조종 보조석에 태울 때, 뒤에서 버츠의 무채색 목소리가 들려왔다.

"정녕 현명하십니다. 오르브와, 라이커 박사님. 오르브와, 오를리노프 양."

헬리콥터의 날개가 소형 태풍을 일으키며 돌아가기 시작한데 이어 기체가 지면에서 떠올라 180도 회전하여 방향을 바꾸고 날아갔다.

버츠는 지혈하고 있던 양손 가운데 한 손만 들어 헬리콥터 바람에 날린 머리칼을 다시 차분하게 매만졌다. 케빈 맥커드, 이 성가신 자 때문에 한동안은 옴짝달싹못하게 생겼다. 뒤처리 계획이 어그러진 것이다. 불행 중 다행으로 그게 맥커드에 대한 뒤처리일 거라고 라이커 박사가 지레 단정짓지 않았다면 상원의원에 대해서도 다시 그른 약속을 해야 했으리라. 버츠는 당혹스러워하며 체머리를 흔들었다. 라이커 박사의 논리는 철저하게 부조리하다. 위험요소는 좌우지간 뿌리째 뽑아놔야 하는 법. 그 지당한 논리를 어떻게 박사는 모를 수 있을까?

어쨌든 코벳에 대해서는 아무 약속도 하지 않은 이상, 상원의원이 훗날 라이커 박사의 앞을 가로막지 못하도록 말끔하게 처리해 놓을 작정이었다. 그게 절대적으로 필요불가결한 일이다.

의원을 샤또로 꾀어들이는 문제는 그다지 어렵지 않으리라. 박사의 탈출과 맥커드의 총상이 좋은 미끼가 될 테니까. 이제 해야 할 일이라면, 원래의 뒤처리 계획을 맥커드로 인해 지연될 시간과 맞추어 조정한

---

* au revoir '다시 만나자'는 뜻의 프랑스어 작별인사.

후 행동에 나서는 것뿐……

샤또는 산 정상에서 웅장한 자태로 치솟아 있었다. 하지만 헬리콥터에서 내려다본 그곳은 디즈니월드의 정경이 담긴 예쁘장하고 혼해빠진 엽서처럼 보였다. 단, 자그마한 불빛으로 이착륙대의 위치를 알려주는 버츠의 랜턴만 빼고.

타냐는 저도 모르게 진저리를 쳤다. 지금도 케빈의 옆에 앉아 지껄하고 있을 그 남자에게 예쁘장한 구석이라곤 전혀 없어. 그녀는 조종석으로 고개를 돌려 제러드의 시선 역시 그 작은 불빛에 꽂혀 있음을 확인했다.

"버츠는 위험인물이에요, 제러드. 그의 수명을 연장해 주면 제2의 코벳이 될 거예요. 코벳 같은 사람은 이 세상에 한 명으로도 넘쳐요."

"글쎄. 한 오십 년쯤 두고 봅시다. 우리가 원하든 원치 않든 어차피 버츠와 한 배를 타게 될 테니까."

제러드는 정답게 눈웃음을 쳐 보였다.

"그 친구는 자신이 원하는 어떤 존재든 될 수 있다고 했잖소. 성인이 되는 게 <절대적으로 필요불가결한> 일이라고 그를 설득할 수 있을 거요."

"우리의 설득이 먹힐지 의심스럽군요."

타냐는 회의적이었다. 그녀는 편히 앉아 긴장을 풀려고 노력했다. 몸속에서 들썩거리는 아드레날린의 파동이 좀처럼 가라앉질 않았다.

"여기에서 어디로 가야 하죠?"

"산 아래의 농장에 착륙해 헬리콥터를 갈아타야 하야지. 그런 다음, 추적에 혼선이 오도록 전역에 가짜 흔적은 남겨놓고 최종 목적지로 가는 게 최선책이오."

"최종 목적지가 어디인데요?"

사전에 모든 계획을 세워놓았구나. 제러드다운 일이야.

"카리브해의 섬을 팔면서 다시 잠적해야 할 경우를 대비해 남태평양에 있는 다른 섬을 사두었소. 가명으로 극비리에."

그는 애정을 담아 그녀의 허벅지를 다독거렸다.

"그 섬에는 구릉만 두어 개 있을 뿐, 산은 없소."

"그거 참 잘됐다고 해야겠죠."

타냐는 한숨을 쉬었다.

"이것으로써 내가 당신에게 내걸었던 조건 목록의 뉴욕 거주에 관한 항목은 저절로 삭제되었네요. 그 열대의 파라다이스에 내가 춤을 출 발레단은 없겠죠?"

"미안하게 됐소, 러브. 그리고 공연에 나서는 건 한동안 안전하지 않을 거요."

"혹시나 했더니 역시나군요."

타는 실망감을 달래느라 그녀는 잠시 침묵을 지킨 후 상당한 노력을 들여 가벼운 목소리를 냈다.

"우리, 뭐 하면서 지내는 게 좋을까요?"

"섬에 기반을 두고 내 연구를 알리기 위한 조직망을 만듭시다."

제러드는 눈을 가늘게 뜨고 생각을 가다듬었다.

"난 여전히 국제 기구를 설립해 수명 연장에 따른 혼란을 최소화하고 싶지만, 코벳에게 된통 당한 후라 그 징검다리 역할을 맡길 적임자가 과연 있을지 좀 회의적이오."

그는 어깨를 으쓱거렸다.

"믿을 만한 사람이 정히 없으면 전세계의 모든 일간지에 기사를 터뜨리면 돼. 뒤로 물러나 앉아 무슨 일이 벌어지는지 지켜보는 거지. 어느 방법을 택하든 우리가 그 과정에서 공인(公人)이 되는 건 피할 수 없소."

"두 번째 안에 따르면 버츠의 존재가 필요해질 거예요. 세상에서 가장 탐나는 존재인 당신을 이런저런 이유로 찾는 사람들에게 그 섬은 취약하게 노출될 테니까."

"세상에서 가장 탐나는 여자와 함께 있는 존재이기도 하지."

그녀의 허벅지를 다정하게 어루만지며 단호하게 토를 달았다.

"난 당신과 절대로 떨어지지 않을 거요."

"뒤로 물러나 앉아 아수라장을 지켜보는 동안은 뭘 할 생각이에요?"

타냐는 그와 손을 포개며 물었다.

"기존의 연구를 더 발전시킬 건가요?"

제러드는 고개를 가로 저었다.

"그건 나중에 해도 시간이 충분해. 난 완전히 다른 분야, 좀더 시급한 분야에 새로이 뛰어들 생각이오."

싱긋 웃으며 덧붙였다.

"우리의 친구 버츠가 만세를 부르며 찬성할 만한 연구 말이오."

"그게 뭔데요?"

"지능 개발. 현재 우리는 두뇌의 10퍼센트 정도밖에 활용하지 못하고 있소. 그 엄청난 잠재력의 봉인을 풀어놓을 방법이 분명히 있을 거요. 수명 연장으로 인해 지구의 생존 환경이 극단적인 양상으로 치닫기 전에 다른 혹성을 개척하려면 우리의 모든 역량을 최대한도로 개발해야 한다구."

그녀는 웃기 시작했다.

"정말이지 못 말릴 사람이군요, 제러드 라이커."

그의 의아한 표정에 대고 고개를 설레설레 흔들어 보이는 그녀의 까만 눈이 반짝거리며 춤을 추었다.

"우리 모두를 므두셀라로 만드는 것만으로 성이 안 차 이제는 아인슈타인으로도 해놓겠다니!"

제러드는 미소를 지었다.

"므두셀라에 아인슈타인 이상의 존재도 가능하오. 그 모든 가능성이 활짝 열린 채 기다리고 있어."

갑자기 그의 표정이 어두워졌다.

"난 전부를 가졌는데 당신은 나 때문에 일을 포기하게 됐군. 정말 미안하오, 러브."

"일을 포기하다니? 어림없어요."

타냐는 턱을 오똑 들어올렸다.

"내 목표는 여전히 세계 정상의 발레리나가 되는 거예요. 단지 그 목표 달성이 조금 뒤로 미루어졌을 뿐이죠. 난 계속 연습하고 새로운 작품을 안무할 거예요. 무대에 나서도 될 때까지 즐겁게 도전할 수 있는 다른 분야도 많구요."

말을 하다보니 결의가 새로이 다져지고 기운이 샘솟았다. 그녀는 장난스런 눈빛을 그에게 던졌다.

"어쩌면 당신의 경쟁자가 되거나, 수명 연장의 전파자로 나설지 누가 알겠어요?"

"당신보다 더 그럴 수 있는 사람은 아무도 없지."

애정과 자부심으로 가득 찬 제러드의 표정으로 그녀의 속에서 풍경소리보다 더 아름다운 환희의 찬가가 시작되었다.

"고마워, 꼬마 파이퍼."

"나의 환상적인 박애 정신과 관대한 아량이 고맙다, 이거죠?"

농담이었지만 그가 진지하게 고개를 끄덕거리자 그녀는 다시 해실거리며 말을 이었다.

"사랑에 빠진 여자들은 다 그래요."

그의 몸이 굳어지는 게 느껴졌다. 타냐는 똑똑하게 못 박았다.

"난 당신을 사랑해요, 제러드. 지금도 앞으로도."

이렇게 쉬운 말을 왜 전에는 못하고 쩔쩔맸을까? 아마 오늘밤 그를 잃을 뻔했던 경험이 마지막 족쇄마저 부수고 그녀를 완전하게 해방시켜 놓은 모양이다.

제러드는 그녀와 포갠 손을 단단하게 깍지꼈다.

"당신의 사랑보다 더 중요한 건 없소."

허스키한 목소리.

"다시 한 번 감사하리다."

타냐는 잔잔한 미소를 던지며 그의 상용구를 인용했다.

"오히려 내 기쁨이에요, 러브."

이 남자를 향한 사랑은 목숨이 붙어 있는 날까지 그녀의 기쁨이자 즐거움이 될 것이다. 어떤 미래가 펼쳐져도, 어떤 도전이 기다린다 해도 그들은 함께이다. 손에 손을 맞잡고 한 번에 한 걸음씩 외길을 걸어 여기에서 저 지평선까지 이 순간부터 유년기의 종말을 너머서까지 영원히 함께.

< 끝 >

엉뚱하지만 때아닌 수박 먹는 이야기부터 시작하겠습니다.

우리는 수박에 설탕을 쳐 먹지만 일본에서는 소금을 친다고 하더군요. 이처럼 한국에서는 조미(助味)할 때 과일 고유의 맛과 똑같은 성질을 더하여 그 특유의 단맛을 최대한 강조하듯 영웅을 만들 때에도 대상의 장점에 주목하고 극대화하지만, 일본인은 상반되는 성질로 대조미를 이끌어 내 즐기죠. 즉, 일본에서는 어떤 인물에 대해서 '콧구멍이 짝짝이인 사람이 저리 엄청난 위업을 달성하다니 이 얼마나 대단하냐' 하며 칭찬하는 식이라면 반면 우리는 이렇습니다—'그 사람은 떡잎부터 예사롭지 않았다, 난사람이다, 워낙 예쁜 짓만 골라하는지라 짝짝이 콧구멍까지 예뻐 보인다.'

이런 한국인다운 정서에 입각하여 쓰여진 글이 이 역자 후기입니다. 어쩌면 그 정도가 지나쳐 여러분에게 일시적인 소화 장애를 일으킬 수도 있사오니 미리 마음의 준비를 단단히 하시거나, 식후라면 상비약을 챙겨주시기 바랍니다.(웃음)

1. 작가에 대하여

아이리스 요한슨은 미국의 어느 주요 항공사에서 좌석 예약 및 발권

관계의 일을 하던 중 1980년대 초반 밴텀 출판사와 인연을 맺고 로맨
스 작가로 데뷔했습니다. 창작에 나선 이유에 대해 작가 본인이 밝힌
바*에 의하면 ① 어렸을 때부터 독서광, 특히 로맨스 소설의 애독자였
기 때문에 자연스럽게 ② 자식들을 곧 슬하에서 떠나 보내게 될 다음
의 허전함에 대비해 작가 생활을 시작했다는데, 이처럼 별로 원대하지
않았던 포부의 동기와 달리, 지금까지 독자들의 지속적인 호응과 사랑
을 받으며 활동하고 있으니 상당히 운 좋은 작가라 할 수도 있겠지요.
아무튼, 데뷔 당시의 일화에 대해 아이리스 요한슨은 다음과 같이 회고
합니다.

　"지금으로부터 10년 전 유월의 어느 무더운 오후, 한 통의 전화
를 받았어요. 내 처녀작을 사주겠다는 러브스웹트 편집부의 전화
였죠. 난 그 소식에 꽤 적절하게 대응했어요. 놀라고 기뻐하는 한
편 시종일관 차분함을 잃지 않았으니까요. 자축할 겸 식구들을 데
리고 외식하러 나가기도 했답니다. 하지만 레스토랑에 도착하기
무섭게 집으로 돌아와야 했어요. 내가 흥분한 나머지 과다 산소 호
흡으로 이상을 일으켜버렸기든요. 인생이 바뀌어버린 사람다운 반
응이죠. 문제의 처녀작은 아름다운 여배우랑 아기, 그리고 조지 루
카스와 스티븐 스필버그를 합성시켜 놓은 영화 감독에 관한 이야
기였는데 그 작품에서 난 정말이지 많은 오류를 저질렀어요. 누구
나 '사실주의적인 로맨스'를 추구하던 당시 출판계의 방향과 동떨
어지게도 그 처녀작의 플롯은 환상적이었던 거예요. 또 그런 분량
의 작품에선 조연 인물의 비중을 낮추는 게 상식이나 다름없건만
난 남자 조연과 사랑에 빠져버려 그를 주인공으로 삼은 다른 작품
까지 구상했어요.
　제목도 <사랑의 공식 Love Formula>에서 <폭풍과도 같은 맹세

Stormy Vows>로 바뀌는 수단을 당했지요. 작가들이란 자기 작품에 대한 집착이 대단해서 표현 한 마디, 인물 한 명에 이르기까지 신경을 곤두세우기 마련이에요. 하지만 러브스웹트의 편집부가 이런 작가의 마음을 이해하고 아주 조심스럽게, 매우 외교적으로 접근해준 덕분에 내 처녀작의 제목을 바꾸는 과정에서 잡음을 피할 수 있었어요…(중략)."*

이렇게 데뷔한 지 일년도 되지 않아 인기 작가로 자리매김했지만, 거기에 만족하지 않고 지속적으로 활동 영역을 넓혀 온 작가가 또한 아이리스 요한슨입니다. 이를테면 할리퀸과 비슷한 분량과 성격의 러브스웹트 작가로 시작→장편 역사물 로맨스→추리 소설 분야로 계속 도전해 각각 성공을 거둔 발전형 작가이지요. 하지만 처음부터 이런 의도성을 가지고 노력해 온 것 같지는 않습니다. 다음의 고백들로 미루어 보면, 그저 넘치는 영감과 창작욕으로 멋모르고 달려들어 점차 작가로서 자각하게 된 경우인 듯합니다.

"난 열의의 방향을 바꾸었을 뿐이에요. 즉, 로맨스 소설을 광적으로 찾아 읽어오던 그 열의를 창작으로 돌린 거죠. 그리고 일단 작품을 쓰기 시작하자 나 자신에게 놀라버렸어요. 내가 이토록 게걸스런 집필욕을 지닌 작가였다니! 나만의 세계를 창조하는 것, 흥미로운 인물들을 마음대로 요리할 수 있다는 건 너무나도 신나요."(1987년)

"… 초창기에는 아무것도 몰랐던 셈입니다. 멋진 이야기를 쓰고 싶다는 의욕 하나로 덤볐지요…(중략)…작가에는 두 부류가 있다고 생각해요. 모든 요소를 신중하게 재고 따져서 근사한 작품을 자아내는 장인匠人이 그 하나요, 앉은자리에서 척척 꾸며낸 이야기가

---

* 1993년 6월 아이리스 요한슨의 러브스웹트 마지막 작품인 <Star-spangled Bride>에 실린 작가의 말에서.

기적적으로 괜찮은 결과를 낳는 이야기꾼이 그 나머지죠. 작가라
면 부단한 독서와 경험을 통해 가능한 한 많이 습득해야 할 의무
가 있어요. 난 이야기꾼에서 탈피해 더 솜씨 좋은 장인이 되기 위
해 노력해 왔습니다."(2001년)

모닥불 가에 둘러앉아 구수한 이야기를 두런두런 풀어내는 인디언
이야기꾼 같다는 평을 편집자들에게 들어가며 내심으로는 장인적인 작
가를 목표로 구성력, 어휘력, 소재 발굴, 작품의 배경 조사 등등 창작의
기술적인 면을 갈고 닦아 왔다는 아이리스 요한슨. 하지만 그녀만의 개
성이라고 할 수 있는 부분―독창적인 상상력 및 중심 사상은 언제나
불변입니다.

또 한 가지 변하지 않는 점이라면, 배우자에 대해서는 좀처럼 입을 열
지 않는 태도입니다. 로맨스 소설 작가라면 화끈한 연애를 거쳐 결혼했다
던가, 혹은 현재의 배우자와 얼마나 사랑 넘치는 결혼 생활을 하고 있는
지 노골적으로나 은근하게 내세우는 게 보편적입니다. 그러나 아이리스
요한슨의 경우에는 이상하리만치 결혼 관계에 대한 언급을 피하고 대신
자신을 '팔불출 엄마'라고 자랑스레 내세워왔습니다. 그녀의 자식 자랑은
정말 요란벅적해요.

그래서 그녀가 작가로 데뷔할 당시, 장남 로이가 무대 연출과 시나리
오 창작에 관심을 두어왔으며 UCLA 대학의 연극영화학과에서 더 공부
할 예정이라는 소식까지 다 알려진 터입니다. 특히, 이 아들이 현재는 에
드거 상을 수상한 추리소설가이고 작품 <MURDER101>은 영화화되어
피어스 브러스넌이 출연했다는 자랑에서는 아이리스 요한슨 자신이 추
리소설로 지평을 넓힌 이유도 엿볼 수 있습니다.

한편, 딸 타마라는 뮤지컬 배우 지망생이었고 '섹시할수록 좋은 남자'
라는 가치관을 지닌 자유로운 영혼의 집시라는군요. 이런 예술적인 소
양을 지닌 자식들에게 많은 영향을 받았다고 아이리스 요한슨은 이렇
게 고백합니다.

　"… 난 많은 작품에서 쇼비즈니스 업계를 배경으로 했어요. 그건 이 화려한 세계에 원래부터 흥미도 있었지만 나보다 이쪽에 더 흠뻑 빠진 두 아이들과 살다보니 자연스럽게 이야기가 그쪽으로 흘러간 거지요…(중략)."*

　상기에서 드러난 바와 같이, 그녀의 모성애와 비현실적인 세계에 끌리는 경향은 부수적인 등장인물에 대한 애정과 더불어 작품 세계의 전반에 걸쳐 주도면밀하게 흐르는 기둥이라고 할 수 있습니다.

　이 모성애는 여주인공의 성격을 결정짓는 핵심입니다. 남주인공에 이르면 약자에 대한 보호욕—인도주의(비록 그 대상이 여주인공과 주변 인물로 국한된 인도주의가 많지만 어쨌든)로 확장되는 동시에 선과 악을 가르는 기준이 되기도 합니다. 하지만 인간의 인도주의적인 측면은 정상적인 상황에선 드러날 기회 자체가 드문지라 아이리스 요한슨의 작품은 대부분 생존 자체가 위험에 처한 극한적인 상황에서 출발합니다.

　즉, 작품의 도입부부터 비장감이 흐르는 것이지요. 이런 우중충한 도입부는 편하고 부담 없이 독서 시간을 즐기기 위해 로맨스 소설을 찾는 대부분의 독자들에게 어찌 보면 치명적인 결점입니다. 작가 자신도 이런 면을 충분히 의식하고 있는지, '내 작품은 무겁게 느껴질 수도 있는 인간 관계와 꼬이고 꼬인 구성에 치우친다'**고 인정하고 있습니다. 이럼에도 꾸준한 인기를 얻고 있으니 참 용하다 싶어요. 아마도 특화된 결점은 작가만의 고유한 개성으로 승화되는 모양입니다.

　비현실적인 세계에 끌리는 그녀의 경향은 뛰어난 상상력과 결합해 특유의 환상적인 분위기로 이어집니다. 앞에서도 잠깐 언급되었다시피 아이리스 요한슨은 '사실주의적인 로맨스'를 추구하지 않아요. 그래서 로맨스 소설의 기본인 사장＋비서 이야기는 아예 없고 가장 미국적인 소재인 카우보이를 앞세운 작품도 거의 전무하다시피 합니다. 대신, 러

---

* 러브스웹트 <Return to Santa Flores>에 실린 작가의 말에서.
** <황금빛 사막>에 실린 작가의 말에서.

브스웹트에서는 대표적인 가상의 왕국인 '세디칸'을 창조해 연작들을 선보임으로써 현대물 로맨스의 불가피한 부수 요소 중 하나인 작가의 지역적인 특수성을 초월합니다. 장편 역사 로맨스에서는 그 배경과 시대를 매번 달리하는 방법으로 자신만의 독자적이며 환상적인 분위기를 유지하지요. 이렇듯 작가의 국적성을 탈피해 보편적인 감성의 세계를 추구하는 경향은 한 지역(미국)의 현실과 가치관을 강하게 내세우는 요즘의 현대물 로맨스의 조류와도 대치되는, 독특한 면입니다.

마지막으로 아이리스 요한슨은 작품의 부수적인 등장인물에 대한 애정이 유난해요. 그 때문에 러브스웹트의 상당량이 연작입니다. 오히려 단권으로 끝나는 작품이 손꼽힐 정도이고 근래의 추리소설들 역시 연작화되어가는 추세입니다. 장편 역사 로맨스의 경우에는 독립된 작품들이 많지만, 반드시 복수 커플을 등장시키고 분량에 따라서는 세 쌍도 탄생시켜 남녀 주인공 이외 인물들의 행복까지 알뜰살뜰하게 보살피는 자상함(?)을 과시합니다.

자, 이것으로 작가에 대한 시시콜콜한 잡기를 마치고 작품 이야기로 들어가겠습니다.

2. 작품의 시기 분류에 대하여

올해로 작가 생활 20년을 맞는 아이리스 요한슨. 그녀의 작품들을 분량*과 장르에 따라 아래와 같이 나누어 보았습니다.

· 제1기 : 1983년~1990년 러브스웹트 주력기
당해 미국의 밴텀 출판사가 매달 4권, 후에는 6권씩 선보였던 현대물 로맨스 소설인 러브스웹트를 통해 왕성하게 활동했던 시기.

---

* 러브스웹트는 페이퍼백 185쪽 내외. 장편은 300쪽 이상. 중편은 러브스웹트와 장편 사이의 분량으로 이 역자 후기에서는 통일했습니다.

이 러브스웹트 로맨스는 기존까지 대부분 필명으로 활동하던 작가들에게 실명을 부여함으로써 로맨스 소설의 위상을 높이고 그 발전에 일조했다는 평가를 받지만 현재는 절판되었습니다. 이 시기의 작품 편수는 많기 때문에 따로 별첨 처리를 했사오니 참고하시기 바랍니다.

· 제2기 : 1991년~1996년 장편 역사물 로맨스 주력기

그 전에도 장편과 중편을 드문드문 선보였지만 1991년 <윈드댄서 시리즈> 3권을 한꺼번에 내놓으면서 장편 로맨스 작가로 탈바꿈했습니다. 한국의 번역명으로는 '전설 시리즈'에 속하는 윈드댄서 삼부작은 각각 페이퍼백 오백 쪽에 육박하는 대작들로서 작가 자신이 가장 애착 가는 작품 가운데 하나*라고 꼽기도 했습니다.

장르를 불문하고 장편 소설은 분량이 긴 만큼 이야기를 이끌어 가는 중심인물의 개성에 그 작품의 성공과 실패가 결정되는데, 아이리스 요한슨은 이 점에 대해 다음과 같이 말합니다.**

"완벽한 인물은 지루해요. 아름답고 잔잔한 호수와도 같지요. 감탄의 대상은 될 수 있어도 재미는 없어요. 결점은 등장인물에게 인간성을 부여하고 활동할 여지를 넓혀 줘요. 난 어떤 작품을 반쯤 써내려간 시점에서 남주인공이 지나치게 고상하다는 걸 깨닫고 고민한 적이 있어요. 그의 고결함 때문에 이야기의 진도가 막혀버린 거지요. 그래서 별 수 없이 그 인물을 죽여버렸어요."

"… 여주인공을 창조하는 고생에 비하면 남자 인물들 쪽은 그나마 쉬운 편이에요. 나는 남주인공을 다루는 작업이 즐거워요. 이들은 좀더 직선적이라 주로 대사 처리로 그 성격을 풀어나가죠. 최근의 작품에서는 남녀 주인공의 비중을 반반씩 두고 있어요…(중략)."

---

* http://www.randomhouse.com/features/johansen/qa.html에서 인용.
** 상동

작품의 중반부에서 운 나쁘게 목숨을 잃어야 했던 저 남주인공이 과연 누구일까요? 그 대답은 여러분에게 맡깁니다.

아이리스 요한슨의 장편 로맨스는 발표순으로 다음의 총 12권입니다.

① 불꽃의 발레리나

② 전설 속의 사랑

③ 아름다운 전설

④ 베르사유의 전설

⑤ 페가수스의 전설

⑥ 황금빛 사막

⑦ 폭풍처럼 다가온 기사

⑧ 운명보다 깊은 사랑

⑨ 내가 사랑한 악당

⑩ 내 마음을 사로잡은 기사

⑪ 운명이 가르쳐 준 사랑

⑫ 그대 사랑만을 기억하고 싶다

· 제3기: 96년- 추리소설 주력기

대중소설에 가까운 <THE UGLY DUCKLING>을 1996년에 조심스럽게 내놓고 다음 해부터 추리 소설로 장르를 바꾸어 현재까지 매년 적어도 한 권씩 작품을 선보이고 있습니다.

작가의 변신은 작가의 자유이지만, 대중 소설의 세분화된 특정 장르에서 이렇듯 장르를 바꾸어 성공하는 경우는 매우 드문데, 어떻게 아이리스 요한슨은 그 변신에 성공할 수 있었는지에 대해서는 아만다 퀵의 설명이 가장 논리정연하지 않을까 싶습니다.

로맨스 소설계의 거목인 아만다 퀵은 2000년 어느 세미나에서 다음과 같이 밝혔습니다.*

---

* http://www.amandaquick.com/bgspeech.html에서 인용.

"… 로맨스 소설의 독자들은 모험심이 강하다. 추리물, 팬터지물, 공포물, 법정물 등등의 애독자에 비해 대중 문학의 종속 장르의 경계를 훨씬 수월하게 넘나든다. 그리고 독서의 폭이 원래 넓기도 하다…(중략)…우리 독자들의 이렇듯 넓은 수용성이 로맨스 소설에서 서스펜스와 스릴러 장르로 활동 무대를 옮긴 몇몇 작가들의 성공 이유 가운데 하나인 것이다. 즉, 로맨스 작가들은 다른 장르로 옮겨갈 때 자신의 로맨스 독자들을 데리고 갈 수 있다."

그리고 변신에 성공한 동료 작가들로 아이리스 요한슨, 산드라 브라운, 케이 후퍼 등을 거론하고 있습니다. 여기에서 한 가지 재미있는 사실은 상기에 열거된 작가들이 모두 러브스웹트 출신이라는 거예요. 아이리스 요한슨의 추리 소설들은 다음과 같습니다.

① THE UGLY DUCKLING(96년 작)
② LONG AFTER MIDNIGHT(97년 작)
③ AND THEN YOU DIE(98년 작)
④ THE FACE OF DECEPTION(98년 작/시리즈)
⑤ THE KILLING GAME(99년 작/시리즈)
⑥ THE SEARCH(2000년 작/시리즈)
⑦ FINAL TARGET(2001년 작)

3. 본작 <불꽃의 발레리나>에 관하여

이 작품은 아이리스 요한슨의 첫 장편입니다. 유일하게 현대를 배경으로 한 본격적인 장편 로맨스 소설에, 우리나라에서는 마지막으로 번역·소개되는 최후의 장편 로맨스이기도 합니다. 작가 초기의 이글거리는 열의가 넘쳐흘러서 그 의욕과 열정 면으로는 장편들 가운데 최고이지만 걸작은 아니에요. 왜냐하면 러브스웹트—비교적 짧은 분량의 작품을 쓰던 감각으로 임했기 때문에 창작의 기술적인 면에서 매끄럽지 않거든요. 의욕은 강한데 필력이 따르지 못했다고나 할까요.

그러나 로댕의 조각품이 투박하기에 더 힘찬 감동을 주듯이 이 작품도 거칠지만 대단히 매력적입니다. 후기의 로맨스 장편들이 구성·호흡·필력의 완성도가 아무리 높다 한들 본서에 총집합된 초창기의 거친 매력들은 따라잡지 못한다고 생각합니다. 그야말로 이 책은 아이리스 요한슨의 잠재력이 모조리 담긴 기념비적인 실험작이라 해도 과언이 아니죠.

그럼, 작가가 이 처녀 장편에 얼마나 심혈을 기울였는지 살펴볼까요?

⑴ 진짜 로맨스 소설다운 구조

목숨을 걸고 서방세계로 망명해온 매력적인 발레리나…… 검은 망토를 펄럭이며 나타났다가 흑란 한 송이를 남기고 홀쩍 사라져버려야 어울릴 듯한 비밀스런 분위기의 과학자…….

남녀 주인공의 설정부터 왠지 느낌이 팍 오지 않습니까? 이런 로맨틱한 인물 설정에 더하여, 오로지 남녀 주인공에게만 초점이 맞추어졌기 때문에 더 환상적입니다.

최소한 두 쌍은 맺어지는 작가의 다른 장편 로맨스와 달리 <불꽃의 발레리나>는 분량상 주인공들의 관계에 집중되는 러브스웹트적인 구조를 지녔습니다. 그리고 희귀한 유형의 여주인공이 등장해요.

아이리스 요한슨의 여주인공은 수수한 외모의 외유내강형이 많고 더러는 원리원칙에 지나치게 집착하는 우직한 곰 타입도 있는데, 이 작품의 타냐는 외강내강형이고 가끔 여우 같은 면모도 보이며 작품의 분위기를 띄웠다가 남주인공 제러드와 함께 한없이 무게를 잡는 등 동분서주합니다.

후기 작품의 여주인공들도 물론 성격상 명암이 엇갈리지만 그 대비가 타냐만큼 심하진 않습니다. 그건 다른 인물들이 각각 희극적인 역할, 비극적인 역할, 편협한 역할, 관대한 역할 등 세분화된 하나의 역할을 수행하며 작품의 분위기를 적극적으로 보완해 주기 때문에 여주인공은 상대와 복잡다단한 관계를 풀어가는 데 주력할 수 있는 거죠. 이런 세련된 여주인공들과 비교하면 타냐는 아직 미분화된 인물이라고도 할 수 있지만 오히려 그래서 더 참신했습니다.

이밖에 본문의 제1장에 삽입된 발레 작품 '파이퍼'의 내용이 작품 전체를 관통하며 타냐와 제러드 가운데 누가 진정한 파이퍼인지 그 해답을 제시하거나, 어머니와 같은 삶을 거부해 왔던 타냐에게 모친과 비슷한 상황을 부여하여 자신의 전부를 걸고 한 남자를 사랑하는 여자의 방식에 수긍하게 하는 등 <불꽃의 발레리나>의 풍부한 이미지성, 핵심적인 상황이나 중심어의 존재도 아이리스 요한슨의 로맨스 소설다운 로맨스인 러브스웹터적인 특성입니다.

⑵ SF 소설적인 소재

이 작품은—본문의 표현을 빌자면—공상과학 소설에나 나옴직한 남주인공에, 공상과학 소설에나 어울림직한 소재입니다. 미국에서 첫선을 보인 1985년에는 아마도 '작가의 상상력은 기발하지만 황당한 러브스토리' 정도로 평가되지 않았을까 싶습니다.

하지만 새로운 천년인 21세기에 들어서면서 유전자 연구 분야의 획기적인 진전 소식이 매년 벽두의 일간지 첫머리를 장식하고 최초의 복제 인간마저 탄생될지 모른다는 올해의 이 시점에서 본저의 공상과학 소설적인 부분은 더 이상 완전히 황당한 소리만은 아닌 듯합니다.

어떤 창작품은 그 사회의 분위기나 한창 부각된 문제와 맞물려 많은 이에게 사랑받는가 하면, 또 어떤 작품은 대단히 좋은 내용임에도 불구하고 때를 잘못 만나 빛을 보지 못하는 경우가 비일비재합니다. 미국에서는 이미 절판되어 묻혀버린 <불꽃의 발레리나>의 가치가 재평가를 받을 수 있는 분위기가 무르익은 지금, 그것도 마침 작가의 데뷔 20주년을 맞이하여 여러분에게 선보이게 되어 이 작가 로맨스의 열혈 독자이자 역자로서 무한한 기쁨이자 영광입니다.

⑶ 추리 소설적인 반전

책장을 덮는 순간까지 긴장감을 늦추지 않기 위하여 추리 소설과도 같은 반전이 마지막 깜짝 폭탄으로 설치되어 있습니다. 다른 장르에서 차용해온 이런 기법의 처리가 아직은 좀 어설퍼서 아마 눈치 빠르신 독자라면 일찌감치 '이 녀석이 범인이구나!' 하고 찍으셨겠지만(저는 끝까지 헤맸어요), 오늘날 추리 소설가로 변신한 아이리스 요한슨의 재능을 엿보게 해주는 부분이 아닐 수 없습니다.

⑷ 희곡적인 형식

아이리스 요한슨은 일부 장면에서 행동 묘사로 처리될 부분을 시기 적절하게 대사로 바꾸어 삽입, 장면의 관능성을 높이는 세련된 기법을 후기 작품들에서 본격적으로 보여줍니다. <불꽃의 발레리나>에서는 작품 전체에 걸쳐 그 싹이 드러날 뿐더러, 이런 기법으로 장면을 빠르게 전환시키고 있습니다. 덕분에 긴장감이 높아진 장점은 있지만 호흡은 짧아지는 단점도 생겼지요.

그런데 이런 장면들이 우리의 편집 방식을 거치자 재미있는 기현상을 낳았습니다. 희곡처럼 대사와 지문(행동 및 표정 묘사)으로 구성된 듯한 로맨스가 탄생된 겁니다.

즉, 원서로 읽을 때는 단락을 중심으로 하는 편집 방식에 묻혀졌던 측면이 미국과 다른 우리의 방식과 결합하여 엄청나게 두드러지는 상승 효과를 일으킨 거죠. 그렇다고 이걸 단순히 장편답게 대사의 호흡을 유려하게 처리하지 못한 작가의 능력 부족으로 돌릴 수만도 없었습니다. 이 작품 자체가 여러 장르의 요소를 복합적으로 결합시켰고, 셰익스피어의 대사들이 본문중에 떡 하니 인용되어 있는 한은 희곡의 형식을 무의식적으로 혹은 의식적으로 빌어온 작가의 의도성이 의심되기 때문이지요.

이런저런 고민 끝에 희곡적인 형식이 두드러진 부분은 그냥 살리는 한편, 작품 자체의 실험성을 최대한 강조하는 방향으로 정리했사오니

양해바랍니다. 다양한 작가들의 여러 작품을 우리말로 옮겨보았지만 이처럼 편집 방식에 따라 전체적인 분위기가 확확 달라지는 작품은 또 처음이었어요.

　부디 즐거운 독서가 되시길 바랍니다.

오 현 수

아이리스 요한슨의 러브스웹트 작품 목록

아이리스 요한슨은 자신이 계획적인 작가가 아니라고 고백합니다.* 작품에 들어가기 앞서 이번 이야기는 요렇게 조렇게 풀어가리라 모든 구상을 마치고 실행에 옮기는 게 아니라는 뜻이지요. 그녀는 영감(靈感)으로 시작한대요. 그 영감을 형상화하다 보면 이야기가 자체적인 추진력을 가지고 풀려나간다고 하는군요.

이런 창작 스타일은 작법의 기술적인 면이 완전히 무르익지 않았던 초창기에 두드러지게 나타납니다. 때문에 그녀의 러브스웹트 작품들, 특히 초기의 러브스웹트에는 작가의 뇌리에 번뜩였던 영감이 중심적인 장면이나 핵심어로서 또렷하고도 낭만적으로 담겨 있어 재미를 더합니다.

하지만 오해는 말아주십시오, 이 작품들이 로맨스 소설의 역사에 길이 남을 엄청난 명작이라는 건 아니니까요. 장편에는 장편만의 장점이 있고 단편에는 단편만의 장점이 있습니다. 아이리스 요한슨의 러브스웹트에서 정교한 플롯과 섬세한 묘사와 다수의 개성적인 인물들이 선사하는 깊이 있고 복합적인 맛을 찾는 건 무리입니다. 그저 한 여자가 있고, 한 남자가 있고, 그들이 엮어내는 사랑의 드라마만이 있을 뿐입니다.

그 외의 다른 특징이라면 연작 경향입니다. 하지만 이 연작들은 작가의 사전 의도에 따라 탄생된 산물이 아니기 때문에 '이 작품은 이 시리즈'라고 딱 잘라 단언하기 어렵습니다. 이를테면, 한 작품이 독

자의 보는 관점에 따라 그 소속 시리즈가 달라지는 현상이 나오는 거죠. 상기와 같은 특성을 감안하시고 아래의 시리즈 분류* 및 아이리스 요한슨의 러브스웹트 작품 목록을 봐주시기 바랍니다.

이 목록 작성을 위해 아래의 사이트를 참조했습니다. 두 번째 사이트에서는 러브스웹트 원서의 알록달록한 표지도 감상하실 수 있습니다. 아……, 그리고 가장 재미있을 듯한 작품을 애독자 엽서나 다른 경로를 통해 큰나무에 알려주시면 편집부에서 출간 순서를 정하는 데 많은 도움이 될 거예요.

① www.myunicorn.com

② www.geocities.com/Paris/Boutique/9964/two/johansen.html

<연작성이 약한 독립 작품들>

1. THE LADY AND THE UNICORN

공사판 인부로 시작해 자수성가한 어마어마한 거부 레이프는 자신의 부동산을 야생 동물 보호 구역으로 기증하는 대신 동물학자인 젠나에게 3개월간 정부가 되어 줄 것을 요구한다.

2. NOTORIOUS

여배우 맬로리는 남편을 죽였다는 혐의에서 가까스로 벗어나지만 남편의 이복형 사빈의 오해와 분노를 피하긴 어려울 듯.

3. UNEXPECTED SONG

일류 작곡가 제이슨은 신작 뮤지컬의 주연을 찾던 중 스위스에서 무명의 오페라 가수인 데이지를 발굴, 저돌적인 애정 공세를 펼쳐놓고 어느 날 갑자기 그녀를 헌신짝처럼 내버린다.

---

* 역자주—시리즈 이름은 임의로 붙여진 것입니다.

4. WICKED JAKE DARCY

사막의 부패한 경찰국가인 사이드 아바바에서 상당히 수상쩍은 사업체를 운영하는 제이크는 메리에게 첫눈에 반해 정열적인 하룻밤을 보내지만 그 다음날 그녀의 행방조차 묘연해진다. 그리고 오 년 후 그의 앞에 다시 나타난 메리.

5. CAPTURE THE RAINBOW

스턴트우먼 켄드라는 영화제작 파티에서 진통제와 알콜을 섞어 마시고 혼미해진 상태로 유명 감독인 조엘과 얽힌다.

☞ '세디칸 시리즈'라고도 할 수 있는 작품

<신부 시리즈>

6. WINTER BRIDE

국제 분쟁 지역만 쫓아다니는 일류 언론인인 제드는 고향으로 돌아왔다가 신비 만점의 새어머니이자 이곳의 전설 '윈터 브라이드'를 꼭 닮은 이사벨에게 마냥 빠진다.

7. STAR-SPANGLED BRIDE

여성 사진기자인 게이브가 미국의 뉴스 전문 TV 채널의 사장을 테러리스트의 손에서 구한 이유는?

<조류 시리즈>

8. THE RELUCTANT LARK

아일랜드인 여가수 세나는 오랫동안 그녀를 흠모해 온 대재벌 랜드에게 납치당한다. (lark은 한국어로 종달새임)

9. THE BRONZED HAWK

천재 과학자 닉은 자신의 기구에 동반 탑승하여 취재하고 싶다는

여기자 켈리의 요청을 흔쾌히 수락한다. (hawk=매)

<혁명 전사 시리즈>

10. ONE TOUCH OF TOPAZ

서인도해의 가상국가인 '생 피에르'가 혁명의 열기에 휘말리자 플레처는 이곳에 위치한 사업체의 이권도 보호하고 어린아이들도 구출하려다가 혁명군의 조력자인 사만다에게 반한다.

11. TENDER SAVAGE

여기자 라라는 생 피에르의 혁명 전사이자 국제적으로 유명한 시인인 리카르도를 취재하게 된다.

<꽃 시리즈>

12. RETURN TO SANTA FLORES

지나치게 다재다능한 통에 인생의 목적을 찾지 못하고 방황하던 스티븐은 어린 소녀 제니를 후원하되, 그녀와 거리를 지키려고 하지만…….

13. NO RED ROSES

톱가수 렉스, 엄청난 미모로 인해 삶이 고달파진 타마라와 운명적으로 만나다.

<여자 시리즈>

14. STORMY VOWS

재능 있는 단역배우 브렌나는 영화계의 거물인 미첼에게 발탁되는 동시에 그의 폭풍 같은 열정에 휘말린다.

15. TEMPEST AT SEA

천재감독인 제이크는 자신의 요트에 폭탄을 설치하려고 침입한 반핵 운동가 제인의 청순한 매력에 사로잡힌다.

<남자 시리즈>

16. THE SPELLBINDER

카리스마적인 매력을 지닌 배우가 남주인공.

17. A TOUCH MAN TO TAME

압도적인 남성미와 얼룩진 과거를 지닌 갑부 루이스는 로봇 생산 계획안을 제시한 마리아나의 또 다른 유혹에 넘어간다.

☞ 클래너드 시리즈에도 속함.

<직물 시리즈>

18. WHITE SATIN

동계 올림픽 금메달의 기대주인 피겨 스케이터 대니. 하지만 그녀의 소원은 후원자이자 첫사랑인 안토니의 사랑뿐인데…….

19. BLUE VELVET

알콜 중독증 환자였던 '보'는 요트를 타고 세상을 편력하다가 서인도 제도의 작은 섬에서 만난 케이트의 매력에 빠지는데…….

<탐노비아 시리즈>

가상국 '탐노비아'와 관련된 연작들. 탐노비아에 대한 더 자세한 사항은 장편 역사물 로맨스인 <황금빛 사막>을 참조하시기 바랍니다.

20. THE GOLDEN VALKYRIE

탐노비아의 둘째 왕자인 랜스와 미국인 여탐정 허니의 경쾌한 사랑 만들기.

☞☞ 세디칸 시리즈에도 속함.

21. EVERLASTING

탐노비아의 공주인 키라와 북미 인디언계 잭의 운명적인 사랑.

22. UNTIL THE END OF TIME

탐노비아의 왕족이자 반정부군 리더인 산도르. 그는 미국인 부호
의 정부로 알려진 알렉산드라와 맹렬한 사랑을 불태운다.

<구애 시리즈>

23. MAN FROM HALF BAY MOON

호주의 호텔 재벌 조던은 불꽃 같은 연애를 걸쳐 결혼했지만 그의
독재적인 간섭을 못이기고 도망간 아내 사라를 되찾기 위해 피눈
물 나는 노력을 경주한다.

24. BLUE SKIES AND SHINING PROMISES

국제적으로 유명한 바람둥이인 카메론은 타당한 이유에서 그의 호
텔 방으로 쳐들어온 다미타에게 홀딱 반해 무작정 쫓아다닌다.

25. STRONG, HOT WINDS

사막의 셰이크 다몬은 옛사랑이자 유명 언론인인 코리가 몰래 그
의 자식을 낳아 키운다는 정보를 입수하자마자 행동에 나선다.

☞ 세디칸 시리즈에도 속함.

<클래너드 시리즈>

26. LAST BRIDGE HOME(사랑을 기다리는 여자/큰나무)

27. ACROSS THE RIVER OF YESTERDAY

세레나는 결혼 첫날밤 남편의 성적 정체성을 발견했던 신혼 여행지를 다시 찾아갈 수밖에 없는 상황에 처한다.

28. STAR LIGHT, STAR BRIGHT

위험을 즐기는 보디가드 거너는 노르웨이계 보모인 퀸비를 몽환적인 정열의 세계로 끌어들인다.

29. MAGNIFICENT FOLLY

릴리와 그녀의 딸 앞에 수상쩍지만 매력적인 한 남자 앤드류가 나타난다.

<딜라니 가문 시리즈>

장편 역사물 로맨스 <전설 속의 사랑>의 딜라니 가문 사람들과 그 후손들에 대하여 아이리스 요한슨, 케이 후퍼, 페이런 프레스턴이 한 편씩 돌아가며 썼던 시리즈입니다. 그들의 단편 모음집도 있습니다.

30. WILD SILVER(중편)

인디언 혼혈인 실버 딜라니와 러시아의 대공 니콜라스가 19세기 미국 뉴올리안스를 배경으로 펼치는 뜨거운 사랑 이야기.

31. SATIN ICE(중편)

역시 실버와 니콜라스가 이번에는 무대를 러시아로 옮겨 펼치는 끈끈한 사랑 이야기.

32. YORK, THE RENEGADE

서부의 거친 사나이 요크와 서커스단 출신인 시에라.

33. MATILDA, THE ADVENTURESS

오스트레일리아의 야성녀 마틸다와 영화감독 로만.

<세디칸 시리즈>

가상국 '세디칸'과 관련된 작품들. 세디칸에 대한 자세한 사항과 이 시리
즈가 나오기까지의 탄생 비화는 <황금빛 사막>을 참조하시기 바랍니다.

34. THE TRUSTWORTHY REDHEAD

세디칸의 후계자 알렉이 받은 기상천외한 생일선물!

35. TOUCH THE HORIZON

순수한 영혼의 소유자인 데이빗. 그는 모래 바람이 이는 사막의 한
가운데에서 자유를 사랑하는 빌리와 해후한다.

36. A SUMMER SIMLE

인신 매매 및 매춘 조직인 '황문(黃門)'의 희생자였던 질라. 그녀는
비행기 납치 사건을 통해 테디 베어 같은 사내 다니엘과 만난다.

37. THE DESERT BLOOMS

마릴린 몬로를 연상시키는 뇌쇄적인 외모의 락가수 판도라는 어린
시절부터 오매불망 사랑해 왔던 셰이크인 필립에게 적극적으로 도
전한다.

38. ALWAYS

클랜시는 국제 테러단을 분쇄하기 위해 그 테러단 리더의 전 아내
이자 재즈 가수인 리사에게 접근한다.